나에게 온 봄

지은이 | 미몽
펴낸이 | 권순남
펴낸곳 | 마롱
디자인 | 박소연
편　집 | 김민지

1판1쇄 인쇄일 | 2024년 2월 5일
1판1쇄 발행일 | 2024년 2월 19일

등록일자 | 2008년 1월 7일
등록번호 | 제310-2008-00001호

주소 | 서울시 노원구 상계 1동 1049-25 신영산업 BD 602호
대표전화 | 02-2091-0291
팩스 | 02-2091-0290
이메일 | marubooks@mayabooks.co.kr

979-11-368-3429-4 (04810)
979-11-368-3427-0 (set)

값 9,000원

* 저자와 협의하여 인지를 붙이지 않습니다.
* 잘못된 책은 교환하여 드립니다.

MARONG
ROMANCE STORY

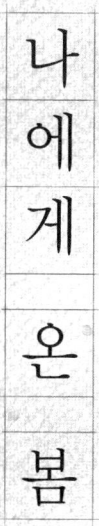

나에게 온 봄

vol. 2

미몽(mimong)
지음

차 례

14.	6
15.	39
16.	72
17.	104
18.	133
19.	166
20.	215
21.	246
22.	276

에필로그 1   305

에필로그 2   317

외전1. 첫사랑   327

외전2. 나에게 온 도경   348

외전3. 온 봄은 온 봄   379

번외. 현수포차   421

14.

 봄의 본가가 있는 강성은 대부분이 단독 주택이다. 한때 아파트 붐이 일기는 했지만 그것도 일부일 뿐, 아직 대다수의 주택가는 단독 주택이었고 그래서인지 이사를 가는 사람도 그리 많지 않았다.
 그녀의 집안도 그랬다. 조부모와 살았던 집 그대로 수십 년을 살아왔고 후에 봄은 이 집에서 살아갈 예정이었다. 참고로 온결과는 이미 타협이 난 부분이다.
 어쨌건 단 한 번의 이사도 없이 지켜 오던 곳인 만큼 도경이 이 집을 찾아오는 건 그리 어렵지 않았다. 불과 6, 7년 전까지만 하더라도 찾았던 곳이니 말이다.
 딩동.
 청아한 초인종 소리가 울리고 문을 연 애라는 손님이 누구인지 곧장 알아채지 못했다. 분명 아는 얼굴이지만 너무 오랜만에 본 탓에 순간 인지가 되지 않아서였다.

"어머, 어머."

주변을 환하게 밝힐 만큼 잘생긴 남자.

"늦은 밤에 갑자기 찾아봬서 정말 죄송합니다."

"어머머!"

"잘 지내셨어요?"

"어머! 도경아!"

봄이 꼭 닮은, 우렁찬 외침이었다.

거실 한가운데 놓인 과일 바구니는 딱 봐도 매우 비싼 것으로 보였다. 온갖 과일들이 잔뜩 쌓인 거대한 과일 바구니에 시선을 빼앗긴 봄의 아버지, 온철을 뒤로하며 애라가 물었다.

"세상에, 나 너무 놀랐어. 이렇게 갑자기 올 줄 누가 알았겠어. 그러니까, 이제 뭐라고 불러야 하나. 도경… 씨?"

반가움을 숨기지 못하고 어쩔 줄 모르는 그녀에 도경은 정중히 말했다.

"편하게 불러 주세요. 그렇게 부르시면 왠지 많이 서운할 것 같습니다."

"그래도, 되나? 그렇지? 아니, 이게 얼마 만이야, 정말. 서운은 내가 했지. 어쩜 이렇게 연락을 안 했어. 어떻게 된 거야."

"따로 연락도 드리지 못하고 늦은 밤에 불쑥 찾아와서 정말 죄송합니다."

"아니야, 그건 됐어. 미안할 거 하나도 없어. 이렇게 찾아와 줘서 그냥 고맙네. 잊지 않고 와 줘서 너무 좋다."

애라는 꼭 잃어버린 아들이 돌아온 것처럼 신이 난 표정이었다. 이 과격한 반응이 싫지 않았던 도경은 나지막이 웃으며 고개를 끄덕였다. 특별한 이유도 없이 오지 못했던 이곳에는 언제나 그랬듯 그리웠던 사람들이 있었고 그들은 어김없이 그를 반겨 주었다.

'변하지 않았어.'

어느 것도, 아무것도 변하지 않았다. 그것이 진심으로 고마웠다.

"어디서 어떻게 지냈어? 잘 지냈고? 키가 더 컸나? 많이 자란 것 같기도 하고."

서른을 한참 넘어 자랐다는 말을 들으니 새로운 기분이었다. 이 것저것 궁금한 것으로 가득한 눈을 앞에 두고 도경의 눈이 한쪽으로 향했다. 초인종을 누르고 문을 열자마자 방 밖으로 나왔던 봄은 그 시선을 받고 침을 꿀꺽 삼켰다.

'…말하나? 아니, 일단 집부터 정리한 후에 말한다고 했는데.'

설마 이렇게 갑자기 나타날 거라곤 생각하지 못했던 봄은 전에 없이 침묵을 고수 중이었다. 일단 도경의 뜻을 따를 참이었다.

"계속 연락은 하고 있었어?"

다 우러난 차를 도경의 앞으로 밀며 애라가 물었다. 그는 따뜻한 차를 받아 들며 대답했다.

"같이 살고 있습니다."

"앗, 뜨!"

도경의 말이 끝나기가 무섭게 들린 지방 방송은 봄의 것이었다.

애라가 봄에게 휴지를 건네주는 사이 도경이 말을 이었다.
"결이랑."
여유로운 그의 말이 장난처럼 느껴지는 건 봄의 착각이었을까.
'저 사람이 진짜.'
덕분에 지금은 말을 아끼는 것으로 알 수 있게 되었지만 짓궂은 건 어쩔 수 없었다. 애라는 손바닥을 마주치며 진심으로 놀라워했다.
"어머나, 정말? 내가 그걸 왜 몰랐을까?"
그제야 과일 바구니에서 시선을 뗀 온철이 퉁명스레 말했다.
"그놈이 뭘 알려 줘야 알죠. 이번에도 온다더니 안 온 거 봐요."
"안 온 게 아니고 못 온 거잖아요. 촬영이 있어서 한국에도 없는데 뭘 어떻게 해."
"한국에 있었어도 다를 거 없을걸요."
"뭐, 그건 그런데. 찾아가면 하도 까다롭게 구니까 귀찮아서 안 갔지 뭐. 걔가 좀 까다로워야 말이지. 어쩌나, 그런 놈이랑 같이 살았어. 고생 많았지?"
질문 상대가 금방 도경에게 넘어왔고 그는 솔직하게 답했다.
"아니요, 워낙 집을 자주 비워서."
"그래도. 누굴 닮았는지 성질머리가 지랄 맞… 미안. 말이 막 나오네."
역시나 예전과 변함없는 말솜씨였다. 결국 웃어 버린 그에게 애라는 내내 하고 싶었던 말을 꺼냈다.
"정말 왜 잘 오다가 한참 안 왔어. 얼마나 서운했는지 몰라. 맞다. 봄이도 요새 서울에 가 있거든."

"네. 안 그래도 서울에서 만났습니다. 그래서 두 분 얘기도 들었고, 이렇게 오게 되었고요."

"그랬어? 온봄! 너는 왜 만났다는 얘기를 안 했어. 하여간 애나 개나 똑같아. 둘 다 빤히 소식 듣고 있으면서도 우리한테는 말도 안 하고. 너도 그래. 우리 진짜 많이 서운했다."

섭섭함을 가득 담은 시선에 도경은 다시 한번 사과했다. 그 어린 날부터 남매들과 함께했던 도경을 귀하게 여기던 두 사람이었다. 도경은 분명히 전해지는 배려를 받아들였다.

"할머니도 돌아가셨고, 특히나 봄이가 저를 피하고 있다는 걸 알아서요."

"푸흡!"

"아이, 얘가 왜 이래!"

두 번째 뿜어낸 찻물에 피해를 본 애라가 외치자 온철이 휴지를 잔뜩 뽑아 봄에게 건넸다. 애라는 물기 어린 옷을 툭툭 털며 말을 이었다.

"우리 봄이가 왜 널 피해? 혹시 봄이가 도경이 너한테 잘못이라도 했니?"

충분히 의심할 수 있는 사실이지만 봄은 조금 억울해졌다.

'왜, 반대라고는 생각하지 않는 거죠.'

차마 내지 못한 불만을 덮어 두며 찻잔을 들자 도경은 솔직하게, 그때 느꼈던 그대로를 말했다.

"절 보기 싫은 것 같아서, 불편하게 하고 싶지 않았습니다."

일부러. 순간 확, 열이 오른 봄은 저도 모르게 벌떡 일어나 외쳤다.
"싫어서가 아니라 좋아서였지!"
오해하지 마, 이 나쁜 놈아!
아주 우렁찬 외침이었다.

소소한 소란이 일었고 그것이 진정되기까진 꽤 오랜 시간이 걸렸다. 어쩐지 우러난 차 찌꺼기를 매우 뭉개는 아버지와 호들갑스럽게 좋아하는 엄마를 뒤로하고 배웅을 하던 봄이 말했다.
"일부러 그런 거야."
자고 가라던 엄마를 겨우 말리고 나선 집 근처 공영주차장으로 향하던 길목에서, 봄은 몸을 돌려 도경을 바라보았다.
"맞죠."
이 배웅 또한 엄마의 강력한 제안이었고 그녀로서는 거부할 이유가 없었다. 골목골목, 익숙하지 않은 곳이 없었다. 한참 만에 돌아왔음에도 바로 어제 다닌 것처럼 생생한 눈앞에 도경은 잠시 멈췄다.
지나간 시간이 거짓말처럼 그려진다.

'윤도경!'

그를 스치는 환영들에 숨이 차오른다.

'쟤가 네 친구냐? 뒤에 오빠는 왜 빼는데.'

'윤도경이 내 친구지, 누구 친구야.'
'아, 진짜 온봄.'
'늦었다. 우리 먼저 간다. 가자, 도희야.'

하얀 얼굴에 교복을 입고, 팔짱을 끼는 봄을 바라보며 웃던 작은 아이.
그 아이가 도경을 돌아보며 말했다.

'다녀올게.'

자그마한 목소리가 귓가에 울리고 스치듯 아버지의 목소리도 함께 파고들었다.

'도경이 네가, 그렇게 잠들지만 않았어도.'

그 순간 싸늘했던 손길이 도경의 손을 움켜쥐었다. 얼음장처럼 차가웠던, 인형처럼 딱딱했던 그 손이. 찰나 정신을 놓치듯 숨을 멈춘 그가 눈을 질끈 감을 때였다. 싸한 도경의 손을 따뜻한 온기가 감싸 쥐었다.
"윤도경?"
과거의 것이 아니라 진짜로 들리는 목소리로 그를 현실로 불러왔다. 봄은 움직이지 않는 도경의 팔을 쥐고 걱정스레 물었다.
"왜 그래요? 어디 아파?"

나에게 온 봄

혹시나 어딘가 아픈 거라도 아닐까 묻는 그녀를 그는 멍하니 바라보았다. 맑은 눈동자는 현실과 꿈의 구분을 분명하게 나누어 주었고 도경은 늘 그것에 감사했다.

"온봄."

"응, 말해요."

"…봄."

봄은 언제나 그를 현실로 돌아오게 만든다. 악몽에서도, 과거에서도, 꿈에서도 손쉽게 깨어나게 해 준다. 도경이 이곳에 오지 못한 건, 곳곳에 묻은 과거 때문이었다.

아직 보내지 못한 수많은 흔적들에 그는 돌아올 수 없었다. 자신을 안전하게 안아 주던 봄조차도 만날 수 없는 강성은 그에게 고통만 줄 뿐이었다. 도경은 제 팔을 쥔 봄의 손을 가볍게 토닥이며 말했다.

"네가 왜 날 피하는지 정말 알고 싶었어."

"좋아했었다고 말했잖아요. 혹시 고백이라도 해서 다른 사람들하고 어색해질까 봐."

너무 간단하고 황당하지만 이해할 수 있는 이유였다. 그때 봄의 나이에선 충분히 그럴 수 있었을 거다. 그는 낮게 웃으며 봄의 머리를 쓰다듬었다.

"덕분에 다음에 뵐 때, 우리가 어떤 사이가 되더라도 덜 어색하겠다."

"…우와, 어디까지 계산한 거야."

그녀는 진심으로 감탄했다. 단순히 놀리려고 한 것이 아니라 그

말조차 허투루 한 말이 아니었던 거다. 오늘 봄이 좋아했었다고 고백함으로써 두 사람의 관계 변화에 근거가 생긴 거다.

봄은 엄지를 척 올렸다. 어느새 두 사람은 도경의 차가 세워진 주차장에 도착했다. 주인을 알아차린 차가 반짝 빛을 내고 봄이 물었다.

"어디에서 잘 거예요?"

"어디서?"

"데리러 왔다며. 그럼 혼자는 안 갈 거고, 기다릴 거잖아."

당연한 것 아니냐는 양 동그란 눈에 그의 손이 슬그머니 올라왔다.

"머리 좋아. 인정."

그녀가 했던 것처럼 엄지 하나를 올리면서. 봄은 피식 웃다 살며시 도경의 손을 잡았다.

"같이 있을까?"

남자의 마음을 뒤흔들기에 충분한 속삭임이었다. 가벼운 웃음 하나가 그를 얼마나 잡아 흔드는지 알면 어떤 표정을 지을까. 도경은 묵은 숨을 목구멍으로 넘겼다.

"아버지 표정 봤어?"

"아빠요? 아빠가 왜?"

"네 말 끝나기가 무섭게 날 도둑놈으로 보셨거든."

"설마요. 우리 아빠가 그럴… 수 있죠. 우리 아빠는 그럴 수 있어."

단번에 부정하려 했지만 그러지 못했다. 제법 냉정한 판단에 그는 어깨를 으쓱였고 봄은 투덜대듯 잡은 도경의 손을 흔들었다.

"아무튼 어디 있을 거예요."

"올라가야 돼. 내일 병원에 출근해야 하거든."

"데리러 왔다는 말은 뭐야."

"허세."

"허어세?"

"설레었으면 했거든."

"……."

"좀, 설레었나?"

부드럽게 짓는 눈웃음이 가깝게 다가왔다. 봄은 뻔뻔하지만 정확히 박혀 드는 강렬한 전율에 도경의 가슴을 푹푹 찔렀다.

"윤도경, 진짜. 빨리 가요. 얼른 가."

"먼저 들어가."

"…말 절대 안 들을 테니까 먼저 들어갈게요. 조심히 올라가고 도착하면 연락하기."

"응."

"잠 못 자겠으면 그냥 나랑 계속 전화해."

"그래도 돼?"

"당연하지. 내가 여자 친군데. 나 남자 친구랑 밤샘 통화 같은 거 해 보고 싶었거든요."

이 얼마나 순수하고 순백한 이유인가. 자신이 쥐고 있는 손의 남자가 얼마나 제멋대로에 새까만 속을 가지고 있는지 알면 도망갈지도 모르겠다. 어쩌면 무섭다고 하거나. 그녀는 도경을 살포시 밀어냈다.

"가요. 내일 출근까지 하려면 더 힘들겠다."

이제 더 있으면 정말 못 보낼 것 같아서였다. 수줍기도 하고 아쉽기도 하고, 여러 복잡한 마음을 가지고 한 걸음 물러서는 봄의 팔을 도경이 잡았다.

팔꿈치부터 감싸 잡은 그는 부드럽게 그녀를 당겨 허리까지 안았다.

"온 봄."

은근하고 야릇한 손길로 봄의 몸을 감싸 당긴 도경은 오직 그녀에게만 보이는 눈웃음을 머금고 다시 봄을 불렀다.

"봄아."

듣기만 하는데도 왜 온몸 구석구석이 짜릿해질까. 그녀가 살짝 어깨를 모으자 좀 더 가깝게 얼굴을 맞댄 도경은 하얀 뺨을 지나 예민한 귓가에 속삭였다.

"늦지 마."

"……"

"기다릴게."

무엇이 그렇게 바빴는지 도희는 여덟 달도 다 채우지 못하고 태어났다. 부모님의 불화 때문에 마음이 급했는지 아니면 그냥 서둘러 나오고 싶었는지 몰라도 미숙아로 태어난 아이는 유난히 약했다.

처음엔 백일을 넘기기 어려울 거라고 했고 그다음은 1년을, 그런 다음엔 3년. 지겨울 정도로 여러 번 시한부 선고를 받아야 했다. 그럼에도 버텨 왔던 도희는 중학교를 입학하고 한 달도 되지 않아 쓰러졌고 매일같이 아파했다.

"오빠… 아빠는 왜 안 와? 엄마는……."

할머니는 노쇠했고 아버지는 서울에 있었다. 어머니는 연락되지 않았으며 도희의 곁에 있을 수 있는 건 도경뿐이었다.

매일 아프다고 했다. 항상 약을 달고 살았고 병원을 집처럼 들렀지만 아프다는 말은 꾹 참아 오던 도희가 울었고 그는 그것을 매일 보았다.

병원에선 더 이상 할 수 있는 것이 없다고 했다. 몸 이곳저곳에서 병이 생기고 복수가 차고 핏줄이 돋아난 몸은 스치기만 해도 부서질 것 같았다.

아이의 눈이 시들어 말라 가며 죽음을 향하는 그 모습을. 봄이 올 때만 겨우 반짝 뜨이다 다시 감기는 눈을.

"눈이 빨개."

도희의 상태가 좋지 않아 꼬박 사흘을 밤새웠던 날이었다.

"괜찮아."

힘들었지만, 너무 졸려서 지쳤지만 여기저기 바늘 꽂고 버티는 동생에 비하면 아무것도 아니라고 생각했다. 잠을 못 자던 건 도희도 마찬가지였으니까.

"나 손 잡아 줘."

안 하던 행동이었다. 전에 부리지 않던 어리광이기에 도경은 조금 낯간지럽다고 생각하며 손을 잡았다.

"어디 불편한 곳은 없어?"

"응, 없어. 이상하지."

"이상한 거 아니야. 나아 가는 거야."

"그랬으면 좋겠다. 아, 봄이도 보고 싶다. 아까 전화했는데."

"내일 온다고 그랬어."

"진짜?"

"그래. 좀 잘래?"

조심스러운 질문에 도희의 눈이 깜빡였다.

"…내가 자야 오빠도 잘 수 있을까?"

그는 짧게 웃고 침대 옆에 놓인 의자에 앉으며 말했다.

"옆에 있을게."

"안 잘 거야?"

도경은 망설임 없이 고개를 끄덕였다.

"응. 너 봐야지."

"안 봐도 되는데."

"아니야. 잠 안 와."

잠들지 않을 거란 자신을 하면서.

"보고 있을게."

"……."

"그러니까 걱정하지 마."

오만인 줄도 모르고.

"…고마워."

자그마한 목소리에 그는 도희의 몸에 이불을 덮어 주었다. 작은 배를 불룩하게 채운 복수 때문에 제대로 눕지도 못하는 아이지만 조금이라도 편하기를 바랐다. 배시시 웃던 도희가 눈을 감으며 속삭였다.

"퇴원하면 케이크부터 먹을래."

단 걸 좋아하던 도희는 입원 후 그런 음식을 거의 먹지 못했었다. 당연한 바람에 도경이 미소 지었다.

"그러자."

꼭 퇴원할 수 있기를 바라면서. 상냥하진 않았지만 매정하지도 않았던 오빠, 도경은 그날도 어김없이 도희의 곁을 홀로 지켰다.

왠지 이날은 도희가 아파하지도 않았던 날이다. 매시간 통증을 호소하느라 잠들지 못했던 아이가 아파하지 않아서 간호사도, 의사도 또 도경도 느슨해졌던 밤이었다.

도희가 잠에 들었다. 몇 날 며칠을 자지 못하던 아이가 아프다는 말 없이 잠들어 너무도 오랜만에 편해 보였다. 마지막에 들른 간호사가 모든 것이 정상이라며 도경의 어깨를 두드렸고 그것이 안도감을 일으켰다.

그 모습에 도경의 눈꺼풀이 무거워졌다. 며칠 동안 꿋꿋하게 버티던 눈이 감기고 덮였다.

깜빡 잠이 들었다. 고른 숨소리에, 안정적인 도희의 호흡에 안도하며 저도 모르게 자고 말았다. 제 차가운 손이 도희의 온기를 빼앗아 가는 줄도 모르고.

굳게 닫혀 있던 문이 열렸다. 아직 새벽 어스름이 가득 묻어난 이른 시간, 봄은 깊게 한숨을 내쉬었다.

"그냥 같이 올라왔어야 하나 봐."

 피곤함이 가득 담긴 혼잣말이었다. 그녀는 최대한 빠르게 서울로 올라오기 위해 서울 인근의 첫차부터 알아봤다. 그리고 강성에서 택시를 타고 그곳까지 가 기다렸다가 첫차를 타고 온 후 다시 택시로 집까지.

'절약하자.'

 택시비로 날아간 돈들을 향해 묵념하지만 이건 그녀가 할 수 있는 최선의 방법이었다. 만약 정말로 도경을 따라 올라왔다면 아버지가 뒤따랐을 확률이 99.9퍼센트다. 온갖 고생을 다 하긴 했지만 후회하지 않는 것도 그 때문이었다.

 아니, 무슨 일이 생겼더라도 봄은 최대한 빨리 집으로 돌아왔을 거다.

'내가 있어야 잔다는데, 어떻게 안 와.'

 봄은 윤도경을 재우러 온 참이었다. 집 안은 조용했고 어딘가 불빛이 나오는 곳도 보이지 않았다. 방에 있을 수도 있지만 잠들지 않을 사람이 그곳에 있을 리 없었다. 그녀는 곧장 서재부터 향했다.

"어?"

 스탠드의 환한 빛이나 책들은 사람이 있었다고 말해 주는데 정작 서재는 비어 있었다.

"어디를……."

"온 봄?"

 들려야 할 목소리가 들린 건 바로 뒤에서였다. 깜짝 놀란 봄이 돌아보자 세수라도 한 듯 물기 있는 머리카락을 가진 도경이 있었다. 마찬가지로 놀란 듯 빠르게 다가온 그가 물었다.

"어떻게 벌써……?"

어딘가 지치고 피곤해 보이는 도경의 모습에 그녀는 단번에 알았다.

'악몽을 꾼 거야.'

또 무언가가 그를 괴롭혔다는 것을. 봄은 창백한 도경의 뺨에 손을 올렸다.

'똑같아.'

도희가 죽고 일주일을 넘게 잠들지 못하던 도경이 발작하며 깨어나던 그때와. 아니, 당장 얼마 전 서재에서 꿈에서 깨지 못하던 것을 보면 옛날보다 더욱 심해진 것일 수도 있었다.

이게 단순히 불면증일까? 수면 부족으로 인한 과도한 증상일까.

"잠이 늘었나 봐."

이렇게 가볍게 말할 거리가 아닐 텐데. 그녀는 고개를 저으며 그의 얼굴 곳곳을 살폈다.

"잘 잤잖아요. 분명 도희 그렇게 되고 못 잔 건 사실이지만 강성 떠나기 전엔 괜찮았잖아. 그런데 왜 이렇게……."

"언제 온 거야."

일부러 말을 끊은 게 너무 티가 나서 봄은 미간을 좁혔다.

"이럴 것 같아서 첫차 타고. 매일 이랬어요?"

절대 그냥 넘어가지 않겠다는 의지가 담겨 있었다. 빠져나갈 구멍이 봉쇄당하고 헛웃음을 흘린 도경은 그녀의 손을 잡아 내리며 말했다.

"흔한 악몽이지."

정말 의미 없이 던진 말을 봄은 매섭게 부여잡았다.

"도희가 왜 악몽이야!"

화를 내듯 눈을 사납게 뜬 그녀는 아예 '짝' 소리가 나게 그의 뺨을 붙잡았다. 도경은 그녀가 화를 내는 것 같은 게 아니라 화를 내고 있다는 것을 알았다. 그것도 아주 무섭게 화를 냈다.

"전부터 생각했어. 왜, 윤도경한테 윤도희가 악몽으로 불리는데. 왜 도희가 꿈에 나와서 당신을 괴롭히고, 그걸 악몽이라고 부르고 있느냐고. 도희가 그럴 리도 없고, 그건 윤도희 아니라고 말했잖아."

"그건."

"나는 아니야. 보고 싶고 만나고 싶어도 이제 그럴 수 없으니까 슬퍼도, 난 도희가 내 친구였다는 게 너무 행복했어요. 그래서 난 도희를 생각하면 마음이 아파도 좋았던 기억들만 가득해."

"……"

"매일 생각하면서 살지는 않았어. 그냥, 종종 생각했어요. 내 친구 도희가 이런 걸 좋아했었고 이런 걸 싫어했었고. 그냥 미안함보다는 그리운 마음만 들어."

누구도 도경에게 도희의 이야기를 이렇게까지 한 적 없었다. 결국 도희의 이야기를 할 사람은 아버지밖에 없었지만 늘 그랬듯 도희는 그들에게 상처였고 죄책감이었다. 그는 아무런 말도 할 수 없었다. 봄의 말이 도경의 폐부를 찌르고 선명한 흔적을 남겼다.

"당신한테 도희는, 정말 나쁜 기억이에요?"

무섭도록 완벽한 문장이었다.

감히 대답할 수 없는 질문에 그가 굳었고 입을 다물었다. 하지만 봄은 굳이 도경에게 대답을 종용하지 않았다. 대신 꽉 안아 주며 넓은 등을 토닥였다. 그저 질문을 하면서도 생겨나는 의문에 잠시 눈을 감았다.

'왜 이렇게 계속해서 힘들어하는 거지?'

분명 가족을 잃고 영영 볼 수 없게 된 것은 평생 잊을 수 없는 아픔이다. 세상천지 어디를 가도 이것을 덮고 잊으라 할 수 있는 사람은 없을 거다. 그러나 떠올리는 것이 악몽이 된다? 아무리 생각해도 이건 아니었다.

'떠나기 전에는 나아졌었어. 잠도 잘 잤어. 그런데 왜.'

마치 계속해서 상처가 후벼지고 있는 사람처럼. 그들에게 존재한 공백에 어떤 일이 있었는지 봄은 알 수 없었다. 그녀는 꽉 끌어안은 그를 살짝 놓아주고 눈을 맞췄다. 그리고 침묵하는 도경을 향해 말했다.

"윤도경, 우리."

내내 하고 싶었던 말이 있었다. 다만 그것이 그에게 짐이 되고 부담이 될까 하지 못했던 말이었다.

'같이 살까요?'

고민하고 뜸을 들이던 봄은 머릿속에 든 가장 바라는 생각들은 애써 덮어 두었다. 대신 지금 당장 도경에게 해 줄 수 있는 것부터 꺼냈다.

"같이."

눈동자가 한 바퀴 휙 돈다.

"같이 잘까요?"

도경의 정신도 돈다.

"…뭐?"

"지겹겠지만 내가 재워 줄게. 오늘도 내일도, 적어도 여기 같이 있는 한 내가……."

"안 돼."

야멸찬 거절에 봄은 언젠가의 그때처럼 충격을 받았다. 그녀는 그의 명치를 주먹으로 꾹 누르며 불만을 토해 냈다.

"왜요? 왜 자꾸 까는 거야?"

모든 것이 자극이다.

심통이 나서 쭉 내민 입술도, 살짝 상기된 뺨과 빤히 올려다보는 눈동자도 도경에겐 모두 자극이 되었다. 금방 정신을 차리고 세수를 하고 온 지금도 마찬가지였다.

알게 모르게 봄이 허물고 있는 담벼락으로 그가 오른다. 이 담을 넘어서면 아마 도경은 꽤 거친 욕심을 부릴 거다. 그러니 적어도 이 집에선, 온전히 그들만의 공간이 아닌 이곳에서는 그럴 수 없었다.

더욱이 봄의 눈에 서린 불안감을 그는 분명히 읽을 수 있었다. 여기는 그녀에게 완전하지 못한 곳이다. 제 집도, 도경의 집도 아닌 오빠의 집이었으니까. 어쩌면 안정감을 느끼지 못하는 것일 수도 있었다.

"웃지만 말고!"

복잡하게 흘러가는 그의 마음을 모르는 봄은 그의 뺨을 손으로 잡고 늘렸다. 웃음 뒤에 가려진 한계 속에서 도경은 생각했다.

이 기다림이 정말 옳은 걸까. 이대로 두 사람 중 누군가가 이 집을 나갈 때까지 기다리며 버티는 것이 과연 현명한 선택일까.

평화로운 날이었다. 날씨는 화창했고 날은 조금 더 따뜻해졌다. 이렇게 살금살금 계절이 변하다 보면 어느 순간 확 뜨거워질 것이다. 봄이란 그랬다. 언제나 불쑥, 눈치채지 못한 사이 찾아와 옆에 서는 계절이었다.

안 그래도 손님이 많았던 레벤은 여느 때보다 많은 손님들이 오갔다. 얼마 전 내놓은 신메뉴가 매우 큰 성공을 거뒀고 좋은 평판을 받으면서 레스토랑 자체의 매출도 무척 상승했다. 하루 종일 쉴 틈도 없이 손님들을 맞이하고 시간을 보내기를 한참, 카운터의 직원이 어깨를 두드렸다.

"어휴, 피곤해."

아무리 예약제로 손님을 받아도 그날그날 찾아오는 손님들도 있었고 대기하는 인원들을 관리하느라 오늘도 진을 뺐던 그녀였다. 본래 사람 상대하는 일이 가장 힘들다고들 하는 법이니까.

그래도 시간은 간다고 점점 영업 종료의 시간이 다가오고 있었다. 잎이 끝나면 일단 불편한 구두부터 벗어 던지고 누울 생각을 하며 팔을 주무를 때였다.

딸랑.

아마도 마지막일 손님이 문을 열고 들어오고 있었다.

"어서 오십시오."

기계적으로 튀어나온 맑고 고운 목소리였다. 손님의 얼굴을 볼 틈도 없이 두 손을 모아 인사부터 한 그녀는 뒤늦게 마주한 사람에 눈을 깜빡였다.

가게로 들어온 건 늦은 시간임에도 불구하고 심플한 선글라스를 낀 남자였다. 큰 키에 셔츠에 청바지만 입었음에도 지나치게 맵시가 좋은 그는 짧게 주변을 살피다 말했다.

"예약을 했습니다."

듣기 좋은 목소리는 이상하게 기시감이 들었다. 목소리뿐만이 아니었다. 선글라스에 가려진 얼굴도 마찬가지였다.

이상했다. 알 수 없는 생각에 연신 눈을 깜빡이던 그녀는 아차 하며 예약부를 집어 들었다.

"아, 성함을 말씀해 주시겠습니까?"

"윤현수."

"네, 윤현……."

아무 생각 없이 반사적으로 이름을 반복하던 입술이 멈췄다. 꼭 사방이 정지한 듯 미동도 않던 그녀가 예약부를 보던 고개를 들어 위를 보았고 남자는 선글라스를 벗고 있었다.

"흐읍!"

그 순간 멀지 않은 곳, 어느 사무실에서 누군가 부르르 몸을 떨었다.

톡, 톡.

도경의 손에 쥐어진 볼펜 끝이 오랫동안 책상을 두드렸다. 반복된 소리는 긴 시간 꾸준히 이어졌고 어느 순간 딱 멈췄다. 일순 그의 주변으로 공허한 고요가 맴돌았다.

"…인내."

내내 닫혀 있던 입에서 나온 말은 그것이었다. 다시 볼펜이 움직이고 책상은 어김없이 괴롭힘을 당하며 톡톡 소리를 냈다. 그 모습을 빤히 지켜보던 두 사람이 있었으니 전공의 영호와 세영이었다.

"고민이 있으신 것, 맞죠."

"무조건이야. 저 정도로 심각하신 적이 많지 않았어."

"그러게요. 그리고 보니까 요즘 이 근방에 집도 알아보고 다니신 다던데."

최대한 작은 목소리로 소곤소곤, 떠도는 풍문을 끄집어낸 세영에 영호의 눈이 휘둥그레졌다.

"헉, 설마 뭐 사기라도 당하셨나? 그래서 빚이라도 크게 지신 건가?"

나름대로 근거 있는 생각이었지만 세영은 고개를 저었다.

"펠로우 선생님이 그러실 분은 아니죠. 마음만 먹으면 한강 물도 파실 분인데."

"…그건 그렇지."

"근데 전 좀 알 것 같아요."

침착하게 말을 이은 세영은 눈을 가늘게 떴다. 이럴 때일수록 빛을 발하는 것이 여자의 촉이다. 그녀는 게슴츠레하게 뜬 눈으로 속삭였다.

"애인 문제."

번복은 없다는 양 단언하는 세영의 말에 영호는 감탄했다.

"맞네, 그러네. 그분 말하는 거지?"

굳이 길게 설명하지 않아도 나오는 인물 하나. 누구도 도경에게 직접 물은 적은 없으나 이미 공식적으로 그의 연인으로 인지되고 있는 여자가 있었다. 그제야 윤도경의 침묵과 고뇌가 이해가 갔다. 늘 철두철미하고 냉정한 사내를 저 정도로 고민에 빠지게 만들 수 있는 건 역시 사랑이겠지.

영호는 고개를 끄덕였다.

"사람이네."

"사람이시죠."

정확히 무슨 일인지는 몰라도 전보다 훨씬 사람 냄새가 나는 건 사실이었다.

'선생님, 파이팅'을 외치는 영호를 뒤로하고 세영의 휴대폰으로 메시지가 들어왔다. 응급실인가 싶어 얼른 일어서며 확인하던 그녀는 눈을 휘둥그레 뜨고 입을 막았다.

"대박, 대박!"

한껏 고양된 목소리로 펄떡펄떡 뛰는 세영에 도경과 영호가 놀라 돌아보았다.

"무슨 일이야."

"뭔데."

두 사람의 시선을 고스란히 받게 된 그녀는 잠시 머뭇거리다 휴대폰을 쥐고 흔들었다.

"아, 아니 그게 다른 게 아니라, 윤현수요! 윤현수가 귀국했나 봐요! 공식 귀국은 일주일 뒤라고 그랬는데, 왜 이렇게 일찍 왔지? 아! 그날로 비번 잡아 놨는데!"

뜬금없는 소리에 영호의 눈이 쭉 길어졌다.

"너… 3일 연속 당직 잡은 게 설마."

"당연하죠! 윤현수 한국 석 달 만에 들어오는 거예요! 진짜 오랜만에 한국에서 보는 건데! 아아, 진짜. 공항 가려고 했는데에!"

한탄으로 시작한 말은 끝내 분노가 되었다. 그러나 도경에게 그건 그리 중요한 게 아니었다. 그는 황급히 자리에서 일어나며 휴대폰을 들었다.

예약된 마지막 손님을 받고 마지막 주문이 들어왔다. 주방은 오더가 들어오자마자 조리에 들어갔다. 꽤나 고가에 속하는 코스 요리가 차례로 레스토랑 가장 깊은 곳의 룸으로 들어갔다. 딱 거기까지는 평소와 다름이 없었다. 그저 문밖에 진을 친 직원들만 빼면 말이다.

"너 퇴근 안 해?"

"지금 퇴근하게 생겼어? 얼굴 봤어? 어때?"

"뭘 어때, 미쳤지. 진짜 끝, 끝. 화면보다 백배는 더 잘생겼어."

"사인 받고 싶은데… 안 되겠지?"

"몰라. 지금 다들 그냥 기다리는 것 같은데."

"지배인님 아시면 난리 나는 거 아니야?"

최대한 목소리를 낮추고 걱정하는 동료에게 짧은 눈이 오갔다. 그리고 곧 한쪽으로 향한 시선엔 룸에서 가장 가까운 벽에 붙은 지배인이 있었다.

"따님이 팬클럽 회원이시래."

나지막한 속삭임에 모두들 고개를 끄덕였다. 어쨌건 현재 레벤은 축제의 현장이었다. 대놓고 날뛰며 소리를 낼 형편은 아니지만 이 반축제의 이유는 마지막 손님 때문이었다.

"윤현수 아직 있어요?"

휴일이었던 직원마저 돌아오게 만드는 대한민국 톱 배우의 방문. 사실 레벤에는 꽤 많은 연예인들이 오곤 했다. 장르 구분할 것 없이 한 달에 두세 번꼴은 꼭 찾아왔으나 윤현수는 달랐다.

윤현수다, 윤현수. 근 10여 년간 전성기에서 내려올 생각도 않는 바로 그 윤현수. 미사여구조차 필요치 않은 그의 방문은 이들의 부산스러움을 이해하게 했다.

"팬미팅 안 할까요?"

"밥 먹으러 와서 일하고 싶겠어?"

"…그럼 사인 못 받나?"

"사진이나 찍을 수 있는지 누가 물어봐 줬으면 좋겠다."

서빙을 위해 들어가는 직원을 향한 부러움 가득한 시선들 속, 룸으로 들어선 직원은 디저트를 내려놓고 있었다.

"고맙습니다."

테이블에 접시가 놓이고 윤현수는 가볍게 인사했다. 사람 애간장 살살 녹일 듯한 낮고 짙은 목소리에 연신 심장이 벌렁대던 직원은 애써 평정심을 유지했다.

"만족스러운 식사가 되셨는지 모르겠습니다."

디저트를 마지막으로 다시 들어올 일이 없어 용기를 낸 질문이었다. 무시를 당한다고 해도 감수할 생각이었는데 윤현수는 분명히 반응을 보였다.

"예, 아주 좋았습니다."

그는 웃거나 상냥하진 않았지만 매너가 있었다. 아니, 그냥 존재 자체가 매너가 있는 느낌이었지만.

"정말 맛있었습니다. 추천을 받아 온 보람이 있었습니다."

인사로 끝났을 법한 대화가 이어졌다. 직원은 대화를 이어 나갈 끈이 생기자 놓치지 않고 그것을 잡았다.

"추천을 받아서 오셨군요. 미리 말씀을 주셨으면 저희가 다른 서비스를 제공했을 텐데."

"아닙니다. 실장님도 그건 바라진 않으셨을 겁니다."

"네? 실장님이요? 어, 혹시 추천해 주셨다는 분이."

"예. 가끔 연락을 하는 편이라, 안 그래도 시간 맞춰 오려고 했는데 너무 늦은 시간이라……."

"지금 위에 계세요!"

저도 모르게 외친 직원의 눈이 살짝 붉었다. 그 순간 윤현수의 입꼬리가 살짝 올라갔지만 그녀는 그것을 보지 못했다. 그는 입가를 가리며 되물었다.

"아, 그렇습니까?"

"네! 제가 바로 모셔 올게요!"

"너무 실례가 되는 건 아닌가 싶어서."

"설마요! 저희 실장님이 얼마나 좋으신 분인데요! 조금만 기다려 주세요."

어떻게든 도움을 주고 싶다는 열정이 가득한 기세였다. 윤현수는 그 배려를 감사히 받기로 했다.

"부탁드리겠습니다."

승인 아닌 승인이 떨어지기가 무섭게 직원이 룸 밖으로 나갔다. 방음이 완전하지 못한 밖에서 소란이 이는 것이 들렸지만 그는 개의치 않았다. 포크로 방금 내온 디저트를 조각내 들었다. 입에 들어가며 초콜릿이 사르르 녹았다.

"맛있네."

평소 칭찬에 인색한 그의 입에서 나온 진심 어린 칭찬이었다. 디저트뿐만이 아니었다. 전체적인 구성, 요리, 플레이팅까지 모든 것이 만족스러웠다. 귀국하자마자 일부러 찾아온 보람이 있었다. 매우 만족스럽게 디저트를 거의 다 먹어 갈 무렵이었다.

똑똑.

기다렸던 노크가 울렸고 대답도 하기 전에 문이 열렸다. 익숙한 얼굴이 무표정으로 들어왔고 문이 닫혔다.

"오랜만에 뵙습니다, 실장님."

뻔뻔할 정도로 여유롭게 인사를 건네자 '실장님'의 표정이 일그러지다 간신히 멈췄다. 그녀가 입꼬리를 겨우 올리며 인사말을 했다.

"그러네요. 언제 오셨나요? 오시는 줄 알았으면 좀 더 준비했을 텐데 미리 말씀 좀 주시지 그러셨어요."

"혹시 부담이 갈까 싶어서요. 아무래도 좋아하지 않을 것 같아서."

"설마요. 저희 가게에서도 이렇게 윤. 현. 수. 씨께서 오시면 얼마나 좋은데요. 혹시 SNS가 있으시면 거기에 인증 글 한번 올려 주시겠어요? 홍보가 될 수 있을 것 같은데."

"식사를 하러 온 손님에게 만족도보다 홍보를 먼저 요구하다니, 실장님이 일반 직원보다 서비스가 부족하시군요."

"그렇게 들리셨군요. 정말 죄송합니다. 앞으로 여기 오지 않으실 것 같으니 더 솔직하게 말씀드리자면 앞으로는 이곳에서 가장 먼 곳으로만 다녀 주시기 바랍니다. 더욱, 만족할 수 있을 테니까요."

"아, 여기는 다른 곳보다 맛이 없다."

"아니요. 윤현수 씨 말고 저요. 윤현수 씨가 안 오셔야 제가 만족하고 일을 할 수 있을 것 같아서요."

"그 말은 제가 실장님한테 방해가 된다고 들리는데요."

"이해력이 굉장히 좋으시군요. 역시 대본을 늘 숙지하시는 배우답네요."

창과 방패만 안 들었지 이곳은 전쟁터였다. 오랜만에 만난 남매의 무혈 전투 속에서 윤현수, 결은 의자 등받이에 몸을 기댔다. 그리고 옅은 미소를 지었다.

"좀 하네?"

명백한 칭찬에 봄은 생긋 웃었다.

"과찬이세요."

절대 혈육 관계를 바깥으로 내지 않겠다는 의지가 가득 담겨 있었다. 사실 봄의 이런 반응은 하루 이틀이 아니었다. 그녀는 눈앞의 혈육, 오빠 온결과의 관계를 누군가에게 들키고 싶어 하지 않아 했다. 이유는 하나, 그의 극성맞은 팬들 때문이었다.

한때 아무 생각 없이 온결과 있던 봄을 자신들의 경쟁자로 여긴 듯 팬을 빙자한 이들이 해코지를 해 대고 집까지 찾아와 소란을 벌였던 일이 있었다.

윤현수의 소속사는 그것을 단호히 잡아내고 고소도 불사했지만 당시의 난잡했던 순간은 가족들에겐 징그러운 과거였다. 다행히 얼굴이 드러나거나 신상이 밝혀진 건 아니었지만 어쨌건 이후로 가족들은 '온결'과 '윤현수'를 완전히 별개의 인물로 두었다.

그것을 빤히 알면서 결은 짓궂게 말했다.

"말한다?"

"뭘."

"내 사랑스러운 동생."

바로 지금처럼 말이다.

"미쳤어?"

진심으로 가득한 목소리가 꽤나 크게 퍼졌다. 그 순간 꽉 닫혀 있던 문이 활짝 열렸고 안으로 들어온 건 뜻밖의 인물이었다.

"괜찮습니까?"

재완이었다. 어찌나 세게 열었던지 반동에 의해 문이 다시 닫히고 룸에는 세 사람이 되었다. 당황한 봄이 눈을 깜빡였다.

"예? 예?"

너무 놀라서 정지한 사고 회로에 바보 같은 반문만 나왔고 재완은 그녀를 제 뒤쪽으로 보내며 살벌한 시선을 결에게 던졌다.

"이쪽이 뭐라고 한 겁니까? 밖에서 들었습니다. 뭔가 다투는 것 같았는데, 혹시 저 남자가 이상한 짓이라도 했습니까?"

"아, 아니요. 그게 아니라."

"연예인이라고 감쌀 필요 없습니다. 그깟 것, 무슨 벼슬이라고."

흉흉한 시선 속에 봄은 빠르게 머릿속을 정리했다. 그러니까, 재완은 방음이 완벽하진 않지만 적당히 감춰 주는 문밖에서 무언가를 들었을 거다. 다 듣진 못했어도 마지막 말만 들으면 싸우는 걸로 오해할 수도 있을 거다. 거기다가 가장 중요한 사실 하나.

'이 사람, 감투 혐오병!'

처음 봄과 트러블이 일었을 때에도 이 비슷한 상황이었다. 그녀는 잠시 골치가 아파져 이마를 감쌌다. 그에 반해 이 상황을 즐기는 듯 다리까지 꼰 결이 속 터지는 소리를 던졌다.

"남자 친구?"

"아니!"

봄은 우렁차게 결의 말을 반박했다. 덕분에 저도 모르게 시무룩한 표정이 된 재완의 표정을 그녀는 몰라도 결은 분명히 보았다. 잠시 침울해졌던 재완은 다행히 금방 기운을 차리고 말했다.

"방금까지 손님이 드신 음식을 내드린 주방 셰프입니다."

묘하게 굴러가는 상황에 꼰 다리의 발끝을 까딱까딱 움직이던 결이 물었다.

"셰프께서 무슨 일로 오셨습니까?"

"대단하신 손님이 우리 실장을 호출했다는 연락을 받아서요."

"설마 셰프님이 실장님의 대변인은 아니실 테고."

"서비스에 문제는 없으셨을 테니, 관리인을 호출하신 거라면 음식의 문제 아니겠습니까. 음식과 관련된 부분은 제게 직접 말씀하시고 그게 아니라면……."

"그게 아니면 이만 가라."

재완의 침묵은 대답과 같았다. 결은 진심으로 흥미로워진 표정이었고 봄은 암담해졌다. 이 상황을 정리하기 위해선 온결이 제 오빠라는 것을 말하면 되지만.

'미치겠네.'

윤현수와 남매라는 것을 알면 이쪽이 어떻게 나올지 상상이 안 갔다. 게다가 아마 아는 사이라는 건 듣고 왔겠지만 벌써 안 좋은 인식을 가지게 된 모양이다.

초조하게 두 사람을 보며 가장 좋은 방법을 찾는 사이, 온결은 진심으로 재완에게 흥미가 생긴 것 같았다. 그가 몸을 앞으로 기울였다.

"남자 친구도 아닌데 왜 이렇게까지 과하게 반응합니까?"

"그러면 안 됩니까?"

"안 될 건 없지만… 내가 좀 꼬실 수 있는 거 아닌가?"

"이보세요, 윤현수 씨. 더 이상의 무례함은……!"

"잠깐!"

봄은 일단 두 사람 사이를 막고 손을 올렸다. 더 이상 말려들면 안 된다. 그녀는 재완을 올려다보며 고개를 저었다.

"전 괜찮아요. 나가서 설명할게요. 일단 지금은……."

"윤도경 씨가 이걸 봐도 가만히 있겠습니까?"

"…예?"

여기서 윤도경이 왜 나와?

물론 도경도 이것을 보면 가만히 있진 않았을 거다. 같이 놀리면 놀렸지. 이해하지 못할 말에 눈동자만 끔뻑거리는 봄을 그가 옆으로 밀었다.

"비슷한 겁니다. 아무리 내가 덮어 놨어도, 안 되는 건 안 되는 겁니다."

"…뭘, 덮어요?"

도통 알아들을 수 없는 말의 향연에 머리 위로 물음표만 가득했다. 그러나 결은 아예 테이블에 몸을 기대며 이 흥미진진한 상황에 완전히 뛰어들었다.

"나는 여기 셰프님이 윤도경을 어떻게 아시는가 모르겠네."

"윤도경도 압니까? 그래서 뭐요. 원래 그렇게 참견하는 거 좋아합니까? 뭐가 그렇게 궁금해요?"

"귀찮아지기 싫으면 말하는 게 좋을 겁니다. 난 궁금한 건 알아야 하니까."

집착으로 똘똘 뭉친 시선을 재완도 분명하게 느꼈다. 어떻게 아느냐고? 그것은 당연히 몇 마디로 설명이 가능했다. 다만 그러다 간 봄에게 아직 완전히 정리하지 못한 감정을 들킬지도 모를 일이었다. 재완은 상황 파악이 더딘 봄을 두고 짧고 굵게 대답했다.

"친굽니다. 됐습니까?"

"안 되겠는데요."

"예?"

"안 된다고."

숨 돌릴 틈도 없이 대답한 결은 이제 아예 자리에서 일어나고 있었다. 그는 긴 다리로 단숨에 재완의 앞으로 다가왔다. 그리고 굉장히 즐거운 표정으로 말했다.

"윤도경은 내 건데."

봄은 생각했다.

'엄마, 엄마 아들 미쳤나 봐.'

진심이었다.

15.

 온결이 귀국했다는 소식을 들은 도경은 곧장 집으로 가, 집에 있는 봄의 물건들을 정리했다. 그리고 얼마 지나지 않아 봄에게 레스토랑으로 온결이 왔다는 연락까지 받았다. 옳은 선택이었다.
 다행히 그녀의 예전 집을 완전히 정리하면서 이 집의 물건들도 한데 모아 놔 특별히 치울 것이 없었다. 아니, 애초에 봄은 제 물건들을 이 집에 제대로 놓은 적이 없었던 것도 같다.
 "……."
 다행? 이게 다행이라고 말할 수 있는 것인지 순간 의문이 들었다. 지금껏 정리한 것이라고 해 봤자 칫솔이나 신발, 가벼운 빨래 몇 개.
 "겨우."

아무리 미리 정리를 하고 언제고 나갈 수 있도록 염두에 두었다고 하더라도 몇 달을 살아온 집의 짐이 고작 이것이라니.

"…아."

생각해 보면 그녀는 제 물건을 모두 가방에 넣어 두거나 바로 정리해 놓았다. 그것이 무엇을 뜻하는지 파악하는 게 어려운 일은 아니었다.

봄은 항상 자신이 머물 곳을 찾았고, 고민하며 정착하지 못한 스스로를 인지하고 있었을 것이다. 문득 그런 생각이 들었다. 자신은 봄의 곁에서 안정을 찾았고 잠들지 못했던 밤을 위로받을 수 있었다. 괴로운 밤을 안아 주며 깨지 못한 악몽을 깨트려 주었던 그녀였는데, 정작 그녀는 여전히 몇 개의 가방이 전부였다.

도경은 제 손에 들린 봄의 물건을 내려다보았다. 정리할 것은 고작 빨래 몇 가지.

"이게."

나지막이 중얼거린 그는 입술을 물었다.

'뭐 하고 있는 거지.'

잘한 짓이 아니라는 건 알고 있지만 무엇이 그렇게 무섭고 두려워서, 숨기는 데 급급한 걸까. 처음과 분명히 달라진 지금의 상황에서도 자신은 왜 이렇게 덮어 두려 하는 걸까. 멈춰 선 도경의 시선이 집 안을 둘러보았다.

"……."

주인인 결은 일 년에 석 달도 머물지 않는 집이다. 그 역시 이곳에 살던 지난 일 년여 동안 그와 얼굴을 마주한 것이 거짓말 보태지 않고 스무 번도 되지 않을 거다.

그 정도로 차가웠던 곳이다. 사람이 사는 것 같지 않았던 집, 그저 겨울 같았던 이곳에 봄이 들어오고 따스함이 깃들었다. 이제 이곳에 그녀가 없는 것은 상상조차 할 수 없게 되었다.

도경은 두고두고 생각했었다. 서로 마음을 확인하고 봄이 고향에 잠시 내려갔을 때부터 지금까지, 쭉 끝없이 고민해 왔다. 이대로 무언가 바뀌기만을 기다리는 것이 옳은 것일까. 정말로 이 집을 나가면 그간 묵혀 둔 결에 대한 미안함이 사라질까. 결국 온결을, 친구를 속였다는 것은 똑같은 것인데.

도경은 다시 집을 돌아보았고 곧, 놓았던 휴대폰을 쥐었다.

"실장이 윤현수랑 아는 사이라고?"

홀의 이야기가 주방까지 들어오는 건 그리 오래 걸리지 않았다. 특히 마지막 주문까지 마치고 정리가 들어가는 주방은 밀린 가십의 온상이었다. 경찬의 놀란 말에 자리를 점검하던 재완이 고개를 들었다. 멀지 않은 곳에 홀 직원이 열심히 소식을 전하는 중이었다.

"네. 지금 윤현수 씨가 실장님 호출했어요."

"손님이 왜 실장을 호출해."

단번에 말꼬리를 잡아챈 그가 성큼성큼 다가갔다. 홀 직원은 살짝 당황하며 눈동자를 굴렸다.

"예? 그야, 아는 사이라고 하니까."
"호출이라며. 그건 컴플레인밖에 더 있어?"
"설마요. 설사 그렇다고 하더라도 연예인이 그렇게 대놓고……."
"시작이 잘못됐잖아. 실장을 호출한다고 이리저리 가게 만들어? 실장이 호구야? 레스토랑 대표야."

틀린 말은 아니었다. 재완은 앞치마를 벗고 그대로 주방을 나섰다. 분명한 건 그의 태도가 봄을 이제 제 식구로 받아들이고 있음을 말하고 있었다. 거기다 그런 재완의 곁에 보너스처럼 붙은 다람쥐가 있었다.

"넌 왜 따라와."

어느새 뒤따라온 진영이 큰 눈을 깜빡이며 꿀꺽, 침을 삼켰다. 그녀의 손에는 프라이팬도 들려 있었다.

"그건 뭔데."

그가 황당한 목소리로 묻자 그녀는 프라이팬의 손잡이를 꽉 쥐었다.

"호, 혹시 윤현수가 실장님한테 해코지라도 하면… 요즘 연예인들 갑질이 엄청 무섭다고 들어서요. 혹시나, 정말 혹시나 만약에."
"그거로 치려고?"
"…각오는 했습니다."

나름 심각했던 마음이 헛웃음으로 들어찼다. 재완은 한숨을 쉬며 진영의 정수리에 손을 얹고는 그대로 획, 돌렸다.

"억."

"돌아가. 얼굴에 흠집이라도 나면 생매장될 분위기니까."

"뭐 얼마나 천연기념물이라고요."

"그 정도면 기념물이지. 잘은 생겼잖아."

"고작 생긴 걸로요? 그리고 잘생긴 것도 잘 모르겠어요. 셰프님이 더 잘생긴 것 같은데."

대수롭지 않게 평가하던 재완의 말을 진영은 드물게 심통 맞은 말투로 말했다. 가만히 듣고 있던 그는 헛웃음을 넘어 헛바람을 들이켜며 그녀의 등을 툭 밀었다.

"이젠 아부도 할 줄 아냐?"

꽤 강한 힘에 앞으로 밀려나간 진영이 돌아섰을 땐 재완은 이미 윤현수가 있는 룸으로 향하는 중이었다. 홀로 남은 진영은 아랫입술을 비죽, 내밀고 중얼거렸다.

"…진짠데."

그녀의 혼잣말을 듣지 못하고 도착한 룸 앞에는 봄이 이미 사람을 물린 듯 아무도 없었다. 덕분에 문 앞까지 곧장 닿을 수 있던 그에게 들린 건.

'…사랑스러운……'

'미쳤……'

격렬한 대화의 일부. 안 그래도 경계하고 있던 재완을 더욱 불타오르게 만들었고 그는 기다리지 않았다.

그리고 현재.

"윤도경은 내 건데."

살면서 가장 황당한 이야기 3순위에 들 것 같은 말을 들은 재완은 잠시 그로기 상태에 빠졌다. 멍해진 그에게 윤현수, 아니 온결은 한 걸음 더 다가섰다.

"어떻게 우리 깐깐한 여왕님이랑 친구가 되셨을까."

"……."

"셰프님, 내 말이 좀 들리시나?"

눈이 돌아가게 잘생긴 얼굴이 이젠 제대로 보이지 않았다. 정확히 자신이 원하는 반응을 보여 주는 재완에 결의 얼굴로는 짙은 미소가 번질 때였다.

"작작 해, 이 자식아!"

"억!"

결국 참지 못한 봄의 발이 결의 엉덩이를 냅다 차 버렸다. 강력한 한 방에 밀려나간 결이 벽을 짚고 선 사이, 봄은 씩씩대며 입술을 물었다.

'저 미친 사디스트.'

온결이 저러는 건 절대 다른 이유가 있어서가 아니다. 놀리는 게 재밌어서. 반응이 즐거워서. 그의 주변에 몇 없는 이들은 모두 통달이 되어 버렸으니 재완의 신선한 반응에 스위치가 켜진 것 같았다.

'그래서 그냥 두라고 했던 건데.'

반응하면 더 날뛰니 말이다. 때때로 그의 저런 행동이나 말 때문에 오해하던 사람도 있었다. 그러나 정말로 그냥 놀리는 거다. 저럴 때면 식겁하며 학을 떼는 도경의 반응도 즐기면서.

결은 남들 괴롭히는 맛에 살아간다고 봐도 무방했다. 성격 파탄자, 고약한 성질머리. 저게 내 혈육이라니.

"셰프님, 정말 죄송합니다."

안 그래도 갑자기 나타난 온결로 인해 머릿속이 복잡한 마당에 사과까지 해야 했다. 그녀가 제 핏줄을 대신해 사과하자 정신을 차린 재완이 봄을 돌아보았다.

"대체, 뭡니까?"

결국 말할 수밖에 없는 상황이었다. 낮은 한숨을 쉰 그녀가 힐끗 결을 보다 대답했다.

"오빠예요."

"…오빠?"

"친오빠."

그의 혼란이 눈동자에서 고스란히 보였다. 재완은 두 사람을 번갈아 보다 바보 같은 질문을 했다.

"…윤봄이었습니까?"

이해할 수 있는 질문에 그녀는 단호히 말했다.

"가짜는 쟵니다."

꼿꼿한 손가락이 향한 곳에는 다시 완벽한 피사체로 돌아온 윤현수가 있었다. 그제야 재완은 두 사람이 닮았다는 사실을 깨달았다. 인식하지 않으면 모르지만 인식하는 순간 확, 느낌이 전해졌다. 그리고 집착남은, 아니 결은 재완에게 다가왔다.

"그러니까 윤도경이랑은 어떻게 안 사이……."

Rrrrr. Rrrrr.

또 어떤 신박한 소리를 할까 싶었던 긴장감은 벨 소리에 묻혀 사라졌다. 봄은 휴대폰을 두고 왔고 재완은 주방에서 막 온 참이다. 전화의 주인은 하나뿐이었다. 열심히 울리는 전화벨에 노선을 바꿔 휴대폰을 꺼낸 결은 액정을 한 번 보곤 전화를 받았다.

"어, 왜. 맞아, 한국."

인사말도 없이 시작된 통화는 아주 짧았다. '어'와 '그래'로 이어진 짧은 통화의 끝에 그는 통화 상대를 향해 물었다.

"너 나 모르게 친구 만들었냐."

그로써 결이 통화를 하고 있는 상대가 도경이란 것이 확실해졌다. 온결이 한국에 온 걸 도경이 어떻게 알았는지 모르겠지만 어쨌든 흐름은 끊겼다. 봄은 긴장의 끈을 놓지 않고 조심스레 되물었다.

"…뭐래?"

전화를 끊은 결에게 묻자 그는 무표정한 얼굴로 휴대폰을 넣으며 대답했다.

"닥치고 끊으래."

윤도경 나이스.

다시 세 사람이 모였다. 이 집, 이 공간에 마침내 집주인까지 한데 모였고 먼저 와 있던 도경은 짧게 말했다.

"고생했다."

긴 시간 해외에서 촬영을 마치고 이제야 온 결을 향한 짤막한 위로였다. 결은 손을 획 들어 인사를 대신하며 안으로 들어갔고 도경은 바로 뒤에 있는 봄을 향해 손을 뻗었다.

"이리 줘."

인사보다 먼저 내민 손에 그녀는 저도 모르게 고개를 저었다.

"괜찮아요. 제가 들게요."

봄의 손에는 오기 전 들른 마트에서 산 갖가지 물건들이 들려 있었다. 평소라면 자연스레 건넸을 짐들이지만 결의 눈치를 보느라 허공에 떠 멈춘 그의 손을 미처 파악하지 못했다. 이리저리 살피던 그녀가 속닥였다.

"왜 저까지 오라고 했어요. 이상하게 생각할 텐데."

그런 사람치고 장까지 잔뜩 봐 왔지만 말이다. 도경은 대답하지 않고 봄에게서 짐을 가져갔다. 그대로 짐을 뺏긴 그녀가 허둥지둥 따라갔다.

"아, 아니."

주방 식탁에 짐들을 놓는 그를 뒤따른 봄이 피곤한 듯 소파에 앉은 결을 곁눈질하다 소곤댔다.

"이렇게 친절하면 곤란해요. 온결 눈치가 얼마나 좋은데."

"짐을 들어 주는 것도 눈치를 봐야 하나?"

"아무 사이도 아닌데 이러는 건 좀 그렇잖아요."

"……."

"너무 옆에 오면 안 돼요. 들키면 안 되니까."

분명 그녀는 도경을 배려해서 하는 말일 것이다. 친구 집에 살면서 친구 동생과 연인이 된 그의 입장을 백 번이고 천 번이고 고뇌하며 생각한 것일 테지.

이 집을 나가면, 같은 공간에서 머무는 것이 끝나면 정말로 모든 게 해결되는 걸까. 봄은 살짝 결을 확인하곤 도경에게 작게 말을 이었다.

"아직 저녁 안 먹었죠. 밥해 줄게요. 이번에야말로 진짜, 내가 밥해 줄게."

몇 번이고 해 주려 했지만 그때마다 신기할 정도로 방해를 받았던 식사 대접이다. 매번 받아먹었던 보답을 이번에 꼭 해 주고 싶었다. 그녀는 쓸쓸하게 웃었다.

"오빠도 돌아왔고, 이 집에서 해 줄 수 있는 마지막 기회 같으니까."

예상했던 것보다 일주일이나 먼저 온 터라 정신이 없지만 아주 대비가 없는 건 아니다. 집주인으로부터 보증금을 받는다는 연락을 받으면서 꾸준히 부동산도 다녔고 임시 거처도 생각해 놓았다.

단지, 도경과 떨어져 지내는 것이 마땅치 않을 뿐.

"많이 놀랐죠. 그래도 우리 쭉 잘 대처해 왔으니까, 걱정 말아요."

어쨌든 지금은 밥을 해 주고 싶은 게 가장 큰 마음이었다. 가 보라는 봄의 눈짓에 도경은 나지막이 중얼거렸다.

"그래, 그때그때 임기응변으로."

"응?"

이해하지 못한 그녀가 고개를 갸웃거리고 도경은 시간들을 거슬러 천천히 머릿속의 질문에 해답을 내렸다. 봄을, 그녀를 혼자 내보낼 수 있나?

'아니.'

단번에 대답이 나왔다. 처음엔 으레 그래야 했었다. 위험에 처한 동생이 오빠의 집에 머무는 게 어디로 보나 당연했었다. 그러나 지금은 어떠한가.

'못 해.'

그럴 생각이 없다. 이제 그럴 수 없게 되었다. 그녀를 위해서가 아니라 자신을 위해서, 너무도 이기적이게도 이제 그 자신이 혼자 있을 수 없었다.

결국 봄을 불안하게 만들고 정착하지 못하게 만든 건 스스로였다. 이곳이 그녀의 집이 아니라고, 언제고 떠나야 할 곳임을 늘 상기시켰던 자신이었다.

"얼른 가 있어요."

봄이 목소리를 낮추고 소곤댔다. 몰래 잘못을 저지르는 사람처럼 굴게 만든 건 도경, 저였다. 그는 숨을 크게 들이쉬었다.

'처음부터.'

가장 중요한 건 이런 집 따위가 아니었는데. 어쩌면 이미 답은 나와 있던 것일지도 모른다. 그저 넓기만 했던 이 공간을 겨우 몇 달 사이 다르게 느껴지게 만들어 준 한 사람을 이제야 깨달은 자신이 멍청했을 뿐.

지켜야 할 것은 '집'이 아니라 '봄'이 있는 이 집이었다. 도경은 물건들을 꺼내느라 식탁에 놓인 봄의 손등에 제 손을 얹었다.

"어, 잠깐. 손이……"

그는 놀라서 빼내는 그녀의 손을 더욱 세게 쥐었다.

"생각이 바뀌었어."

"네?"

자신을 바라보는 당황으로 물든 봄의 시선이 너무도 사랑스러웠다.

"들켜야겠다."

더 이상 숨길 수 없을 만큼.

"여기는 오늘부터 같이 지내게 된 윤도경."

낯선 공간에 들어섰을 때 가장 힘든 순간이 지금이 아닐까. 완벽한 타인들에게 자신을 소개하는 것. 심한 낯가림이 있거나 감정 변화가 들뜨는 편은 아니지만 아침에 괴상한 여자애에게 휘말린 터라 도경은 조금 피곤한 상태였다.

전학 첫날부터 고단함을 느낀 도경은 짧고 굵게 인사했다.

"윤도경이야. 잘 부탁해."

열 살답지 않게 무뚝뚝하고 고저 없는 목소리였다. 이제 같은 반이 된 아이들도 의례적인 박수만 칠 뿐 대단히 환영하는 분위기는 아니었다.

"들어가서 앉아. 자리는 저기, 저쪽에 앉으면 돼. 키가 커서 따로 자리를 바꾸진 않아도 되겠다."

선생님의 상냥한 말과 함께 도경은 제 자리로 지목된 곳으로 향했다. 전학이란 것이 특별하고 설레기도 할 만한데 무표정한 얼굴에는 어떤 변화도 없었다. 이내 자리에 앉아 가방 속 필기도구를 꺼내는 사이, 진한 시선이 볼을 때리고 있었다.

"……."

 눈길은 담임 선생님의 아침 조회가 끝날 때까지 끝없이 이어졌다. 모르려야 모를 수 없는 따가운 시선이었으나 도경은 꿋꿋하게 무시했다.

 무시하고, 무시하고 또 무시하기를 한참.

 드르륵.

 선생님이 교실 밖으로 나가기가 무섭게 의자를 끌며 다가온 옆자리 녀석이 도경의 책이 제 책상인 양 철퍼덕 엎어졌다.

 "이 정도로 보면 한 번쯤은 돌아봐 줘야 하는 거 아니냐."

 도도한 말투에 빛나는 눈동자가 정확히 도경을 향해 물었다. 대놓고 코앞까지 온 터라 어쩔 수 없이 눈을 맞추자 목소리만큼 도도하게 생긴 얼굴이 보였다. 정말 화려하게 생긴 녀석이었다.

 "할 말 있어?"

 물론 도경에겐 상관없는 일이지만. 한참 늦었지만 자신을 돌아봐 준 것으로 만족한 듯 도도한 녀석이 말을 이었다.

 "너지. 7번지 골목 초록 지붕 잘생긴 손자."

 "…그게 뭔데?"

 "맞네. 우리 엄마가 어제부터 그렇게 말하던데. 그 집 손자가 인사도 잘하고 나랑은 완전 반대로 점잖고 어른스럽다고."

 누군지도 모르겠고 무슨 말인지 모르겠지만 상관하고 싶지 않아졌다. 도경은 대놓고 무시했고 충분히 기분 나빠할 수도 있을 상황에서 녀석은 조금도 주눅 들지 않았다.

 "야."

 아니, 오히려 더욱 당당해졌다.

"나 지금 느낌 왔어."

"뭐?"

"너랑 나랑 약간 백년회로할 것 같아."

"……."

"나는 온결. 알아, 이름 개 멋있는 거."

뭐지, 이 타고난 멍청이는.

"백년해로겠지, 멍청아."

저도 모르게 과격해진 언사에도 녀석은 흔들리지 않았다.

"알아. 네가 아나 확인해 본 거야."

"뭐래."

"너 지금 나 별로 안 싫은 것도 알고."

당당한 말이 거짓말인지 진짜인지 구분이 가지 않았다. 장래 희망이 배우는 아닐까 싶을 만큼 태연한 모습에 도경의 미간이 확 찌푸려졌다.

'아침부터 이게 뭐야.'

왠지 아침에 만난 불쾌한 꼬마와 닮은 것 같은 건 착각이었을까. 도경은 무시하고 책을 펼쳤다. 진심으로 상종하고 싶지 않았었다. 어쩌면 그때 이미 질긴 인연을 알았던 것일지도 모르겠다.

애초에 주인에게 허락을 구하지 않고 들어온 터였다. 잘못된 일이었고 어떤 이유가 있건 사과부터 해야 할 일이었다. 그것을 알기에 봄은 내내 불안했던 것 같다.

이 집이 제 집처럼 편하고 아늑하다고는 느꼈지만 '내 집'이라고 생각한 적은 없었다. 언제고 떠나야 하는 불완전한 안정이었다.

"들켜야겠다."

그래서 그의 말에 허둥대지 않고 침착할 수 있었다. 언제고 결국 이렇게 될 거라는 생각을 늘 하고 있었기 때문일지 모른다. 봄은 아무런 말 없이 도경을 올려다보았고 그는 천천히 미소를 지었다. 거짓말처럼 걱정이 녹아들었다.

'괜찮을 것 같아.'

도경의 미소에 그런 생각이 들었다. 도통 속을 알 수 없는 온결이 어떤 반응을 할지 모르겠지만 다 괜찮을 것 같다. 그녀가 고개를 끄덕이자 그는 봄의 뺨에 살짝 손을 올렸다.

"괜찮아."

그녀의 마음을 읽어낸 듯한 말이었다.

"나랑 같이."

식탁을 돌아 나오려는 봄을 도경이 고개를 저어 막았다.

"내가 해."

"……."

"걱정하지 마."

대화를 마친 도경은 냉장고에서 마실 것을 챙겨 돌아섰다. 멀어지는 그의 뒷모습을 보면서 봄은 봉지에서 꺼낸 것들을 보았다. 그녀에겐 혼신을 다해야만 하는 요리 재료였다.

'오늘은 꼭, 해 주고 싶은데.'

봄은 깊이 한숨을 내쉬었다.

탁.

결이 앉아 있는 소파 앞 테이블에 주스 캔이 놓였다. 평소 결이 좋아하는 것으로 다급히 집으로 오던 길에 도경이 사 놓은 것이었다. 평소와 달리 결은 꽤 피곤해 보였다. 소파에 늘어져 눈가를 매만지는 것이 금방 잠들 것처럼 보이기도 했다. 그는 테이블의 캔을 가져가며 말했다.

"곧 인태 올 거야."

정인태 실장, 결의 매니저다. 도경은 결의 맞은편에 앉으며 물었다.

"나가야 돼?"

"인터뷰 있어."

"정 실장도 고생이 많네."

"그래. 그러니까 말해."

"……."

"시간 별로 없다."

굳이 봄까지 데려오라고 한 것에서 온결은 무언가를 눈치채고 있을 것이다. 자신이 아는 친구라면, 분명히 그럴 거다. 도경은 돌려 말하지 않았다.

"여기서 나가려고."

시원하게 던진 직구는 멀지 않은 결에게 완벽히 닿았다. 한 모금에 비워 버린 캔을 손가락 끝에 들고 흔들흔들, 움직이던 결이 되물었다.

"그 양반, 뭐 좀 달라진 게 있어?"

그가 말하는 사람이 누구인지는 뻔했다. 도경의 아버지였다.

"너 진짜 전세 계약이 끝나서 여기 들어온 게 아니잖아."

결의 말대로, 도경은 단순히 전세 계약이 끝나 이곳에 있는 게 아니다. 물론 결이 이 집에 제대로 들어오지 않아 대부분 비어 있는 것도 사실이지만, 도경이 이곳에 온 건 아버지 때문이었다.

단둘뿐인 혈육이라는 이유로 얽히며 '가족'이라는 이름을 무기로 행해지던 폭력들을 피하기 위해서.

도경은 피식 웃었다.

"그렇게 말할 줄 알았다."

"알면서 뭘 물어. 넌 나랑 백년해로한다니까."

"그거 못 해."

농담처럼 대답했지만 농담은 아니었다. 이것 역시 결은 귀신같이 알아들었다. 그의 긴 다리가 테이블 위로 올라갔다. 반쯤 누워 있는 자세 그대로 결이 턱을 까딱였다.

"이유."

"알잖아."

"결론 내린 모양이네."

"어쭙잖게 해 봐야 안 통할 거 알아. 그리고 더는."

이 말도 안 되는 상황에 휘말려 봄을 힘들게 하고 싶지도 않았다. 놀랄 만도 한데 결은 눈 하나 깜짝하지 않았다. 예나 지금이나 감정에 무딘 건 도경보다 온결이 더했던 것 같다. 알아도 티를 내지 않는 도경과 아예 저 말고는 관심이 없는 온결의 차이였다.

낮게 한숨을 쉰 도경이 몸을 앞으로 살짝 기울였다.

"언제부터 알았어."

"둘이 눈 맞은 건 20년쯤 전에 알았고."

맙소사. 과장되었지만 틀린 말은 아니었다.

"어떻게든 결론이 날 거라곤 생각했는데, 생각보다 빠른 건 그 셰프 때문이었나?"

"……."

"급했지?"

유재완에 대해서는 도대체 언제 어떻게 알았는지 기가 막힐 정도였다. 도경은 얼굴을 쓸어내리며 한숨을 내쉬었다.

"…너는 대체."

밥 대신 눈치만 먹고 살았나. 도대체 이 짐승 같은 눈치는 뭘까. 긴 시간을 함께했지만 도경으로서도 결의 이 눈치는 무서울 정도다. 진지하게 감탄하는 도경을 모르는 척, 결이 손가락 하나를 쭉 뻗었다.

"거슬리니까 벽에서 떨어져. 하나도 안 가려지니까."

뻗은 손가락은 주방 쪽 벽에 붙어 얼굴만 빠끔히 내밀고 있는 봄을 향해 있었다. 그녀는 세상 심각한 표정으로 눈치를 보다 살금살금 다가왔다. 그리고 그녀답지 않게 웅얼거렸다.

"뭐라고… 안 해?"

"뭘."

"내가 여기서 살았던 거. 물론 집을 못 구해서 그런 거긴 한데, 아무튼 말도 안 하고 살고……. 또, 윤도경 씨랑. 아무래도 불쾌할 수도 있으니까……. 나, 집 나가려고 했어. 일이 있어서 원래 집을 정리했거든. 근데 얼마 전에 보증금도 들어왔고 부동산도 계속 알아보고 있어서."

 순간 결의 눈이 움찔 굳었으나 도경도, 봄도 그것을 보지 못했다. 묻지 않은 것들도 소심하지만 분명하게 콕 짚어 말해 주다 침을 꼴깍 삼킨 그녀는 다시금 결을 살폈다.

 '속을 알 수 있어야지.'

 한배에서 나왔어도 도통 저 속은 알 수가 없다. 도경이 말을 하는 내내 긴장하며 살펴봐도 알아낼 수 있는 건 아무것도 없었다. 오히려 의문만 생겼다.

 '…그 양반은 누구지.'

 물론 지금 그것을 물을 만큼 눈치가 없는 것도 아니지만. 결은 이리저리 눈치만 보는 봄을 게슴츠레하게 보다 말했다.

 "내가 왜."

 "어?"

 "다 큰 것들이 연애한다는데, 무슨 참견을 해."

 너무도 온결다운 대답이라서 봄은 오히려 당황해 버렸다. 도경은 헛웃음을 흘렸고 그녀는 입술만 벙긋대다 취조라도 하듯 외쳤다.

 "아니, 참견이 아니라! 만약, 우리가 헤어지기라도 하면 오빠랑 윤도경 씨 사이가 틀어질까 봐. 정말 그렇게 되면!"

 "너희 둘이 헤어지는데 왜 내가 윤도경이랑 인연을 끊어. 네가 뭔데."

 "야아!"

 "그만큼 뜸 들였으면 밥 지어."

 테이블 위에 얹었던 결의 다리가 포개졌다. 피곤함이 더욱 밀려

57

드는 듯 하품을 하는 그의 주머니에서 진동이 울렸다. 슬슬 나오라는 연락이었다. 길게 늘어졌던 결이 몸을 세웠다. 덩달아 일어난 도경과 이미 서 있던 봄을 번갈아 보던 그는 동생을 가리켰다.

"온봄, 너 집 아직 못 구한 거지."

봄은 얼른 고개를 끄덕였다.

"보증금 얼마 있어."

뜬금없는 질문이었지만 그녀는 반사적으로 액수를 말했고 결은 휴대폰을 들어 무언가를 적었다. 지이잉. 이번엔 봄의 휴대폰이 울렸다. 까딱 움직이는 결의 턱은 휴대폰을 확인하라고 말하고 있었다. 그녀는 홀린 듯이 휴대폰을 확인했다.

메시지는 결이 보낸 것이었고 거기엔 계좌 번호가 적혀 있었다.

"이게 뭐야?"

"입금해."

"어?"

"여기 전세 내 줄 테니까 살라고. 그 돈으로 통전세는 말도 안 되고 반전세로. 사실 반전세도 턱도 없는데 봐줬다. 어차피 이 자식도 이 집 어떻게 해 보려고 운 뗀 거 같은데, 그냥 네가 정리해."

끔뻑끔뻑.

꽤나 긴 말이었지만 이해하기 어려운 말은 아니었다. 그러니까 이 말의 뜻은 하나다. 이리 듣고 저리 들어도 결국 한 가지 뜻밖에 없었다.

여기를 주겠다는 말. 물론 진짜 명의 이전 같은 것은 아니지만 너무도 현실성 있는 제안이었다. 생각하지 못한 상황에 말문이 막힌 봄을 대신해 도경이 나섰다.

"온결, 그건 내가."

"넌 가만히 있어. 남자 집에 내 동생이 살게 하느니 내 동생 집에 사내새끼가 사는 게 더 나으니까."

결은 드물게 아주 단호하고 냉정한 태도로 도경을 제어했다. 그는 평소와 다르게 단단한 시선으로 친구를 응시했고 봄은 믿기지 않는 배려에 조심스레 물었다.

"같이, 있어도 돼?"

많은 것이 함축된 그녀의 말에 결은 특유의 무심함으로 무장된 표정을 지었다.

"네 집에서 뭘 하건 내가 무슨 상관이야."

정말로 허락이었다. 내내 봄의 마음을 불편하게 하고 무겁게 만들던 이유가 완전히 해소되는 순간이었다. 일순 밀려드는 감동에 그녀는 가슴 앞으로 두 손을 모았다.

"…오빠."

"아니다."

"응?"

감동으로 번지는 마음을 입에 담기 직전, 불과 몇 초 만에 제 말을 번복한 결이 도경에게 다가갔다. 그리고 그대로 쾅.

"윽!"

"헉!"

있는 힘을 다한 박치기였다.

"유, 윤도경 씨!"

정신이 혼미해질 정도로 강렬한 통증에 휘청대는 도경을 봄이 잡았다. 그러거나 말거나 결은 붉어진 제 이마를 쓸며 이를 드러냈다.
"살림까지 차린 건 몰랐다, 이 새끼야."
이러나저러나 온결은 온봄의 오빠였다.

사실 도경은 몇 대 정도는 맞을 수도 있겠다고 생각했다. 어떤 사연이었건 불순한 감정을 가진 사내놈과 동생이 함께 살고 있었으니까. 더욱이 온결이 같이 사는 것은 눈치채지 못했을 거라곤 도경도 예상하지 못했었다.
봄이 말하지 않았다면 나중에 더 고약한 일이 벌어졌을지도 모를 일이다. 거기다 주먹 대신 박치기일 줄은 상상도 못 했다.

'간다.'

혼신의 박치기를 선사한 온결은 미련 없이 집을 떠났다. 인사도 필요 없는지 순식간에 사라져 남은 두 사람을 멍하게 만들었다. 봄은 손에 든 물수건을 도경의 이마에 가져갔다. 촉촉하고 차가운 온도에 그가 눈을 찌푸렸다.
"괜찮아요?"
혹시 머리가 깨진 건 아닐까 싶을 만큼 엄청난 소리가 났던 터라 걱정하는 건 어쩔 수 없었다. 도경은 안절부절못하며 수건을 대 주는 봄의 손을 잡았다.

"크게 다친 건 아니야. 살짝 얼얼한 정도야."

"살짝이 아닌 것 같은데."

"이 정도면 감사해."

"맞아 놓고 감사하다고요?"

정말로 머리가 깨졌나. 아니면 알지 못했던 남다른 취향이 있는 것인가 고민하기 직전 그가 말했다.

"오빠잖아."

"……."

"그래도 네 오빠니까."

별로 긴 말은 아니었지만 그것으로 충분히 깊은 마음이 전해졌다. 만나면 티격태격 싸우고 서로에게 무관심한 것 같아도 결국 하나뿐인 동생이고 오빠다. 대단히 서로를 끔찍이 여기는 것도 아니었지만 가족임을 부정한 적 없는 혈육.

무엇보다도 도경 역시 오빠였었기에 알 수 있는 감정이기도 했다. 그는 가볍게 어깨를 으쓱였다.

"온결이 확실히 날 좋아하긴 하는 모양이다."

"진지하게 하는 말이에요?"

"아마도."

"…나 윤현수랑 경쟁해야 하는 건가."

대한민국 톱 배우, 윤현수랑.

제법 심각한 표정을 지은 봄이 주먹에 힘을 주었다. 왠지 지금 당장이라도 연적을 처리하겠다는 의지가 엿보였다. 도경은 잡고 있는 그녀의 팔을 당겨 제 앞으로 데려왔다. 가까워진 거리만큼 불편하던 봄의 표정도 조금 나아졌다. 그가 가벼운 눈웃음을 지었다.

"질투도 해?"

놀리는 듯 건넨 농담에 봄은 도경의 어깨에 손을 턱, 올려놓았다.

"전혀 모르나 보네."

그녀의 눈에는 어떤 장난도 없었다.

"여자건 남자건 윤도경 옆에 누가 있으면 엄청 질투했어요."

금시초문.

잠시 침묵하던 도경은 그냥 넘어가기 어려운 단어를 짚었다.

"다 좋은데 남자는 왜?"

"당신 취향이 어떤지 모르니까요."

"……."

정말 편견 없는 사상이 아닌가. 헛웃음도 짓지 못하는 그를 향해 봄은 살포시 미소를 지었다. 그리고 어깨에 얹었던 손을 도경의 목 근처로 옮겼다.

"아무튼 지금은 내 거니까."

한껏 좋아진 기분에 손가락 피아노를 치며 그의 살갗을 건드린 그녀가 말했다.

"여기 당분간 내 집이에요. 집주인 바뀌었어."

갑작스럽게 벌어진 일이긴 하지만 봄은 이 상황이 무척 기뻤다. 갈피를 못 잡고 정착하지 못한 서울살이가 마침내 제대로 자리를 잡은 것이다.

도경 역시 기분이 좋으면서도 머쓱한 느낌이었다. 이 집이 봄에게 가장 좋다고는 생각했지만 결이 그녀에게 집을 내줄 줄은 몰랐다. 당장 정리해야 할 건 한두 가지가 아니지만 일단은 순수하게 받아들이기로 했다. 한껏 신이 난 봄을 올려다보며 그가 물었다.

"있어도 될까."

그녀는 고개를 저었다.

"질문이 잘못됐지."

"그럼?"

"언제 나갈 수 있는지 물어봐야죠."

기분 좋은 웃음에 덩달아 미소가 났다. 도경은 제 목을 감싼 봄의 한쪽 손을 가져갔다. 그리고 화상 자국만 살짝 남은 손바닥에 입을 맞췄다.

"안 내보낼 거잖아."

그 순간 찌릿한 것이 온몸을 길게 훑고 지나갔다. 아래에서 위로 꼿꼿하게 서 스친 그것에 입술을 달싹이던 봄은 주방을 가리켰다.

"밥… 밥, 해 줄게요. 밥은 아닌데 배는 부를 거야."

"안 그래도 되는데."

"이것만큼은 꼭 해 줘야 돼."

저도 모르게 말을 더듬은 그녀가 그에게서 떨어졌다. 다행히 도경은 봄을 잡지 않았고 그녀는 얼얼해진 뺨을 가지고 주방으로 향했다. 뜨거운 바람에 빠진 것처럼 얼굴이 후끈했다. 이런 적이 한두 번도 아닌데 오늘은 유난히 더 그런 느낌이었다. 봄은 머리를 흔들어 정신을 깨우고 빠르게 재료들을 꺼냈다.

"얼른 해 줄게요."

"천천히 해. 손 조심하고."

"걱정 마요. 내가 앤가."

제 가슴 톡톡 치며 장담하는 그녀에 도경은 식탁으로 가 정리되지 않은 것들을 치우며 말했다.

"이미 다쳤잖아."

"이거는 어쩔 수 없었다니까. 배우던 도중이 아니라 치우다가 그런 거예요."

"정확히 뭘 배우다가?"

"요리요. 지금 하는 이거."

"유재완 씨한테 배웠다는 거."

"네. 며칠 속전속결로 배웠어요. 진짜 잘 가르쳐 주셔서 이건 절대 안 잊을 것 같아요."

"둘이?"

"아니요, 진영 씨라고 주방에 막내로……."

아무 생각 없이 말하던 봄이 잠시 입을 멈췄다. 그리고 가늘어진 눈으로 그에게 말했다.

"윤도경 나 진짜 많이 좋아하네."

어쩌면 조금 자만했던 것일지도 몰랐다. 도경에게서 언제나 볼 수 있었던 여유로운 눈빛보다 감정으로 가득한 눈동자가 아주 맛있게 보여서 우쭐했던 것도 같다.

이런 소소함 속에서 그에게 소중히 여겨지고 있음을 확인받는 기분이랄까. 그런 뿌듯함을 느낀 듯 도경이 흔치않게 퉁명스러운 표정을 지었다.

"안 돼?"

"그럴 리가."

뜸들이지 않고 대답한 그녀는 지우지 못한 웃는 얼굴 그대로 요리 준비를 이어 갔다. 신이 난 뒷모습에 그가 웃는 것도 모르고 드디어, 마침내 봄이 요리를 시작했다.

봄이 도경에게 해 주려던 요리, 에그인헬은 난이도가 그리 높지 않은 요리다. 쉽다며 폄하할 것도 아니지만 비교적 큰 노하우가 필요치 않았다. 자르고 익히고 끓이면 완성인 요리였다. 그러니 봄의 손에서도 제대로 탄생하는 것일 테지만.

평균적인 시간보다 훨씬 더 많은 시간을 사용해 만들어 낸 음식이 그릇에 담기고 그녀는 마지막에 마지막까지 신중을 기했다.

"자……."

그릇에 담느라 튄 자국까지 완벽하게 닦아 낸 봄은 그것을 식탁에 내려놓았다. 둥근 그릇에 플레이팅된 치즈가 올라간 음식은 냄새도, 보이는 비주얼도 매우 맛있어 보였다. 무엇보다 가장 중요한 토마토소스를 직접 만든 그녀는 나름대로 자부심을 가지며 말했다.

"먹어 봐요."

약간 떨린 목소리는 당당한 긴장감이 서려 있었다. 상반된 두 감정을 담은 목이 꿀꺽, 침을 삼키고 도경이 물었다.

"무슨 요린지 물어봐도 돼?"

그로서는 처음 보는 음식이었다. 봄은 얼른 그의 옆에 앉으며 고개를 끄덕였다.

"에그인헬이에요."

"…헬?"

"이상한 거 아니에요. 빵이랑 같이 먹어도 되고, 면이랑도 좋아요. 떡도 넣을 수 있다고 했는데 그건 나중에. 이게 좀 빨갛긴 한데 매운 거 아니에요. 토마토소스로 한 거라 진짜 맛있어요."

분명 거북함은 전혀 느껴지지 않았다. 도경은 더한 질문은 하지 않고 음식을 덜어 갔다. 쫀득한 치즈가 늘어지며 토마토소스를 잔뜩 머금은 계란과 갖가지 재료들이 함께 들렸다. 고소하면서도 새콤한 냄새는 식욕을 자극시켰고 그는 신중하게 한 입을 먹었다.

도경의 입 안으로 들어간 제 음식을 따라 입술을 달싹이던 봄은 음식이 꿀꺽 넘어가는 것을 보자마자 달라붙었다.

"어때요?"

어떤 때보다 커다래진 눈이 깜빡깜빡 바쁘게 움직였다. 조금 놀려 줄까, 짓궂게 굴어 볼까 싶었던 그도 이 모습을 보곤 그럴 수 없었다.

도경은 아주 솔직하게 대답했다.

"맛있어."

"진짜? 정말?"

"진짜, 정말 맛있어."

그는 만들면서 맛을 봤으면서도 믿지 못하는 봄에게 한 숟가락 떠 가져갔다. 냉큼 그것을 한 입 먹은 그녀가 두 손으로 제 입을 가리며 감탄했다.

"맛있다! 전에 만든 것보다 훨씬 맛있어! 아까보다 맛있어!"
"그래?"
"다행이다아. 와, 나 진짜… 진짜 열심히 했거든요. 뭘 하면 맨날 태우고 덜 익고 그러니까. 그래도 이건 정말 쉬웠어요. 어떻게 셰프님이 딱 좋은 요리를 추천해 주셔서."

진심으로 기뻐하는 봄을 보며 덩달아 기분이 좋아진 도경은 음식을 내려다보았다.

요리의 재료에는 먹는 사람은 물론 만드는 사람을 향한 배려도 담겨 있었다. 조금 태우더라도, 혹은 덜 익더라도 문제가 되지 않을 재료들이었다. 당사자는 전혀 모르는 것 같지만 먹고 있는 그는 알 것 같았다.

"어렵지 않게 할 수 있게 유 셰프가 많이 생각해서 고른 메뉴 같아."
"응? 그야 제가 요리를 못하니까요."
"실패하는 것보다 성공했을 때 좀 더 애정이 생기는 법이니까. 그게 요리건, 뭐건."

도경은 몇 번을 더 음식을 먹었다. 어떤 음식보다 맛있고 따뜻한 요리는 만든 사람의 노력이 고스란히 보였다.

"요리하는 게 더 좋아진 거지."

어느 때보다 행복한 얼굴을 한 봄에게 묻자 그녀는 힘껏 고개를 끄덕였다.

"응. 솔직히 매번 망하기만 하니까 피했었는데 이렇게 만들어지니까 재밌어요. 오랜만에 옛날 생각도 나고 좋더라."

"그래 보여."
"욕심일지 모르겠는데, 다른 것도 배워 보고 싶어져요."
"그래도 하지 마."
"네?"
"유재완한테는 배우지 마."

콕 짚은 재완의 이름에 봄은 의아해졌다. 특히나 무언가를 하지 말라고 할 사람이 아니라서 더욱.

"왜요?"

조심스러운 반문에 도경은 쓰게 웃었다.

"불안해서."

"……."

"네가 말했던 대로, 그 사람 좋은 사람이거든."

좋은 사람.

그건 분명 봄이 재완에게 했던 감상이었다.

'처음엔 분명 이유 없이 사납긴 했는데… 아니다, 이유가 없는 건 또 아니었으니까. 아무튼 좀 무례한 건 사실이었지만.'

'좋은 사람 같아요.'

그땐 넘어갔던 것을 도경은 이제 인정해야 했다. 저보다 깊을지, 어떨지 모르지만 같은 마음을 가졌을 남자는 선을 넘지 않기로 정한 게 분명했다.

자신의 배려를 타인에게 말하지 않고 드러내지 않는 사람은 많지 않다. 솔직하게 그는 질투했고 이번엔 그녀도 그것을 읽었다. 두근거리는 심장이 기분 좋게 울었다. 도경의 솔직함에 기쁘다는 듯이 뛰고 마음 한곳이 꽉 조여들었다.

'윤도경이 나를 좋아해.'

이 당연하고 간단한 주제는 언제 생각해도 행복해서 견딜 수가 없었다. 찌릿찌릿한 것이 다시금 발끝을 타고 오르고 봄은 투명하게 보이는 도경의 감정에 손을 내밀었다. 그리고 아직 그가 쥐고 있는 숟가락을 가져갔다.

"맞아요. 유재완 셰프님, 좋은 사람이에요."

가져간 숟가락에 요리를 떠올렸다. 조금 식었지만 여전히 맛있는 냄새가 풍겼다. 봄은 그것을 도경의 입술에 가져갔다.

"윤도경은 좋아하는 사람이고."

이렇게 무엇이든 해 주고 싶고, 만들어 주고 싶은 사람은 윤도경 하나였다.

"내가 당신 진짜 많이 사랑해."

그가 원한다면 언제라도 말해 줄 수 있다. 지치지 않고 끝없이 외쳐 줄 것이다. 어떤 가림막도 없는 순수한 고백에 도경의 얼굴로 녹아들듯 예쁜 미소가 번졌다.

아주 조금 붉어진 그의 뺨과 내리깔았다 뜨는 눈동자가 봄의 모든 신경을 가로챘다.

쿵, 쿵.

작게 두근대던 심장이 어느새 도끼질을 하듯 빠르게 뛰었다. 숟가락을 든 그녀의 손목을 잡은 도경이 제 쪽으로 가져가 입술을 벌렸다. 벌어진 입술 안으로 들어간 음식이 넘어가는 소리가 들렸다. 목을 따라 움직이는 도드라진 뼈까지 모두 보였다.

참을 수 없는 감정이 다시 솟구쳐 올랐다. 몇 번이나 느꼈으나 제대로 정착하지 못했던 무형의 것들이 선명하게 모습을 드러냈다. 잠시 웃음을 머금고 있던 도경이 봄의 얼굴을 본 것도 그때였다.

홀린 것처럼 멍하니 자신을 향한 시선이 끊임없이 흔들리고 있었다. 어느새 사라진 웃음기에 봄은 제 얼굴이 불처럼 타오르고 있는 것을 느꼈다.

그녀의 입술이 열렸다.

"오늘은, 진짜로."

자신이 무슨 말을 하는지 누구보다 잘 알고 있었다. 그럼에도 봄은 저가 할 수 있는 한 가장 커다란 진심을 담아 말했다.

"재워 주고 싶은데."

단순히 잠을 자게끔 돕겠다는 것이 아니라는 것을 도경이 알아주길 바라면서. 그러나 그는 짧고 명확하게 그것을 거절했다.

"아니."

생각보다 훨씬 큰 타격이 봄을 덮쳤다. 부끄러움이나 창피함보다 속상함이 먼저 밀려와 봄은 입술을 물며 고개를 숙였다.

'또.'

몇 번째인지 모를 거절에 어깨를 축 늘어뜨린 그녀가 일어설 때였다.

"얼른 먹……"

말을 잇던 아랫입술로 무언가가 닿았다. 웃지 않는 얼굴이 눈앞에 있었다. 그보다 먼저, 봄의 말을 막은 도경의 엄지가 아주 느리게 그녀의 입술을 열었다.

벌어진 입술과 크게 들이쉰 숨이 목구멍으로 넘어가기 직전 그가 속삭였다.

"잘 생각 없어."

찰나의 순간, 말캉한 혀끝이 밀려들어 왔다.

16.

  수많은 사람 중에 누군가를 좋아할 확률.
  거기에 좋아하는 그 사람이 나를 좋아할 확률.
  더불어 좋아하는 사람과 이어질 확률.
  수많은 확률과 확률들 속에서 손을 잡고 흔들리지 않는 마음을 확신할 수 있는 감정을 갖게 되는 건, 얼마나 작은 확률일까. 세상 모든 인연들이 그러하듯 세상에 단 하나뿐인 연인.
  윤도경과 온봄의 관계는 그런 것들이 모이고 모여 마침내 완성된 관계였다. 때때로 그의 입술은 말로 뱉는 표현과 속삭임보다 훨씬 솔직했었다. 윤도경은 그녀의 신경 곳곳에 자신의 가장 깊은 본능을 새겨 놓았다.
  하루, 이틀, 사흘… 시간이 길어질수록 그의 시선이나 손끝, 표정들에서 봄은 자연스레 도경의 욕심을 읽어 냈다. 그리고 그것이 제 감정과 맞닿았을 때 그들은 한 공간에 겹쳐져 서로를 응시할 수 있게 되었다.

수줍은 손끝이 도경의 팔을 쥐었다. 땀이 차오른 팔을 쥔 손가락은 살이 하얗게 눌릴 정도로 세게 누르고 있었다.

겁을 먹었을까? 어쩌면 그럴 수 있겠지만 언제나 솔직했던 봄의 입에선 '무섭다'거나 '그만하자'라는 말은 나오지 않았다. 그것은 멈추고 싶지 않다는 것을 뜻했다.

마주한 입술은 느리게 서로를 원했다. 몇 번이나 닿았으나 어쩐지 가장 새로운 감정을 주고 있는 입맞춤에 가슴은 연신 설레고 있었다.

부드러운 감촉은 마주하다 떨어지면 항상 소리를 내었다. 분명 느리고 옅은 입맞춤임에도 불구하고 비어 있는 곳곳의 침묵을 채워 주었다. 살포시 밀려드는 혀끝도 마찬가지였다. 어느새 마른 입술을 촉촉하게 적시는 혀가 스치고 입 안으로 들어서면서도 묘한 소리를 냈다.

그것은 설명하기 어려운 촉감과 소리를 가지고 있었다. 어떤 식으로 맞아들여야 할지 아직도 조금 어려운 혀는 봄의 혀를 감쌌고 자연스레 몸이 들렸다.

"응......"

상체가 들리며 도경의 위로 앉으면서 몸에 힘이 들어가자 자연스레 소리가 났다. 덕분에 한참 동안 마주하던 입술이 떨어졌다. 입술이 닿지는 않았지만 아주 가깝게 마주한 탓에 서로의 시선은 아주 잘 볼 수 있었다.

각자의 색과 모양을 가진 눈이 같은 마음을 가지고 서로를 담고 있었다. 말하지 않아도 느낄 수 있는 마음들을 한 땀 한 땀 새기며 그녀의 마음에도 평온함이 깃들었다.

"…딱히 말이 필요할 것 같진 않은데. 이건 좀 말해 주고 싶어서."

말이 필요 없던 입맞춤이 끝나고 떨어지며 정신이 들어서인지 봄이 말문을 열었다. 약간 갈증이 난 듯한 목소리로 몇 번 침을 삼킨 그녀는 그의 목을 감싸 안으며 속삭였다.

"나 지금 너무 행복하다고."

행여나 조금 서툴고 머뭇거리며 눈을 찡그리더라도 이 마음이 변할 일은 없을 거라고. 도경을 사랑하며 가진 이 충만함만큼은 절대 변하지 않을 것임을 다시 말해 주고 싶었다. 매일매일 이렇게 바라보기만 해도 더할 나위 없을 만큼.

봄은 도경의 입가에 번지는 옅은 미소를 손가락 끝으로 만졌다. 손끝으로 전해지는 호선에 그녀 역시 미소를 지었다. 옅게 난 수염 자국조차 매력적이고 가지런한 이목구비에서 느껴지는 정갈함에도 야릇함이 머물렀다. 더 이상 물러설 수 없는 시간에 더더욱 흠뻑 취해서 봄은 먼저 다시 입을 맞췄다.

"흡……."

더욱 깊어진 키스와 함께 그의 손이 움직였다. 그녀의 허리를 감싸듯 안았던 팔이 풀리고 부드러운 블라우스를 만졌다. 살짝 당겨지는 옷깃이 살결을 눌렀다. 반사적으로 움츠러든 봄의 긴장을 풀어 주기 위해 그녀의 목덜미에 도경의 입술이 닿았다.

쪽. 귀여운 소리가 나고 거기에 신경이 간 사이, 커다란 손이 봄의 살갗을 쓸어 올렸다.

"읏."

저절로 힘이 들어간 다리가 그의 허리를 감쌌다. 봄의 고개가 옆으로 기울며 좀 더 드러난 하얀 목에 자국이 남지 않을 만큼 약하게 힘을 줘 빨아들인 도경은 하얀 피부를 매만졌다.

부드러운 손길에 봄의 긴장감이 점점 풀리며 경직되었던 몸도 나른해졌다. 꼭 마사지를 받는 것처럼 뼈마디를 거니는 손가락에 그녀 역시 그의 체취가 탐이 나기 시작했다.

도경의 목을 감싸고 그가 그러했듯 혈관이 비치는 목덜미에 입술을 댔다. 일순 굳은 도경의 움직임에 봄은 금세 손길을 배워 몸을 기울였다.

따스하고 야릇하며 또한 아찔한 것들이 쏟아져 내렸다. 이제 두 사람이 온전한 정신으로 돌아오는 건 지금 당장으로선 불가능해졌다. 스치는 머리카락 한 올의 감촉에도 자극을 받아 숨이 가빠졌고, 이제 점잖은 행위는 끝나 버렸다.

"아, 읍!"

제 다리에 앉혀 놓았던 봄을 뒤로 눕힌 그가 그대로 봄의 입술을 제 입술로 틀어막았다. 이어진 건 상냥하게 훑고 가던 입맞춤이 아니라 거칠고 탐욕스러운 키스였다. 벌어진 입 안을 정복하겠다는 듯 파고들어 정신을 쏙 빼놓았다.

소리마저 먹히는 격렬함 속에서 도경은 그녀의 블라우스 단추를 풀었다. 쇄골부터 묶인 족쇄를 거침없이 풀며 가슴과 명치, 배까지 차례로.

커다란 손은 아주 소중한 보석을 다루듯이 오랫동안 감싸고 쓰다듬었다. 그렇지만 결코 상냥하진 않았던 것 같다. 급하고 더 많은 것을 갈구하며 욕심을 냈다.

"하아, 하아."

숨소리만이 방 안을 채운다. 차갑게 밀려오는 공기에 봄이 허리를 들썩이자 그는 평소와 달리 강렬한 손길로 봄의 몸을 눌렀다. 억눌리는 힘에 놀라면서도 이상할 정도로 짜릿한 것이 그녀의 몸으로 퍼져 나갔다.

도경의 조심스럽고 다정한 손길은 좋다. 닿고 있으면 행복하고 저절로 기쁨이 차올라 웃을 수밖에 없다. 그러나 지금처럼 벗어날 수 없는 힘은 그것과 다른 무언가가 있었다. 신사 같은 사람이 온전히 자신에게 빠져 정신을 차리지 못하는 것이 고스란히 전해지자 더더욱 그랬다.

"하, 아… 으응."

어디서 배운 적 없는 신음이 흘렀다. 쇄골에서 지분거리는 입술이 너무 선명하게 느껴져서인지도 몰랐다. 둘 곳 없던 손은 반사적으로 그의 어깨를 쥐고 힘을 주었지만 허무할 정도로 아무 일도 일어나지 않았다. 고작 손톱으로 자그마한 생채기를 남길 뿐.

파르르 떨리는 손끝에 이젠 손가락의 힘이 풀리자 도경은 잠시 몸을 세웠다. 그리고 그녀를 아래 두고 제 셔츠를 벗었다.

'…우와아.'

어울리지 않는다는 걸 알지만 정말 감탄이 나올 수밖에 없었다. 그의 몸을 보는 건 이번이 두 번째였다. 처음, 본의 아니게 욕실에서 마주쳤던 맨몸 이후로 이번이 두 번째.

그땐 놀라서 제대로 볼 수 없던 맨몸인데 이번엔 시선을 어디로 돌릴 수도 없었다. 정말로 빚은 것처럼 예쁜 몸이었다. 남자에게 그런 말이 어울리나 싶지만 진심으로 그랬다.

넓은 어깨와 가슴, 탄탄한 몸 곳곳에 적당히 붙은 근육들은 옷 바깥으로 느껴졌던 것보다 더욱 섬세해 보였다. 봄은 저도 모르게 그의 벗은 몸에 손을 가져갔다. 팔이나 얼굴을 만지던 것과는 전혀 다른, 단단함에 손부터 열꽃이 피어오르는 것 같았다.

도경은 제 몸을 만지는 그녀를 바라보다 배로 내려와 민감해지는 곳을 향하는 손을 잡았다.

"온봄."

나른한 속삭임 같은 부름에 안 그래도 빠르게 뛰던 심장이 거칠게 날뛰었다. 커다랗게 변한 눈동자에 서린 흥분은 본인은 알 수 없는 것 같았지만 그런 모든 것이 그의 욕구를 충만하게 만들고 있었다.

보는 것만으로도 소중하고 아까운 여자가 제 앞에 완벽히 흐트러진 모습에 도경 역시 아무것도 생각할 수 없었다.

온봄은 그에게 사치였다. 닿고 살피고 사랑하는 것으로도 과분하다고 생각되었다. 좀 더 아끼고 달래며 조심스럽게 해 주고 싶었지만 도경 또한 이 모든 것이 생소하며 낯선 시간이었다. 오로지 본능과 제 안 깊숙이 존재한 본새을 끄집어내 움직일 뿐

서툴러도 그것 자체로 완벽한 시간이었다. 꽉 잡은 그녀의 팔을 침대에 누르고 남은 손은 아직 완전하게 드러나지 않은 가슴으로 향했다. 하얀 배에서 느리게 올라간 손이 속옷에 감춰진 하얀 속살로 파고들었다. 움찔, 굳어 두 번쯤 들썩이는 몸을 알면서도 그는 멈출 수 없었다.

"하아……."

이내 속옷 안에 자리한 가슴을 도경이 쥐었을 때 봄은 긴 숨을 내쉬었다. 긴장감은 그의 손바닥에 제 가슴이 쥐어졌을 때 숨과 함께 사라졌다. 예민한 살은 이 순간을 즐기고 기뻐하고 있었다. 애초에 경계하지 않았으니 위태롭게 홀로 서 있던 긴장감이 무너지는 건 당연했다.

존재하지도 않았던 것처럼 사라지는 긴장감 속에 마지막 한 장의 속옷이 위로 올라가고 고스란히 드러난 살결에 도경의 육체가 매섭게 반응했다. 이미 딱딱하게 부풀었던 중심이 벅차도록 솟아오르고 그는 제 본능이 시키는 대로 고개를 내렸다.

"훗!"

생소한 촉감이 드러난 살결 위로 내려앉았다. 발가락 끝으로 바짝 힘이 들어가고 무릎이 세워졌다. 허리를 들썩이려고 했지만 도경의 무게에 움직일 수 없었고 그는 쥐고 있던 그녀의 팔목을 풀고 아예 깍지를 껴 잡았다.

입 안을 헤엄치던 혀가 천천히 내려가 봄의 몸이 그린 곡선을 타고 움직였다. 진득하게 핥고 빨아올리는 감촉에 부풀어 올랐던 예민함이 이리저리 눌리고 휩쓸렸다. 안 그래도 한껏 고양되어 있던 신경들이 비명을 지르듯 날뛰었다.

"으응, 읏! 하으……."

이상한 소리의 연속이었다. 발버둥을 치고 싶을 만큼 아릿한 감각이 계속해서 이어졌고 봄은 턱을 들어 올리며 제멋대로 뭉개지는 제 살결이 전하는 짜릿함에 몸을 떨었다.

방금까지 물고 빨던 곳으로 그의 손이 내려앉았다. 숨을 돌리던 잠깐은 말 그대로 잠깐이었다. 손아귀에 쥐어진 가슴 끝이 이번엔 손가락에 쥐어져 통증을 동반한 쾌감을 선사했다. 아직 만져지지 않았던 반대쪽으론 입술이 내려와 힘껏 빨아들였다.

"하악!"

어디 내놓은 적 없던 속살들이 도경의 행위로 제 것이 아닌 것처럼 느껴졌다. 아직 속옷에 가려진 아랫도리가 젖어 드는 것이 너무도 분명하게 전해졌다. 그래서 가슴을 쥐고 있던 손이 배를 타고 내려가 배꼽을 지나는 것도 알지 못했다.

"응, 읏!"

목구멍이 막힌 듯한 신음의 뒤, 얇은 속옷 안으로 도경의 손이 밀려들어 왔다. 확 커다래진 눈이 그를 향했고 도경은 멈추지 않고 그녀의 아래로 침범했다.

"아!"

바보가 아닌 이상 그것이 무엇인지 빤히 알 수 있었고 도경은 참지 않는 그녀의 신음과 반응들에 숨을 몰아쉬었다.

더더욱 깊어지는 밤, 그는 봄의 아래를 천천히 쓰다듬었다. 속옷 속에 숨어 움츠리고 있던 것들이 점점 더 짙게 물들었다. 손으로도 전해지는 질척함에 움직이는 도경의 손을 부드럽게 만들었고 그는 좀 더 빠르게 손을 흔들었다.

"아… 아, 잠… 하읏! 아!"

"알아."

"흐아앙, 아윽!"

고작 그 작은 곳이 문질러지는 것에 불과했는데 온몸이 뒤틀리는 것처럼 뜨겁고 정신이 나가 버리는 것 같았다. 봄은 바르르 떨리는 하복부를 막지 못하며 들썩였고 그는 봄의 쇄골부터 목까지 핥아 올리며 더욱 강하게 자극했다.

"아, 아아!"

말하는 방법을 잊은 것처럼 원시적인 소리밖에 나오지 않았다. 그녀는 짜릿하게 모여드는 쾌감에 턱에 힘을 주어 물었다. 이제 준비가 되었다는 것처럼 흠뻑 젖은 그곳으로 간질간질한 것이 스며들었다.

어느새 벗겨진 속옷이 한쪽 발끝에 매달려 흔들리다 완전히 떨어졌다.

흐읏, 숨을 몰아쉬며 낸 비음을 도경이 삼켰다. 그가 벗은 옷자락이 밀리고 밀려 침대 끝으로 떨어지고 매섭게 달아오른 중심부가 그녀의 하얀 살을 건드렸다. 어떤 것과 비교할 수 없는 생소한 촉감이 봄의 문을 두드렸다.

'빨리.'

다음 단계가 어떤 것을 줄지는 모르지만 저 안 깊은 곳에 자리 잡은 본능은 더 강하고 자극적인 것을 원했다. 그녀는 질문도 없던 대답을 하듯이 고개를 끄덕였다.

찌익.

보지 못한 어디선가 무언가 찢기는 소리가 났다. 아마도 봄이 생각하는 그것일 터다.

아주 잠깐의 공백을 그녀는 참기가 어려웠다. 어디로 가지 못한 제 손으로 자신의 어깨를 쥐며 손톱을 세우고 가늘게 눈을 뜨는 것이 도경의 눈에 담겼다. 미치도록 자극적인 모습에 그는 입술을 깨물고 봄의 발목을 쥐고 그대로 잡아당겼다.

"읏!"

당겨진 몸이 도경의 몸과 달라붙었다. 감히 거부할 수 없는 유혹적인 시선에 그는 입가를 비틀어 올렸다. 자신의 어둡고 고약한 마음은 어쩌면 봄이 두려워했다 해도 그만두지 못했을 것 같다.

온갖 감언이설로 그녀를 녹이고 참아 왔던 속삭임으로 달래며 결국 봄을 범했을 거다.

안도했다. 적어도 그녀의 모든 곳에 상처를 내지 않을 수 있을 것 같았다. 도경은 봄의 안으로 저를 조금씩 밀어 넣었다.

"아… 아윽."

아팠다.

허용 범위 이상의 것을 넣는 것처럼 아프고 버거운 것 같았다. 어디선가 들었던 것처럼 몸을 두 개로 쪼갠다든가, 울음이 날 정도는 아니었지만 분명 이질적인 침입에 통증이 찾아왔다.

그러나 봄은 알 수 없는 충만함에 황홀함을 느꼈다. 이렇게 아프다는 건 이것이 꿈이 아니라는 것이고 이 현실은 완벽하게 그들의 관계를 정의했다.

　돌이킬 수 없는 관계. 그것은 도경도 마찬가지였다.

"돌아갈 수 없어."

"…흐읏."

"이제, 우리는."

　사랑 그 이하의 감정은 가질 수 없게 되었다. 온몸을 관통하고 차오르는 벅찬 육체가 그녀의 안을 채웠다. 봄은 자신을 완벽하게 잠식한 도경을 바라보며 아름답게 미소 지었다.

　가졌다.

　윤도경을 마침내 완전히 내 것으로 만들었다.

　생각보다 밤은 길었고 그녀는 어느 순간부터 생각이란 것을 할 수 없게 되었다. 보이는 것은 오직 도경뿐이었고 느껴지는 건 그의 육체뿐이었다. 그가 제 안으로 들어왔다 나가기를 반복하면서 무뎌진 살갗이 어느 순간부터 찌릿찌릿한 것을 느꼈다. 봄이 뱉어낸 신음의 다름을 알아챈 도경은 집요하게 그녀의 한곳을 힘껏 찔러 왔고 막바지에는 악, 소리를 질렀던 것 같다.

　밤이 지나고 새벽이 찾아들어 찬 기운이 밑바닥에 깔릴 때까지 그들은 멈추지 않았다. 겹쳐진 몸과 손에 땀이 차올라 미끄러워졌음에도 침대는 무섭게 흔들렸다.

　삐걱대던 소리가 잦아들고 빛이 찾아올 무렵이 되어서야 두 사람은 잠이 들었다. 언제 잠이 들었는지 모르겠지만 도경이 제 뺨에 입을 맞추는 것을 마지막으로 정신을 잃었던 그녀를 깨운 건 어떤 울림이었다.

"……"

잠이 완전히 깨지 못한 봄은 멍하니 눈을 깜빡였다. 해는 밝았고 방 안은 이미 환했지만 몽롱함이 사라지지 않았다. 아마 해가 중천에 뜨고도 남았을 시간. 그녀는 몇 번 감았다 뜨고 눈앞을 보았다.

'…자네.'

제 허리를 안고 자신을 바라보며 잠든 도경이 그곳에 있었다. 늘 악몽을 꾸거나 작은 인기척에도 눈을 뜨는 쪽잠 따위가 아니라 정말로 깊이 잠든 그의 모습이었다.

어디선가 진동이 계속해서 울리고 있었음에도 깨지 못한 도경을 보던 그녀는 꼬물꼬물 몸을 움직였다. 일단 그를 감상하기 전에 고약한 불청객부터 해치워야 할 것 같았다.

물론 봄도 잠이 덜 깨 비몽사몽 팔만 뻗어 더듬을 뿐이지만. 다행히 그녀의 손에 진동하던 것이 잡혔다. 흐린 눈으로 본 것은 휴대폰이었고 봄은 아무 생각 없이 그것을 받으며 귀에 가져갔다.

"여……"

-나다. 왜 이렇게 전화를 늦게 받아.

대뜸 들린 목소리는 어디에서 들은 적 없는 낯선 목소리였다. 봄은 눈을 찌푸리며 휴대폰을 귀에서 떼고 액정을 확인했다.

[아버지]

액정에는 분명 '아버지'라고 적혀 있었다.

'…아빠?'

아니, 그럴 리가.

그녀의 휴대폰에 아버지는 '아빠'로 입력되어 있었다. 그렇다면 이 '아버지'는 대체 누구지?

"……."

집 나갔던 정신이 돌아왔다.

꺄아악.

아니, 다시 나갔다.

모든 사람들이 그렇게 말했었다. 갓 태어난 아이는 너무나 약했고 얼마 살지 못할 거라고. 그렇게 아이는 태어나자마자 시한부의 삶을 살아왔다.

하루를 버티고 이틀을 버티고 그러다 한 달, 반년, 일 년. 절망과 낙담이 희망과 기대로 바뀌는 건 그리 오래 걸리지 않았다. 하루하루가 소중했던 날들이 당연해지고 언제나 자신들의 곁에 있을 거라는 믿음 속에서 시간이 지났다.

그런 오만한 마음은 가장 오랫동안 함께했던 도경이 가장 많이 가지고 있었다. 바쁜 부모님을 대신해 항상 곁을 지켜 왔던 그는 도희가 떠났을 때 그것을 받아들일 수가 없었다.

"따뜻했어요."

늘 어른스러웠던 도경이 당장이라도 부서질 것처럼 보였다.

"안 죽었어요, 선생님."

열일곱. 크다면 크고 어리다면 어린 나이. 아직 보호가 필요한 아직 채워지지 못한 나이의 소년은 더 이상 아무것도 하지 않는 사람들을 향해 애원했다.

"제 손을 잡고, 있었는데."

불과 몇 시간 전까지 자신과 대화를 나누고 손을 잡았던 동생이 죽었다는 사실을 받아들일 수가 없었다. 도희는 도경이 깨어나기 전까지 손을 잡아 주고 있었다. 조금 딱딱했지만 풀리지 않도록 꽉 쥐고서 놓아주지 않았다.

그게 사후 경직이라는 걸 어떻게 인정할 수 있을까. 정신없이 패닉에 빠진 도경이 '이미' 죽은 아이를 잡고 혼잣말을 해 댔지만 의료진들은 그것을 생각할 틈이 없었다.

사실 의학적인 견해로 봤을 때 윤도희는 언제 사망해도 이상하지 않았다. 오히려 하루를 버티고 있는 것이 기적이라고 생각될 정도였다. 굳이 이유를 떠올린다면 제 동생을 제 몸처럼 아낀 오빠의 노력이 조금이나마 더 살게 한 것이 아닐까 싶었다.

울지도 못하고 침대 맡에 무릎을 꿇고 앉은 도경을 두고 누군가 말했다.

"어떻게 할까요, 선생님. 선고를······."

"지금 몇 시지?"

"9시입니다. 그런데 지금 있는 게 학생뿐이라서."

그제야 도경의 귀로도 그들의 대화가 들렸다. 공허하게 빛을 잃은 눈이 앞을 향했고 그것을 알 리 없는 이들은 난감한 상황에 잠시 그를 잊었다.

"환자 부모님은 어디 계셔."

"보호자는 아버지로 되어 있긴 한데, 이곳에 없는 모양입니다."

"하다못해 응급처치가 있었으면."

"달라질 건 없었어."

"하지만 조금만 일찍 알아도."

"확률 문제야. 지금은 의미 없어. 지금까지 버틴 게 기적이었으니까."

그들만의 대화에 도경의 가슴으로 비수가 꽂혔다. 그에게는 이 모든 광경이 꿈만 같았다. 어쩌면 아직 자신은 잠들어 있고 이것은 지독한 악몽이 아닐까 생각했다. 도경은 멍하니 도희를 바라보았다.

"열네 살이래요. 만으로 이제 겨우 열두 살인데."

"옆에 누가 있었죠?"

"보호자는?"

"오빠가 있었던 것 같아요."

"혼자라고?"

"네. 입원 내내 할머니만 가끔 들르고 매번 저 학생만… 아버지는 20분이면 도착한다고 연락이 왔어요."

"미친 거 아니야? 애한테 뭘 맡긴 거야?"

모든 말들이 저 멀리 허무하게 사라지고 있었다. 모르는 사람이 도경을 도희에게서 떼어 내 병실 바깥으로 이끌었다. 괜찮다고, 힘내라고 몇 마디를 하는 것 같았지만 그것이 제대로 마음에 닿을 리 없었다.

그저 멀리서 소곤대는 소리만 더욱 정확하게 들려왔다.

"언제 죽은 거래요?"

"몰라, 새벽에 죽은 것 같은데."

"세상에 그럼 저 애, 시신이랑 몇 시간을."

시신.

몇 시간 전까지만 해도 살아 있던 사람을 부르는 낯선 말. 이제 도경은 혼란스러워지기 시작했다. 정말로 몰랐을까? 도희가 아프다고 소리를 질렀을 수도 있었고 자신을 깨웠을 수도 있는데 자신이 일어나지 못한 걸까.

아니, 애초에 깨어났던 건 아닐까. 깨어났으면서도 자고 싶어서 모르는 척했을지도 모른다. 거짓말처럼 귓가에 도희의 목소리가 들렸다.

'안 잘 거야?'

'보고 있을게. 그러니까 걱정하지 마.'

'…고마워.'

작게 속삭이던 그 말이 머리를 울리고 일순 구역질이 치밀어 올라왔다. 참을 수 없는 역함에 입을 틀어막고 화장실로 달려간 도경은 변기에 머리를 박고 속의 것을 게워 냈다.

나올 것도 없는 속에서 신물이 올라와 내장이 입 밖으로 튀어나올 것 같을 때가 되어서야 겨우 구역질을 멈췄다. 입도 제대로 닦지 못하고 숨만 헉헉, 내쉬던 도경은 문득 혼자 있을 도희를 떠올렸다.

혼자 있는 걸 싫어하는 아이다. 그래서 엄마에게 갔을 때도 굳이 돌아왔던 동생이었다. 도경은 흔들리는 다리를 애써 부여잡고 달리듯 병실로 향했다. 그리고 어느새 병실에 와 있는 익숙한 뒷모습에 감정이 울컥 솟아올랐다.

"도희야, 도희야."

아버지였다.

안 그래도 무너질 것 같았던 마음이 아버지를 보는 순간 아이처럼 물렁해지고 약해졌다. 낯선 사람들에게는 보일 수 없던 진짜 슬픔이 올라오고 있었다.

도희의 손을 쥐고 어쩔 줄 모르며 우는 아버지가 보였다. 이 자리에서 유일하게 자신과 같은 마음을 가지고 있는 사람의 슬픔에 도경은 비로소 슬퍼할 수 있을 것 같았다.

어떻게 왔는지 알 것 같았다. 망가진 머리, 흐트러진 옷. 벌벌 떠는 온몸으로 죽은 딸을 보며 괴로워했다.

"아빠 왔는데, 도희야. 내 딸, 아가… 아빠 왔는데. 아빠가 도희 좋아하는 거 사 가지고 왔는데, 너무 늦어서 안 일어나는 거야? 그래? 딸, 도희야. 도희야… 윤도희. 안 돼, 안 돼. 아빠는 너 못 보내는데… 안 될 것 같은데, 도희야."

그제야 도경은 이 모든 상황이 현실이라는 것을 자각했다. 그러면서 극심한 두려움과 무서움이 밀려들었고 끔찍하도록 괴로웠다.

"…아버지."

숨이 모자랄 정도로 가슴을 들썩이며 천천히 다가간 도경이 아버지를 불렀다. 그의 목소리에 아버지의 등이 굳었다. 그것을 미처 보지 못한 도경은 아버지의 곁으로 다가가며 말을 더듬었다.

"도, 도희가… 분명, 분명히 따뜻했는데. 분명 같이 잠이 들었는데.

제가… 잠이 들어서. 자 버려서……."

어쩌면 어린 마음에 위로해 달라며, 안아 달라며 품을 필요로 했을지도 몰랐다. 지금껏 한 번도 보인 적 없는 약해진 모습은 아직 어린 소년의 것이었다.

큰 위로나 포근한 품까지는 바라지 않았다. 그저 무겁게 말린 마음을 알아주고 달래 주길 바랐다. 그러나 도경에게 돌아온 건 원망과 차가움이 담긴 시선이었다.

"…자?"

딱딱하게 굳어 버린 목소리에 도경의 머릿속이 멈췄다. 그 뒤에 느껴진 것은 거센 통증이었다. 사정없이 후려친 손바닥이 뺨을 철썩 때리고 돌아간 고개 끝에 죽은 아이가 보였다. 헉, 헉. 숨이 다시 가빠지고 있었다. 아버지는 도경을 사납게 노려보며 말을 이었다.

"도희는 그렇게 아파서 잠도 못 자고 있는데, 너는 잠을 자?"

비수가.

"그게, 아니라."

"그러고도 네가 사람이야?"

꽂힌다.

"저는……."

"죽으라고 둔 거지."

"……."

"네가, 죽게 둔 거라고."

눈물로 범벅된 아버지의 시선에서 칼날이 쏟아졌다. 심장으로 꽂힌 칼날 같은 시선은 결국 죄책감이 되어 각인되었다. 죽은 아이가 보인다. 다시 일어나지 못할 아이가 싸늘하게 식어 있다.

내 탓.

도희가 죽은 것은 결국 자신의 죄.

이것이 꿈이라면… 끝나지 않을 악몽인가?

이내 오열하는 아버지의 울음소리가 병실을 가득 울렸다. 쏟아지는 눈물을 보면서도 도경은 단 한 방울의 눈물도 흘릴 수 없었다. 제 허리를 끌어안는 봄의 체온을 느끼기 전까지.

맑은 아침이 지난 오후.

시내 중심에 위치한 우아한 느낌의 한정식집에 세 사람이 모여 앉았다. 나란히 앉은 도경과 봄 그리고 맞은편 상석에 앉은 도경의 아버지, 윤형진.

뜻밖에 도경의 아버지와 마주하게 된 봄은 살면서 이 정도로 긴장한 적이 있나 싶을 만큼 딱딱하게 굳은 상태였다. 인사를 할 때에도 그녀답지 않게 살짝 버벅거리기도 했다. 형진 역시 이런 자리가 익숙한 건 아니라 조금 당황하는 표정을 지었다.

"이렇게 나란히 있는 걸 보니 실감이 나네."

처음 만나자마자 했던 말과 비슷한 맥락의 감상이었다. 머쓱한 봄과 담담한 도경을 번갈아 보던 그는 헛웃음을 흘리며 말을 이었다.

"설마 너희 둘이 이렇게 만나고 있을 줄은 몰랐다."

충분히 예상할 수 있는 놀라움이었다. 하기야, 아들이 내내 연락이 닿지 않았던 고향 사람과 만나고 있다는 소식을 들었으니까. 반가움 반, 놀라움 반 신기함 가득한 시선에 봄이 입을 열었다.

"많이 놀라셨죠."

"놀라긴 했지만 좋았다. 도경이가 누굴 만나는 걸 본 적이 없어서……. 거기다 상대가 봄이라니."

거짓말이 아닌 듯 형진은 정말로 기쁜 표정을 짓고 있었다. 도경의 아버지라는 사실을 깨달은 순간 대뜸 '안녕하세요!' 하고 외치지만 않았다면 성사되지 않았을 만남이었다.

사실 두 사람은 그렇게 자주 만난 편은 아니었다. 다만 유난히 도희를 아꼈던 형진은 도희가 가장 친하게 지내며 믿고 따르던 봄을 무척 예뻐했다. 그래서 선물을 사 올 때면 꼭 봄의 것도 챙겨 왔었고 때때로 딸을 대하듯 하기도 했었다. 그러니 형진의 입장에선 꼭 딸을 만난 것처럼 반가울 수밖에 없었다.

"둘이 만나고 있는데 내가 괜히 끼어든 건 아닌지 모르겠어."

도경이 꼭 닮은 부드러운 미소에 괜스레 마음이 풀어진 봄은 서둘러 고개를 저었다.

"아니에요! 저도 오랜만에 아저씨… 아니, 그러니까 교수님……."

"교수랄 건 또 뭐야. 편하게 불러. 예전처럼 편하게 불러 주면 더 고맙겠구나."

아저씨라는 호칭도 연인의 아버지에게 부르기엔 다소 애매모호했지만 지금은 그게 가장 나을 듯했다.

"네, 아저씨."

끊어졌던 인연들이 하나둘 연결되는 기분은 표현하기 어려울 만큼 좋았다.

'허락받은 거랑 다름없는 거지?'

딱히 어른들에게 허락받으며 만날 만큼 섬세한 편은 아니지만. 배시시 웃으며 도경을 바라보자 어쩐지 굳은 표정을 짓고 있던 그가 옅게 웃었다. 왠지 그 미소가 낯설다고 생각될 무렵 형진이 중얼거렸다.

"…도희가 딱 너랑 동갑이니, 살아 있었으면 딱 너랑 같았겠어."

그는 그들을 보지 않고 있었다. 손에 든 물컵을 느리게 기울이며 꼭 먼 과거에 빠진 사람처럼 보였다. 그리고 그 말은 저 먼 어딘가를 향하고 있었다.

"꼭 도희를 보는 것 같……."

"봄입니다."

잘못된 길로 향하는 말꼬리를 잘라 낸 건 도경이었다. 그는 제 아버지처럼 마른 목을 축이며 단호하게 선을 그었다.

"도희가 아닙니다."

삭막할 정도로 마른 말은 형진의 생각을 끊어 내기에 충분했다. 형진 역시 자신의 말이 너무 다른 곳으로 향했다고 생각했던지 빠르게 사과했다.

"미안하다. 괜히 이런 안 좋은 얘기를 꺼내서."

봄은 이 대화가 사과할 거리도 아니었고 또 사과가 어긋났다고 생각했다.

"안 좋은 이야기라니요. 전혀요. 도희 이야기는 언제나 좋아요. 계속 기억하고 있으니까요."

그녀는 도경이 그러했듯 형진도 도희에 대해 나쁜 표현을 하는 게 싫었다. 어째서 두 사람 모두 도희를 그런 식으로 생각하고 기억하고 있는 걸까.

'도희가 대체 뭘 어쨌다고.'

그래서 잘못되었음을 알려 주고 싶었던 봄의 말에 형진은 쓴 표정으로 바라보았다. 어딘가 감정이 도려내진 듯 마른 눈동자를 한 그는 조소하며 말을 이었다.

"그래, 가족이 아니니 그럴 수 있겠지."

"네?"

"아버지."

이번에도 도경의 목소리가 형진을 가로막았다. 좀 전보다 훨씬 차가워진 음성은 꼭 경고를 하는 것 같았고 형진도 더 말을 잇지 않았다. 어색한 공기가 주변을 휘감았다. 두 사람은 이것이 익숙한 것으로 보였지만 봄은 아니었다. 가족이라면, 한식구라면 가지고 있어야 할 자연스러움이 그들에게서 느껴지지 않았다.

'…사이가 안 좋아 보이진 않는데.'

아이러니하게도 사이가 나쁘거나 험악한 것 같지도 않다. 아주 조금 데면데면할 뿐, 서로를 챙기는 것은 분명하게 보였다. 아무리 봐도 한 번에 설명할 수 없는 두 사람을 번갈아 보는 봄에게 도경이 말했다.

"밥 먹어."

제 아버지에게 대할 때완 다른 다정함, 본래 그대로였다. 그녀는 고개를 끄덕이며 젓가락을 들었다.

"으응."

식사는 여유롭게 이어졌다. 잠깐의 어색함은 온데간데없이 맛있는 음식 앞에서 그간 나누지 못했던 대화를 끝없이 이어 나갔다. 가장 큰 역할은 한 것은 당연히 봄이었다.

낯가림도 없고 선천적으로 쾌활한 봄은 금방 두 사람과 함께 녹아들어 주변을 화사하게 바꾸었다. 웃음이 익숙하지 않은 두 부자(父子)의 사이를 자연스레 연결했다. 존재만으로도 공간을 밝힐 수 있는 것이 봄의 재능이었다.

"맛있어?"

"맛있어요. 난 진짜 맛있는 거 먹을 때가 제일 좋더라."

"더 시켜 줄게. 천천히 먹어."

"응. 근데 윤도경 씨가 만들어 준 게 더 맛있어."

"배워서 나중에 해 줄게."

"진짜?"

초롱초롱한 눈으로 기뻐하는 그녀에 도경의 얼굴에도 즐거움이 서렸다. 억지로 만들어서는 낼 수 없는 자연스러운 미소를 형진은 한참을 지켜보았다. 그러다 진심으로 궁금한 듯 물었다.

"그래서, 너희 결혼은 언제쯤 생각하고 있니."

만약 입에 뭔가 담겨 있었다면 무조건 입 밖으로 튀어나왔을 거다. 천만다행히 그녀는 없는 내숭을 떠느라 아직 아무것도 먹지 않았다. 대신 벌린 입 안으로 열심히 숨을 들이켰다. 그리고 놀란 것은 도경도 마찬가지였다.

'…결혼.'

연인 관계의 끝은 결혼이 아니다. 결혼은 하나의 과정이고 선택할 부분이지 절대적인 관문은 아니었다. 다만 '결혼'이라는 것이 주는 소속감은 그에게 있어 조금 특별했다.

일반적인 모양으로 빚어지지 못한 제 가족을 떠나, 봄의 곁에 어떤 벽도 없이 있을 수 있다는 것만으로도 도경에겐 설레는 일이었다. 그래서 그녀의 입에서 어떤 말이 나올지 제 아버지보다도 더 집중했다.

꿀꺽.

봄이 침을 삼켰다. 그녀는 두 눈을 깜빡이며 말을 아꼈고 다소 긴 침묵이 흐르며 도경은 쓴 미소를 지었다. 봄이 부담스러워하는 것이라 여겼기 때문이었다. 그는 이 상황을 중재했다.

"우선 식사부터."

"그래도 될까요?"

애써 건넨 중재를 물린 건 봄이었다. 그녀는 잔뜩 들뜬 표정으로 말을 이었다.

"정말 해, 해도 되나요?"

심장이 벌렁벌렁 지나치게 뛰어서 겨우 한마디씩 하는 봄을 형진이 당혹스럽게 바라보았다.

"으응?"

정말 어떻게 반응해야 할지 가늠하지 못하는 그의 반문에 그녀는 두 손을 모았다.

"제가 정말로 아드님을……"

"큭."

그 순간 도경은 웃음이 터지고 말았다. 말도 안 될 정도로 정중한 태도로 '아드님을 주십시오'의 모습을 보인 통에 저도 모르게 튀어나온 소리였다.

"크큭."

도경이 소리를 내며 웃는 건 드문 일이었고 특히나 형진으로서는 못해도 십수 년 만에 보는 모습이기도 했다. 하지만 봄에겐 그리 낯선 얼굴이 아니었다.

"저 진지해요."

저와 마주하는 도경은 항상 웃고 있어서 이렇게 웃음을 보이는 것도 이상할 것 없었다. 단지 조금 얄미울 뿐이었다. 불퉁해진 표정을 지은 봄이 테이블 아래로 콕, 찌르자 그는 더 이상의 표현할 것도 없는 따뜻한 얼굴로 말했다.

"알아. 그래서 그래."

"뭘 알아서."

"고마워서."

예쁘고 사랑스러운 것을 넘어 늘 고마움을 주는 사람이 있다는 건 정말 축복받을 일이다. 그리고 순수하게 그것을 받아들여 줄 수 있다는 것 또한 가슴 설레기에 충분했다. 그저 두 사람을 바라보는 형진만이 씁쓸함을 감추지 못했다.

"웃는구나."

딱 그 한마디에 도경의 입가가 굳었다. 당연히 그것을 보고 있던 봄에게도 느껴지는 변화였다. 눈에 띄는 변화에 그녀가 입술을 달싹일 때 형진은 묵묵히 혼잣말을 이었다.

"웃고 살아야지. 맞다, 잊고 사는 게… 사람이지."

듣기에 따라 해석하기가 분분한 말이었다. 단순히 흘려들을 수 있는 흐뭇한 말일 수도, 또는 책망하는 듯 들릴 수도 있었다. 봄은 잘게 흔들리는 도경의 눈동자를 보다 형진을 돌아보았다.

"아무튼 결혼 생각은 있긴 한 거지?"

그의 담담한 질문에 대한 대답을 한 건 도경이었다.

"저희가 만나게 된 지 그리 오래 되지도 않았고 다른 걸 떠나 뭘 하건, 하지 않건 아무래도 상관없습니다."

"그럼?"

"그런 건 중요하지 않으니까요."

도경의 말에는 확신이 있었다. 어떤 상황에서도 헤어지지 않을 거라는 그런 확신. 대단하고 특별한 말이 필요 없이 결국 두 사람은 이렇게 지지고 볶고 곁에 있을 것 같아서 어떤 형태로도 묶일 필요가 없을 것 같았다.

그것은 봄도 마찬가지였지만 조금 아쉬운 마음은 들었다. 어쩌면 소유욕이란 것이 넘치듯 발현된 것일지도 모르겠다.

'뭐, 이 사람이 행복해 보이니까.'

지금 당장의 아쉬움보다도 중요한 건 그것이었다. 보고만 있어도 따뜻함이 물씬 풍기는 두 사람이었다. 형진은 행복으로 물든 도경을 보며 쥐고 있던 젓가락에 힘을 주었다.

"그렇구나."

어딘가 복잡하게 흐려지는 시선이 그들에게서 떨어져 아래로 향했다. 불투명한 눈동자 끝이 흔들렸다.

"도희가."

무겁게 내려앉은 목소리에 공기가 다시 굳었다. 도경은 테이블 아래의 봄의 손을 꼭 쥐었다. 어쩐지 화가 난 것 같은 그의 표정에 그녀가 머뭇거리는 사이 형진이 헛웃음을 흘렸다.

"우리 도희가 봄이를 아주 좋아했으니까, 이렇게 우리가 같이 있는 걸 정말 기뻐하고 있을 거야. 어쩌면 둘이 다시 만나게 된 것도 우리 도희가 하늘에서……."

"아니요, 아버지. 도희 덕분이 아닙니다."

"……."

"도희가 좋아할 수는 있지만 누구의 도움이나 우연 같은 게 아니라, 저희가 만난 겁니다."

화가 난 것 같은 게 아니라, 화를 내고 있었다. 두 사람의 만남을 흐리게 하는 아버지를 탓하듯 도경은 그녀를 보호했다.

"그러니 아버지도 지금 있는 그대로의 봄이를 봐주십시오."

그제야 형진은 자신의 말이 잘못되었음을 깨달은 듯했다. 아차 싶던 그는 황급히 봄을 향해 사과했다.

"그렇지. 그게 맞지. 미안하다. 나이가 들었는지 자꾸 옛날 생각만 해서… 자꾸 실수를 하는 것 같구나. 미안하다, 봄아."

"아니에요. 그런 생각 마세요."

유난히 도희에 대해 예민한 두 사람을 보며 그녀는 서둘러 말했다. 이렇게까지 날카롭게 날을 세울 일이 아니었다.

'이상해.'

사이가 나빠 보이지도 않고, 어색한 것도 아니지만 이상했다. 애초에 서로가 서로를 싫어했다면 이렇게 주기적으로 식사를 할 리도 없었다. 그럼에도 알 수 없는 칼날들이 주변을 맴도는 것처럼 아슬아슬하다.

"도경 씨."

봄은 도경을 향해 고개를 저었다. 자신은 괜찮다는 뜻이었다. 다행히 분위기는 금방 나아졌다. 굳이 노력하지 않아도 봄이 주변을 봄처럼 만드는 능력이 있어서 그럴 수도 있었다. 한창 식사가 이어지고 생선 요리를 먹을 즈음이 되었을 때 그녀는 박수를 쳤다.

"맞다, 저희 레스토랑에 얼마 전에 신메뉴를 출시했는데 반응이 아주 좋아요. 시간 나실 때 오시면 제가 대접해 드릴게요."

다른 것은 몰라도 레스토랑 초대만큼은 마음껏 할 수 있는 능력 정도는 있는 봄이었다. 그녀는 서둘러 가방에서 명함을 꺼내 내밀었고 형진도 기분 좋게 받아 들었다.

"아, 여기라면 나도 들은 적이 있다. 그런데 벌써 실장이야?"

"운이 좋았어요. 아무래도 실무 경험이 길어서 그런 것 같아요."

"그래도 그렇지. 이런 큰 곳의 실장이라니, 부모님이 아주 대견해하시겠다."

"아직 많이 부족해요. 그래도 열심히 노력할 테니 꼭 찾아 주세요."

"그러마. 눈치 없겠지만 조만간 찾아가마."

"눈치 보지 마시고 언제든 부탁드릴게요."

방긋방긋 웃음으로 초대한 봄은 칭찬을 바라듯 도경을 돌아보았다. 그러나 그는 어쩐지 복잡한 표정으로 아버지를 보고 있었다. 이내 그녀가 자신을 보는 것을 알고 금방 돌아오긴 했지만 스친 표정이 없던 게 되는 건 아니었다.

이따금 흐름이 깨지긴 했지만 식사는 비교적 기분 좋게 마무리가 되었다. 갑작스러운 만남치고 이 정도면 아주 훌륭한 만남이었다. 먼저 주차되었던 차가 도착하고 형진은 차에 오르기 전에 봄을 불렀다.

"봄아."

"네, 아저씨."

금세 대답하며 다가온 그녀에 그는 잠시 제 차를 받고 있는 도경에게 눈을 뒀다. 안타까움과 미안함이 담긴 시선을 아들에게 던지며 형진이 말을 이었다.

"도경이 잘 부탁한다. 살갑게 대하는 법도 모르고… 내가 많이 모자라서 제대로 챙겨 주지도 못하고, 데려와선 한 달도 못 살고 내보냈어. 나름대로 챙겨 주려고는 했는데… 아무래도 내가 부족했다. 지금은 또 네 오빠랑 같이 살다 보니 찾아가기가 어려워서 더 신경 쓰기가 어려워."

어쩐지 뜨끔했지만 봄은 입술을 물고 고개만 끄덕였다. 그는 그녀를 향해 다시금 웃어 보였다.

"염치없지만 부탁할게. 도경이, 잘 부탁하마."

형진의 말 어디에도 거짓이나 가식은 없어 보였다. 도경을 걱정하는 마음은 기억 속의 모습 그대로 서투르지만 진심으로 가득했다. 봄은 진심이 무뎌지지 않도록 마음을 다해 대답했다.

"네, 그럴게요."

힘 있는 그녀의 말에 안도한 듯 형진이 웃는 사이 도경이 돌아왔다. 그는 형진의 운전석 문을 열어 주며 말했다.

"들어가세요. 약주는 적당히 드시고요."

"그래. 밥 잘 챙겨 먹고. 날 풀렸다고 가볍게 입지 마라. 뭐, 네가 더 잘 알겠지만."

"예, 그러겠습니다."

평범한 부자지간의 대화는 그것으로 끝났다. 형진이 탄 차가 멀어지는 모습을 보던 봄은 도경의 손을 꽉 잡았다. 그가 의아한 듯 돌아보았지만 그녀는 그저 쥔 손에 힘을 줄 뿐이었다.

"윤도경이 왔었어요?"

결의 질문에 애라는 과일 접시를 건네며 말했다.

"그렇다니까. 넌 왜 같이 살고 있는 거 말 안 했어. 알았으면 진작 가서 이것저것 좀 챙겨 줬을 텐데."

"뭐, 그냥."

두루뭉술하게 말을 흘린 그는 포크를 들다 다시 물었다.

"혹시 온봄이랑 같이 왔어요?"

"아니. 근처에 일이 있어서 왔다가 들른 모양이야. 봄이랑은 서울에서 만났었다면서."

"…예, 그렇죠."

이것들 봐라.

꽤나 스펙터클하게 만나고 있는 동생과 친구를 떠올린 결은 코웃음을 쳤다. 오랜만에 고향집에 오니, 들을 것도 재미난 것도 아주 많았다. 그래도 진지하게 만나고 있으니 이곳까지 내려온 것일 터다.

봄과 도경에게 집을 내어 주고 어느새 며칠. 곧장 본가로 내려온 결은 간만에 긴 휴식을 취하는 중이었다. 다만 이런 적이 없어 부모님은 조금 어색한 것 같았다.

"근데 너 이렇게 계속 있어도 돼? 언제 올라가려고."

"한 일주일 쉴 수 있을 것 같아서요."

"그래? 오래 나가 있더니 간만에 길게 쉬네. 그럼 너 올라갈 때 같이 가자. 도경이도 한 번 더 보고 집에 뭘 해 먹고 사는지 좀 알아야지. 온철 씨, 주말쯤에 시간 좀 내요. 결이랑 같이 올라가게."

"그럴까요? 먹고 싶은 거 말해. 해서 가게."

물 흐르는 듯한 부모님의 대화를 무심코 듣고 있던 결은 커다란 참외 조각을 꿀떡, 넘겼다. 꽤 큰 조각에 목구멍이 얼얼했지만 그는 황급히 부모님을 막았다.

"아니에요, 괜찮아요. 걔나 저나 집을 자주 비워서 시간이 안 맞을 수 있어요."

벌써 불고기와 잡채 이야기를 하던 두 사람이 아쉬운 듯 말했다.

"그럴까? 하긴, 다 큰 어른들이니⋯⋯. 또 언제쯤 보려나. 괜히 서운하네."

"조만간 올 거예요."

"응?"

"기다려 보세요."

절대 허언이 아니라, 99.9퍼센트의 확률로 곧 내려올 거다. 본의 아니게 두 사람의 공범이 되어 버린 결은 조만간 올라가 둘을 야무지게 괴롭힐 생각을 하며 다시 포크를 움직였다.

윙, 윙.

포크에 찍힌 과일이 반쯤 사라졌을 때, 그의 휴대폰이 울렸다. 결은 아무 생각 없이 휴대폰을 확인하다 미간을 좁혔다. 메시지의 상대는 매니저인 인태였다.

[형님, 말씀하신 집 알아봤는데요. 너무 급하게 구하셔서 입주가 보름은 있어야 할 것 같아서요.]
[그런데 원래 집은 왜 전세를 내셨어요? 혹시 급전 필요하세요?]

연달아 울리는 메시지에 결은 마저 입에 과일을 넣고 짧게 답장했다.

[호텔.]

지나치게 간결했지만 인태는 제대로 알아들었을 거다.

딩동.

[네, 형님.]

역시 유능한 직원이다.

시원한 인태의 대답을 끝으로 그는 다시 과일에 집중했다.

17.

 말끔히 세수를 하고 욕실을 나선 봄은 도경의 방으로 향했다. 그리고 꼭 누가 훔쳐보기라도 하는 것처럼 방 앞에서 기웃대다 똑똑 노크를 했다.
 똑똑.
 맑고 고운 노크를 하고 문에 바짝 귀를 가져간 그녀는 눈을 가늘게 떴다. 문에 댄 손바닥으로도 안쪽의 인기척을 느끼려는 듯 집중하는 표정이었다.
 "……."
 온 정신을 다하여 안쪽을 살피던 봄이 아예 파묻힐 듯 철썩 달라붙을 때였다.
 "뭐 해?"

"으앗!"

소스라치게 놀란다는 표현은 딱 지금 쓸 타이밍이었다. 화들짝 놀라 잠시 활동을 멈춘 그녀에게 도경은 묻지도 않은 대답을 해 주었다.

"안쪽 방 욕실."

그것은 봄이 궁금해하던 것이 맞긴 하다. 그저 기가 막히게 속을 읽는 이 사람이 언제나 신기할 뿐이다.

"아니, 잠들었나 해서."

본인이 생각해도 억지 변명이었지만 문에 붙은 상황에서 할 수 있는 최대한의 방법이었다. 머쓱함을 애써 감추고 눈동자를 휘휘 굴린 봄이 괜히 말을 이었다.

"피곤하겠다. 오늘 아저씨도 뵙고, 또 어제 잠도 잘 못……."

일단 무슨 말이라도 하려고 꺼낸 화두에 그녀의 얼굴이 붉어졌다. 오늘 아침, 도경의 아버지로 인해 정신이 없어 휙 지나갔지만 전날 그들은 처음으로 같은 자리에 누웠다. 정확하게 말하자면 처음은 아니지만 깊게 들어가자면 '처음'이니까.

뒤늦게 찾아온 부끄러움에 마른 입술을 문 그녀에게 그가 말했다.

"그러게. 하루가 어떻게 지나갔는지 모르겠다."

정말 정신없는 하루이긴 했다. 형진을 만나고 오후에는 급한 호출로 병원까지 다녀왔던 도경이다. 그와 함께 살면서 느끼는 건 의사는 절대 고상한 직업이 아니라는 거였다.

"이제 쉬려고."

"그렇죠. 쉬어야죠. 푹. 네. 그래야 맞죠."

의미 없이 그의 말을 반복한 봄은 말은 그렇게 하면서 자리를 뜨지 않았다. 꼭 그 자리에 못이라도 박힌 사람처럼 버텼다. 어디론가 갈 생각이 없는 그녀에 도경은 담백한 미소로 말했다.

"너도 자야지. 피곤하지 않아?"

"아니, 뭐… 좀 그렇긴 한데."

"제대로 못 잔 건 마찬가지니까."

"으응, 그렇죠."

걱정하는 그의 곁으로 빛나는 아우라가 풍기는 것 같았다. 발산하는 순결한 광채에 봄은 입술을 말아 물었다. 늘 느끼지만 도경과 함께 있으면 자신이 매우 본능적이 되는 것 같았다. 자제하자는 마음을 곱게 새기며 그녀는 한 걸음 물러났다.

"편히 쉬어요."

시간은 많으니까. 아쉬움을 뒤로하며 돌아서는 봄의 앞을 도경의 팔이 막았다. 느슨하게 굽은 팔꿈치를 보니 절대 강압적인 건 아니었다. 그저 자연스레 가까워져 내려온 그의 고개에 가슴이 진정되지 않을 뿐이었다. 이미 다 넘어갔는데 여전히 유혹적인 시선에 봄은 어깨를 모아 움츠렸다.

'어후.'

이상하게 도경이 다가오면 왜 이렇게 수줍어지는지 모르겠다. 그는 남은 손으로 그녀의 뺨을 살짝 건드렸다.

"어디 가려고."

분명 차가운 도경의 손이 따뜻하게 느껴졌다. 봄은 괜히 손가락을 꼬물거렸다.

"방에……."

"혼자 자려고?"

한마디, 한마디가 지나치게 강하게 심장을 때렸다. 언제나 선택권을 주는 것 같지만 그도 그녀도 이미 답이 나와 있는 것임을 안다.

'이러니까 온결 친구지.'

좋지만 얄밉기도 한 도경에 봄은 뻗어진 팔을 꽉 잡고 그대로 물었다. 단단한 팔뚝 한쪽에 잇자국이 생길 만큼 물고 힐끗 올려다보자 아무 말 없이 바라보는 그가 보였다.

아프지도 않은지 미동 하나 않고 빤히 내려다보던 도경의 눈이 호선을 그렸다.

"봄아."

다정한 부름에 아직 살을 물고 있어 제대로 대답하지 못한 그녀에게 그는 좀 더 가까이 다가섰다.

"오늘도 안 잘 건 아니잖아."

"……."

"그렇지?"

웃고 있는데 왜, 괜히 떨리는 걸까. 도대체 어디가 자극점인지 모르겠지만 봄은 물고 있던 그의 팔을 얌전히 놓았다.

주인을 닮은 방은 처음 이 집에 왔을 때와 마찬가지로 특별한 물건들은 없었지만 묘한 아늑함이 있었다. 간밤 꼭 붙어 잠시 잠을 청했던 침대나 이불도 마찬가지였다.

"안 추워?"

침대 옆 스탠드를 켜던 도경이 물었다. 봄은 고개를 저었다.

"날이 많이 풀렸어요. 금방 여름 오겠어."
"그런가. 아직 추운 것 같은데."
"난 지금이 딱 좋아요."

적당히 선선하고 때때로 따사로움이 있는 계절. 완연한 봄의 계절에 이름만큼 피어나는 그녀였다.

싱그러운 웃음을 마주하며 봄의 곁에 앉은 그는 어느새 그녀의 체온으로 데워진 이불 안에 안정감을 느꼈다. 까맣고 어두운 밤에 온기 없는 이불이 당연했던 얼마 전까지가 무색할 만큼 당연하게 느껴졌다.

봄은 옅게 웃으며 말했다.

"오늘 도희 얘기하니까 자꾸 보고 싶더라."

자연스레 나온 도희의 이름에 도경의 어깨가 굳는 게 느껴졌다. 여전히 그녀는 제 동생을 버거워하는 그를 이해하지 못했지만 살포시 위로했다.

"괜찮아."

포근하게 퍼지는 속삭임에 도경의 눈동자가 흔들렸다. 봄은 행여나 제 말이 세뇌처럼 다가설까 나지막이 말을 이었다.

"내 기억의 도희는 항상 수줍어서 나밖에 모르던 친구였는데, 윤도경 기억에는 어떻게 남아 있으려나."

윤도경의 기억에 남은 윤도희.

애석하게도 그의 기억에 새겨진 동생은 싸늘한 주검이었다. 도경의 마른 입술을 보며 봄은 그의 목을 감싸 안았다. 도경의 트라우마가 무엇인지 조금씩 알 것 같아서 더욱 힘껏 안아 주었다.

"천천히 생각해도 돼. 아주 조금씩 떠올리면 돼요."

"……."

"떠오르지 않으면 나랑 같이 얘기해요. 내가 말해 줄게."

커다랗게 비어 버린 곳곳에 봄의 따뜻함이 찾아왔다. 겨울의 차가움에 굳은 듯 딱딱했던 몸이 녹아내리며 그녀의 어깨에 살짝 머리를 기댔다.

"…좋다."

"응."

아무것도 하지 않고 그저 서로가 서로에게 기댄 것만으로도 충만한 기쁨이 차올랐다. 자연스레 눈을 감고 침묵에 담긴 설렘을 읽었다. 어느새 솔솔 졸음이 몰려왔다. 옅게 하품을 하며 눈을 깜빡인 봄은 그의 손을 잡아 제 다리에 얹었다.

토닥토닥.

간질이듯이 다독이는 손길과 함께 봄이 속삭였다.

"왜 이렇게 좋지?"

"글쎄."

"윤도경도 모르는 게 있나?"

"알기 전에 좋아졌으니까."

"……."

"좋잖아."

이유 없이 마냥.

지금의 마음이 시간이 지나 조금은 익숙해지고 당연해진다고 하더라도, 이 순간의 특별함만큼은 결코 퇴색되지 않을 것임을 알기에 더더욱.

　스르륵, 봄의 손에서 힘이 풀렸다. 그렇게 잡았던 손이 풀어질 것 같던 찰나, 도경은 좀 더 세게 그녀의 손을 잡았다.

"그것밖엔 대답할 수가 없어. 이유 없이, 그냥."

곤히 잠든 소리를 들으며 그는 눈을 감았다.

"네가 있으니까 괜찮을 것 같아."

제 아버지를 만나면 당연하게 떠올라 해일처럼 거세게 때리던 도희에 대한 기억들이 오늘은 왠지 고요히 흘러들어 왔다.

'난 도희가 내 친구였다는 게 너무 행복했어요. 그래서 난 도희를 생각하면 마음이 아파도 좋았던 기억들만 가득해.'

'매일 생각하면서 살지는 않았어. 그냥, 종종 생각했어요. 내 친구 도희가 이런 걸 좋아했었고 이런 걸 싫어했었고. 그냥 미안함보다는 그리운 마음만 들어.'

그녀가 말했다.

'당신한테 도희는, 정말 나쁜 기억이에요?'

정말로 그러하느냐고.

애초에 그의 머릿속엔 죽은 도희의 마지막이 지금까지 사라지지 않고 남아 있었을 뿐이었다. 더 먼 과거를 기억한 적은 없었다. 좋았던 것, 기뻤던 것들은 사치였다. 그랬던 도경은 아주 멀리 돌고 돌아온 봄의 질문에 조심스레 입을 열었다.

"윤도희."

여전히 무뚝뚝하고 다정하지 못한 오빠는 누군가의 손을 잡고서야 조금 솔직해질 수 있었다.

"나는 네가."

밤마다 찾아와 할퀴는 동생을 향한 진짜 마음.

'그날만큼은 아프지 않았으면 해.'

제 시간을 내어 놓고 떠나던 그날이 도희에게 아프지 않았던 마지막이었으면 좋겠다. 제 잘못과 죄책감은 아무래도 상관없으니 부디 잠들듯 떠났으면 좋겠다고.

차마 아버지와는 단 한 번도 나눠 보지 못한 진심을 담고 도경은 눈을 감았다. 꽉 맞잡은 손은 이제 차갑게 느껴지지 않았다. 두 손이 하나가 된 듯 겹쳐진 그대로, 두 사람은 깊은 잠에 빠져들었다.

악몽은 없었다.

하나의 계절이 가고 또 다른 계절이 온다. 두 개의 계절이 겹쳐진 어느 날의 아침, 도경의 차가 레스토랑 근처에 멈췄다.

"고마워요."

봄이 안전벨트를 풀며 말하자 그가 고개를 끄덕였다. 이내 차에서 내린 그녀는 조수석 창문이 내려가길 기다렸으나 내린 건 창문이 아니라 도경 본인이었다.

"어어, 나오지 마요."

빙 돌아 나온 그는 살짝 헝클어진 봄의 머리카락을 정리하며 말했다.

"무슨 일 있으면 연락해."

"고자질하라고?"

"뭐든."

제법 진지한 말에 그녀는 웃음을 터트렸다. 오늘, 레스토랑으로 미성 그룹 본사 사람이 나온다. 매년 두 번씩 나오는 시찰로 누락된 정보는 없는지, 레스토랑 상황은 어떤지 확인하기 위한 것으로 말하자면 레스토랑 전체의 평가였다.

아무래도 레스토랑을 옮긴 지 얼마 되지 않아 막바지까지 고생을 했던 봄이라 도경이 기어코 데려다준 것이기도 했다. 그녀는 주먹을 불끈 쥐었다.

"잘하고 올게요."

그의 걱정을 덜어 주며, 든든해진 마음으로 말한 봄은 발끝을 세워 그의 뺨에 입을 맞췄다. 그제야 표정이 살짝 풀린 도경이 그녀의 허리를 감쌌다.

"다녀와."

"응, 다녀올게요."

이제는 익숙해진 두 사람의 일상이었다.

"조심히 가요!"

도경이 차에 올라 떠나는 것을 보며 끝까지 손을 흔들던 봄은 곧 매장으로 들어섰다. 당연하게 봄을 반기는 인사들 가운데 묘하게 수선스러움이 느껴졌다. 어쩐지 평소보다 들떴다고 해야 할까, 침울하다고 해야 할까.

어쨌건 이상한 광경에 의아해진 봄이 연신 고개를 갸웃거리는 사이, 오늘도 어김없이 짐을 하나 가득 든 진영이 다가왔다.

"실장님, 오셨어요?"

반가움 가득한 인사에 봄이 살짝 웃었다.

"좋은 아침이에요, 진영 씨. 그런데 뭔가 분위기가 이상하네요. 레스토랑에 무슨 일이 있나요?"

아무래도 자신보다 일찍 오는 진영은 알겠다 싶어 묻자 그녀는 냉큼 대답했다.

"아니요. 레스토랑에는 아무 문제 없고, 그냥 연예인 얘기예요."

"연예인?"

"네, 윤현수요."

익숙한 이름에 봄은 반사적 거부반응을 보이다 침착하게 되물었다.

"윤현수가, 왜요?"

그것을 알아채지 못한 진영은 어깨를 으쓱이며 답했다.

"열애설이 난 것 같아요."

예상하지 못한 소식이었다.

윤현수의 열애설.

이것은 그를 좋아하지 않는 사람들도 대화를 나누기에 충분한 가십이었다. 그만큼 인지도가 있는 배우의 열애설이니 호사가들 입방아를 찧기엔 최적의 대상이었다.

10여 년의 배우 생활 동안 열애설이 없다시피 한 사람이니 소란이 있는 것도 이해가 되는 일이었으나.

"아, 그렇구나."

정작 봄은 시큰둥한 표정이었다. 금방 관심을 잃은 듯한 무뚝뚝한 표정에 이번엔 진영이 고개를 갸웃거렸다.

"별로 안 좋아하시나 봐요."

"그냥, 뭐."

"지인이라고 하셔서 신경 많이 쓰실 줄 알았어요."

아차.

레스토랑에 왔을 때 결이 아는 사람이라고 못을 박아 놨었다. 그녀는 어색하게 웃으며 대답했다.

"본인 일이니까요. 그럼 먼저 올라가 볼게요."

"네, 올라가세요."

빠르게 화제를 끊은 봄은 사무실로 향했다.

'난 또 뭐라고.'

혹시 레스토랑에 무슨 일이 생긴 건 아닐까 싶었으나 전혀 다른 이유였다. 다 큰 어른이 연애 좀 하는 게 무슨 대수라고. 어디 다치거나 범법 행위를 한 것이 아니라면 관여할 부분이 아니었다. 게다가 '윤현수'와 엮이면 얼마나 귀찮은 일이 생기는지 그녀는 이미 알고 있었다.

"어후."

그때만 생각하면 머리가 아프고 진절머리가 난다. 봄은 괜히 몸을 한 번 떨고 사무실 안으로 들어섰다. 시간은 빠르게 지났다. 연예인에게 집중할 시간에 당장 오늘 찾아올 본사 시찰 준비를 하느라 더 바빴다. 쉴 틈 없이 업무를 보는 사이 본사 직원이 찾아왔고 그때부턴 휴대폰도 보지 못했다.

조금씩 이질감이 들기 시작했던 건 홀로 내려갔을 무렵부터였다.

"일단 손님이 가장 많이 찾는 시간대에는……."

실제 서비스 상황을 보여 주기 위해 온 손님들로 가득한 자리, 어쩐지 사람들의 시선이 지나치게 꽂힌다는 생각이 들었다.

'뭐야?'

설명을 잇던 그녀는 콕콕 찔러 오는 시선들에 의아해졌다. 단순히 눈길을 주는 것이 아니라 오랫동안 머무는 눈길들이 한두 개가 아니었다. 심지어 직원들까지도 봄을 빤히 보고 있었다.

"……."

알 수 없는 침묵이었다. 시찰을 나온 본사 직원도 이 시선들에 의아해하며 고개를 갸웃거릴 즈음, 마지막으로 주방으로 향했다. 이상한 건 이상한 것이고 일은 해야 하니 말이다.

한창 조리가 바쁜 주방으로 들어가는 대신 입구에서 주방에 대해 설명하던 때였다.

촤악.

주방과 복도를 구분하던 천막이 걷히고 나온 건 재완이었다.

"온 실장, 잠깐. 잠시만 실례하겠습니다."

밖으로 나온 그는 본사 직원에게 양해를 구하고 다짜고짜 봄을 한쪽으로 이끌었다. 얼떨결에 끌려간 그녀가 당황해서 올려다보자 재완은 눈을 찌푸리며 말했다.

"정정해야 하는 거 아닙니까?"

"예?"

"아무리 밝히기 싫어도 그냥 그대로 둬서 잠잠해질 일 아닐 것 같은데."

"…뭘 말씀이세요?"

"모르는 겁니까?"

전혀 감을 잡지 못하는 봄에 그는 오히려 황당한 표정을 지었다. 그리고 미간을 좁히고 큰 목소리로 진영을 불렀다.

"막내!"

마치 기다렸다는 듯 나타난 진영은 이리저리 눈치를 보다가 봄에게 휴대폰을 건넸다. 도통 알 수 없는 상황에 의아해하던 그녀는 액정에 뜬 것을 보고 떡, 입을 벌렸다.

"…이게 뭐야."

그것은 상상 그 이상의 기사였다.

「…장기간의 촬영이 끝난 후, 귀국 직후 윤현수가 향한 곳은 다름 아닌 서울의 유명 레스토랑이었다. 피곤함을 무릅쓰고 레스토랑을 찾아간 이유는 사랑을 꽃 피우기 위함이었다. 윤현수의 연인으로 알려진 여성은 바로 그 레스토랑 주요 직원이며 주변인들의 눈을 피하기 위해 집이 아닌 호텔에서 잦은 만남을 갖는 것으로 알려져……」

아니, 이것은 소설이었다. 팩트로 짜깁기된 말도 안 되는 가짜.

너무 기가 막혀 넋이 나간 봄을 보며 재완은 아주 작은 목소리로 속삭였다.

"친오빠잖습니까."

맞다!

그렇다!

상대는 친오빠다! 이복도 아니고 정말, 진짜로 오빠란 말이다! 설마 아침에 들었던 열애설의 주인공이 될 줄 몰랐던 그녀는 휴대폰을 진영에게 건네주며 말했다.

"저, 저 잠시 사무실 좀."

마침 상황 파악이 끝난 본사 직원의 끄덕임을 뒤로하고 봄은 날 듯이 사무실로 향했다. 끈질기게 달라붙는 시선들을 이제야 이해하면서 도착한 그녀는 곧장 휴대폰부터 들었다. 하필 품에서 떼어 놨던 휴대폰에는 온갖 연락들이 들어와 있었다.

"아, 정말! 온결!"

참지 못한 외침에 은정이 깜짝 놀라는 것이 보였지만 신경 쓸 겨를이 없었다. 봄은 일단 결에게 전화를 걸었고 다행히 그는 오랜 시간 걸리지 않고 전화를 받았다. 그리고 인사보다 먼저 본론부터 꺼냈다.

-미안하다.

맙소사.

온결이 순수하게 사과를 했다. 그렇다는 건 생각보다 일이 크게 벌어졌다는 소리였다.

"하아."

연예인의 가족이라는 것은 생각보다 아주 귀찮고 복잡하며 피곤한 일이다. 오래전, 그의 가족이라는 것이 알려졌을 때 철없는 이들의 악의 가득한 행동들에 얼마나 곤란을 겪었던가.

"아니, 그러니까 왜 레스토랑에 와서."

-변명은 아닌데, 굳이 하자면 한국 도착했을 때 엄마한테 연락받았어. 너 원래 집에서 문제 있었다고.

"…그래서 왔던 거라고?"

-그래. 쓸데없이.

어쩐지 갑자기 레스토랑에 나타났던 게 이유가 있었던 모양이다. 이렇게 말하는데 결을 탓할 수도 없었다. 걱정을 하느라 왔던 사람에게 무어라 할 수는 없었다. 다만 한숨만큼은 막지 못했다.

"하아."

온결과의 남매 사이가 밝혀진다? 연예인이 내 가족이다? 이건 정말 겪어 보지 않으면 느낄 수 없는 고통이다.

'윤현수'가 인기를 얻기 시작한 것은 데뷔하고 불과 3년 후였다.

세상 모든 일에 귀찮아하며 자신 말고는 관심이 없는 유아독존인 사람이 한 우물을 파기 시작하더니 순식간에 유명해졌다. 그러면서 자연스레 가족들까지 강제로 수면 위로 올랐다.

마치 복권이라도 맞은 것처럼 조금 안면 있는 사람부터 모르는 사람들까지 연락하고 찾아와 친분을 확인하고 때때로 알아보지 못하면 과격한 행동도 일삼았다. 심지어 팬이라는 이유로 집 안까지 들어와 사진을 찍어 댔고 호의를 요구했다.

결국 가족들이 신경 쇠약에 걸렸을 때, 온결은 갓 얻은 인기를 내다 버릴 것처럼 모조리 고소했다. 이로 인해 악의적인 기사들이 쏟아졌지만 그는 정도를 넘은 이들은 선처해 주지 않았다.

 덕분에 식구들은 평온함을 찾았고 어디에서도 '윤현수' 이야기를 하지 않게 되었다. 바로 그렇게 찾은 평화가 이 일로 다 드러나게 된 거다. 심지어 이번엔 직장까지 말이다.

 "어떻게 사실 확인도 없이 이렇게 기사를 써? 말이나 돼? 동생이랑 열애설을 내는 사람들이 어디 있어?"

 레스토랑을 찾고 집까지 같이 드나들었다는 기사다. 이것을 알았다면 기사를 내기 전에 확인 한 번만 했어도 될 일이었다.

 -일단 근거가 있으니 소설부터 쓴 거지.

 젠장, 빌어먹을. 좋은 소리가 나오질 않았다. 돈이 되고 화제가 되니 무작정 던지고 본 거다. 하필 봄이 연락이 되지 않아 제대로 정정 보도도 하지 못한 것이고.

 유명한 배우의 스캔들만큼 좋은 기삿거리도 없을 거다. 집을 드나들고 호텔 얘기까지 나오다니.

 "호텔은 또 뭐야?"

 -집 정리가 덜 되어서 거기 묵고 있어.

 순간 말문이 막혔다.

 집 정리라는 건 아무리 돌려 봐도 저에게 본래 집을 준 후의 상황 정리일 것이다. 그러고 보니 결을 그렇게 보내고 어떻게 지내느냐 묻지도 않았다.

 입이 열 개라도 할 말이 없었다.

 -사실 허락만 하면 바로 정정 보도 나갈 거야. 괜찮겠냐?

결의 말에 봄은 점차 가라앉는 열을 느끼며 머리를 쓸어 넘겼다.
"본가는 알리지 마. 나로 끝내. 나는, 어떻게든 해 볼 테니까."
-그건 걱정 말고 넌 지금 윤도경한테 가.
뜬금없이 나온 도경의 이름에 그녀가 미간을 좁혔다.
"괜히 가서 귀찮게 할 일 있어? 내가 알아서 할 수 있어."
-귀찮아할 리가 없잖아.
결은 마치 본인에게 들은 것처럼 확신을 담아 말했다. 그것은 제 친구를 신뢰하는 강한 믿음이 담겨 있었다. 봄이 얌전히 입을 다물자 결은 말을 이었다.
-그러니까 옆에 있어. 정정 보도가 나가도 당장 오늘 내일은 집도 가게도 소란스러울 거야. 될 수 있으면 지금 바로. 연락은 해 놨으니까 가 봐. 병원이라 당장 나오지 못해서 그 자식도 지금쯤 속 타들어 가고 있을 거다.
구구절절 반론할 수 없는 말들에 그녀는 결과 전화를 하기 전에 보았던 부재중 연락들을 생각했다. 분명 거기엔 도경의 이름도 있었다. 한숨밖에 나지 않는 상황에 결은 한마디를 더했다.
-귀찮아하면 말해. 죽여 버리게.
왠지 굉장히 오빠 같은 느낌인 건, 착각일까.

병원으로 가기 위해 봄이 가장 먼저 한 것은 윤현수와의 관계를 말해 주는 것이었다. 많은 사람에게 말할 필요도 없이 총지배인과 셰프에게만 말해도 사실 관계는 명확해졌다. 상황을 파악한 레스토랑 사람들은 여러 반응을 보였지만 그녀는 레스토랑을 나섰다.

"걱정하면 안 되는데."

택시에 오르며 도경에게 연락을 해 봤지만 전화가 닿지 않았다. 아무래도 병원 그것도 응급실에서 일하는 특성상 연락이 쉽지는 않다. 봄은 병원으로 가고 있다는 메시지만 남기고 휴대폰을 껐다. 벌써 알 수 없는 번호로 연락들이 오고 있어 켜 두고 싶지 않았다.

곧 현종병원 앞에 도착한 봄은 시간을 확인했다.

'…일단은.'

아직 이른 오후, 무작정 그에게 가는 건 방해가 될 것 같았다. 응급실 앞까지 갔던 그녀는 방향을 틀어 들른 적 있는 카페테리아로 향했다.

"온봄 씨?"

막 한 걸음 떼기가 무섭게 누군가 봄의 이름을 불렀다. 결코 헷갈릴 수 없는 제 이름에 돌아보던 그녀는 대답 대신 자신을 부른 상대를 지그시 바라보았다.

봄을 부른 건 깔끔한 차림을 한 여자였다. 그녀는 성큼성큼 다가와 방긋 웃었다.

"성진일보 권성아 기자입니다. 온봄 씨 맞으시죠?"

일부러 대답하지 않았지만 표정을 보아하니 이미 알고 있는 게 분명했다. 괜히 에둘러 봤자 우스운 꼴밖에 나지 않을 거였다.

어느새 무표정이 된 봄이 차갑게 물었다.

"어디서 제 이름을 아셨는지 알고 싶은데요."

"놀라지도 않으시네요. 마음의 준비를 하셨나."

"말씀부터 하시죠."

"일하시는 레스토랑이 굉장히 유명하더라고요. 거기 홈페이지에 떡하니 올라와 있던걸요."

"따라왔습니까?"

"설마요. 우연히 병원을 왔는데 여기 딱 계셔서요. 제가 운이 상당히 좋은 모양이에요."

말도 안 되는 소리였다. 어차피 상식 밖의 행동을 하고 있는 사람을 상대하는 건 기력만 빨리는 일이었다. 봄은 기자를 단호히 잘라 내려 입을 열었다.

"제가 윤현수와……."

"예, 대개 오빠 동생 사이라고 해명하죠. 뭐, 나이로 보자면 저도 윤현수랑 오빠 동생이라고 할 수 있겠네요."

어이가 없어서 순간 말문이 막혔다.

아니, 진짜 남매라고. 오빠 동생 맞다고.

더 이상 설명할 가치가 없다고 판단한 봄은 무시하고 몸을 돌렸다. 그러나 같은 성별이라는 이점 탓인지 기자는 겁도 없이 그녀의 팔을 잡았다.

"얘기 좀 하시죠? 팬들의 알권리는 보장해 주셔야……."

같잖은 소리로 사람 분통을 터트리던 기자의 말끝이 흐려졌다. 순식간에 올라온 불쾌함에 힘을 주어 팔을 빼던 봄은 기자의 시선이 자신이 아닌 제 뒤를 향하고 있는 걸 알았다.

"……."

고요한 침묵 속, 기자가 흠칫하고 뒤로 물러서는 게 보였다. 얼굴이 하얗게 질린 기자의 눈을 따라 슬그머니 고개를 돌린 그녀는 기자만큼 '헉' 숨을 들이켜고 말았다.

감정 없이 냉랭한 목소리가 말했다.

"뭐야."

피가 잔뜩 묻은 하얀 가운의 사내.

도경이었다.

도경이 윤현수의 열애설을 들은 건 출근을 하고 얼마 되지 않아서였다. 병원에는 윤현수의 열렬한 팬, 세영이 있었고 그녀는 누가 말하기도 전에 이 소식을 응급실 전체에 퍼트렸다.

당연히 도경은 그것을 그리 신경 쓰지 않았다. 열애설의 진위 여부를 떠나 그건 자신이 관여할 부분이 아니라고 생각했기 때문이다. 더욱이 제 친구 온결이 열애설로 곤경에 빠질 거라곤 생각하지 못했다.

거기에 봄이 포함되었다는 것을 알기 전까진.

"……"

휴대폰을 들고 선 도경은 닿지 않는 연락에 한참 동안 침묵하고 있었다. 온결과도 몇 번이나 통화가 되었지만 봄은 여전히 무소식이었다.

감정 없이 굳은 표정에 싸늘함까지 느껴지는 시선을 보며 멀찌감치 떨어져 지켜보던 이들이 소곤댔다.

"맞지?"

"맞아. 그때 *그* 실장님."

응급실 사람들은 대다수 알고 있는 바로 그 상대, 레스토랑 레벤의 실장.

누가 봐도 윤도경 선생이 푹 빠진 여자가 윤현수의 열애설 상대로 기사가 나 버렸다. 이 엄청난 스캔들의 직접적 관계자가 옆에 있으니 열정적인 팬인 세영으로서도 방방 뜰 수가 없었다. 한껏 눈치를 보던 세영이 소곤댔다.

"거기 실장님, 펠로우 선생님 여자 친구 아니었어요?"

"나도 그렇게 알았는데."

"…설마 양다리인가?"

"야, 야!"

"그럼 진짜 대박 아니에요? 대한민국에서 제일 잘나가는 배우랑 윤 선생님이랑 양다리라니요."

충격에 휩싸인 세영은 자신의 최애 배우의 열애설보다 눈앞의 상황에 빠져 넋이 나가 중얼거렸다.

"미친 능력자. 개 부러워."

이틀 밤을 새우고 정신이 조금 나간 것일지도 모를 일이었다. 주변의 시선 따위 아랑곳 않고 연거푸 봄에게 연락을 걸어 보던 도경은 결국 자리에서 일어났다. 일단 봄에게 가 보는 것이 가장 현명한 판단일 것 같아서였다. 그러나 상황은 그리 좋게 돌아가지 않았다.

"선생님, 응급입니다! 여진동 아파트 공사 현장에서 추락 사고가 있었고 최소 다섯 명이 이송 중입니다!"

급히 연락을 받은 인턴의 외침에 느슨하게 풀어져 있던 응급실이 팽팽하게 당겨졌다. 도경은 예민하던 신경을 잠시 덮어 두고 인턴 대신 전화를 받았다.

"현종입니다. 브리딩은 어떻게 됩니까."

상대는 구급대원이었다.

-약합니다. 혈압 맥박도 모두 매우 떨어지고 있어요. 복부 출혈 심합니다. 5분 뒤에 도착할 예정이니 준비 부탁드립니다.

"알겠습니다. 김영호! 기사님들 최대한 많이 호출해서 베드 정리해. 우선 CT실 확보부터!"

"예, 선생님!"

그는 봄의 연인이기도 했지만 응급실을 책임지는 의사이기도 했다.

가고 싶어도, 연락하고 싶어도 상황은 도경을 도와주지 않았다. 환자들은 무려 일곱 명이 한꺼번에 몰려들었고 한창 속 끓는 몇 시간을 보내게 된 도경의 눈앞에 그렇게 기다리고 걱정하던 봄과 불청객이 나타났다. 가장 최악의 타이밍, 최악의 순간에. 그러니 존대가 나올 리 만무했다.

"뭐냐고 물었는데."

그답지 않은 사나운 어투였다.

"……"

잠시 침묵하던 기자의 하얀 안색이 어느새 붉게 물들었다. 다짜고짜 나온 반말에 모욕을 당했다고 생각한 듯 그녀는 앙칼지게 소리쳤다.

"지금 이러고 후회 안 하실 것 같아요? 지금 하시는 무례한 말이 나중에 불리하게 작용돼도."

"장난해?"

말을 자른 목소리가 서슬 퍼런 칼날만큼 날카로웠다.

"지금 내가 그딴 거 걱정하는 걸로 보여?"

오싹.

욕을 한 것도 아니고 몸짓을 크게 한 것도 아닌데 오금이 저렸다. 저 잘생긴 얼굴이 무섭게 보인다면, 착각일까. 하필 피투성이가 된 가운도 그것에 한몫했다.

응급실 앞에서 의사 가운을 입은 사람은 의사밖에 없으니 위험할 것도 없는데, 왜 이렇게 무섭지? 어쩌면 본능적인 거부 반응일지도 모를 그때, 도경이 머리를 쓸어 넘겼다.

'…헉.'

안 그래도 날카로운 시선이 정확히 권성아를 향했다. 그녀는 더이상 대꾸할 수 없었다. 기자는 전투 의지를 잃은 듯 슬금슬금 물러섰다. 다년간 길러 온 눈치가 피해야 할 순간을 캐치해 낸 덕이었다.

그것을 그냥 두지 않겠다는 듯 한 걸음 성큼, 걸어가는 도경의 팔을 봄이 잡았다.

"윤도경."

봄의 부름 한 번에 사나운 기운이 넘실대던 눈동자가 변했다. 그녀를 향한 시선 어디에도 기자에게 쏟아 내던 불길함은 없었다.

봄은 가볍게 고개를 저었다. 착한 마음에 그를 잡은 것이 아니었다. 혹시 무슨 일이 생길까, 도경이 걱정되어 잡은 것도 아니었다.

그저 지금 이 말도 안 되는 상황을 뒤끝 없이 정리할 수 있는 사람이 왔음을 알기 때문이었다.

덕분에 생긴 잠깐의 틈에 권성아는 이때다 싶었다. 그녀는 일단 봄이 혼자 있을 때를 다시 노릴 참으로 황급히 돌아섰다.

"히익!"

그러나 돌아서기가 무섭게 진짜 악당이 눈앞에 있었다. 속으로 담았어야 할 숨넘어가는 소리를 입 밖으로 토해 낼 수밖에 없던 그녀가 입술을 벙긋대자 트레이드마크나 다름없는 선글라스를 슬쩍 내린 그가 눈부신 미소를 지었다.

"이게 누구야."

모자에 선글라스를 꼈음에도 한껏 웃는 것이 보였다. 심지어 잘 웃지 않는 것으로 소문난 그.

"윤현수."

윤현수가 말이다.

지은 죄가 있는 권성아는 주춤주춤 뒤로 물러났지만 결은 단 한 걸음으로 거리를 좁혔다.

"내 기사를 내면서 나랑 얘기도 하지 않고 내는 건 너무하지. 아무래도 우리, 긴 대화가 필요할 것 같은데."

"아니요, 저는 딱히 윤현수 씨와는……."

"그럼 내 기사도 내지 말았어야지."

하나하나 톡톡, 보란 듯이 말을 자른 결은 고개를 삐딱하게 기울였다. 그는 더 이상 웃고 있지 않았다.

"재밌는 일을 했어. 분명 그런 관계가 아니라는 걸 알았을 거면서도 그렇게 냈단 말이야. 아, 진위 여부는 상관없던가?"

정답.

그들에게 중요한 건 진실보다 얼마나 더 화제가 되고 사람들의 이목을 끌 수 있느냐니까. 좋지 않다. 매우, 엄청 좋지 않았다. 이대로 사람이라도 몰리면 윤현수는 물론 그녀도 귀찮아질 거다.

권성아는 일단 자리를 피하기로 마음먹었다.

"다음, 다음에 제대로 확실하게 찾아오겠습니다. 그럼 저는 이만… 억."

"누구 마음대로."

절대 쉽게 보낼 생각은 없는 듯 결은 보기 좋게 그녀의 앞을 가로막았다. 사람들이 몰려와 봤자 좋을 것 없는 건 마찬가지면서 뒤는 생각하지 않는 듯한 태도였다.

'…젠장.'

그랬다. 윤현수는 이런 사람이다. 완벽하게 선을 지키는 오만함마저 사랑받는 천생 연예인. 특유의 저 자신감으로 밑바닥에서부터 올라온 그이기에 결코 쉽게 굽어지는 법이 없으니까. 여우가 토끼를 잡으러 왔다가 호랑이와 뱀을 만났다.

권성아는 최후의 변론을 하듯 어금니를 물며 말했다.

"혀, 협박인가요?"

"그렇게 들렸어요?"

놀리는 듯한 존댓말에 그녀가 발끈했다.

"아니라고 해 봤자 내가 그렇게 들……."

"누가 아니래."

말이 통하지 않는다. 권성아는 앞뒤를 번갈아 보다 애써 용기를 냈다.

"나한테 이러면 좋을 거 없어요. 내가 가만히 있을 것 같아요? 이건 횡포예요. 아니, 그전에 우리 신문사도 가만히 있지 않을걸요. 지금 이렇게 무례한 행동들 모두 기사로 내면 어쩌면 윤현수 씨 배우 생활에도 흠집이 날 겁니다."

이미지로 먹고사는 연예인들에게 부정적인 흠집이 났을 때 어떤 상황이 벌어지는지는 누구보다 잘 알 사람이었다. 그러나 상대는 윤현수, 아니 온결이었다.

"해 봐."

걸어오는 시비는 절대 넘기지 않는 그의 전투력이 급상승했다.

"네가 기자질 그만두는 게 빠를까, 내가 이 바닥 뜨는 게 빠를까."

상대는 대한민국 최고의 톱 배우. 그런 그가 대놓고 적개심을 드러내며 일을 벌인다면?

"아니, 제 말은!"

아차 싶었을 땐 이미 늦은 후였고 결은 권성아를 지나치며 비웃었다.

"재밌어질 거야."

그 말을 끝으로 결은 그녀를 완벽하게 차단했다. 더 이상 상대할 마음이 없다는 듯 자신을 향해 어버버, 말을 더듬는 권성아에게 조금도 관심을 두지 않았다. 대신 시큰둥한 표정의 도경과 한숨을 쉬는 봄을 향해 다가왔다.

"수고했다."

방금까지 사람 하나 열심히 쑤신 사람의 것이라곤 생각할 수 없는 평온함이었다. 이제 상황이 역전되어 어떻게든 말을 걸고 싶어 안달이 난 권성아를 두고 도경이 말했다.

"자리부터 옮기자."

아무리 이곳이 평일 낮의 응급실이라 하더라도 결국 사람은 모이기 마련이었다. 결은 순순히 고개를 끄덕였고 세 사람은 걸음을 옮겼다.

"자, 잠깐만요!"

혼자 남은 권성아가 뭐라 하건 아무도 대답해 주지 않았다.

한바탕 상황을 일단락시키고 찾은 곳은 직원들이나 오가는 구관 옥상이었다. 신관에 마련된 옥상 정원 덕분에 이젠 직원들도 거의 오지 않는 곳으로 사람들의 눈을 피하기엔 이보다 좋은 곳은 없었다.

이곳저곳에 놓인 담배꽁초들에 오래전에 피우다 끊은 지 한참 된 담배 생각이 날 무렵, 도경이 입을 열었다.

"결론부터."

평소와 다르게 예민한 목소리였다. 반나절 내내 봄과 연락이 되지 않아 걱정했고 기껏 만났을 땐 불청객이 찾아와 신경을 뒤집어 놔 잔뜩 날이 선 탓이었다.

가타부타 긴말보다 정해진 결론부터 원하는 그에게 결은 지체 없이 설명했다.

"결론부터 말하자면, 사실 관계를 분명하게 보여 줄 필요가 있어."

"무슨 사실 관계."

"우리가 남매라는 사실."

그렇게 말하며 결의 시선이 봄에게 닿았다. 그녀는 헛바람을 들이켜며 얼굴을 찡그렸다. 들으면 들을수록 기가 막힐 뿐이었다. 하다하다 가족이란 것까지 증명해야 한단 말인가.

"대체 그걸 뭘 어떻게 증명해? 가족 관계 증명서라도 떼서 가져다줘야 하는 거야?"

"의심을 하는 사람들은 끝까지 의심할 거고, 네 직장까지 알려진 상황에서 어떻게든 빨리 정리를 하는 게 가장 좋아."

어이가 없지만 틀린 말은 아니었다.

정정 기사가 올라갔고 현명한 사람들은 금방 기사의 허점과 잘못된 사실들을 받아들였다. 어차피 정정 기사를 올리지 못한 이유도 봄이 연락을 받지 못한 탓이었다.

다만 굳이 없는 이유를 만들어 의심하고 불신하는 이들은 어디에나 존재했다. 그것은 포털 기사에 달린 댓글과 여러 SNS만 봐도 알 수 있는 사실이었다.

봄이 걱정하는 건 부모님까지 곤욕을 치르는 것이다. 그러니 최대한 빨리 정리하는 게 가장 좋은 것이었고 그녀는 지친 기색 역력히 축 늘어졌다.

"그럼, 뭘 어떻게 하면 빨리 정리가 되는데."

"같이 있는 걸 보여 줘야지."

"같이 있는 거?"

봄의 반문에 가만히 듣고 있던 도경이 말했다.

"하나뿐이네."

결은 고개를 끄덕였다.

"내 방 안 치웠지?"

18.

 뻔뻔하고 당당한 결의 제안에 봄의 눈이 실처럼 가늘어졌다. 그녀는 피붙이를 이해할 수 없었다.
 "이번엔 동거설이라도 내놓으려고?"
 동거. 사실상 도경과 하고 있는 그것. 그러나 제 오빠와 버무려 생각하자 순간 소름이 돋아났다.
 "어우, 징그러. 어후."
 진심으로 몸을 부르르 떠는 봄에게 결이 말했다.
 "이런저런 이유 대 가면서 복잡하게 생각해 봐야 소용없어. 동생이라고 거짓말을 해 놓고 집에 같이 들어가는 꼴을 보이는 미친놈이 어디 있냐."
 온결은 충분히 정상이 아니지만 수긍이 가는 말이기는 했다.

말하자면 이이제이라고 해야 하나. 오랑캐를 잡을 땐 오랑캐를 이용하라. 기자들이 포진되어 있는 그곳에 대놓고 보여 주면 결국 사람들은 상식을 찾을 거다. 다만 이런 상황에서 한 사람이 걸렸다. 그녀는 고민을 품은 눈으로 옆에 선 도경의 가운을 쥐었다.

"그럼 이 사람은? 같은 집에 들어가는 거라도 보이면 어쩌려고."

둘이 살고 있는 걸 보여 주려면 현재 같이 살고 있는 도경은 어떻게 한단 말인가. 괜한 일에 도경까지 휩쓸려 피해를 보게 될까 걱정이 들었다.

'다른 집 귀한 아들 흠집 내면 어떻게 해.'

차마 하지 못한 말을 꿀꺽 삼키며 가운만 깨작깨작 만지자 결이 황당하다는 듯 헛웃음을 흘렸다.

"너 그 집을 어떻게 생각하는 거야?"

새삼스러운 질문에 봄이 제 볼을 긁적였다.

"현관 비밀번호만 알면 들어가는 곳?"

실제로 그녀는 이 집에 처음 올 때 그랬었다. 경비실도 번지르르하고 사람도 많았지만 봄을 막은 사람은 없었다. 그래서 은연중에 보안이 그리 좋지는 않다고 생각했다. 그러나 결은 크게 한 번 혀를 찼다.

"그런 보안으로 그 관리비를 내는 줄 알아?"

"나는 비밀번호 치고 그냥 들어왔는데?"

"그거야 네 얼굴이 등록되어 있으니까."

충격적인 말이었다.

"난 그런 거 한 적 없는데?"

"그 집 샀을 때 등록하고 몇 년이다."

맙소사.

전혀 생각해 본 적 없던 부분에서 깨닫게 된 사실이었다. 어쩐지 관리비에 늘 껴 있는 경호 경비가 지나치게 비싸다고 했다.

"아, 알았어요?"

혹시 도경은 알고 있었을까 싶어 묻자 그 역시 당황한 듯 되물었다.

"모르고 있었어?"

알려 준 사람이 없었으니까! 연예인인 결의 집에 그렇게 오래 살았는데 이제야 사람들이 알게 된 이유를 알겠다. 레스토랑에서 얼굴이 알려지면서 집까지 드나드는 것이 확인된 거다.

생각 이상으로 순수한 제 동생을 영 못마땅하게 바라보며 말을 이었다.

"기자들이나 사람들이 있는 곳은 아파트 밖까지야. 잘 해 봐야 주차장일 거고. 길게는 안 있을 거야. 상황이 정리되는 동안, 길어 봐야 일주일."

그 안에 일반인인 동생을 위해 거처를 옮겼다, 정도로 정리할 예정이었다. 결국 이 모든 것은 어쩔 수 없이 진행되어야 할 일이었다. 그래도 어쩐지 쉽사리 '그러자'는 대답이 나오지 않는 그녀를 도경이 달랬다.

"그렇게 해."

"혹시 나 때문에 또 불편해질까 봐."

"네가 다른 곳에 있는 건 불안해서 내가 안 돼. 그리고 불편할

게 뭐 있어. 원래 온결이랑 같이 살던 곳인데."

"…그것도 그렇긴 하네요."

"레스토랑까지 알려진 마당에 아까처럼 이상한 사람이 오게 둘 수는 없어. 이번엔 운이 좋았지만 다음번에 더 곤란한 상황이 벌어질 수도 있어. 내가 그때마다 도와줄 수 없을지도 모르고."

구구절절 맞는 말에 봄의 고개가 끄덕여졌다. 빈말이 아니라 도경은 조금 전의 상황을 그리 가볍게 생각하지 않았다. 만약 기자가 나타난 장소가 아무도 없는 곳이었다거나 신체적으로 차이가 있는 사람이었다면 어땠을까.

봄에게 무슨 일이 생겼다면 그는 정말로 견디지 못했을 거다. 그녀도 그것을 이해하기에 수긍하며 나지막이 중얼거렸다.

"알겠어요. 그냥, 조금 신경 쓰일까 봐 더 그랬어요."

"신경?"

"남자 친구랑 같이 사는 집에 오빠를 들이는 건 좀 이상하잖아."

"……."

도경은 침묵했고 결은 어처구니가 없었다.

"그거 원래 내 집 아니냐."

때때로 봄의 대범함에 도경은 놀랄 때가 있었다. 그녀는 퉁명스러운 표정으로 구시렁댔다.

"줬다 뺏는 게 어디 있어."

"말은 바로 해라. 준 적 없다."

"아무튼 돈 받고 전세 내줬잖아. 월세도 내잖아."

"양심 있어? 그 돈으로 그 집에서 지내는 게 말이 되는지 어디다 물어봐."

"거, 사람 머쓱하게."

아무리 생각해도 두 사람의 생활이 이제야 겨우 익숙해질 즈음에 결이 돌아온다는 게 봄에게는 유쾌한 일이 아니었다. 이것을 아는 듯 도경은 그녀의 어깨를 다독였다.

"괜찮아."

"그래도."

"잘될 거야."

서로가 서로에게 격려를 담아 토닥일 때, 결은 억울함을 토로했다.

"야, 난 집도 뺏겨, 친구도 뺏겨, 열애설까지 났는데 제일 피해자는 나잖아?"

애석하게도 들어 주는 사람은 없었다. 결은 포기가 빠른 사람이었고 타인에게 기대치가 매우 낮은 사람이었다. 그는 설렁설렁 도경에게 다가가 그의 종아리를 퍽 쳤다.

"대신 맞아라."

너무 황당해 할 말을 잃은 봄을 뒤로하며 결은 한마디를 더했다.

"유난 떨지 말고 내려와."

툴툴대곤 있지만 두 사람을 위해 자리를 피해 주는 거였다. 그답지 않은 배려를 남기고 결이 옥상에서 사라지고 봄은 어쩐지 저 때문에 맞은 듯한 도경을 걱정스레 올려다보았다.

"안 아파요?"

"아무렇지도 않아."

애초에 세게 때리고 가지도 않았다. 친구의 심술이 우습기도 하고 마치 어린 시절을 생각하게 만들어 가볍게 웃어 버린 그에 봄은 어깨를 축, 늘어뜨렸다.

"우리는 어째 편하게 같이 있질 못하는 것 같아. 해야 할 일도 잔뜩 있는데 사무실에 서류들도 다 놓고 왔어."

한탄하듯 중얼거린 그녀의 머리를 도경의 손이 토닥였다.

"그건 내가 저녁에 가져다줄게."

걱정하지 말라는 듯한 위로였다. 따뜻한 손길에 봄이 그 손을 잡아당겼다.

"이번 일 끝나면 우리 데이트해요."

"데이트?"

"생각해 보니까 제대로 데이트를 해 본 적이 없어. 그러니까 제대로 남들한테 티 팍팍 내면서 다니게."

꼭 어린애 같은 말투와 내용이었지만 그녀는 진심이었다. 남들 다 하는 그 데이트, 이번엔 자신도 꼭 해 보고 싶은 마음이었다. 고맙게도 도경은 봄의 유치한 바람에 동조해 주었다.

"벌써 좋다."

놀리는 것이 아니라 진심을 담은 대답이었다. 이내 옥상 밖 주차장을 본 그가 말했다.

"얼른 가 봐. 사람들 온 걸 온 거 알면 피곤해질 거야."

슬슬 사람들이 많아지는 게 보였다. 그녀는 못마땅하니 고개를 끄덕였다.

"가 볼게요. 이따 집에서 봐."

아쉬움을 가득 담은 말과 함께 머뭇머뭇 잡은 손을 놓지 않았다. 이러다 괜히 얼마 없는 도경의 시간을 낭비할 것 같던 봄은 천천히 손에서 힘을 빼냈다.

"그럼 이만……."

놓으려던 손이 당겨진 순간 두 사람의 입술은 이미 겹쳐져 있었다.

옥상으로 불어오는 바람과 함께 마주친 입술은 달았다. 부드럽게 머금어져 서로를 감싸고 얽히는 입술 사이로, 감추지 못한 웃음이 흘러나왔다.

허리를 감싸 안으며 강하게 주는 힘에 자신을 바라고 원하는 마음이 가득히 느껴졌다. 가장 본능적으로 저를 욕심내는 도경의 손길에 가슴이 설레었다.

간지러운 배 아래, 더 많은 것을 바라는 욕심이 꿈틀댔지만 지금은 이것으로도 좋았다. 봄은 까치발을 들며 그의 목을 감싸 안았다.

두 사람은 할 일이 남은 도경을 두고 병원을 떠났다. 쇠뿔도 단김에 빼라고 곧장 집으로 향한 남매는 어느 때보다 심드렁한 표정으로 허탈해하는 중이었다.

레스토랑에서도 충분히 그녀의 상황을 이해했고 본사에서는 윤현수와 엮일 수 있는 기회라며 매우 좋아하는 중이었다. 직원의 곤욕스러움은 그리 중요한 게 아닌 듯했다.

졸지에 사흘이나 휴가를 받게 된 봄은 일부러 지상 주차장으로 향하는 결에게 말했다.

"엄마 웃더라."

조금 전 통화를 했던 엄마의 웃음소리가 아직도 들리는 것 같았다.

"해명하려고 일부러 같이 지낼 거라고 말은 해 놨어."

"그 집에 윤도경 있는 거 아실 텐데."

"응. 근데 전혀 걱정 안 하시더라."

"뭐라시는데."

"잘해 보래. 아빠한텐 말 안 한다고."

끼익.

주차장 한편에 차를 세운 결은 봄에게 들릴 듯 말 듯한 목소리로 중얼거렸다.

"유전인가."

그렇게밖에 생각할 수 없는 반응이었다. 아마 일전 봄이 도경을 향해 고백 아닌 고백을 했던 날을 생각하며 한 말일 테지만, 결이 그것을 알 리 없었다. 차에서 내리기 전, 육안으론 딱히 별다를 게 없어 보이는 주차장을 보며 봄이 물었다.

"사이좋은 척해야 돼?"

완전히 시동이 꺼지고 가볍게 스트레칭을 하던 결이 미간을 좁혔다.

"그게 뭔데."

"다정한 거. 뭔가, 서로를 위하고 친하고……."

"그러니까 그게 뭐냐고."

"……."

그게 뭐냐고?

잠시 상상해 보았다.

팔짱을 낀다거나 서로 '오빠, 봄아' 하며 다정하고 우애 좋은 모습을. 봄은 급히 고개를 돌리며 제 팔을 마구 문질렀다.

"방금 진짜 소름 돋았어."

"꿈도 꾸지 마라."

결은 매우 힘을 주어 경고하며 차에서 내렸다. 봄은 머리를 흔들어 잡념을 털고 나섰다. 몇 걸음 걷다 보니 묘하게 어색한 주변이 보였다. 과민 반응일 수도 있지만 조금 걱정이 되는 것도 사실이었다.

"설마 내 얼굴이 인터넷 같은 곳에 뜨는 건 아니지?"

"절대."

어느 때보다 확고한 확신이었다. 하기야, 전에도 이 문제에 대해서는 자비 없이 대처했던 결이다. 이 부분만큼은 믿을 수 있기에 고개를 끄덕이며 결을 따르던 봄의 눈에 긴 다리가 보였다. 가만히 그 다리를 지켜보던 그녀는 샐쭉한 표정을 짓다 걸음을 빨리했다. 그리고 그대로 결의 종아리를 차 버렸다.

"……!"

예상치 못한 발차기에 멈춘 결이 어처구니없다는 듯 돌아보았다. 당연히 넘어지거나 볼썽사나운 꼴을 보이길 바란 건 아니었던 터라 세게 찬 건 아니었다. 다만 자세가 흐트러지게 하기엔 충분했다.

황당하게 돌아보는 그를 보며 봄은 깔끔하게 소명했다.

"복수."

도경의 종아리를 찬 것에 대한 복수다.

그대로 앞서 가 버리는 그녀를 보며 결은 풀 데 없는 허망함에 중얼거렸다.

"저것도 동생이라고 내가."

한숨 가득한 혼잣말이 멀리 퍼지는 사이, 이미 기사는 올라가고 있었고 현실 남매라며 결의 인기가 조금 더 많아지는 건 그리 오래 걸리지 않았다.

그렇게 기사는 빠르게 퍼져 나갔다. 평소라면 닿지 않을 곳까지.

그리고 그날 밤.

"어?"

뜻밖의 손님이 찾아왔다.

"…셰프님?"

사실 재완은 자신이 윤도경과 단둘이 마주할 것이라곤 생각해 본 적 없었다.

다소 껄끄러운 관계로 시작해 껄끄럽게 마무리가 되었으며 자신이 생각해도 윤도경에게 저는 불청객, 기분 나쁜 존재일 수 있을 거라 생각되었다.

'본인 여자 친구에게 대놓고 호감을 보인 사람이니까.'

물론 당시에는 아니었던 것 같지만.

어쨌든 그대로 됐다면 분명 호감 이상의 감정을 가졌을 자신을 스스로도 알고 있었다. 그렇기에 이렇게 떡하니, 봄도 없이 마주할 것이라곤 전혀 예상하지 못했다.

"레스토랑에 따로 아는 사람이 없어서."

담담한 목소리로 잇는 이유는 그럴싸했다. 그렇다고 황당하지 않은 건 아니었다.

"그래서 친구라고 한 겁니까?"

마지막 손님까지 나간 후 뒷정리만 남았던 시간, 퇴근을 앞둔 그에게 '친구'가 왔음을 알려 왔다. 애석하게도 친구라고 할 사람이 없는 재완은 온갖 의심 속에 나섰고 이렇게 도경을 마주하게 되었다.

재완의 가늘어진 시선을 보며 도경은 눈 하나 깜빡하지 않았다.

"친구라고 한 건 유재완 씨가 먼접니다."

"내가 언제요."

"기억 안 납니까?"

"제정신이 아니고서야 내가 왜 윤도경 씨를……."

못 알아들을 소리를 하는 그에 한껏 미간을 좁히던 재완이 말을 멈췄다. 재완의 머릿속에 그리 멀지 않은 과거가 떠올랐다.

'나는 여기 셰프님이 윤도경을 어떻게 아시는가 모르겠네.'

'윤도경도 압니까? 그래서 뭐요. 원래 그렇게 참견하는 거 좋아합니까? 뭐가 그렇게 궁금해요?'

'귀찮아지기 싫으면 말하는 게 좋을 겁니다. 난 궁금한 건 알아야 하니까.'

집요하게 물어 오던 윤현수의 채근에 달리 설명할 것을 찾지 못한 그는 분명 그렇게 대답했다.

'친굽니다. 됐습니까?'

빼도 박도 못하게 확실하게. 하필 그것을 본인에게 직접 물어본 윤현수로 인해 그도 알게 된 거다.
"……."
완전히 기억해 낸 그를 비웃듯 도경의 눈이 호선을 그렸다. 기승전결 완벽한 사실에 한숨을 쉬곤 물었다.
"무슨 일입니까?"
이제야 본론이었다.
"온봄 실장 서류 가방을 좀 부탁해도 되겠습니까? 급하게 나오느라 중요한 서류를 두고 나왔다고 하던데."
도경이 레스토랑을 찾은 건 그 이유였다. 갑작스러운 상황에 나섰던 봄은 짐을 제대로 챙겨 오지 못했다. 거기다 강제로 휴가까지 얻으면서 일거리도 놓고 왔고 그것을 알게 된 도경이 대신 찾으러 온 것이고. 덕분에 이렇게 친구와 마주하게 된 재완은 뭐 씹은 표정으로 사무실로 향했다.
사무를 돕는 은정에게서 서류들을 받아 들고 나선 재완은 그것을 건네주며 물었다.
"온 실장은 괜찮습니까?"
내내 연락을 할까, 말까 고민하다 덮어 뒀던 질문이었다.

"많이 놀란 것 같았는데."

덧붙이는 말에 가방을 받던 도경의 표정이 묘해졌다. 분명 재완에게서 어떤 끈적끈적하고 불쾌한 감정은 느껴지지 않았다. 그러나 저 말에 담긴 진심이 무엇인지도 알 것 같았다. 그건 결코 폄하할 수 없는 진심.

싫다.

그것이 도경이 가장 먼저 떠올린 감정이었다. 이기적이게도 언젠가 우연히 감정을 알게 된 봄이 재완을 알아챈 뒤 돌아보는 것조차 싫었다. 놀라며 미안함을 가지고 있는 것도.

'좋은 사람이에요.'

봄이 말했던 그 말은 결코 단순히 '좋다' '나쁘다'로 구분할 수 있는 부분의 것이 아니다. 오랜 시간 그녀를 알아 왔던 그는 알 수 있다. 만약 이 두 사람에게 시간이 있었고 또 다른 관계성이 있었다면 어떻게 되었을까.

수많은 선택지, 그것을 없앤 건 도경, 그였다. 그것에 대한 죄책감 따위는 없다. 단지 질투다. 치졸하고 협잡한 질투. 그리고 그는 안다.

"다행히 잘 있습니다."

이것은 자신이 관여할 부분이 아니라는 걸.

"고맙습니다. 그럼 이만."

덤덤히 대답한 도경은 그대로 돌아섰고 그가 멀어지는 것을 보던 재완이 꽤 목소리를 높여 물었다.

"미안해해야 합니까?"

겨우 일과가 끝난 밤, 노곤함을 뚫고 들어오는 말에 도경의 눈이 서늘해졌다.

"…뭘 말하고 싶은 겁니까?"

"말 그대롭니다."

뚜벅뚜벅 몇 걸음을 걸어 도경에게 다가온 재완이 말을 이었다.

"알잖아요."

아직 봄에 대한 마음을 온전히 정리하지 못했다는 사실을. 도경도 더 나아가지 않고 돌아서 재완을 바라보았다. 재완은 마저 그에게 가까이 다가갔다.

"내가 온 실장과 같이 일하는 게, 신경 쓰일 수 있다는 걸 알고 있습니다."

어쩌면 이것은 도발이었다. 괜한 것을 끄집어내 긁어 부스럼을 만드는 것이라는 것도. 그러면서도 괜히, 고집스럽게 자극하는 재완에게 도경은 넌지시 말을 건넸다.

"날 위한 겁니까?"

재완은 순간 폐부가 찔린 기분이었다.

"억지스럽게 위안 삼는 사람은 아닐 거라고 생각합니다."

무표정한 얼굴에 그렇지 못한 감정이 돋아나 있었다. 재완은 부정할 수 없는 도경의 말에 조소했다. 그것이 상대에게 하는 것인지 본인에게 하는 것인지 모를 조소였다.

이내 빈 주머니를 만지듯 제 옆구리를 쓸던 그는 입꼬리를 올렸다.

"내가 뭔가를 한다면, 어떻게 할 겁니까."

가시가 잔뜩 돋아난 재완이 한 걸음 다가왔다.

"고백이라도 한다면."

명백한 도발이었다. 그러나 도경은 조금도 흔들리지 않았다.

"상관없습니다."

"……"

"달라질 건 없으니까."

마치 당사자에게 직접 듣기라도 한 것처럼 확신을 가진 말에 재완은 눈을 찌푸렸다.

"그거 자만이라는 거 아는지 모르겠네."

"그럴 일은 없겠지만 만약, 그 사람이 흔들린다고 해도."

어느새 도경은 무표정한 얼굴에 오묘한 미소를 띠고 있었다.

"나한테 올 겁니다."

이제 재완은 헛웃음도 나오지 않았다.

내내 생각해 왔던 일이다. 봄에 대한 감정이 일반적인 것과 다르다는 것을 깨달았을 때, 그와 동시에 그녀의 곁에 누군가가 있다는 것을 알았다. 무엇을 시작하기도 전에 막힌 길을 알았던 그는 아무것도 한 적 없었다.

'아무것도.'

재완은 가만히 머리를 쓸어 넘기다 무심히 자신을 바라보는 도경을 불렀다.

"윤도경 씨."

소리 없이 눈길을 던지는 그에게 재완이 물었다.

"차 옆자리, 빕니까?"

그리고 도경이 대답했다.

"안 빕니다."

놀란 눈의 봄을 보며 재완은 자신이 불청객이라는 사실을 새삼 깨달았다. 초대받지 않은 손님. 그것을 알지만 레스토랑에서 완전한 별개의 공간에서 만난 봄을 보는 건 나쁜 기분은 아니었다.

재완은 제 앞에 선 도경을 한 번 보고 말했다.

"친구 따라 강남 왔습니다."

봄의 눈이 재차 휘둥그레졌다. 일단 여기가 강남은 맞다. 그러나 친구라는 말에는 당혹함을 감출 수는 없었다. 그것을 아는 듯 재완이 재차 말을 이었다.

"갑자기 찾아와서 죄송합니다. 제가 오겠다고 윤도경 씨에게 부탁했는데."

"거절했지."

도경은 매우, 굉장히 단호하게 선을 그었다. 한순간에 거절당한 재완은 차분히 덧붙였다.

"예. 거절했지만 제가 억지로 옆에 탔습니다."

정중과 당혹 사이, 어쨌든 도경과 함께 온 손님이었다.

"네, 들어오세요."

혼자도 아닌 마당에 어려울 건 없었다. 어쩐지 큰마음을 먹고 들어선 듯한 재완을 막은 것은 그것뿐만이 아니었다.

"어, 내 라이벌."

낯선 사람의 목소리에 나서던 건 존재만으로도 빛이 뿜어져 나오는 연예인, 윤현수였다. 편한 차림에 화장기 하나 없는데도 순간 억, 숨을 들이켜던 재완은 그가 봄의 오빠임을 기억해 냈다. 안 그래도 지금 그걸로 한창 난리인데 잠시 잊었다.

금방 볼썽사나운 모습을 갈무리한 재완은 애써 덤덤히 인사했다.

"실례하겠습니다."

"뭘 그렇게 격을 차리시나. 내 친구의 친구면 내 친구지. 동갑이죠?"

누가 봐도 놀리고 있는 듯한 말투였다. 재완은 도경이 그러했듯 빠르게 선을 그으려 했다.

"딱히 그럴 생각은."

"부끄러워할 필요 없으니 예의는 넣어 두고, 이리 와요. 안 그래도 술 한잔 하려던 참이니까. 그런데 왜 옷차림이 그럽니까?"

"아, 이건 마감을 하다가 바로 온 거라."

"잘 어울립니다."

칭찬인지 아닌지 아리송한 기분으로 순식간에 휘말려 곁에게 이끌린 재완은 거실 테이블을 보고 딱딱하게 굳었다. 그는 마치 사악한 것이라도 본 듯 심각하게 아래를 보다 물었다.

"이게, 뭡니까?"

"지옥 속으로."

"에그인헬이야!"

결의 대답이 끝나기가 무섭게 언제 왔는지 옆으로 다가온 봄이 빠르게 외쳤다. 그러나 재완에겐 그것은 그것대로 충격이었다.

"…이게?"

정말 거실 테이블 위에 있는 저 걸쭉하고 검붉은 것이 자신이 알던 그 음식이 맞단 말인가. 봄은 당황스러워하며 변명했다.

"한번 하고 나니까, 저는 똑같이 했는데 그게… 저렇게 돼서."

어쩔 줄 모르는 그녀의 말에 뒤따르던 도경도 테이블을 보다 흠칫 굳었다. 테이블 위에 있는 건 음식이었던 것, 이었다.

"…고생했어."

차마 변론해 주지 못하고 도경이 봄의 어깨를 다독이는 사이, 재완은 에그인헬일지도 모를 것이 든 그릇을 들었다.

"셰, 셰프님?"

당혹스러운 부름에 그는 어떤 때보다도 진지한 표정으로 말했다.

"완전히 망친 건 아닙니다. 손을 봐 보죠."

"아니요! 아니에요! 그냥 배달 음식을!"

"주방 좀 쓰겠습니다."

엄청난 임무를 부여받은 사람처럼 그릇을 들고 주방으로 향하는 그였다. 세상 그 어떤 때보다 부끄러워진 봄은 빨갛게 된 뺨을 숨기며 도경의 등을 밀었다.

"얼른 씻어요. 나는 잠깐 셰프님한테 가 볼게요."

뭐가 어쨌건 이 부끄러운 상황을 도경에게만큼은 완전히 보이고 싶지 않아서였다. 얌전히 밀린 그를 뒤로하고 봄은 서둘러 주방으로 향했다.

싱크대 앞에 선 두 사람이 무어라 대화를 나누는 것이 도경과 결의 눈에 보였다. 결은 요리 대신 먹겠다며 내놨던 오징어를 들며 입을 열었다.

"미친놈, 돌았지?"

신랄한 말이었다. 질경거리는 오징어를 어금니에 끼고 씹은 결은 진심으로 도경을 이해하지 못한 표정이었다.

"뭐 하는 거냐?"

다른 것도 아니고, 자기 여자 좋다는 놈을 데려온다? 황당한 일이었다. 이건 성인군자가 아니라 미련한 행동이었다.

물론 봄이 셰프에게 다른 감정을 품을 거란 생각은 들지 않았다. 다른 사람도 아닌 제 동생이 한 번에 두 마음을 품는다? 그럴 리 없다. 그러나 결국 결말은 나와 있는 일이었다. 결은 여전히 주방을 바라보고 있는 도경을 향해 질책하듯 말을 이었다.

"잘돼도 저기 파탄이야. 온봄 성격에 저 셰프를 지금까지처럼 대할 수가······."

"없게 되겠지."

내내 조용하던 도경이 결의 말을 끊었다. 그는 정장 재킷 단추를 풀고 단단히 묶인 넥타이를 당기며 목 언저리에 손을 얹었다.

"뭐?"

이해하지 못한 결이 되물었고 도경은 여전히 같은 표정, 같은 음성으로 말했다.

"같은 공간에 있는 것도 부담스러워할 거야. 요리를 배운다거나, 사적인 대화를 나누기도 어려워질 테고."

높낮이가 없는 어조를 들으면서 오징어를 씹던 결의 입술이 멈췄다. 그는 순간 흠칫 굳으며 미간을 좁혔다.

"…너, 설마."

도경은 아무 말도 하지 않고 욕실로 향했다.

멀어지는 친구를 보며 결은 기가 찬 헛웃음을 흘렸다.

'잠깐 잊었다.'

정말, 아주 잠시 잊고 있었다.

저놈이 윤도경이라는 걸.

역시 전문가는 달랐다. 분명 기억하는 대로, 손에 익은 대로 했으나 완전히 망쳐 버린 요리가 제대로 빛을 발했다. 처음 온 집, 처음 쓰는 집기들은 그에게 문제가 되지 않았다.

어쩌다 이 집 주방에 재완이 들어와 있는지 완전히 이해가 되진 않았지만 덕분에 봄의 자신감은 바닥으로 떨어졌다.

'이게 아닌데.'

하면서도 이것이 무언가 잘못되었음을 느꼈다. 분명 배운 대로 한 것 같은데 궤를 달리한 음식은 더 이상 돌아오지 않았다. 그럼에도 맛은 그럭저럭 나쁘지 않다고 생각했으나.

"…완전 다른 음식이잖아."

그녀의 망한 음식으로 만든 요리는 완벽하게 환생하였다. 도대체 뭘 한 것인지 알 수 없으나 아무튼 달랐다. 처참한 패배였다. 물론 누구도 승부를 가르자고 한 적 없지만.

"한 번 성공했다고 자만했나 봐요."

완전히 기운이 빠진 봄이 한숨을 섞어 중얼거렸다. 저도 모르게 우쭐해져 지나치게 과감했던 것이 잘못이었다. 머쓱하게 머리를 긁적이는 그녀를 보던 재완은 완성된 것을 그릇에 담으며 물었다.

"해 줬습니까?"

주어는 없지만 바로 이해가 되었다.

"네."

"좋아하던가요."

"맛있다고 해 줬어요. 그리고 고생했다고."

누구를 줬다고 말하지 않았어도 모를 수가 없었다. 재완은 피식 웃으며 마저 음식을 담았다. 그리고 흘러가듯 말했다.

"좋은 사람입니다."

별것 아닌 것 같아도 기술이 담긴 듯 기가 막히게 담기는 음식들에 감탄하던 봄이 고개를 들었다.

"결과를 칭찬하긴 쉬워도 과정까지 알아주는 사람은 드무니까."

그저 입에 발린 소리가 아니었다. 애초에 그렇게 사탕발림을 할 필요도 없는 사람들이니까. 그래서 더욱 신기했다.

"그 말, 그 사람도 셰프님한테 했었어요."

그다지 접점이 없는 두 사람이 서로에게 같은 칭찬을 했다는 게. 돌아보는 재완의 시선에 그녀는 가볍게 웃었다.

"좋은 분이라고."

일순 재완의 표정이 오묘하게 변했지만 봄은 표정을 읽는 대신 그릇을 가리켰다.

"이기 기져더 놓을까요?"

이제 곧 씻으러 들어간 도경도 나올 시간이었다. 어느새 쟁반을 가지러 간 그녀의 뒷모습을 재완은 가만히 바라보았다.

봄은 그새 거실에 있는 제 오빠와 대화를 나누며 웃고 있었다. 오늘 낮의 당혹스러움이나 놀라움은 온데간데없이 안정되어 있는 모습이었다. 이 공간에서 그녀가 얼마나 편안해하고 있는지 고스란히 보였다. 쟁반을 가져온 봄이 그릇을 가져갈 때, 재완은 혼잣말인 듯 나지막이 중얼거렸다.

"보고도 욕심이 나지 않는다는 건, 더 나아갈 의지가 없는 겁니다."

"네?"

"나아지겠죠. 나아질 겁니다."

정확히 들을 수 없게 속삭이던 그가 말했다.

"할 말이 있습니다."

"어… 말씀하세요."

"미안했습니다."

무심코 한 대답 바로 뒤로 달라붙은 사과에 봄의 눈이 휘둥그레졌다. 거기다 방금까지 놀리던 사람이 허리까지 숙여 가며 정중히 사과를 하고 있었다.

"셰프님, 갑자기 왜 이러세요!"

펄쩍 뛴 그녀가 당황하며 재완을 세웠지만 그는 꽤 오랫동안 허리를 숙이고 있었다. 제 마음이 허락할 때까지 허리를 숙였던 재완은 진지하게 말을 이었다.

"처음 온 실장이 왔을 때 제가 보였던 행동은 어떤 이유를 막론

하고 잘못된 겁니다. 사과가 너무 늦었습니다."

"…아."

"정말 미안합니다."

그제야 봄은 그의 사과가 무엇을 말하는지 알 수 있었다. 재완의 사과는 재완이 봄에게 처음으로 보였던 태도에 대한 것이었다. 무작정 성을 내고 텃세처럼 고집을 부렸던 제 행동에 대한 사과.

"정말……."

이미 다 끝난 것이라 생각했는데 재완에겐 아니었던 모양이다. 봄은 생각지 못한 사과를 받고 잠시 머뭇거리다 천천히 미소를 지었다. 분명 이것은 받아야 할 사과였고 그녀는 그것을 거부할 생각이 없었다. 봄의 고개가 가볍게 끄덕여졌다.

"네, 사과 받아들일게요."

좋은 사람에게 좋은 대우를 받는 것만큼 좋은 일은 없었다.

"앞으로도 잘 부탁드립니다, 셰프님."

그녀는 좋은 친구, 파트너가 될 재완을 향해 손을 내밀었고 재완 역시 그 손의 의미를 알았다. 이 손을 잡으면 그는 더 이상 나아갈 수 없다. 아주 잠시 망설이던 재완은 이내 봄의 손을 잡았다.

"잘 부탁합니다."

분명하게 관계 확립이 되는 순간이었다. 그는 아무것도 하지 않았다. 누군가를 위해서, 누군가가 있어서가 아니라 그것이 재완의 선택이었다.

때론 아무것도 하지 않는 것도 방법이니까. 그리고 그때, 재완과 도경의 눈이 마주쳤다. 금세 씻고 나온 도경과 시선이 마주친 재완은 어쩐지 웃고 있는 것 같았다. 도경은 낮게 한숨을 내쉬었다.

'이래서.'

이래서, 내내 유재완이 신경 쓰였던 모양이다.

결국 봄은 재완을 '좋은 사람'으로 남겨 놓을 거다. 그러나 그것이 그리 불쾌하지 않은 건 도경조차도 유재완을 '싫다'고 정의하지 못했기 때문이다. 그는 더 지체하지 않고 주방으로 향했다.

아직 두 사람이 잡고 있는 손을 단호히 떼어 놓기 위해서.

늦은 밤, 도경이 가져온 서류들 덕분에 못다 한 업무를 하다 보니 시간은 어느새 자정을 넘어 있었다.

'벌써 이렇게 됐네.'

봄은 보던 것들을 잠시 덮고 자리에서 일어났다.

"아직도 마시는 건 아니겠지."

맥주 한두 잔을 하고 방에 들어온 게 벌써 세 시간이 넘었다. 그녀는 설마 하는 마음으로 거실로 향했고 아직 펼쳐진 광경에 헛웃음을 흘렸다.

"간들이 튼튼하시네요."

거실에 앉은 두 남자, 결과 재완을 향한 말이었다.

두 사람은 놀라울 정도로 멀쩡한 모습으로 앉아 있었다. 주변에 놓인 술병들은 결코 멀쩡하지 않았지만 말이다.

"친구를 찾았다."

봄의 헛웃음에도 결은 진지했다. 그러고 보니 저 정도로 많은 술을 마시며 결과 대작하는 사람은 본 적이 없었다. 듣기로 도경도 그것만큼은 이기지 못했다고 했으니까.

"셰프님, 괜찮으세요?"

혹시나 하는 마음에 묻자 잔을 들던 재완이 대답했다.

"예. 내일 출근은 문제없이 할 테니 걱정 안 해도 됩니다."

"…그걸 걱정한 건 아니지만, 다행이네요."

어쩌다 저 둘이 저렇게 앉은 모습을 보고 있는 것인지 여전히 신기할 따름이지만 다른 것이 더 신경 쓰였다.

"윤도경 씨는?"

분명 들어갈 때까지만 하더라도 있던 도경이 보이지 않았다. 이리저리 둘러보는 그녀에게 결이 대답했다.

"너 들어가고 얼마 안 있어서 들어갔어."

그러고 보니 두 시간쯤 전, 고생하라며 마실 것을 줬던 것이 기억났다. 그때 도경도 자리를 떴던 모양이다. 봄은 머쓱하니 머리를 긁적였다.

"자러 갔나."

나지막이 중얼거린 혼잣말에 잔을 기울이던 결이 코웃음을 쳤다.

"그럴 리가 있냐."

"늦은 시간이잖아. 피곤할 거야."

"윤도경이 잔다고?"

"응."

아무렇지 않게 대답하며 오히려 '왜?' 하고 되묻듯 돌아보는 그녀를 결은 의미심장한 눈으로 바라보았다.

"잔다, 이거지."

홀로 넌지시 중얼거리는 그를 두고 봄은 도경의 방으로 향했다. 그러다 넓은 집 안쪽, 불 꺼진 복도 한편에 방문 틈새로 새어 나오는 불빛을 발견했다.

'서재?'

결의 말마따나 아직 잠든 게 아닌 듯 분명 서재의 불빛이었다. 그녀는 바로 서재로 가기 전에 주방에 들러 마실 것을 챙겼다. 그 모습을 유심히 보던 재완이 홀짝, 잔을 비웠고 결은 아무 말 없이 잔을 채워 주었다.

"…놀리지 맙시다?"

마치 모든 걸 알고 있다는 듯, 말만 하지 않을 뿐 얼굴엔 방관자로서의 즐거움이 가득한 표정이라는 게 문제였지만. 그들의 짧은 만담을 뒤로하며 서재로 간 봄은 노크를 했다.

똑똑.

가벼운 노크에 인기척을 담으며 문고리를 당긴 그녀는 곧 놀란 눈을 한 도경에게 말했다.

"할 일이 많아요?"

미소를 지으며 다가선 봄은 책상을 돌아가 그가 앉은 의자 옆에 섰다. 모니터에는 알쏭달쏭한 화면이 떠 있었다.

"어휴, 눈 돌아가."

아마 설명을 들어도 모를 것들에 머리를 흔들자 도경의 손이 그녀의 허리를 감싸 당겼다.

"볼 게 좀 있어서. 안 피곤해?"

자연스럽게 봄의 허리를 안으며 제 다리에 앉힌 그는 잠시 그녀를 살폈다.

안색이나 동공, 숨소리. 어디 하나 이상한 곳은 없었다. 다행히 봄은 오늘 일에 대해 그렇게 큰 스트레스를 받고 있지 않는 듯했다. 도경이 저를 살피는 것을 모르는 그녀는 그가 보던 것들에 집중했다.

"매일 이런 걸 보고 있구나. 항상 공부를 하는 것 같아."

"해야지. 항상 다른 게 나오니까."

"어떤 일이건 완벽하게 배우는 일은 없나 봐요. 이게 근육인가."

이렇게까지 도경의 일을 제대로 본 적이 없던 터라 더더욱 진지한 자세를 취하는 봄이었다. 그런 그녀의 모습은 얼핏 제 일을 하는 것과 비슷해 보였고 도경은 천천히 봄을 응시했다.

한 가지에 집중하면 잠시 주변을 잊는 그녀는 그가 자신을 보고 있다는 것도 몰랐다. 습관처럼 눈에 보이는 글들을 읽어 가는 봄의 모습은 아마 일할 때의 그것과 같을 것이다.

낯선 모습이다. 도경으로선 그녀가 저 아닌 다른 무언가에 집중하는 건 처음이나 다름없었다. 소리 없이 글을 읽는 입술과 그 입술 근처를 움직이는 손가락. 살짝 흘러내린 머리카락을 귀 뒤로 넘기는 손끝까지 모두 눈에 담았다. 그리고 불현듯 수면 위로 떠오르는 감정에 그의 손이 움직였다.

"응?"

허공에 들린 도경의 손이 봄의 머리카락을 스쳤다. 스르륵 퍼지는 머리카락이 뺨을 타고 흘러내리자 그녀가 그를 돌아보았다.

"나 방해돼요?"

혹시나 하는 마음에 묻자 도경이 옅게 웃었다.

"신경 쓰지 마. 보고 싶은 대로 봐."

"으응?"

그의 일을 이해해 보려 보던 것이지 재미가 있어서 보던 건 아니었지만 봄은 고개를 끄덕였다. 그러나 도경의 시선이 쭉 옆으로 달라붙고 있었다. 결국 다시 돌아본 봄이 물었다.

"할 말, 있어요?"

"아니."

"어떻게 계속 봐. 이렇게 자꾸."

"성가셔?"

그럴 리가!

봄의 눈이 새초롬하게 가늘어졌다.

"왜 이렇게 짓궂게 굴지."

왠지 심술궂은 도경을 주먹을 살짝 말아 쥐고 건드리자 그는 금방 그 손을 잡아 아래로 내렸다. 휙, 내려간 손이 꽉 잡혀 움직이지 못하는 사이 도경의 코끝이 봄의 목덜미를 스쳤다.

"내가 보기 힘든 모습을 유재완은 계속 볼 수 있다는 게 질투나서."

갑작스레 나온 재완의 이름에 봄의 눈동자가 빙그르르 돌았다. 호칭도 없이 떡하니 이름만 나와 조금 당황하기도 했지만 그녀는 빠르게 해명하기로 했다.

"…어, 왜 굳이 셰프님이 끼는지는 모르겠지만."

삐걱.

해명을 위해 잠시 몸을 세웠던 봄은 그대로 도경과 마주 보고 앉았다. 꽤 위험한 자세가 되었으나 그것이 그리 부끄럽지는 않았다. 느리게 그의 어깨에 팔을 얹고 감싸듯 안은 그녀가 말했다.

"윤도경 씨는 그 외의 전부를 보잖아."

의도했던 대로 충분히 자극적인 눈을 한 그녀는 살며시 눈웃음을 지었다. 순간 도경의 몸으로 짜릿한 것이 스쳐 지나갔다. 그는 옅게 눈을 찌푸리다 봄의 허리에 손을 얹었다.

"너랑 있으면 나이의 의미가 사라져. 자꾸 어릴 때로 돌아가."

허리에 닿은 손은 빠르게 그녀를 제 쪽으로 당겨 왔다. 확 당겨진 하복부 아래, 열기가 분명하게 느껴졌다. 봄은 눈을 깜빡이며 되물었다.

"어려진다는 얘기?"

"아니."

"그럼?"

"주변이 안 보여."

이번엔 봄의 몸 어딘가에서 전율이 흘렀다. 이 똑똑한 사람이 오직 자신만 보인다는 말을 듣고도 반응하지 않을 수가 없었다. 그녀는 낮게 신음하며 그의 목을 완전히 감싸 안았다.

"딱, 지금이 타이밍인데."

"……."

"아무것도 못 하네."

비록 지나치게 넓은 집이라도 우리만 있는 곳이 아니니까. 아쉬움이 뚝뚝 묻어나는 목소리와 함께 훅, 뱉은 입김이 도경의 목덜미를 감쌌다. 그의 손이 봄의 등을 감싸고 그녀가 속삭였다.

"언제쯤 할 수 있으려나."

"지금."

"네?"

반문은 짧았고 답변은 없었다.

"어!"

몸이 들린다 싶었던 순간, 봄의 몸은 이미 책상 위에 올라가 있었다. 무언가를 막고 말고 할 틈도 없이 그녀의 위로 올라온 도경은 안 그래도 탐이 나 미칠 것 같은 살결에 입술을 대며 말을 이었다.

"알아서 막아."

"으… 읏!"

"끝까지 가기 전에."

막으라고 한 주제에 입술을 막았다. 반사적으로 들썩이던 봄의 허리가 파르르 떨렸고 그는 그녀의 입술을 거칠게 탐했다. 차갑다고 생각했던 손이 꼭 불을 머금은 것처럼 뜨거웠다. 책상의 딱딱함은 느끼지도 못하고 위에서 눌러 오는 힘에 정신없이 휘말리고 있었다. 내내 달게 느껴지던 도경의 손이 봄의 몸을 쓰다듬고 천천히 아래로 향했다.

"흐읍!"

입이 막혀 제대로 내지 못한 소리가 당황을 머금었다. 아이러니하게도 위험하다고 생각하면서 더 깊게, 강하게 다가와 줬으면 하는 마음이 동시에 들었다. 발끝으로 들어간 힘에 뻣뻣해진 발등으로 핏줄이 돋아났고 그녀의 손은 저를 짓누르고 압박하는 도경의 몸을 날카롭게 할퀴었다.

순식간에 홀린 정신에 정말 아무것도 보이지 않는 것 같았다.

'밖에… 밖에.'

당장 거실에 있는 사람들을 생각하며 그만둬야 하는데 도무지 막을 수가 없었다.

이 아슬아슬하고 두근거리는 마음을 진정시킬 방법이 생각나지 않았다. 결국 흐려진 눈앞 사이, 거칠게 밀려드는 숨결을 고스란히 받아들이던 봄은 울상을 지었다.

"하지도 않을 거면서! 그만 놀려, 윤도겨어엉!"

빤히 알고 있는 도경의 짓궂은 행동에 그녀는 그의 어깨를 툭툭 때렸다. 정말로 뭔가를 할 사람이었으면 이렇게 애태울 사람도 아니다. 씩씩대며 얼굴을 붉힌 봄을 보며 간신히 쓴웃음을 삼켰다.

세우지 않았다면 멈추지 않았을 텐데.

그녀는 알지 못할 흑심 속에 도경은 봄의 입술에 입을 맞췄다.

"귀여워."

사랑스러워 죽겠다는 듯한 속삭임.

그녀의 심장이 펑, 터질 것 같았다.

'…미치겠다!'

정말, 윤도경 외에는 아무것도 생각나지 않는 밤이었다.

윤형진 교수는 매일 아침 신문을 본다. 학교에 출근을 하면 비서 업무를 봐주는 조교가 가져다 놓은 몇 군데의 일간지들이 쭉 놓여 있었고 그것을 보는 것이 업무의 시작이었다.

오늘 아침도 마찬가지였다. 8시가 되기 직전 사무실로 출근한 그는 책상에 놓인 신문부터 집어 들었다. 그리고 평소와 마찬가지로 흥미 없는 가십거리로 가득한 연예란을 넘기려던 그때, 익숙한 얼굴과 이름에 잠시 손이 멈췄다.

달칵.

"교수님, 커피 드시고 시작하세요."

시킨 일은 아니지만 고맙게도 매일같이 내주는 커피가 책상에 놓였다. 그러나 원래 같으면 고맙다고, 이러지 말라고 했을 윤 교수가 어쩐지 조용했다.

무슨 일인가 싶어 슬쩍, 그가 보는 신문을 보던 조교는 금방 상황을 이해했다.

"아, 그러고 보니까 윤현수가 교수님 아드님 친구라고 하셨죠."

윤 교수가 보고 있던 신문에는 배우 윤현수의 열애설 기사가 실려 있었다. 조교는 성심성의껏 배우의 열애설을 축약해 설명했다. 그게 조교로서 그의 일이었다.

"이번에 열애설이 나서 꽤 곤욕을 치른 것 같아요. 같이 집에 들어갔다는 둥, 호텔에 방을 잡았다는 둥, 결혼 날짜를 잡아서 집을 알아봤다는 둥. 진짜 말도 많았는데 알고 보니까 애인이 아니라 동생이었고요."

동생이라는 말에 윤 교수의 눈이 번쩍 뜨였다.

"그래요, 동생이 있긴 하죠."

그 동생이 제 아들의 연인이기도 하고 말이다. 설마 이렇게 엮여 아침부터 소식을 보게 될 줄 몰랐던 윤 교수가 허허, 너털웃음을 지을 때 조교가 마저 말을 이었다.

"하여간 요즘 기자들 문제가 많은 것 같습니다. 정작 같이 다녔다는 그 집도 동생이 살고 있던 집인 모양이더라고요. 어디더라, 진짜 좋은 아파트였는데. 저기 강남에 있는……."

"그럴 리가."

"네?"

"아니, 아니에요. 커피 고마워요."

순간 반박하던 윤 교수는 금방 고개를 저으며 입을 닫았다. 커피 인사까지 마친 이상, 더 나눌 말이 없던 조교는 사무실을 나섰고 윤 교수는 미간을 좁혔다.

"그럼……."

윤현수, 즉 온결과 함께 살고 있는 것이 봄이라면.

'도경이는?'

19.

 정정 보도가 나가고 상황은 빠르게 정리가 되기 시작했다. 결의 선택은 옳았던 듯, 두 사람이 대놓고 함께 있는 모습을 보이자 말도 안 되는 이야기들도 쏙 들어갔다.
 더욱이 봄의 신상을 보호하기 위해 적극적인 대처를 한 덕분에 그녀의 사진들이 바깥으로 나도는 일은 없었다. 물론 이미 알려진 레스토랑에 관련된 것은 어쩔 수 없었지만.
 어쨌든 들불처럼 번졌던 어처구니없는 열애설이 진화되는 막바지, 결은 봄과 통화 중이었다.
 -늦어?
 최소한의 스케줄을 소화하며 밤늦기 전엔 돌아오던 결이 오지 않자 걸려 왔던 전화였다. 상층부로 올라가는 엘리베이터 안, 벽에 살짝 몸을 기댄 그가 답했다.

"몰라."

-저녁은.

"먹었어. 윤도경 왔냐?"

-응, 아까 들어와서 지금 서재.

가벼운 상황 파악을 끝내는 사이 엘리베이터가 도착했다. 문이 열리자마자 밖으로 나선 결은 단호히 말했다.

"언제 들어갈지 모르니까 괜히 민망한 일 만들지 마라."

-…민망해할 줄은 알고?

"내가 민망하겠냐? 일단 끊어."

심드렁한 한마디에 봄의 대꾸가 쏙 들어갔다.

결은 멀지 않은 곳에 자신을 보고 있는 이들을 향하며 전화를 끊었다. 한눈에도 주눅 들고 난감하고 어쩔 줄 모르는 일동이 그를 향해 꾸벅 인사를 했다.

"오셨어요."

먼저 와서 기다리던 매니저, 인태가 말을 걸어왔다. 가볍게 손을 들어 인사를 대신한 결은 열린 문 안으로 쑥 들어갔다. 대놓고 무시당한 이들은 성진일보에서 나온 사람들이었다. 물론 권성아 기자도 함께였다.

"들어가시죠."

인태의 말에 뒤늦게 들어오는 이들을 제일 먼저 자리에 앉은 그가 뻐딱한 시선으로 바라보았다. 빤히 보는 시선에 이리저리 눈만 피하던 차, 말문을 연 건 권 기자가 아닌 또 다른 여자였다.

"정말 죄송합니다."

"죄송합니다."

대뜸 허리부터 숙이고 나오는 그녀와 권성아 기자에 인태가 덧붙였다.

"성진일보 임지호 팀장입니다. 권성아 기자 직속인 것 같고요."

짧은 인적 사항을 전해 듣고 다시 보자 여자, 임지호는 한 번 더 고개를 숙였다.

"다시 한번 거듭 사과드립니다."

다른 변명 없이 사과부터 하는 것은 나쁘지 않은 선택이었다. 여전히 침묵하는 결을 대신해 인태가 말했다.

"그 기사로 이쪽에서 본 손해가 얼마인지 아십니까? 윤현수 씨가 진행 중인 광고 중 두 개나 계약 철회 요구가 왔었습니다."

실질적인 피해에 관련된 말에 임지호는 꿀꺽 침을 삼키며 말을 이었다.

"정말로 죄송하게 생각합니다. 미리 검수를 했어야 했던 사항인데, 이런 말도 안 되는 피해를……. 그래도 그건, 다시 정리가 되었다는 것으로."

"그렇다고 없던 일이 되는 건 아니지."

처음으로 결의 입이 열렸다. 물론 절대 상냥하고 좋은 어조는 아니었다. 결은 다리를 꼬아 앉으며 입가를 비틀었다.

"덕분에 여자 끼고 호텔이나 드나드는 놈이 됐으니까."

누구를 향한 것인지 알 수 없는 조소였다. 사실 남매라는 것이 확인된 후 혹자는 윤현수와 함께 있던 여자가 다른 여자라는 루

머도 돌았다. 알고 보니 난봉꾼에 매일 여자가 바뀐다는 루머까지 돌았고 소수는 여전히 남매가 아니라고 믿고 있기도 했다.

한번 흠집이 난 유리가 그러하듯 쭉 그것을 지고 살아야 하는 것이 그들의 숙명이었다. 입이 열 개, 아니 백 개라도 할 말 없는 상황에 임지호의 안색은 더욱 나빠졌다.

"저희가, 그것에 대해서는 지속적인 피드백을……."

"미성 그룹에서도 대응팀이 갈 겁니다."

뜬금없는 소리에 잠시 침묵이 돌았다. 깜빡대는 몇 쌍의 눈을 보며 결은 태연하게 제 손을 내려다보았다. 볼 것도 없이 말끔한 손끝을 비비자 제법 잘 유지하던 임지호의 표정이 무너졌다.

"예? 예?"

"며칠 내내 레스토랑에 얼마나 많은 사람들이 오갔겠습니까. 자리만 차지하고 버티면서 진짜 손님들 불편이나 겪게 한 데다 중요한 인재가 출근도 하지 못했으니 거기에 대한 손실도 막대할 텐데."

억지다!

임지호는 당장 그렇게 외치고 싶었다. 분명 레스토랑 측에서도 혼란은 있었겠지만 순기능이 더 많았을 거다. 윤현수의 동생이 있다는 것만으로도 본의 아닌 홍보가 되었다. 심지어 매출이 올랐다는 것도 확인된 사항이었다.

그런데 대응을 하겠다는 건 일부러 둘이 손잡은 게 분명하다. 먼저 내민 건 윤현수겠지. 미성에서는 공짜로 윤현수와 엮일 수 있는 상황이니 마다하지 않았을 테고.

"…아니."

성진일보가 큰 언론사여도 중견기업을 상대하긴 어렵다. 생각지 못한 상황이지만 애초에 변명 따위는 필요 없어 보였다. 임지호는 제 아버지만 믿고 나댄 빌어먹을 후배를 힘껏 노려보다 말했다.

"저희가, 저희가 어떻게 하면 화를 좀 푸시겠습니까?"

일단 어떻게든 어그러진 이 상황을 풀어야 하기 때문이었다. 이제야 좀 대화할 기분이 생긴 듯 무표정한 얼굴에 약간의 감정이 보였다. 천천히 꼬았던 다리를 푼 결이 말을 이었다.

"배우라면 연기를 잘해야 하고 가수라면 노래를 잘해야 하는 겁니다."

서론도 없는 말 같지만 그가 하고 싶은 말이 무엇인지 모르는 사람은 없었다.

"그리고 기자라면 기사를 잘, 써야 하는 거고."

정확히 권성아를 향한 시선이 찌릿찌릿하게 가시를 세웠다. 다시 흠칫 굳어 눈을 돌리는 그녀를 보며 비웃음을 던진 결이 임지호에게 말했다.

"여기까지 저 물건을 대동한 걸 보면 안고 가겠다는 소리 같은데, 끝까지 좋은 사람 소리를 듣고 싶은 거면 잘못 선택한 겁니다."

"…윤현수 씨."

"저걸 안고 갈 게 아니라 날 선택했어야지."

"그게 아니라."

무언가 변론을 하려던 것 같았지만 상대의 속사정 따위 알 생각 없는 결은 자리에서 일어났다. 애초에 내달라 요청했던 시간은 10분이었다. 번개처럼 흐른 시간 속에 그는 최후의 결론을 내렸다.

"다시 볼 때까지 꾸준히, 반성하고 있으면 됩니다."

"아니, 저기!"

"내 마음에 들 때까지."

 말을 마친 결은 더 들을 것도 없다는 양 완전히 돌아섰다. 간신히 시간을 내 만난 것치고 해결된 건 없어 보였지만 그는 조금도 아쉬움이 없는 듯했다. 사무실을 나가 버리는 결을 헐레벌떡 따라온 인태는 작게 속닥였다.

"형님, 이러셔도 괜찮을까요? 또 이상한 기사라도 내면."

"내라고 해."

 어차피 먹히지 않을 말 같았지만 이번엔 정말 제대로다. 그는 코웃음도 치지 않으며 머리를 쓸어 넘겼다.

"어차피 쌍놈 된 거 진짜 개새끼가 되어 주는 거지."

 절대 후진은 없는 사람이었다.

"다음 스케줄은."

"파주 스튜디오로 가시면 됩니다. 저번 동생분하고 찍힌 사진 때문에 섭외가 난리도 아니에요. 그리고 계약 해지 요구했던 쪽에서도 미안하다면서 연장 요청해 왔고요. 또……."

 이어지는 스케줄들을 숙지하며 문이 열린 엘리베이터를 타던 결의 눈에 사무실 입구에 홀로 나온 여자가 보였다. 그녀는 결과 눈이 마주치자 고개를 숙여 보았다.

 스르릉, 문이 닫히기 직전에 본 인사에 결의 입에서 피식 웃음소리가 났다.

"하나쯤은 멀쩡한 게 있네."

나지막이 중얼거린 그의 말이 흩어지고 곧 엘리베이터 문이 닫혔다.

맑게 갠 하늘이 창밖을 통해 비춰지는 아침이었다. 공기는 상쾌했고 낮에는 얇은 옷을 입어도 될 만큼 따뜻한 날의 시작. 웅웅 울리는 휴대폰 알람에 이불 속에 있던 팔이 쑥 튀어나왔다. 그리고 단번에 알람을 끄고 간신히 몸을 세웠다.

"…피곤해 죽겠네."

이불 속에서 겨우 벗어난 건 봄이었다. 그녀는 조금 퀭한 눈을 비비며 한숨을 쉬었다.

'두 시간도 못 잔 것 같은데.'

막 6시가 넘은 시간이니 딱 그만큼이었다. 봄은 피곤한 몸으로 이부자리를 정리하며 중얼거렸다.

"내가 못 자면 어쩌자는 거야."

낙담 비슷한 한숨이 한 번 더 터져 나왔다. 이 한숨은 분명한 이유가 있는 한숨이었다. 사실 그녀는 결이 집에 와 있는 며칠 동안 제대로 잠들지 못했다. 피곤해서 자리에 누워도 연신 뒤척이다가 시간을 보내기 일쑤였다.

어디에서건 잘만 자는 자신이 잠들지 못하는 이유를 찾던 그녀는 바로 어제 그것을 알아냈다.

'습관이 든 거야.'

바로 제 곁에 도경이 없다는 것이었다. 함께 밤을 보낸 지 얼마나 되었다고 곁에 그가 없으면 왠지 허전하고 서운해 잠들지 못했다. 본의 아니게 불면의 밤을 보내게 된 봄은 다시 출근을 하게 된 아침부터 기운이 없었다.

따가운 눈을 두드리며 방 밖으로 나선 그녀는 제일 먼저 주방부터 향했다.

"아, 좋다."

싱그러운 커피 향이 퍼진다. 피곤한 마음을 씻어 주는 향기에 홀린 듯 향한 곳에는 당연히 도경이 있었다.

봄은 유난히 반가운 그의 등에 살포시 다가가 끌어안았다.

"힐링."

갑자기 나타나 달라붙은 그녀에 잠시 굳었던 도경의 등이 사르르 풀렸다. 그리고 제 허리를 감싼 봄의 손을 풀어 몸을 바로 돌렸다.

"봄아."

심장이 찌르르 울리는 목소리였다.

"아, 좋다."

자연스레 마주 본 얼굴이 가까웠다. 며칠 안 된 것 같은데 이상할 정도로 오래된 것 같은 스킨십이었다. 봄은 그의 허리를 다시 안으며 고개를 들어 올렸다. 이미 말끔한 차림은 함께 잠들기 전, 언제 자는지 모르던 그때와 비슷했다.

"언제 일어났어요?"

"한 시간쯤 전에."

5시 전에 일이났다는 소리다. 아니, 안 잤을 확률이 더 높았다.

그녀는 슬그머니 주변을 둘러보았다. 불청객의 목소리가 들리지 않았다.

"온결 안 왔어요?"

"그런 것 같아."

어제 늦는다더니 아예 못 들어온 모양이다. 봄의 표정이 불퉁해졌다.

"못 들어오면 못 들어온다고 연락이나 좀 주지."

하여간 도움이 안 되는 제 혈육을 생각하며 혀를 찬 그녀는 잠시 도경을 살폈다. 언제 보아도 깨끗하고 잘생긴 얼굴이었지만 이제 분명하게 읽을 수 있었다. 그의 허리를 감싼 봄의 손가락이 꼼지락꼼지락 움직였다.

"못 잤구나."

"전혀."

예상했던 대답에 봄이 눈을 살짝 내리깔았다.

"…나 좀 나쁜 것 같아."

"왜?"

"나 없이도 잘 잤으면 서운했을 것 같거든."

정말 이상한 마음이었다. 잘 잤으면 싶은데 또 한편으론 저 없이 잘 자면 서운할 것 같은 마음. 이기적이고 고약한 마음이라는 건 알겠지만 어쩔 수 없었다. 어느새 봄의 허리를 안은 그가 솔직하게 말을 이었다.

"없으면 안 돼."

이럴 때면 전신이 찌릿찌릿해지는 것 같다. 예쁘게 호선을 그리는 그녀의 눈동자에 도경의 손이 봄의 등을 타고 올라와 목덜미를 감쌌다.

"어차피 안 자는 거라면 다른 방식이었으면 했는데."

확연하게 차이가 나는 두 사람의 체온이 겹쳐졌다. 누가 봐도 야릇한 손가락에 그녀의 눈동자가 수줍어졌다.

"…은근히 엉큼해."

"은근히?"

농담인 듯 아닌 듯 나지막한 목소리에 봄은 빠르게 정정했다.

"대놓고."

그사이에도 살금살금 올라오는 손끝과 함께 도경이 귓가에 속삭였다.

"하지 말까?"

엉큼하기도 하고 짓궂기도 하고. 살랑대는 마음을 주체할 수 없어 그녀는 그와 이마를 맞대며 대답했다.

"큰일 날 소리."

어차피 정해진 답이었다. 살며시 눈을 뜨는 봄에게 천천히 다가가던 도경은 눈동자를 살짝 올려 그녀의 뒤편을 향했다. 거기엔 분명 30분 전쯤 돌아와 도경에게 커피도 얻어 마셨던 결이 이 경악스러운 상황에 입을 떡하니 벌리고 있었다. 봄을 감싸 안고 있던 도경의 손이 가로로 선을 그었다.

그 손이 뜻하는 바는 하나였다.

'꺼져.'

본의 아니게 원하지 않는 장면을 마주하게 된 결은 한껏 일그러진 얼굴로 돌아섰다.

"저 미친 새끼."

조만간 뒤통수를 날릴 생각을 하면서.

처음엔 그냥 익숙해서라고 생각했다. 그 사람이 편하고 가족만큼 익숙해서 당연히 가질 수 있는 마음이라고 여겼다. 그러나 어떤 사람도 '가족'에게 설레고 가슴이 두근거릴 수는 없었다. 밤새 그 사람 생각에 빠져 잠을 설치고 항상 같이 있고 싶은 것, 이유 없이 한 사람의 모습만 계속 보이는 건.

"좋아하는 거지."

이것밖에는 답이 없었다.

열네 살.

고작 교복을 입기 시작했다고 해서 갑자기 어른이 되거나 생각이 달라지는 건 아니었다. 그저 매일 보던 사람이 다르게 보인다거나 반짝반짝 빛이 나는 것도 아니었지만 인지한 순간 모든 시간이 특별했음을 깨닫게 되었다.

누군가를 좋아한다고, 당신이 너무나 소중하다고 말하고 싶어서 입 안이 달싹였다. 심장 박동 하나하나가 한곳을 향하고 있었고 오로지 이 마음을 표현하고 싶은 다소 이기적인 마음이 가득 차올랐다.

좋아해.

너무 좋아해.

가족을 제외하고 처음으로 자신보다 더 아낄 수 있을 것 같은 사람이 생긴 봄은 그저 말하고 싶었을 뿐이었다. 행여나 도경이 자신을 좋아하지 않고 불편한 관계가 되더라도, 어쩔 수 없다고 생각했을 만큼.

"봄아, 도희가… 도희가."

그날, 도희가 모두의 곁을 떠나기 전까지.

숨이 멎는 것 같았다. 며칠 전 다음에 보자고 인사를 하고 웃어주었던 친구가 더 이상 세상에 남아 있지 않다는 사실을 받아들일 수가 없었다.

부모님과 오빠를 따라간 장례식장은 고요했다. 어떤 위로의 말도 쉽사리 오갈 수 없는 곳에서 봄은 처음 보는 표정의 도경을 보았다. 무언가 말을 걸고 싶었지만 그럴 수가 없었다. 어떤 감정도 없이 인형처럼 서서 굳은 도경은 봄이 알던 윤도경이 아니었다.

그렇게 며칠이 지났다. 발인까지 모두 끝내고도 며칠이 지났지만 봄은 발인 이후 도경을 보지 못했다. 몇 번이고 찾아갔지만 어른들이 허락하지 않았고 한참 뒤에야 결에게서 소식을 들을 수 있었다.

"윤도경 서울 올라갈 것 같더라."

전혀 예상하지 못했던 말이었다.

"왜? 왜 서울을 가?"

놀란 눈으로 달려드는 봄에 결은 가방을 내려놓으며 답했다.

"아프대."

그 또한 상상조차 한 적 없던 것이었다. 봄은 죄 없는 곁을 향해 분통을 터트렸다.

"그러니까 내가 보러 간다고 했잖아!"

어른들이 왜 가지 말라고 했는지 어느 정도 이해는 하고 있었다. 그럼에도 속상한 마음에 저도 모르게 한 소리를 하고 만 그녀는 그대로 도경의 집으로 향했다. 무슨 일이 벌어졌는지 꼭 알아야 했다. 마지막으로 본 도경의 얼굴이 눈앞에서 아른거렸다.

서둘러 도착한 집은 문이 잠겨 있지도 않았고 어른들도 없었다. 쭉 내려와 있었다던 도경의 아버지도 마찬가지였다.

'아프다면서.'

아무도 없는 집에 문이 열려 있을 리는 없었다. 그렇다는 건 아픈 도경이 혼자 있다는 이야기였고 봄은 도경의 방문 앞에서 망설이지 않았다. 그리고 보았다.

"…윤도경."

끝을 알 수 없을 만큼 깊던 눈동자를 덮은 짙은 공허를. 회색빛으로 물든 시선에 봄은 도경의 눈앞에 저를 채우며 다짜고짜 물었다.

"어디가 아파? 얼마나 아픈데 서울까지 가야 돼?"

"……."

"말해 줘."

도경은 대답하지 않았다. 마치 말하는 방법을 잊은 사람처럼 그녀를 보고 있지도 않았다. 그것은 지난 며칠간 어른들과의 대화에서도 마찬가지였다. 도경은 색을 잃었고 시린 겨울처럼 차가워지고 있었다.

그러나 그의 눈앞에 있는 건 봄이었다.

"윤도경."

그녀는 기다리지 않았다. 봄은 도경의 두 뺨을 채듯이 잡으며 당겼고 순간 도경의 눈동자에 감정이 서렸다.

"말해."

어쩌면 당혹감일지도 모를 감정을 보면서 그녀는 한 번 더 단호히 말했다.

"네가 언제부터 나한테 뭘 숨겼는데."

이보다 더 직설적이고 솔직할 수는 없었다. 나가 버린 정신마저 돌아오게 만드는 맑은 시선은 늘 어른이어야 했고 누군가를 지켜야 했던 도경을 어린아이로 만들어 버린다.

마른 입술이 천천히 벌어졌다.

"잘 수가 없어."

며칠 내내 물만 겨우 마시던 입이 열리며 솔직함을 담았다. 아주 원초적인 괴로움 속에서 도경은 물속에 빠져 있다 간신히 수면 위로 나온 사람처럼 토해 냈다.

"도희가 자꾸 나타나서 울어. 아프다고, 도와 달라고, 살려 달라고 하는데 나는 잠들어 있기만 해."

"…윤도경."

"깨어 있는다고 했는데, 지키겠다고 했는데."

"……."

"죽는 것도 모르고."

제 아버지가 쏘시던 말들이 도경의 심장을 난도질했다. 어른 흉내를 내던 어린 마음에 낸 생채기는 곪고 곪아서 저를 탓하게 만들었다.

'죽으라고 둔 거지.'
'네가, 죽게 둔 거라고.'

다시 탁해지는 눈동자를 보며 봄은 눈물이 날 것 같았다.

'아파.'

윤도경이 아프다는 말은 거짓말이 아니었다. 몸이 아니라 마음에 든 병이 눈에 보였다. 무슨 이유인지, 어째서 이렇게 된 것인지 정확히 알 수 없으나 그저 도경이 아픈 것만은 알 수 있었다. 봄은 두 주먹을 꾹 쥐고 말했다.
"그거 윤도희 아니야. 도희가 자기 오빠 꿈에 나타나서 괴롭힐 리 없어. 그냥 악몽이야."
단호히 말해 봤지만 도경의 눈은 그것을 듣는 것처럼 보이지 않았다. 마음에 설움이 생기고 눈시울이 붉어졌다. 지금은 도희에 대한 변론보다는 위태로운 도경을 붙잡는 것이 먼저인 듯했다. 입술을 꽉 물며 겨우 울음을 참은 봄은 애써 마음을 달래며 물었다.
"갈 거야?"
주어는 없었지만 도경은 다행히 그것을 바로 알아들었다. 당장 부서질 것처럼 그가 입가를 비틀었다.

"아마도."

한눈에도 그것이 도경이 원한 것이 아님을 알 수 있었다. 봄은 잡았던 뺨을 놓으며 되물었다.

"괜찮아?"

"괜찮아."

"거짓말."

봄은 단번에 도경의 말을 부정했다. 이번에도 도경의 눈에 잠시나마 생기가 돌았고 그녀는 조금 사나울 정도로 매섭게 말을 이었다.

"넌 나한테 거짓말 못 해."

"……."

"가지 마."

그 순간 거짓말처럼 봄의 눈에서 눈물이 뚝뚝 떨어지기 시작했다. 이제 도경의 뺨 대신 잡은 옷자락을 꽉 당기며 아이처럼 떼를 썼다.

"아니어도 그렇다고 해. 여기 있어. 너 못 가."

꾸역꾸역 참아 내던 감정이 봄의 눈물에 흔들리기 시작했다. 일렁이는 그의 눈을 보면서 그녀는 알았다. 지금 제 말이 도경이 원하는 말이었고 지금 그에게 필요한 것은 '나' 하나가 아니라 윤도경을 감쌀 수 있는 모든 것이라는 걸. 봄은 도경의 손을 쥐며 말을 이었다.

"우리랑 있어."

"…온 봄."

"같이, 있자."

그러기에 봄은 고백할 수 없었다. 행여나 도경이 자신을 좋아하지 않고 불편한 관계가 되더라도, 어쩔 수 없다는 생각 따위는 버려야 했다.

도경이 안도하는 이 관계와 공간을 망가트릴 수 없었으니까. 그렇게 봄은 제 마음을 먼 곳으로 밀어 넣었다. 한없이 커진 마음에 결국 제 감정을 숨기려 그를 피하게 될 만큼 깊은 곳으로.

오랜만에 출근을 하는 길, 봄은 결의 차에 타고 레스토랑으로 향하는 중이었다. 본래 도경이 데려다줄 예정이었지만 결이 하게 된 건 현재까지의 상황을 말해 주기 위해서였다.

"그러니까 이제 걱정할 건 없어."

결은 매우 드물게 오빠답게 믿음직스러웠다. 그간 있던 일, 어디까지 정리가 되었으며 앞으로의 상황 예측까지 모두 말해 준 덕분에 봄은 충분히 이해하고 받아들일 수 있게 되었다.

시원하게 달리는 차 안에서 얌전히 듣고 있던 봄은 늦은 감이 있는 사과를 건넸다.

"미안해."

그것이 결의 입장에선 의아했던 모양이다.

"갑자기 뭔 소리야."

명백한 피해자의 사과에 그가 헛웃음을 짓자 그녀는 고개를 저었다.

"내가 오빠 집에 안 갔으면 벌어지지 않았을 일이잖아."

봄은 진심으로 미안해하고 있었다. 불청객 취급을 하긴 했지만 애초에 제대로 말만 했더라면 벌어지지 않았을 일이었다.

"진짜 미안."

나름대로의 사정이 있었다고 한들 아무리 생각해도 시작점은 그곳이었다. 대다수의 남매들이 그러하듯, 두 사람도 사과와 감사가 익숙하지 않은 관계였다. 그것 때문에 때때로 싸우기도 하지만 결국 그들은 피붙이였다.

"됐다. 그러다 무슨 일 생겼으면 그게 더 최악이야."

"…오빠."

"잘했다."

말로 형용할 수 없는 든든함에 왠지 마음 한편이 뭉클해졌다. 처음으로 부모님 곁을 떠나 먼 곳으로 오면서도 크게 걱정되지 않고 무섭지 않았던 건, 어쩌면 그곳에 결이 있었기 때문일지도 모르겠다.

감동으로 물든 일렁이는 봄의 시선을 아는지 모르는지 결은 한마디를 더했다.

"그래도 월세는 15일."

"……"

"다 왔네."

결국 피붙이지만 결국 남매다. 그의 말대로 멀지 않은 곳에 레스토랑으로 들어가는 골목이 보였고 차는 곧 골목 입구에 멈췄다. 차마 하지 못할 말들을 입에 담고 구시렁구시렁 가방을 챙겨 나가는 봄을 결이 불렀다.

"야, 온봄."

"왜."

늘 그랬듯 무뚝뚝한 부름에 돌아보자 잠시 뜸을 들이던 그가 말했다.

"너 알고 있는 거야?"

"뭘?"

"윤도경 못 자는 거."

예측 불가로 튀던 대화가 어느새 도경에게 닿아 있었다. 문을 열던 손을 멈춘 봄은 고개를 끄덕였다. 당연하겠지만 결도 도경의 불면증을 알고 있었고 걱정하고 있었던 거다. 그나마 다행이라는 생각이 들었다. 적어도 미리 알고 걱정해 주는 사람이 있었다는 거니까.

"이제 괜찮을 거야. 더 나아질 거니까."

분명 지금보다도 훨씬 더. 아닌 것 같아도 신경 쓰고 있던 결의 팔을 툭 건드린 봄이 씩 웃었다.

"그러니까 걱정하지 말고……."

"왜 못 자는지도 알고."

"어?"

그제야 그녀는 그가 묻는 말이 단순히 질문 같은 것이 아님을 알았다. 몰라서 묻는 것도 아닐 것이 분명하기에 잡았던 문고리를 놓은 봄은 천천히 대답했다.

"도희, 때문이라고 알고 있어."

도경의 문제를 도희를 달고 말하는 게 썩 마음에 들진 않았지만 어쩔 수 없었다. 일단 그의 발목을 잡은 족쇄는 도희의 꿈이 맞으니까.

결은 무표정한 얼굴로 바라보다 느리게 말을 이었다.

"맞는데 틀려."

말장난이 아니라 어느 때보다 진지한 어투였다.

"…그럼?"

살짝 일그러진 봄의 표정에 그는 지난 며칠을 떠올렸다. 며칠, 본의 아니게 도경과 봄을 보면서 알게 된 건 윤도경이 이제 잠을 잘 수 있다는 사실이었다. 이따금 집에 들어가면 들리던 괴로운 섬어도 없었다.

그렇게 될 수 있었던 것이 봄의 영향이라면 결은 동생도 알아야 한다고 생각되었다. 결이 단호히 말했다.

"그게 발병 원인은 아니지."

"다른 이유가 있다는 거야?"

"내가 왜 잠도 못 자는 놈 어차피 혼자 둘 거 그 집에 들였을 것 같냐."

부우웅.

시동이 걸린 자동차 소리가 유난히 요란하게 울렸다. 아직 문고리를 잡고 있던 손에 힘을 주며 바라보자 결은 시선을 앞으로 돌리며 말을 이었다.

"윤 교수님, 윤도경 아버지."

"어?"

"그 사람이야."

"그게, 무슨 말이야?"

어느새 차갑게 식은 봄의 표정이 빠른 대답을 요구했다. 냉정해진 그녀의 표정을 본 결이 말을 이었다.

"말 그대로. 윤도경 시달리게 하는 건 윤 교수님이라고."

"제대로 설명을 해. 아저씨… 교수님이 왜."

매섭기까지 한 얼굴은 반드시 원하는 답을 듣겠다는 의지가 담겨 있었다. 물론 결도 자신이 아는 한 제대로 말해 줄 참이었다.

"정확한 건 나도 몰라."

애석하게도 아는 것이 그리 많지 않다는 게 걸림돌이 되었지만. 그녀의 눈이 단번에 찌푸려졌다.

"불확실한 걸 말해 줬다는 소리야?"

"그런 뜻이 아니라 디테일하게 알지 못한다는 거야. 그냥 내가 보고 알아낸 것들에서 낸 결론이 그거라고."

결은 저가 아는 한도 내에서 성의껏 말했다.

"불면증이 있는 건 꽤 예전부터 알았어. 이 정도로 심하다는 건 같이 살기 시작하면서 알았고."

"설마 오빠한테 직접 말해 준 거야?"

"그럴 놈이겠냐."

"…그럼?"

"봤으니까."

도경의 집을 찾았던 어느 날 밤, 술에 취해 찾아온 윤 교수와 도경이 대화를 나누는 모습을 목격했다. 그날, 도경은 그나마 자던 쪽잠조차 이루지 못했다. 시간이 지나며 결은 그 일이 우연히 겹쳐진 한두 번이 아니라 꾸준히 반복되어 온 일이라는 것을 알았다.

"대체 무슨 얘기를……."

얼마 전 만난 도경의 아버지를 떠올리니 더더욱 이해하기 어려웠다. 살가운 관계는 아니었지만 두 사람은 분명 서로를 걱정하고 아끼고 있었다. 특히나 윤 교수는 마지막까지 도경을 부탁했다. 결은 고개를 저었다.

"무슨 얘기까지 했는지는 몰라. 추측하자면 도희 얘기가 아닐까 싶은데, 일단 윤 교수님이 주기적으로 찾아온다는 걸 알아서 집으로 들였어. 여기라면 적어도 그때처럼 멋대로 찾아올 순 없을 테니까."

말 그대로 들은 게 아니라 봤다는 말이 옳았다. 긴 시간 함께하면서 자연스레 알아낼 수 있었던 것들. 당사자에게 직접 듣지 않는 이상 더 많은 것을 알기란 불가능했다. 잠시 말을 멈춘 결은 턱 끝을 쓸었다.

"내가 할 수 있는 건 여기까지야."

"……."

"근데 넌 아니잖아."

도경이 봄에게 보여 주고 있는 태도와 모습들을 보며 분명하게 확신이 들었다. 친구로서 갈 수 있는 마지노선에서 이제 바통 터치를 할 때였다.

"부탁한다."

그 어느 때보다 진지한 결의 뒤, 창문 밖의 풍경이 눈에 들어왔다. 파릇파릇했던 초목에 이젠 녹음이 드리워져 있었다. 눈치채지 못한 사이 계절은 빠르게 흐르고 있었고 봄은 뒤늦게 깨달았다.

"아……."

도희가 떠난 계절이었다.

봄은 바지를 선호했다. 일의 특성상 좀 더 다부져 보이는 이미지가 필요하기도 했고 치마보단 바지가 훨씬 편하게 느껴졌다. 그래서 그녀의 옷장엔 대부분 정장 혹은 청바지 종류의 것이 가득했지만 그게 전부는 아니었다.

아주 드물게 치마가 입고 싶은 날이 있다. 늘 하나로 묶었던 머리를 풀고 꼭 화장이 아니더라도 화사하게 꾸미고 싶은 그런 날이 봄에게도 있었다. 오늘이 그런 날이었다.

"너무 오랜만에 입었어."

집에서 제일 큰 거울이 있는 욕실에 있기를 한참, 잔머리까지 꼼꼼하게 살피던 그녀는 겨우 밖으로 나섰다. 그래도 어딘가 부족한 것 같아 이리저리 손보던 봄은 뒤늦게 시간을 확인했다.

"아!"

약속 시간까지 불과 30분도 남지 않았다. 서둘러 가방을 챙겨 나선 그녀는 곧장 택시부터 잡았다. 준비하는 시간이 너무 오래 걸려 타려던 버스는 벌써 떠난 후였다.

"**역으로 가 주세요."

싱그러운 기분이었다. 어디론가 향하는 것이 귀찮지 않았다. 황금 같은 주말을 외출로 보내야 한다는 피곤함도 없었다. 지금 만나러 가는 상대가 다름 아닌 도경이라는 사실이 이 모든 것을 기쁘게 만들었다.

[15분 정도면 도착할 것 같아요.]

도경에게 메시지를 보내고 다시 창밖을 보았다. 고맙게도 화창한 날씨가 오늘을 돕고 있었다. 오늘, 그러니까 두 사람의 첫 데이트.

사실 이제 와 데이트를 운운하는 건 조금 우스운 일이었다. 굳이 이것이 데이트다, 할 필요는 없을 만큼 많은 곳을 다녔고 별별 일이 다 있었으니까. 그러나 오늘은 꼭 '데이트'라고 명명하고 싶었다.

'일부러 밖에서 보기로 한 보람은 있어야지.'

같은 집에 살면서 굳이 약속 장소를 정해 나간 것도 그런 이유였다. 하필 급한 연락이 와 병원에 간 도경이었지만 어쨌든 이런 공백이 묘한 설렘을 주었다.

두근거리는 마음을 품고 달리던 택시가 어느새 목적지에 도착했다. 얼른 차에서 내린 봄은 그와 만나기로 한 곳으로 향했다.

"…여기 어디 있다고 했는데."

사람들이 주로 모이는 분수대 앞에서 보기로 했으나 생각보다 많은 인파에 혼이 빠질 지경이었다. 그녀는 도경을 찾아 주변을 둘러보며 휴대폰을 들었다. 우선 연락을 해 옆으로 빠져 볼 참이었던 봄은 번호를 누르던 손가락을 멈췄다.

"……."

유난히 많은 사람들의 시선이 한곳으로 향하고 있었다.

"연예인, 연예인."

"본 적 없는데?"

"아니야. 나는 어디서 본 것 같아. 안 유명한 사람인가?"

"저 얼굴이 안 유명하면 대체 누가 유명해지는 거야."

어쩐지 고양된 대화들 속, 설마? 하는 생각이 들었지만 그 설마는 현실이 되었다. 그녀는 헛웃음을 흘리며 눈을 찌푸렸다.

'옛날 생각나게 하네.'

멀지 않은 곳에 홀로 우두커니 선 남자를 향한 관심들. 자신을 향한 집요한 관심들에 조금도 신경 쓰지 않고 있는 모습은 학창 시절을 떠올리게끔 만들었다.

윤도경, 온결.

이 두 사람은 본의 아니게 강성을 주름잡던 사람들이었다. 하필 둘이 절친인 까닭에 이런저런 오만 가지 풍문과 루머까지 돌았을 정도였다.

"나 참."

자의건 타의건 그는 이 자리에서 가장 빛나는 사람이었다.

취향에 따라 예쁜 것을 보면 시선이 가는 건 당연한 일. 도경을 주목하는 불특정 다수를 미워하거나 불쾌하게 여기는 건 아니지만 마냥 좋을 수도 없었다.

거기다 하필.

'어, 봤다.'

이 많은 사람들 사이에서 기가 막힐 정도로 정확히 봄을 찾아낸 그가 움직였다. 아마 본인도 느끼지 못할 정도로 환한 미소를 지으며 다가온 도경은 그대로 봄의 손을 잡았다.

"왔어?"

듣는 사람 귀를 살살 녹게 만드는 달콤한 목소리가 온몸을 휘감았다. 소란스러운 장소에서도 분명하게 들리는 목소리에 그녀는 도경의 손을 꽉 쥐어 당겼다. 자연스럽게 당겨진 그가 한 번 더 입가를 올렸고 봄은 저도 모르게 조금 투덜댔다.

"그렇게 웃으면 안 돼요. 다른 사람들이 보는 거 질투 난단 말이야."

좀 더 어른스러우면 좋을 텐데, 그게 잘 되지 않는다. 도경의 앞에선 한없이 솔직해지고 마는 그녀였고 그는 봄의 손에 깍지를 꼈다.

"웃지 말라니까 더 웃어."

결국 한 번 더 퉁명스레 내뱉자 도경이 말했다.

"그럼 넌 밖으로 나오면 안 되는데."

"응?"

바로 이해하지 못하고 반문하던 봄은 금방 눈을 동그랗게 떴다. 그리고 붉어진 뺨으로 입술을 말아 물었다.

"하여간."

짓궂은 그의 말에 톡, 어깨를 건드리며 수줍게 웃었으나 도경은 웃지 않았다.

"농담 같아?"

…조심하는 것도 좋겠다.

사람들로 와글와글한 자리를 벗어나 외곽을 돌기 시작한 둘은 오늘 일정에 대해 이야기를 나눴다.

"일단 밥 먹고 영화 보고, 카페 갈 거예요. 카페는 여기서 좀 멀긴 한데 분위기가 엄청 좋대."

사실 일방적인 봄의 스케줄이었다. 가장 평범한 데이트를 원했던 그녀가 내놓은 일정에 당연히 도경이 반대할 리 없었다. 대신 한마디를 덧붙였다.

"시간이 남으면 부동산도 좀 들렀으면 해."

"부동산?"

갑자기 끼어든 부동산에 고개를 갸웃거리던 봄이 헉, 숨을 들이 켰다.

"집 나가려고?"

"같이."

오해할 타이밍도 주지 않은 도경이었다. 덕분에 서운함은 없었지만 어쩐지 가슴이 콩닥콩닥 설레었다.

"언제까지 거기 있을 수는 없어. 좀 더 우리한테 편한 곳으로 가자."

아마 그것이 결이 바라는 것일 수도 있다. 어쨌건 윤현수의 집으로 알려진 곳인 만큼 다른 문제가 생길 가능성도 있었다.

"지금까지처럼 큰 집은 힘들겠지만."

집을 나간다는 말에 아주 잠시 멈칫하던 봄은 이내 웃어 보였다. 그리고 벌써 집이라도 구한 사람처럼 들떠 말했다.

"그게 무슨 상관이야. 나도 보탤게요!"

어디서 대출이라도 받아 와 내놓을 것처럼 신난 봄에게 도경은 흘러가듯 말을 이었다.

"다른 것보다 집 물건들을 채워 주면 좋겠는데."

"아, 그럴까요? 가전제품 같은 건……."

아무 생각 없이 대꾸하던 그녀는 잠시 말을 멈췄다. 그리고 고민하는 기색도 없이 대뜸 물었다.

"프러포즈?"

설레발일지도 모르지만 그렇게밖에 들리지 않았다. 도경의 눈이 호선을 그렸다.

"네가 하고 싶을 때면 언제든 좋아."

정식은 아니지만 한 계단을 밟아 오른 것은 분명했다. 아직은 조금 먼 이야기일지 몰라도 절대 흘려듣고 싶지 않은 그의 말에 봄이 짓궂게 되물었다.

"평생 안 하고 싶으면?"

"평생 연애만 하면 되는 거지."

"……."

"뭐든, 너라면 좋아."

도경의 말 어디에도 거짓이나 사탕발림은 없었다. 그럴 필요도 없었고 그것이 먹힐 대상도 아니었다. 가슴이 연신 콩닥콩닥 뛰었다. 그녀는 붉어진 뺨을 문지르며 다시금 손을 잡은 제 손에 힘을 주었다.

"진짜 족쇄를 걸어 둘 수는 없으니까 법으로 구속시켜야지."

"하하."

결국 소리를 내 웃어 버린 도경에 봄 역시 웃고 말았다. 언제나 그를 웃게 하는 건 봄이었고 그녀를 벅차게 만드는 건 도경이었다.

먼저 표를 끊기 위해 영화관으로 향하는 사이, 사람들은 점점 더 많아졌다. 주말의 번화가는 혼을 쏙 빼놓을 만큼 정신이 없었고 혼돈이었다.

안 입던 치마에 구두를 신은 것이 잘못이었지만 고맙게도 도경이 도와주고 있어 가는 길에 큰 어려움은 없었다. 봄은 걸음을 옮기며 길을 트는 그를 올려다보았다.

'아무렇지 않은 게 아니야.'

누구보다 강해 보이고 단단해 보이지만 어딘가 깊이 곪아 있는 사람.

그녀는 오늘 그것에 대해서 들을 예정이었다. 결의 말처럼 자신과 도경의 관계가 그런 것을 가능하게 하는 것이라면, 망설이고 싶지 않았다.

그렇게 생각하니 조금 긴장이 되어 숨을 한번 크게 들이쉬었다. 그리고 어떻게 물꼬를 틀지 생각하다 저도 모르게 멈춰 서고 말았고 그 잠깐의 틈에 도경과 떨어졌다.

"어!"

아차, 한 봄은 황급히 떨어진 거리를 좁히기 위해 움직였다. 사람들의 틈으로 익숙한 손이 보였고 그녀는 그의 손을 향해 팔을 뻗었다. 반사적으로 뻗은 손이 코앞의 손을 잡으려던 찰나, 누군가 먼저 그녀를 감쌌다.

행여나 다른 곳에 닿았을 손을 제 큰 손안에 가두고 당겨 올린 그는 봄의 허리를 살포시 감싸 안았다. 등으로 전해지는 체온에 그녀의 놀란 감정이 가라앉았다. 천천히 고개를 들어 위를 보자 미간을 좁힌 도경이 말했다.

"거기 아니야."

머쓱하면서 부끄러운 마음에 봄이 배시시 웃었다.

"응, 아니었네."

귀여운 미소 한 번에 그는 허리를 안은 팔에 더욱 힘을 주며 그녀를 불렀다.

"봄아."

"네."

한없이 얌전한 대답에 도경은 낮은 한숨을 쉬었다. 잠깐이지만 다른 사람의 손을 잡으려던 모습에 얼마나 다급했는지 모른다.

겨우 그것, 고작 그 정도로. 그는 쓴맛이 담긴 입술을 열어 봄의 귓가에 속삭였다.

"농담 아니라니까."

완벽한 복선 회수였다.

오랜만에 본 영화는 생각보다 재미가 없었다. 무엇을 보기 위해 정하고 간 것이 아니라 일단 찾아가 알맞은 시간대에 있는 영화를 고른 것이라 취향이나 성향 그 어느 것도 맞추지 못했다.

그러나 도경과 영화관에 나란히 앉았다는 것만으로도 충분한 시간이었다. 같은 영화를 보며 그 영화의 재미없음을 이야기하는 것조차도 즐거웠다.

"다신 그 감독 영화는 안 봐야지."

영화관을 벗어나 차에 오르고 목적지인 카페로 향하는 동안 내린 단호한 결론이었다. 시원한 결론에 운전을 하던 도경의 입가로도 웃음이 서렸다. 한참 열을 낸 탓인지 봄은 손부채질을 했다.

"괜히 덥다."

"에어컨 틀까?"

"창문 열면 돼요. 벌써 에어컨 틀면 진짜 한여름에는 어떻게 버텨."

나름대로 이유 있는 거절을 하고 창문을 열자 시원한 바람이 차 안으로 밀려들어 왔다. 도심의 퀴퀴한 공기는 어쩔 수 없지만 상쾌한 기분이었다.

"금방 여름이에요."

기분 좋은 바람에 저절로 생기는 미소를 머금은 봄이 나지막이 중얼거렸다.

"봄은 정말 짧은 것 같아."

갈수록 점점 더 짧아지는 것 같은 건 시간이 빨라서인지, 나이가 들어서인지 잘 모르겠다. 어쨌든 스치듯 흘러가는 계절이 느껴지는 듯해 혼잣말을 하자 도경이 말했다.

"그래서 더 특별해."

담담히 말한 그는 자신을 바라보는 봄을 향해 말을 이었다.

"항상 기다리게 되니까."

그것이 계절을 향한 말인지 사람을 향한 것인지 확실하진 않았지만, 그녀는 좋을 대로 생각할 예정이었다. 봄은 몸을 살짝 틀어 도경을 향했다.

"만나기 전에, 내 생각 많이 했어요?"

목소리가 꼭 살랑살랑 봄바람처럼 부드러웠다. 그는 핸들을 쥔 손가락을 움직였다.

"글쎄."

어떤 입바른 소리가 필요할까, 아주 잠시나마 생각했지만 도경은 솔직하기로 했다.

"매일 하거나, 항상 생각하면서 살았던 건 아니야."

서울로 올라온 후, 더 이상 강성을 내려가지 않게 되기 전까지는 몰라도 이후에는 사는 데 좀 더 급급했다. 정확히 말하자면 쉬지도 않고 일에만 매달려 왔다. 생각을 하지 않는 것이 그에겐 좀 더 편안한 일이었으니까. 차가 멈추지 않아 봄을 바로 볼 수 없던 도경이 물었다.

"서운해?"

"아니."

"어떤 표정인지 모르겠네."

"그냥 웃고 있는 표정. 아니, 신기하다고 생각하는 표정?"

"신기해?"

"응. 그런데도 잊히지 않았다는 게, 신기해서. 내가 미웠을 거 아니야. 이유도 모르고 피하는 것만 봤을 테니까. 오히려 서운했을 건 윤도경 씨지."

그제야 한번 돌아본 봄의 얼굴은 정말로 신기함이 묻어 있었다. 그녀는 다시 앞을 향한 그를 향해 한 번 더 고지했다.

"고의…였지만 나쁜 마음으로 그런 건 아니었어요."

이미 했던 말이지만 혹시나 하는 마음에 강조하자 봄을 볼 수 없는 도경은 대신 오른팔을 뻗었다.

"알아."

속삭임처럼 부드럽게 파고든 손길이 그녀의 머리를 쓰다듬었다.

"알아."

반복하며 건네는 같은 말에 담긴 다정함도 이젠 분명하게 알 수 있다. 제자리로 돌아가는 손을 봄이 아쉽게 보는 사이, 도경은 좀 더 깊게 들어간 말을 꺼냈다.

"서운한 것보단 미안했어."

의아한 말에 봄이 눈을 한번 깜빡였다.

"항상 받기만 한 것 같아서. 아무것도 해 주지 못했는데 내가 뭔가 실수를 했다고 생각했거든."

그러면서 짓는 쓴웃음이 이해가 갔다. 분명 그렇게 생각할 수도 있을 것 같았다. 봄은 그에게 방해되지 않는 선까지 다가갔다.

"아닌 거, 이젠 알죠?"

좋아해서 그랬다고 대놓고 외쳤으니 모르면 섭섭할 일이다.

"아무것도 해 주지 않은 게 아니에요. 너무 많은 걸 해 줘서, 내가 그걸 다 감당 못 했던 것뿐이야."

그녀는 손가락을 세워 제 말을 강조하다 옅게 한숨을 내쉬었다.

"나도 받은 만큼 정말, 해 주고 싶은 게 많았는데."

"지금 넘치도록 해 주고 있어."

"정말로?"

당연하지. 한 번씩 돌아보는 도경의 눈은 그렇게 말하고 있었다. 이제 그의 모습은 그녀가 기억하던 그대로의 것이었다. 봄은 손을 들어 도경의 모습을 따라 움직이며 입을 열었다.

"그럼 이제 눈을 돌려야겠다."

흘러가는 듯한 그녀의 말에 그의 표정이 단번에 찌푸려졌다.

"눈을 돌려?"

"응."

부족한 설명에 눈으로 열심히 뭔가를 말하는 것 같지만 봄은 모르는 척 팔을 흔들었다.

"뭘 해 줄까요."

누구에게인지 말도 않고 오해를 하게끔 만드는 말이었다. 때맞춰 멀지 않은 신호등에 빨간불이 들어왔고 자동차의 속도가 느려졌다. 그리고 창문을 올린 봄이 말했다.

"도희한테."

차가 완전히 멈추고 도경의 고개가 봄에게 돌아갔다. 그의 흔들리는 눈동자에 그녀는 도경의 이마를 쓸고 귓가를 만졌다. 그는 봄이 어느새 다가온 도희의 기일을 기억하고 있다는 것에 조금 놀라는 중이었다. 그러나 놀랄 일은 그것이 아니었다.

"곧 생일이잖아요."

생일.

기일이 아닌 생일.

분명 두 날은 그리 멀지 않은 때였다. 때문에 오히려 늦은 생일을 챙긴 적은 없었다. 애초에 기일이라고 제사를 지내거나 특별히 무언가를 하는 것도 아니었다. 그저 아버지와 만나 납골당을 가거나 이야기를 나누는 것이 전부였었다.

조금도 예상하지 못한 날이었기에 도경은 조금 괴로운 듯 미간을 좁혔다.

"뭘 해 준다고는 생각해 본 적 없어."

매년 맞는 날이지만 세상에 없는 동생에게 무언가를 해 준다는 개념은 없었다. 그는 낮게 속삭였다.

"생일."

늘 좋은 것, 밝은 것은 도희와 연결되지 않았던 긴 날들이었다. 새삼 짚어 낸 날에 마지막으로 함께했던 생일날이 떠올랐다.

좋아서 어쩔 줄 모르고 환하게 웃던 동생의 얼굴이 눈앞에 그려진 순간 도경은 저도 모르게 미소를 지었다. 그러곤 퍼뜩 놀라 제 입가를 만졌다.

"……"

도희를 떠올리며 웃었던 것이 언제였는지 기억도 나지 않았다. 아니, 처음이었던 것 같다. 늘 마지막을 머금고 살아가느라 떠올리지 못했던 것들 중 이런 기억이 있었을 줄이야. 신호가 바뀌었고 자동차는 다시 움직였다. 분명하게 그의 미소를 보았던 봄이 물었다.

"나는 윤도경에게 어떤 기억이었어요?"

"기억?"

"응. 못 봤던 동안 사람을 떠올리면 생각나는 것들이요. 나는 어떻게 기억하고 있었어요?"

이번엔 도희에게서 봄으로 넘어간 화두에 도경은 긴 고민 없이 대답했다.

"그리운 사람."

"그럼 도희는?"

예상했던 대로의 질문이 돌아왔다. 역시 그는 바로 대답하지 못했고 봄은 그의 어깨에 손을 얹었다.

"전에도 물어봤었죠. 도희가 정말로 나쁜 기억이냐고."

"……."

"정말, 그게 당신 생각이에요?"

사랑하는 사람의 기억이 슬픔이 아닌 아픔으로 남는 건 너무 힘든 일이니까. 누군가에게 세뇌당하거나 주입당한, 그런 기억은 그 사람의 것이 아니다. 만약 도경이 가지고 있는 도희에 대한 감정과 기억들이 그의 것이 아니라면.

"이제 답을 내렸으면 해."

그제야 도경은 봄이 자신에게 무엇을 묻고 싶어 하는지 알았다. 차는 얼마 지나지 않아 목적지에 도착했다. 그림같이 예쁘고 깔끔한 카페 주차장에 선 차 안, 그는 그녀와 정확하게 눈을 마주쳤다. 그리고 봄의 손을 잡아 쥐며 작게 속삭였다.

"너한테 난, 어땠지?"

어떤 답을 해 줄지 몇 가지를 가늠할 즈음, 그녀가 눈웃음을 지었다.

"첫사랑."

봄은 언제나 그랬듯 도경이 가장 원하는 대답을 해 주었고 그는 기다렸다는 듯 멈춘 차를 움직였다.

"응? 어디 가?"

오자마자 떠나는 카페에 눈을 휘둥그레 뜬 그녀에게 도경이 말했다.

"집."

품 안에 끌어안은 봄의 살결은 한없이 부드럽고 따뜻했다. 냉기로 가득한 손을 데우고 심장까지 뜨겁게 만들 수 있는 유일한 그녀는 그의 입맞춤에 흐르듯 웃음을 터트렸다.

방까지 다다르지도 못하고 소파에 겹쳐진 두 사람이 눈을 맞췄다. 오직 단둘만이 존재하는 곳에서 그들은 가장 솔직해질 수 있었다.

"앞으로는 아무도 몰랐으면 좋겠어."

도경의 뺨에 손을 얹은 봄이 사근사근 속삭이자 그는 그녀의 손등에 제 손을 겹쳤다. 봄의 입꼬리가 살포시 올라갔다.

"지금 이 얼굴, 나만 알아야 하니까."

올곧기 그지없는 소유욕에 도경의 가슴이 저릿하게 울렸다. 누군가 자신을 이 정도로 원한다는 것이, 꽉 채워진 족쇄들이 이렇게 환희를 줄 줄 누가 알았을까.

그는 잡고 있던 봄의 손을 제 입가로 가져와 하얀 손바닥에 입술을 댔다. 이어서 손가락 그리고 손끝까지.

마지막으로 그 손끝을 살짝 물고 혀끝으로 핥아 올릴 때 봄의 한쪽 눈이 찡긋, 흐려졌다. 도경은 그녀의 옷자락 안으로 서서히 손을 움직이며 말했다.

"더한 것도 가능한데."

나긋나긋한 속삭임이 귓가에 울리고 속살을 매만지는 손이 더더욱 달아오를 때 그가 눈웃음을 지었다.

"괜찮겠어?"

마치 감당 가능하냐 묻듯이.

어쩐지 아주 야릇한 말을 들은 것 같아 붉어진 봄이 도경의 목을 확 감싸 안았다. 그를 힘껏 당겨 코앞까지 닿게 만든 봄이 소곤소곤 말을 이었다.

"뭐 해요?"

"음?"

바로 앞, 촉촉하게 젖은 눈동자가 깜빡였다.

"빨리, 보여 줘."

더 짓궂은 건 그녀일지도 모를 일이었다. 겹쳐진 손가락처럼 두 몸이 한데 맞닿았다. 봄의 깊은 곳으로 파고든 도경의 단단함이 그녀를 가득 채우고도 남아 터지듯 뿜어졌고 봄은 어느 때보다 더욱 벅찬 그에 숨을 헐떡였다.

그녀는 뒤에서 저를 치고 들어오는 감각에 헉, 숨이 막혔다. 마주하며 하나가 되었을 때와 또 다른, 아니 더욱 격렬한 열기였다.

송골송골 맺힌 땀방울이 서로의 몸에 비벼지고 미끄러지며 느껴지는 촉감까지 모든 게 자극을 선사했다.

"하, 으… 으읏!"

굳이 참을 필요도 없으나 괜스레 참아 봤던 신음이 결국 터져 나왔다. 목구멍을 타고 나온 소리를 홀로 독식해 귀에 담은 도경은 봄의 허리를 꽉 안고서 더욱 힘껏 자신을 밀어 넣었다.

"하윽!"

바르르 떨리는 몸에 발끝으론 힘이 들어가고 허리는 활처럼 휘었다. 모두 벗어 던지고도 열이 올라 추운 줄도 모르는 몸엔 도경의 입술과 손이 정신없이 오갔다. 이미 곳곳에 새겨진 그의 흔적들이 꽃잎처럼 퍼져 있었고 봄은 도경의 힘에 가슴을 들썩였다.

"하아, 아… 흡!"

예민해진 몸은 빠르게 흔들렸다. 어지간한 침대 못지않게 넓은 소파가 좁을 정도로 흔들리며 삐걱삐걱 소리를 냈다. 불도 켜지 못한 거실로 옅은 달빛이 쏟아졌고 그녀의 상체가 무너졌다.

이제 한계에 다다른 온몸이 가시가 잔뜩 돋아난 것처럼 찌릿댔다. 그것을 알아챈 도경은 곧, 그녀의 가슴을 움켜쥐고 아래, 제 몸이 들어선 봄의 아래에 손을 가져갔다. 양껏 부푼 살갗에 손이 닿아 자극이 전해지는 순간 악, 하고 비명 같은 신음이 거실을 채웠다.

조금 더, 조금 더.

"아……!"

안기면 안길수록 더욱 짙어지는 쾌감에 그녀의 몸이 무너졌고 도경은 마지막까지 봄의 안에 저를 묻었다. 어느새 맞잡은 손이 놓치지 않을 듯 꽉 쥐어졌다. 오직 서로에게만 허용된 그곳에서 두 사람은 사랑하고 또 사랑을 나눴다.

봄의 업무는 대부분 레스토랑의 바로 위, 사무실에서 이뤄진다. 철저하게 분배된 시스템으로 그녀가 할 일은 레스토랑 운영이지 서비스와 관련된 것은 아니었다. 때문에 봄이 레스토랑, 매장으로 들어오는 일은 아주 드물었다. 그런 그녀가 퇴근을 앞둔 시간에 아래로 내려와 카운터로 향했다.

"은혜 씨."

카운터를 지키는 홀 직원이 봄의 부름에 고개를 들었다.

"아, 실장님. 무슨 일이세요?"

급하거나 큰일이 아니면 보기 어려운 사람이라 의아해 묻는 그녀에게 봄이 말했다.

"다른 일은 아니고, 혹시 7시 예약하신 손님이 오셨나 해서요."

평소 묻지 않는 사안에 고개를 갸웃하던 은혜는 명단을 들었다.

"지금 바로 확인해 드릴게요. 오늘 7시… 7시. 아, 네. 방금 오셔서 들어가셨네요."

"어느 테이블이죠?"

"2층 3번이요. 조용한 곳을 좋아하신다고 해서 그쪽으로 모셨어요. 중년 신사분이셨는데."

"그렇군요. 고마워요."

소소한 감사 인사를 받은 은혜는 방긋 웃다가 한마디 더 물었다.

"아시는 분이세요?"

자리를 떠나던 봄은 은혜의 물음에 잠시 멈춰 돌아보았다. 그리고 여러 말을 생각하다 짧게 대답했다.

"더 알아야 할 분이요."

도경의 아버지, 윤형진 교수가 레스토랑에 온 건 일전의 약속 때문이었다. 그와 식사 자리를 가졌을 때 봄이 형진을 레스토랑으로 초대했고 그녀의 연락에 이렇게 직접 올 수 있게 된 것이었다.

"아저씨."

봄의 목소리에 가볍게 와인을 마시고 있던 형진은 반가운 얼굴로 손을 들어 보였다.

"그래, 봄아."

그때와 마찬가지로 부드럽고 다정한 미소는 도경의 그것과 닮아 있었다. 정확히 말해 도경이 제 아버지를 닮은 것이겠지만.

"눈치 없이 정말로 찾아온 것 같아 미안한데."

아무도 없이 혼자 앉은 그의 맞은편에 봄이 앉자 건넨 말이었다. 봄은 서둘러 고개를 흔들었다.

"아니에요. 제가 꼭 오시라고 초대를 드린 건데요."

"생각해 보니 혼자 올 게 아니라 여럿이 올걸 그랬어. 그래야 매상도 좀 올리고 했을 텐데 말이야."

"그런 말씀 마세요. 저 생각해서 편하라고 혼자 오신 거잖아요. 그리고 아저씨한테만 말씀드리지만."

웃음을 머금은 그녀는 입가에 손을 대고 장난스레 속삭였다.

"어차피 많이 팔아 봐야 제 월급은 똑같아요."

"그러니? 하하하."

환하게 웃는 얼굴, 목소리. 역시 도경과 비슷했다. 이렇게 둘이 앉는 자리가 불편할 수도 있음에도 그렇지 않은 건 모두 그 때문일 것이다.

"음식은 네가 말한 대로 셰프 추천으로 해 봤는데, 괜찮을까?"

"가장 좋은 선택이세요. 우리 셰프님 정말 끝내주거든요."

엄지까지 들어 보이는 그녀의 말에 형진은 다시 웃었다. 얼마 지나지 않아 차례로 음식이 나왔고 봄은 성심성의껏 소개를 했다. 요리는 못해도 지식만큼은 넘치는 덕분에 그는 매우 만족하며 식사를 이어 나갔다.

식사가 절반쯤 비워지고 끝없이 이어지던 대화도 조금 멎어들 즈음, 형진이 말했다.

"다 늙은 사람 상대해 주느라 네가 고생이 많다."

"그런 말씀 마세요. 저 지금 엄청 신난 거 보고 계시면서."

"도경이랑 있을 시간을 내가 뺏는 것 같아서."

"아저씨랑 있는 것도 도경 씨랑 있는 느낌이에요."

생긋 눈웃음을 지은 봄은 그의 빈 잔을 채워 주었다.

"도경 씨가 아저씨를 아주 많이 닮았거든요."

"나를?"

"네. 특히나 웃는 게. 요즘 잘 웃거든요."

붉게 채워지는 잔으로 향하던 형진의 시선이 그녀에게 닿았다.

그는 다 채워진 잔을 들다 흘러가듯 물었다.

"잘, 웃어?"

조금 전과 달라진 목소리를 알아챘지만 봄은 모르는 척 대답했다.

"네."

어쩐지 가벼운 말투에 짙은 시선이 아래로 내려앉았다. 그녀의 대답과 함께 한 모금을 더 하던 그가 말했다.

"…편해진 모양이구나."

"다행이죠."

대답을 바란 말이었지만 형진은 아무 말도 하지 않았다. 봄은 제 몫의 식사를 앞에 두고 잠시 손을 놓았다. 이 자리는 단순히 식사를 위한 자리가 아니다. 분명히 알고 짚고 넘어가고 싶은 것이 있기에 마련한 자리였다. 그녀는 평소와 달리 조금 긴장한 기색으로 입술을 물며 말을 이었다.

"도경 씨… 아주 오랫동안 불면증이 심했던 것 같아요. 자는 시간보다 깨어 있는 시간이 더 많았고요. 분명 건강에도 좋지 않았을 거예요. 단순한 게 아니라 아주 지독하게요."

혹시나 하는 마음에 한 말이었다. 아직 완전하게 확신할 순 없으나 형진이 긴 시간 도경을 아프게 했더라도 그에 대해 모를 수도 있으니까. 몰라서 그랬던 거라면 바뀔 수도 있지 않을까 하는 마음에서였다. 그러나 모두 비운 잔을 내려놓은 형진은 덤덤한 말투로 말했다.

"이쪽으로 올라오고 얼마 안 있어서 그랬지."

"…알고, 계셨어요?"

"모를 수가 없지 않니. 내 아들인데. 걱정할 건 없단다. 본인이 의사인데 제 몸 하나 건사 못할까. 거기다 어릴 때부터 보통 애들과는 달랐어. 생각도 많은 데다가 워낙 어른스러운 녀석이라 늘 고민이 많았지만 언제나 자기가 알아서 처리하던 녀석이야."

그렇게 말하는 그의 표정에는 어떤 변화도 없었다. 무표정한 얼굴, 침착한 어투 모두 어긋남이 없어 보였다. 형진은 빈 잔을 스스로 채우며 말을 이었다.

"도경인 애초에 실수란 것이 없던 아이였어. 뭐든 옳은 선택을 했고 날 실망시킨 적이 없었어."

"……"

"딱 한 번, 그때를 빼고는."

그 순간 봄은 그의 두 눈에 서린 원망과 독한 감정을 읽어 냈다. 등골이 오싹해질 정도로 차가운 눈동자에 그녀는 가슴이 쿵 내려앉는 것 같았다. 그리고 알았다.

'이런 대화였구나.'

이런 식으로 교묘하게 도경의 속을 후비고 할퀴고 찢어 놓았을 형진의 모습이 보였다. 어른스러운 것이 아니라 어른스럽길 바란 어른의 눈이었겠지.

도희가 죽고 난 후 잠들지 못했던 도경은 강성에 있으면서 분명 나아졌었다. 그러나 제 아버지 곁에서 다시 지독한 불면증에 시달리며 지금껏 버텨 왔다. 결국 모든 원흉은 하나였다.

봄은 힘을 준 두 손을 무릎에 꼭 붙이고 말했다.

"어른스러운 아이라는 건 뭘까요."

"음?"

"어른은 아이였던 적이 있으니 아이처럼 굴 수 있는데, 아이는 어른이 되어 본 적이 없잖아요."

빤히 바라보는 시선이 따가웠으나 그녀는 말을 멈추지 않았다.

"그럼, 어른스러운 아이라는 건, 부자연스럽게 만들어진 게 아닐까요."

봄은 한 번 더 두 손을 꾹 쥐었다. 입 안 가득히 담기는 수많은 말들은 차마 하지 못하고 그녀는 마지막을 이었다.

"도경 씨가 잠을, 잘 못 자요. 자더라도 한 시간, 두 시간… 그렇게 잘 때에도 매번 악몽을 꾸고요. 이따금 도희가 꿈에 나오는 것도 같았어요. 그때마다 너무 힘들어했는데… 다른, 하실 말씀은 없으신 거예요?"

제발, 딱 한마디면 되었다. 지금은 괜찮은지, 많이 나아졌다면 다행이라든지. 많은 것을 바라는 것이 아니었다. 긴 침묵이 이어졌다. 그는 다시 잔을 채웠고 그 잔을 비웠다. 그렇게 두 번쯤 반복되었을 때 형진이 말했다.

"도경이는 도희를 많이 아꼈어."

탁, 빈 잔이 놓였다.

"나도 그날 이후 제대로 잠을 이룬 적이 없단다. 가족이라면 어쩔 수 없는 거야. 아픈 건 당연한 일이지."

속에서 불길이 치솟아 올랐다. 그러나 그것이 전부였다.

도경에 대한 취급이 어땠는지 이 짧은 대화만으로도 알 수 있었다. 아니, 더 많고 아픈 것들이었을 거다. 그것이 하루 이틀도 아니고 일 년, 이 년을 넘어 십수 년.

'어쩌면.'

동생을 잃은 그 직후부터 단 한 번도 위로받지 못했을 것이다. 모든 아귀가 맞아떨어지면서 봄은 간접적으로나마 도경의 상처를 이해하고 공감했다. 그녀는 눈을 깊게 감았다 뜨며 고개를 내렸다.

어디에서도 진 적 없는 입담을 가진 봄이었지만 차마 형진을 매섭게 대할 수가 없었다. 그가 어른이기도 했지만 또한 도경의 아버지이기 때문이기도 했다. 이 세상에 하나뿐인 그의 가족이라는 사실에 그녀는 입술만 깨물었다.

"사람이 변한 건 환경이 변해서겠지."

뒤틀리는 봄의 속을 알 리 없는 형진은 너털웃음을 짓다 그녀를 향해 말했다.

"곁에 있는 사람에 의해서도."

그는 웃고 있었다. 그러나 더 이상 그것이 따뜻해 보이지 않았다.

쿵.

마지막 상자가 현관 앞에 놓였다. 그것까지 무려 다섯 개의 상자가 높게 쌓였고 그 옆엔 오랜만에 육체노동을 한 결이 뒷목을 쓸며 중얼거렸다.

"다 버리든가 해야지."

퉁명스럽게 말하고 있지만 버릴 생각은 조금도 없을 결이다. 그도 그럴 것이 지점 집까지 찾아와 챙기고 있는 건 팬들에게 받아

온 물건들이기 때문이었다. 도경은 코웃음을 치며 말했다.

"다 챙겼으면 빨리 사라져."

훌륭한 불청객 취급이었다. 빈말 없는 냉정한 말에 결이 눈을 가늘게 떴다.

"너 변했어."

짜증 섞인 시선에 결은 의심 가득한 시선으로 말을 이었다.

"왜 이렇게 상냥하실까."

"……."

"맞다, 내가 형님이었네?"

고약한 비웃음은 사악한 악당의 그것과 같았다. 도경은 미간을 좁히며 돌아섰고 결은 힘들었던 기색은 덮어 두고 흐뭇한 미소를 지었다.

"언제 결혼하냐."

"뭐?"

"빨리 했으면 좋겠다."

사람이 어떻게 저렇게 얄미울 수 있을까. 왜 저런 놈이 대한민국에서 가장 유명한 배우가 되었단 말인가. 도경은 진심으로 이해할 수 없었지만 더 말하진 않았다.

짧게 고개를 흔들며 혀를 차던 그는 시간을 확인했다.

"…9시."

봄이 퇴근하고도 남을 시간이었다. 적어도 8시에는 올 그녀가 아직 오지 않았고 늦는다는 말은 없었던 터라 휴대폰을 들었다. 그리고 막 연락을 하려던 찰나, 현관에서 비밀번호 누르는 소리가 들렸다.

"내 동생."

정말 한 대 때려 주면 안 될까 싶을 만큼 야무진 결을 지나쳐 도경은 얼른 현관 앞에 섰다. 곧 문이 열렸다.

"…아."

문을 열자마자 앞에 선 그를 본 봄이 눈을 깜빡였다. 그리고 멍한 눈으로 도경을 빤히 바라보았다. 당연히 그녀의 이상함을 알아본 그가 물었다.

"할 말 있어? 아니면 뭐 놓고 왔어?"

아무렇지 않은 도경의 표정을 보니 봄의 가슴에서 더더욱 불이 끓는 것 같았다.

그가 지금껏 아무것도 말하지 않고 있었던 것은 그것이 당연하다고 스스로를 세뇌해서 그런 것은 아닐까. 가스라이팅을 당한 사람처럼 제 아버지의 가시로 가득한 말을 온몸에 박아 넣으면서도 그게 사실인 것처럼. 그녀는 도경의 뺨에 손을 얹었다.

"봄아."

따뜻했다. 그래서 가슴이 울렁거리고 숨이 들썩였다. 결국 붉어지기 시작한 봄의 눈가를 보며 그의 표정에 핏기가 가셨다. 도경은 빠르게 그녀의 손을 잡아채며 물었다.

"왜 그래."

"……."

"온봄."

무서울 정도로 굳어 버린 그가 물었지만 봄은 말을 할 수 없었다. 입을 열면 어떤 말이 나올지 가늠이 되지 않아서였다.

"뭔데 안 들어오고……."

들어온 지 한참인데 들어오지 않는 두 사람에 오던 결의 말이 멈추었다. 그리고 도경 못지않게 사나워진 얼굴로 다가와 대뜸 도경을 가리켰다.

"뭐야, 이 새끼가 무슨 짓 했어?"

아마 도경이 동생의 손을 세게 쥐고 무섭게 보고 있어 오해한 것일 터였다. 봄은 고개를 저었다.

"아니야."

당연히 도경의 탓이 아니었다. 그러나 결은 일단 도경의 멱살부터 낚아챘다.

"멍청하게 안 하던 짓 하지 말고 말 안 해?"

"누가 멍청이야, 멍청아! 아니라니까! 근데 넌 또 왜 여기 있어!"

그 새끼 아버지가 그랬어!

…라고 할 수는 없으니까.

아니, 잠깐. 그 새끼는 취소.

20.

 불쑥 나타난 결 덕분에 눈물콧물 쏟으며 추레한 모습을 보이는 건 막을 수 있었다. 다만 안 하던 짓을 하고 울먹이던 그녀에게 두 남자의 무시무시한 눈빛이 쏟아졌고 봄은 위기 아닌 위기를 벗어나야 했다.
 잠시 생각하던 그녀는 남은 손으로 도경의 옷을 잡았다.
 "갑자기 너무 감동해서."
 "…뭐?"
 결의 반문에 봄은 나지막이 말을 이었다.
 "아니, 그냥 이 집에 이렇게 잘생기고 멋있는 사람이 있다는 게 너무 감격스럽잖아. 그런데 그런 사람이 내 애인이라니."
 "……"

"첫사랑은 안 이뤄진다는데 나는 이뤄진 거잖아. 세상에 나만큼 복 받은 사람이 어디 있어. 그러다 보니까 갑자기 너무 막, 속에서 감정이 올라와서. 아, 나 또 눈물 날라 그래."

윤 교수의 이야기를 하기가 어려우니 열심히 만들어 낸 변명이 긴 하지만 또 완전히 거짓말은 아니었다. 저에게 무슨 일이 생겼을까 진심으로 걱정해 주는 사람이 있다는 게 감동인 건 사실이다. 물론 걱정하던 혈육은 단번에 얼굴을 구겼지만.

"아, 쟤 진짜 짜증 나."

근 십여 년 중 가장 열받은 표정을 한 결이 돌아섰다. 오래전 과자 하나로 소파에서 뒹굴고 싸웠던 때가 떠오르는 순간이었지만 중요하진 않았다. 봄은 사라진 결을 뒤로하며 잡고 있는 도경의 옷깃을 당겼다.

"고마워요."

앞뒤 없는 감사는 그를 조금 더 의아하게 만들었고 때문에 도경의 표정은 아직 풀리지 않았다.

"정말 그게 다야?"

목소리를 낮춘 질문에 그녀는 입가를 올렸다.

"어느 날 갑자기 그런 게 있잖아요. 지금 내 앞에 있는 사람이 정말로 감사한 날."

"왜 그런 생각이 들었는데?"

"말했잖아요. 얼굴을 보니까 딱 들었어요."

잠시 말을 마친 봄은 한 걸음 더 도경에게 다가갔다. 그리고 그의 가슴에 이마를 기대며 속삭였다.

'잘했다고, 말해 주고 싶어서.'

긴 시간 버텨 주고 이렇게 누군가를 지킬 수 있을 만큼 단단하게 있어 주었다는 게 고마웠다. 봄은 도경을 올려다보며 말했다.

"내가 윤도경한테 와서 다행이야."

공치사하려고 한 말이 아니었다. 진심으로 그의 곁에 자신이 있어서 다행이라고 생각했다. 그래도 이 사람을 잠들 수 있게 하고 안정을 준 것에 도움이 되었으니까. 어느새 제 빛으로 돌아온 그녀를 보던 도경은 천천히 봄의 뒷머리를 감쌌다.

살포시 감싼 손은 꼭 위로하는 것처럼 느껴졌다. 정작 위로를 받고 다독여져야 할 사람이 봄의 뒷머리를 쓰다듬고 눈을 맞췄다.

"나한테 말하기 어려운 거지."

"아니⋯ 그런 게 아니라."

"탓하는 게 아니야."

무심하게 넘어간 결과 다르게 정확히 그녀의 속내를 짚어 낸 도경은 아직 물기가 조금 남은 눈가를 쓸었다.

"아직 내가 널 불안하게 만드는 뭔가가 있으니까."

그리고 도경은 그 불안의 이유가 무엇인지 알고 있었다. 하지만 갑작스럽게 이런 얼굴을 하고 있다는 것은 그것을 넘어선 무언가가 있다는 뜻이었다. 차마 그에게는 하지 못하는 무언가가. 도경은 다그치지 않고 봄의 머리를 쓰다듬었다.

"고생했다."

그 한마디에 그녀의 마음속에 평온함이 깃들었다. 윤도경이라는 사람은 정말 신기하다. 많은 것을 말하지 않아도 그 사람의 표정, 말투 그리고 눈빛만으로도 숨은 것들을 읽어 낸다. 그만큼 예민하고 알아낼 수 있는 것들이다.

'이런 사람이니까.'

이렇게 섬세하기에 제 아버지의 말들을 모두 담아 뒀을 것이다. 그것이 또 가슴을 쓰리게 만들었다.

"…도경 씨."

저를 부르는 자그마한 목소리에 그는 그녀를 이끌었다. 우물쭈물 힘없는 손을 쥔 도경이 말했다.

"도희에게 해 줄 선물을 정했어."

이제는 스스로 먼저 입에 올리는 도희의 이름이 자연스러웠다. 그것만으로도 가슴 한편이 놓이며 안도하는 사이 그가 말을 이었다.

"강성에 가자."

"네?"

"그곳에 있거든."

"뭔데요?"

"가면 알아. 그리고 이제 네가 부담을 좀 가졌으면 좋겠는데."

"부담을 왜."

무심코 묻던 봄이 눈을 동그랗게 떴다. 반짝 뜬 눈과 동시에 힘없이 잡혀 있던 손에도 힘이 들어갔다. 흘러가듯 지난 기억이 떠올랐다.

'괜찮겠어? 난 부담 주는 건데.'

'뵙게 되면 친구로 가진 않을 거야.'

부모님을 뵙게 되면 여건상 감추고 있던 사실들을 밝히겠다는 뜻이었다. 분명하게 보이는 계단을 하나하나 오르다 보니 어느새 이렇게 된 거다.

감추지 못한 감정을 읽은 그는 아직 봄의 어깨에 있던 가방을 가져갔다. 가방을 가져간 그는 가벼워진 그녀의 어깨를 쓸었다.

"이제 여기에."

"응."

"날 얹으면 돼."

"…으응?"

"별수 없잖아."

가벼워졌던 어깨에 가방보다 더한 무게가 얹어졌다.

"네가 선택했는데."

애초에 거절할 생각은 없으나 이럴 때면 다시금 깨닫게 된다. 역시 윤도경은 온결의 친구가 맞다.

'가족이라면 어쩔 수 없는 거야.'

무뚝뚝한 말투가 말했다.

'아픈 건 당연한 일이지.'

그것은 역설이었다.

'사람이 변한 건 환경이 변해서겠지.'
'곁에 있는 사람에 의해서도.'

그러나 마지막 말에는 동의했다. 사람은 변할 수 있다. 도경은 변했고 여전히 변해 가고 있었다. 차갑게 얼어붙은 그의 시간이 점차 녹아내리고 있는 것이 보였다.

곁에 의해 환경이 변했고 봄에 의해 곁이 변했다. 그녀는 곁에 있는 도경을 보며 손을 꽉 쥐었다.

'아픈 게 왜 당연해. 당연히 싫은 거지.'

아무리 생각해도 동의할 수 없는 말들을 부정하며 입술을 꽉 물던 찰나, 그와 눈이 마주쳤다. 어둑어둑해진 하늘과 봄의 본가로 향하는 골목의 풍경에 어우러진 도경은 무척 잘 어울렸다. 봄이 재차 마음에 굳은 의지를 다짐하자 그가 말했다.

"계속 그렇게 보면 물을 수밖에 없어."

"어?"

"고민돼?"

주어도 없이 던진 질문이었지만 도경이 말하는 고민이 무엇인지는 알았다. 봄은 왠지 기회라도 주는 듯한 말이 마음에 들지 않아 뾰루퉁한 표정을 지었다.

"고민하면 어떻게 할 거예요?"

가던 길을 멈추고 올려다본 그녀는 아예 흘기며 투덜댔다.

"내 뜻 따라서 다시 올라가려고?"

자신에게만 넘치는 배려가 때때로 불만일 때가 있었다. 한 번쯤은 제멋대로 해 줬으면 좋을 텐데. 조금 괘씸한 생각을 하면서 아래로 내렸던 눈을 다시 올리는 순간, 그가 바로 코앞에 있었다. 놀라서 몸을 살짝 뒤로 빼자 도경은 딱 그만큼 봄에게 상체를 기울였다.

"고민을 없애야지."

"…어떻게?"

"어떨까."

넘치는 배려, 취소.

스스로 생각해도 자신이 조금 이상한 성격이라고 생각되었다. 때때로 이렇게 강하게 밀고 들어오는 것에 심장이 두근거리는 것을 보면 말이다. 그러다 퍼뜩 정신이 들었다.

'아니, 아니지.'

이런 식으로 또 어영부영 넘어가는 건 바라지 않았다. 어차피 여기까지 온 이상 돌아갈 길은 없지만 봄은 이런 대화도 나오지 않을 만큼의 확신을 하고 싶었다.

이 길은 제 부모님에게 가는 길이었고 선택은 자신이 아닌 도경에게 있어야 했다. 그녀는 뒤로 기울였던 몸을 바짝 세웠다. 덩달아 자세를 바로 하게 된 그를 따라 그녀가 움직였다.

"반대예요."

그리고 순식간에 그를 벽으로 밀어붙였다. 힘보다 더 강한 의지에 밀려 나간 도경이 눈을 크게 뜨자 봄은 벽에 손을 뻗어 그를 가됐다. 거기에 부릅뜬 눈은 빛이 번뜩이는 듯했다.

"잘 생각해요."

허공에 바짝 선 검지가 도경의 시선을 집중시켰다. 그녀는 차근차근 제 목소리에 힘을 주었다.

"여기서 도망 안 가면 빼도 박도 못하는 거예요."

"…뭘?"

"이제 윤도경 인생에 나 말고 다른 여자는 없는 거라고."

당연한 말을 얼마나 무섭게 말하는지 도경은 봄의 진지함이 사랑스러워 목이 탈 정도였다. 아직도 이런 소리를 하는 것을 혼내 주고 싶다가도 괜스레 장난을 걸고 싶게 만드는 사람이었.

결이 유독 제 동생에게 더 짓궂게 굴었던 것도 충분히 이해가 간다. 그는 단단히 잡힌 사람처럼 그 자리에 갇혀 말했다.

"여기를 안 왔으면 기회가 있다는 걸로 들리는데."

"아니, 그건 아니지!"

팔짝 뛰는 것까지 생각했던 그대로의 반응이었다. 왜 이렇게 괴롭히고 놀리고 싶게 반응하는 걸까. 도경은 겨우 웃음을 감추고 고개를 기울였다.

"도망가면?"

"그야……."

"돌아가자고 하면."

"……."

"어떻게 되는 건데?"

그제야 봄의 눈에도 진지함이 빠지고 맑은 빛이 서렸다. 미간을 좁히고 입술을 비죽 내민 그녀는 도경의 농담에 피식 웃다 그의 넥타이를 잡았다.

"어떻게 하긴."

봄의 손가락이 끝부터 잡은 넥타이를 타고 올라갔다. 그러다 매듭진 부분까지 닿았을 때 강하게 잡아당기며 말했다.

"집에 가둬 둘 거야."

과감한 말에 도경은 다시 웃음이 나올 뻔했다. 언제나 기대 이상의 말을 하니 이렇게 괴롭히고 놀려 주고 싶을 수밖에. 봄은 가슴을 부풀리며 턱을 들어 올렸다.

"내가 남자 하나 못 먹여 살릴까. 집에만 있게 할 거예요. 아무것도 못 하게 할 거라고."

"그건… 아, 봄아. 잠깐."

왠지 봄의 말을 막는 도경의 말은 그녀에게 닿지 않았다.

"묶어 두고 나만 기다리게 하면서……."

툭.

으레 하는 짓궂은 농담을 나누던 봄의 뒤에서 무언가 떨어지는 소리가 났다. 그때서야 말을 멈춘 그녀는 뒤늦게 난감한 표정의 도경을 확인했다.

'설마.'

설마는 빠르게 사실이 되었다.

"가두고, 묶어?"

익숙한 목소리가 머금은 경악이 봄의 귀에 담겼다. 억, 하고 숨을 들이켠 그녀가 천천히 고개를 돌렸고 곧 하얗게 질렸다.

"어, 엄마."

그리고 그보다 더 질색한 애라가 가방을 놓친 손으로 얼굴을 감쌌다.

"…그래도 자식 한 놈은 멀쩡한 줄 알았는데."

죄 없는 온결까지 한데 묶인 한탄이었다.

"오늘 같이 온다잖아요."

-그러니까 왜 같이 오는 건데요.

"모르는 척하는 거야, 아니면 진짜 모르는 거야?"

애라는 남편의 답답한 반문에 차에서 내리며 말했다.

"왜겠어. 뭔가 있으니까 같이 오는 거겠지."

-뭔가 있긴 뭐가 있다고.

구시렁구시렁.

이쯤 되면 모르는 게 아니라 '척'하는 게 분명했다. 잔뜩 투덜거리는 모양새가 직접 사람을 마주하고도 심술을 부릴 것이 눈에 보였다. 그녀는 헛웃음을 지으며 집으로 향하는 길목을 올랐다.

"괜히 심술부리지 마요. 봄이가 처음으로 누구 데려오는 거야. 다른 사람도 아니고 도경이인데 뭐가 그렇게 심통이 났대?"

-아직 무슨 이유로 오는지 말도 안 했어요. 확정 짓지 말고 와요. 어디쯤이에요?

남편 목소리에 잔뜩 묻은 감정들에 자꾸 웃음이 났지만 애라는 더 자극하지 않기로 했다.

"거의 다 왔어요. 금방 가요."

-그래요. 천천히 와요.

마지막까지 퉁명스러운 남편의 목소리에 고개를 저은 그녀는 걸음을 옮겼다.

남편에겐 미안하지만 애라는 무척 기분이 좋았다. 갑작스럽게 재회한 인연이지만 다시 만난 도경은 어릴 때의 그때만큼이나 듬직해 보였다. 거기다 딸이 대뜸 '좋아했다'고 말한 상대가 아니던가.

"잘해 보라고 했더니, 진짜 잘해 버렸네."

결에게 문제가 생겼을 때 농담 삼아 했던 말이 진짜 이루어질 줄은 몰랐다.

'날 닮아서 능력도 좋아.'

좋아한다고 대놓고 외칠 정도였으니까. 거기다 계속해서 보여 주던 모습에서 충분히 알 수 있었다. 감추지 못한 흐뭇한 얼굴로 음식 장만에 한창일 남편을 돕기 위해 발걸음을 서두를 때였다.

멀지 않은 곳에서 남녀의 대화 소리가 들렸다. 대화는 점점 가까워졌고 골목 모퉁이에서 오뚝 솟은 얼굴을 보았다.

"응?"

보기 드문 훤칠한 남자는 우연히도 애라가 아는 얼굴이었다.

'도경이?'

뜻밖의 얼굴에 놀라 멈춘 그녀에 바로 마주한 그도 애라를 알아본 듯 눈이 커졌다. 그런 도경의 앞, 뒷모습만 보이고 있는 건 보지 않아도 누군지 알 수 있었다.

"…가둬 둘 거야."

봄이었다.

"내가 남자 하나 못 먹여 살릴까. 집에만 있게 할 거예요. 아무것도 못 하게 할 거라고."

"봄아, 잠깐."

"묶어 두고 나만 기다리게 하면서……"

도경을 벽에 밀어 두고 당치도 않은 소리를 하고 있는 건 분명.

"어, 엄마."

딸이었다.

온철은 아주 단단히 마음을 먹었다. 아들이야 제 잘난 맛에 사는 놈이라 상관없지만 귀하고 귀한 제 딸은 아니었다. 어화둥둥, 금지옥엽으로 키운 딸이 데려온 사람이 누구건 요모조모 이리저리 다 따져 볼 참이었다.

일단 반대부터 하자, 는 괴상한 고집을 부리려던 마음은 마주하기도 전에 바스라지고 말았다. 봄은 심각한 표정의 부모님을 향해 해명 아닌 해명을 했다.

"진짜 장난이었다니까요. 얘기하다가 나온 농담이요."

"정말입니다. 생각하시는 그런 심각한 부분은 아니었습니다."

봄과 도경이 거듭 해명을 하고 나서자 그제야 애라도 수긍하는 모습을 보였다.

"…정말 억지로 온 건 아니지?"

물론 완전히 의심을 거둔 건 아닌 듯했지만. 도경은 좀 더 분명하게 말했다.

"예. 오자고 한 것도 제가 먼저 했습니다."

"혹시 속여서 데려왔다거나, 돈을 줬다거나."

마지막까지 의심하는 엄마를 향해 봄이 억울함을 토로했다.

"엄마 딸이 그 정도로 부자가 아니야."

그게 문제는 아니었지만 어쨌든 이유 있는 대답에 잔뜩 힘이 들어갔던 애라는 긴 한숨을 내쉬었다.

"말도 안 되는 오해라는 건 아는데, 혹시나 쟤한테 약점 같은 거라도 잡혔을까 싶어서. 워낙 정신없는 애들이라……. 아무튼 아니라니까."

"놀라게 해 드린 것 같아서 죄송합니다."

"아니야, 아니야. 도경이 네가 무슨 잘못이 있니."

힐끔 봄에게 닿는 시선이 날카로웠다.

찌릿한 시선에 봄은 어깨를 으쓱 올렸다. 얼토당토않은 상황은 마무리가 된 것 같았다. 다만 이 일로 도경에게 강하게 나가려던 온철의 계획은 모두 물거품이 되었다.

누가 봐도 제 딸이 도경에게 푹 빠진 게 보이는 것이었으니까.

"아이고."

결국 고개를 내젓는 온철을 보며 도경은 몸을 바로 했다. 그리고 미처 하지 못했던 인사부터 건넸다.

"다시 인사드리겠습니다. 잘 지내셨죠."

지난번 찾았던 후로 얼마 되지 않았지만 찾아뵙겠다, 연락하고 온 것은 처음이었다. 정중한 그의 인사에 애라도 마음을 다스리며 다른 마음으로 눈을 반짝였다.

"우리야 뭐, 늘 똑같지. 그런데 뭘 들은 건 아니지만."

초롱초롱한 눈으로 눈치를 살피던 애라는 몸을 살짝 앞으로 기울이며 물었다.

"조금 설레발을 쳐도 될까?"

고양되어 있는 기분이 고스란히 느껴졌다. 듣지 않아도 느껴지는 호의는 도경을 따뜻한 기분이 들게 했다. 그런 애라의 모습에 온철이 미간을 좁혔다.

"애 앞에서 뭘 그렇게 호들갑이에요. 어른스럽게 행동합시다."

"얼씨구, 언행일치 좀 해요. 본인도 안절부절못하면서."

'애'라니.

서른을 훌쩍 넘긴 나이다. 아니, 더 오래전에도 이런 소리는 거의 들어 본 적 없었다. 애초에 이 두 사람을 제외하고는 도경을 애 취급하는 사람도 없던 것 같다.

아주 오래전 처음 만났을 때에도 그러했듯 아이를 대하는 듯한 그들에 편안함을 느꼈다. 봄에게서 느끼는 것과는 또 다른 안정 속에서 애라는 눈웃음을 지었다.

"새삼스럽게 말할 것도 없겠어. 봄이가 그런 말을 할 정도로 좋아하는 거면, 우리도 더 할 말 없어."

"잠깐, 우리라니. 난 아직 끝 안 냈어요. 당신, 이렇게 쉽게 끝내도 되는 거예요?"

어쩐지 너무 쉽게 딸을 보내는 것 같아 격분한 온철에게 애라가 물었다.

"그럼 싫어요?"

"싫은 게 아니라."

"이 사람도 좋대."

제멋대로의 대화는 언제나 그랬듯 온철이 이길 구석은 보이지 않았다.

소리 없이 몇 번 입만 벙긋대던 그는 미간을 좁힌 그대로 도경을 보았다. 본의 아니게 지나치게 잘난 아들과 비교해도 결코 모자람이 없는 외모는 물론 어디 하나 빠지는 구석이 없다.

그저 괜한 심술이라는 것을 알면서도 온철은 깐깐한 표정을 지었다.

"진지하게 만나고 있는 건가?"

나름대로 고심해서 한 질문이었지만 도경은 일말의 망설임도 없이 대답했다.

"예, 제가 아주 많이 좋아합니다."

낯간지러운 소리를 잘도 한다고 생각했지만 뭐라 할 수는 없었다. 바로 옆에서 그것을 들은 제 딸이 우쭐해하며 콧김을 내뿜고 있었으니까.

전에 없이 호호 소리 내어 웃은 애라가 남편의 팔을 툭툭 때렸다. 그리고 도경에게 사과를 찍어 건네주는 봄을 보며 지그시 미소 지었다.

"지난번에 따로 왔을 때도, 그때도 뭔가 있긴 했던 거지?"

눈치 좋게 묻자 도경과 봄이 서로를 바라보았다. 그것으로 이미 대답은 되었고 애라는 더더욱 마음이 충만해졌다.

그녀는 다시 한번 남편의 옆구리를 콕 찔렀다. 처음부터 싫었다면 집에 들이지도 않았을 사람임을 알기에 걱정할 것은 없었다. 단지 그럴싸한 이유들을 가지고 조금 심술을 부리려던 것이 소중한 딸의 언행으로 인해 시도조차 못 했다는 게 속상해 보였다.

'괜히 고집부리지 말고.'

눈으로 말하는 것이 분명하게 들렸다. 거기다 눈치 좋은 도경이 사과를 찍어 온철에게 건넸다.

"드십시오."

애초에 미워하려야 미워할 구석은 없던 녀석이다. 그렇게 소소한 인사말을 나누던 차, 조용하던 온철이 퍼뜩 고개를 들었다.

"맞다."

혹시 무슨 소리를 할까 돌아보자 그는 벌써 일어서고 있었다.

"지난번에 왔을 때 생각나서 찾아본 게 있어."

"뭔데요?"

"잠깐 기다려."

의아해 묻는 봄에게 답하고 온철은 서둘러 방으로 향했다. 그제야 애라도 남편의 뜻을 이해하며 덧붙였다.

"맞다. 네 아빠가 찾아서 정리해 놨어."

의아해진 봄이 고개를 갸웃거리는 사이 금세 거실로 나선 온철의 손에는 상자 하나가 들려 있었다. 그는 연신 갸우뚱거리며 손을 뻗은 봄을 뒤로하고 그것을 도경에게 건넸다.

"받아."

도경이 얼떨결에 상자를 받아 들자 봄이 대신 물었다.

"이게 뭐예요?"

"열어 봐."

여전히 시큰둥한 얼굴이지만 싫은 느낌은 아니었다. 도경은 묵례를 하곤 상자를 열었다. 그리고 그 안에 담긴 것들에 두 눈을 크게 떴다.

"…이건."

상자 안에 든 건 꽤 많은 양의 사진들이었다. 휴대폰에 남기고 저장하는 것이 아니라 그 예전 필름카메라로 남긴 것들로 오래된 흔적이 이곳저곳에 묻어 있었다. 도경은 놀란 눈으로 올려다보았다.

"어떻게 이게."

상자에 든 건 그저 흔한 사진이 아니었다. 거기엔 봄과 결은 물론 도경과 도희도 함께 남아 있었다. 이제는 잊어버리고 지워진 도희의 환한 표정과 지금과 달리 편하고 어린 그의 모습도 함께였다. 순간 말문이 막힌 도경에게 온철이 말을 이었다.

"다들 안 좋은 기억으로 남아서 사진 한 장 안 남기고 태운 걸로 알아. 그런데 그게 그땐 맞는 것 같아도 나중엔 후회하거든."

"……."

"우리한테 꽤 남아 있었어. 다행이지 뭐야."

온철의 말처럼 도경의 집에는 도희의 사진이 거의 없다. 그나마 있는 것도 영정사진이 전부였다. 대부분의 사진이 사라진 건 돌아가신 할머니의 뜻이기도 했다. 도희가 죽고 달라진 도경이 모두 도희 탓이라며 이제 그만 보내 주자며 태웠던 것 같다. 그 또한 그에게 부담이 되었을 것이다.

도경은 천천히 사진을 들었다. 그것은 처음으로 네 사람이 모여 찍은 것이었다. 어색함이 묻어나지만 수줍음과 설렘이 가득 담긴 사진을 보며 그는 입을 열었다.

"이걸… 찾으러 왔었습니다."

사진을 쥔 손에 힘이 들어갔다.

"혹시나 넷이 같이 찍은 사진들이 있진 않을까, 있다면 그걸 도희 납골당에 넣어 주고 싶어서."

그런데 이렇게 모든 추억이. 기억하지도 못하는 수많은 것들이, 머릿속에 남은 마지막이 전부가 아니라는 양 너무도 많은 것이 남아 있었다.

봄은 사진을 보며 말을 잇지 못하는 도경의 손을 살며시 잡았다.

그것 보라는 듯, 옅게 웃어 주는 그녀의 얼굴에 그는 두 사람을 향해 말했다.

"감사합니다."

지금은 이것 말고는 해 줄 수 있는 말이 없는 도경에게 애라는 고개를 저었다.

"감사할 것 없지."

"……"

"너희 다 우리한테 얼마나 귀한 자식들이었는데."

가슴에 울림이 퍼져 나갔다.

"고마워. 둘이 같이 와 줘서."

그 말은 꼭 이렇게 들렸다.

잘 돌아왔다고, 기다렸다고.

늦은 저녁을 먹고 난 후, 익숙한 거리를 걷는 걸음이 가벼웠다. 특별히 산책로가 있는 건 아니지만 눈에 익은 길을 따라 걸으며 잡은 두 손은 이따금 부는 찬 바람도 감히 가를 수 없었다.

아스팔트가 깔리지 않은 골목의 자박거리는 소리를 들으며 무심코 향하던 길, 봄이 물었다.

"사진이 없었으면 어떻게 하려고 했어요?"

그녀의 걸음을 따라 천천히 걷던 도경이 답했다.

"그래도 괜찮았을 거야. 여기에서 우리 둘이 사진을 찍고 넣어 줄 생각이었거든."

"아… 그래서 강성으로 오자고 한 거구나."

"맞아."

서로의 걸음에 맞춰 걷는 길은 전보다 더 그리워졌다. 완전히 변한 게 없다면 거짓말이었다. 사는 사람도, 집들의 모양도 그렇고 변한 것들을 꼽자면 하나둘이 아니지만 느낌만큼은 그대로였다.

어느새 골목을 벗어나 눈을 감고도 갈 수 있었던 곳에 다다랐다. 그곳은 두 사람이 헤어지기 전 마지막으로 함께했던 학교였다.

주민들의 운동을 위해 개방된 학교 운동장으로 한 걸음씩 다가가며 그가 말했다.

"너무 많은 걸 잊고 있었어."

발바닥에 깔리는 흙모래는 거칠었고 어쩐지 조금 서늘한 공기가 느껴졌다. 봄은 도경을 올려다보았다. 그는 어떻게 그녀가 보는 것을 알았는지 바로 눈을 맞췄다.

"좋은 게 훨씬 더 많았는데."

비로소 도경의 입에서 나온 좋은 기억들에 봄의 입술이 살짝 벌어졌다. 그는 그녀의 머리카락을 쓰다듬었다.

"전에 물었었지. 도희가 정말로 나쁜 기억이냐고."

손가락에 스치는 부드러운 감촉에 자연스레 감았던 눈을 뜨며 봄이 고개를 들었다.

도경이 말했다.

"아니야."

가슴으로 찡한 것이 스쳐 지나갔다. 이 한마디를 위해 기다린 시간들이 흐르고 그녀는 '변한' 윤도경의 가슴에 손을 얹었다. 그는 그녀의 손을 쥐었다.

"도희가 아니야."

그저 그 순간, 도희를 보내던 그날 벌어졌던 시간이 후유증으로 남아 인으로 박혀 버린 것뿐.

참 오랫동안 기다렸다. 어쩌다 어그러져 버린 기억들이지만 이제 다시 제대로 기억하기 시작했다. 이루 말할 수 없는 감정에 봄은 몇 번이고 머리를 끄덕이다 익숙한 공간을 돌아보며 말했다.

"여기를 같이 올 수 있을 거라곤 생각 못 했어."

거짓말처럼 운동장에 많은 사람들이 차올랐다. 실재가 아니라 상상 속에서 솟아나는 사람들은 모두 같은 교복을 입고 있었다. 비어 있는 단상에는 교장 선생님이 졸업식 훈화 말씀을 하고 있었고 학생들은 추위에 오들오들 떨어 댔다.

누군가 담을 넘다 걸리고, 추워서 어쩔 줄 모르며 손을 호호 불던 그 계절. 봄은 손가락 사이로 흘러가는 기억들을 쥐며 말을 이었다.

"그날이라도 말했어야 했을까, 많이 상상했어요."

마지막이 되어 버렸던 이 자리에서 가장 하고 싶었던 말은 축하한다는 말이 아니라, 잘 가라는 인사가 아니라.

"좋아, 한다고."

내내 품고 있던 벅찬 감정들이었다. 마치 아주 오래전 그날로 돌아간 것처럼 두 사람은 마주하고 있었다. 봄의 손에 꽃다발이 들려 있고 그의 손에는 그녀에게 건네는 목도리가 들린 것처럼. 도경은 봄을 제 품 안으로 당겨 안았다.

"봄아."

오직 그녀에게만 들릴 속삭임에 봄이 눈을 깜빡였고 그는 달게 속삭였다.

"사랑해."

온몸으로 쏟아지는 달콤한 고백에 그녀는 눈을 질끈 감았다. 이제 와 부끄럽고 쑥스러워할 것도 없는 사실임에도 어쩐지 벅찬 감정에 숨이 빨라지고 못 견디게 행복했다.

바로 오늘 처음 듣는 것처럼.

봄은 몸을 살짝 뒤로 빼며 얼굴을 붉게 물들였다.

"도망가면, 집에 두고 아무것도 못 하게 한다는 말, 농담 아니었어요."

이런 마음을 가지게 하는 사람을 놓치면 이보다 바보 같은 건 없을 거다. 그녀의 짓궂으면서도 솔직한 표현에 그는 그녀의 이마에 입을 맞췄다.

"집에만 있게 하는 건 상관없지만 아무것도 못 하게 하는 건 곤란한데."

어느새 허리를 감싼 팔에 눈동자를 굴리는 봄의 뺨 위로 입맞춤이 이어졌다. 뺨 그리고 콧등. 이어서 반대쪽 볼에 닿았던 입술이 멀어지자 그녀는 도경의 옷자락을 살짝 구기며 소곤댔다.

"…지금 무슨 생각해요?"

입술이 말했다.

"불순한 생각."

"윤도경."

자그마한 목소리가 그를 불렀다. 부드러운 머리카락을 손가락에 말고 가볍게 쓰다듬던 도경이 고개를 들었다. 이어서 말하라는 듯 느리게 깜빡이는 시선에 그녀가 말했다.

"그거 하나만 기억해 줘요."

물기가 어린 눈동자는 감정이 격해져 흘린 눈물의 흔적은 아니었지만 어느 때보다 맑아 보이게 했다. 조금 전까지만 하더라도 지쳐서 이불에 묻고 있느라 붉어진 얼굴은 어쩔 수 없지만.

봄은 살짝 웅크린 몸을 비틀며 곁에서 자신을 바라보는 그의 입가를 쓸었다. 아주 옅은 수염 자국이 손가락으로 느껴졌다. 오묘한 감촉에 빠져 살금살금, 간질이듯 매만지던 그녀는 입꼬리에 맺힌 미소와 함께 말을 이었다.

"잘못을 하고 미워서 모진 말을 하더라도."

"……."

"내가 당신을 사랑하는 건 변하지 않아요."

조금 갑작스러운 말이 아닐까, 싶었지만 그래도 꼭 해야 했다.

때론 따뜻하게, 또 한 번은 짓궂게, 그러다가도 숨이 멎을 만큼 격렬하고 뜨겁게. 세상에 존재하는 모든 방법으로 사랑을 주는 도경에게 지금 가장 충만한 순간에 말해 주고 싶었다.

땀으로 인해 부드럽지 못한 살결조차 기분 좋게 만드는 건 이 사람밖에 없을 거다. 봄은 그의 머리로 손을 올리며 머리카락을 살살 흩트려 놓았다.

"나는 성인군자가 아니라서 가끔, 아니 어쩌면 자주 그럴 수도 있는데… 혹시나 그러다가 싸우더라도."

그녀의 눈동자가 예쁘게 휘었다.

"당신이 나에게 나쁜 기억이 되는 일은 절대 없어."

행여나 있을지도 모를 훗날을 대비하는 듯한 말에 도경은 잠시 아무 말도 할 수 없었다.

그의 시간은 언제나 차갑고 서늘했다.

시린 손끝만큼이나 차가운 계절이 깃든 마음속, 잠들지 못하던 밤에 도경은 항상 혼자였다. 어쩌면 그는 혼자인 것이 무서웠을 수도 있다. 깨워 줄 이 하나 없고 고요하기만 한 주변이 당연하다고만 여기며 스스로를 깨닫지 못했던 것 같다.

혼자라는 시간이 너무도 무섭고 두렵고, 또 외롭다는 사실을.

외로움.

그것 말고 더 표현할 수 있는 말이 있을까. 후회한 적은 없었지만 사람이기에 결국 느낄 수밖에 없던 고독함이었다. 그저 스스로도 깨닫지 못한 채 살아왔을 뿐이다. 도경은 이제 그녀와 닮아 가는 편안한 미소로 말했다.

"그게 어떤 기억이건, 너에 대한 기억은 절대 그렇게 되지 않아."

"사람은 장담을 하면 안 된대요."

제법 이성적인 말이었지만 그는 피식 웃으며 봄의 위에 올라탔다. 삐걱, 움직이는 침대의 흔들림과 함께 완전히 바로 눕게 된 그녀가 입술을 말아 물었다. 벗은 몸은 어두운 방 안 덕분에 가려졌지만 어쩐지 고스란히 보여 주고 있는 기분이었다. 도경은 낮아진 목소리로 봄의 쇄골을 만졌다.

"확신을 주고 싶은데."

살그머니 내려오는 손길에 아차 싶어진 그녀가 고개를 저었다.

"아니, 확신은 이미 넘쳐요."

"내가 부족해서."

"부족하긴. 차고 넘친다니까."

신기하게도 지치고 늘어졌던 몸인데 손끝으로 전해지는 힘에 다시 열이 달아오르는 것 같았다. 봄은 발을 동동 구르며 두 손을 가슴 앞으로 모았다.

"정말… 따로 운동도 안 하면서 왜 이렇게 체력이 좋아?"

지칠 줄 모르는 체력에 당황스러우면서도 좋은 건 어쩔 수 없는 모양이었다. 도경은 그녀의 가슴을 부드럽게 감싸며 순간 풀려 나가는 봄의 살갗에 입을 맞췄다.

"으, 아……."

이 정도면 질릴 만도 한데 도통 그럴 생각도 없었다. 매번 새롭고 짜릿한 것이 정수리부터 발끝까지 쏟아져 내렸다. 겨우 앞을 가리고 있던 그녀의 두 손이 잡혀 머리 위로 올라갔다.

그리 강한 힘도 아니었지만 거부할 마음조차 들지 않아 허리를 들썩이자 그의 손이 더욱 깊게 봄의 손목을 내리눌렀다.

"읏."

잠시나마 제압당하는 기분은 늘 설명하기 어려운 것이었다. 이미 몇 번이고 젖고 마르기를 반복했던 아래가 다시금 물기로 촉촉해졌다.

도경은 고개를 비틀어 그녀의 목덜미를 핥아 올리다 가슴에 얹었던 손을 서서히 아래로 내렸다. 자그마한 정점으로 내려선 손끝은 부드럽지만 무겁게 움직였고 봄의 턱 끝이 솟았다.

"하윽, 읏! 아앙."

주체하지 못하고 튀어나온 야릇한 신음에 고양되는 것은 그도 마찬가지였다. 도경은 흥분한 봄에게서 퍼지는 향기에 홀린 듯 그녀의 허벅지를 쓸다 그대로 잡아 벌렸다. 헤어 나올 수 없는 본능 속에서 그는 봄의 귓불을 물며 속삭였다.

"다른 건 몰라도."

"하아, 하아."

"조금 힘든 기억은 남을 수 있겠다."

그리고 그녀의 깊은 곳으로 파고들었다. 잠들지 않는, 긴 밤이었다.

달캉.

레스토랑 레벤의 정문에 'CLOSED' 문패가 걸렸다. 아직은 이른 오후임에도 이런 문패가 걸린 건 지금이 딱 직원들이 쉴 수 있는 브레이크 타임이기 때문이었다.

오전부터 점심 이후까지 쉴 틈 없이 바빴던 레스토랑에 잠시나마 적막이 도는 시간, 그것은 주방도 마찬가지였다.

"막내!"

부주방장 경찬의 우렁찬 부름에 설거지를 끝내고 싱크대 구석구석을 닦고 있던 진영이 황급히 달려갔다.

"예!"

쉴 틈도 없이 달려간 그녀에게 건네진 건 한 바구니의 행주였다.

"이거 삶아서 건조기에 넣어 놔. 건조기 끝나면 바로 정리해 놓고."

"알겠습니다."

"아, 하는 김에 빨래 통에 넣어 둔 조리복도 좀 돌려 놔. 너무 더러워져서 안 되겠더라."

"넵."

군말 없이 대답하고 바로 움직이는 진영을 보며 경찬은 매우 흡족해했다. 아는 지인들 레스토랑에서 하루가 멀다 하고 도망가는 막내들에 비해 진영은 보물이다. 아니, 비교 불가다.

흐뭇한 마음으로 빠릿빠릿한 그녀를 보던 차, 누군가 뒤에서 그를 불렀다.

"서경찬."

주방에서 경찬을 대놓고 부를 수 있는 건 한 사람뿐이었다.

"예, 셰프님."

진영이 그랬듯 얼른 다가간 경찬을 재완은 무심히 바라보았다. 그리고 진영을 한 번 보곤 말했다.

"너 밥 먹지 말고 나가서 운동 한 시간만 하고 와."

"…예?"

"아니다, 두 시간."

갑작스러운 말에 경찬의 얼굴이 당황으로 물들었다. 딱히 기분이 나빠 보이지도 않았는데 이 자식은 왜 갑자기 심술인가. 차마 하지 못할 말을 가슴에 묻으며 경찬이 물었다.

"가, 갑자기 왜 그러십니까?"

"뭘. 남 밥 먹을 시간 뺏을 거면 너도 포기해야지."

심드렁한 대답에 눈을 깜빡이던 경찬이 힉, 숨을 들이켰다. 꼭 악덕 상사가 된 기분에 그는 허둥지둥 자신을 해명했다.

"아니, 셰프님! 이거는 당연히 막내가 해야 할 일입니다! 그리고 그렇게 어려운 일도 아니고요!"

"누가 뭐래? 그러니까 밥도 안 먹이고 시킬 거면 너도 똑같이 하라고. 나도 안 먹을 테니까."

"……"

요지는 그것이었나.

경찬은 바쁘게 움직이던 팔을 놓고 눈치를 보는 진영을 향해 말

241

했다.

"진영아, 밥은 먹고 해라."

어느 때보다 상냥한 말에 그녀는 왠지 대답할 수 없었다. 억울한 경찬을 두고 재완은 주방을 나섰다. 유난히 피곤한 마음에 잠깐 낮잠이라도 잘 참으로 향하던 그를 진영이 불렀다.

"셰프님."

"귀찮아, 말 걸지 마."

듣지도 않고 거절부터 하는 재완이었지만 그녀는 겁도 없이 다가와 물었다.

"괜찮으세요?"

조금 전 재완이 했던 것보다도 더 뜬금없는 소리였다. 그는 초롱초롱한 눈을 향해 팍, 인상을 찌푸렸다.

"넌 나만 보면 괜찮냐고 묻더라."

"기분 상하셨다면 죄송합니다."

사과는 또 빠르다. 어차피 기분이 상한 적도 없고 트집을 잡을 생각도 없던 재완은 다시 걸음을 옮겼다. 이유는 모르겠지만 진영은 조르르, 그를 따랐다.

"뭐라도 좀 사 올까요?"

아마 재완이 점심을 먹지 않을 걸 알아서인 모양이었다. 그러나 그는 가던 길을 멈추고 어딘가를 바라보고 있었다. 멀지 않은 곳에 레스토랑을 나서는 온봄 실장이 보였다. 그녀 역시 잠시 이쪽을 보곤 살짝 묵례를 했고 두 사람도 함께 고개를 숙였다.

온 실장이 레스토랑을 나간 후에도 재완은 그 자리에 계속 서 있었다. 그런 재완을 올려다보며 진영은 쓴웃음을 지었다.

무표정한 얼굴에 담긴 쓸쓸함에 그녀가 작게 소곤댔다.

"셰프님이 모자란 게 아니에요."

쭉 한곳만 향하던 그의 고개가 진영에게 돌아왔다. 그녀는 살며시 고개를 저었다.

"그냥 인연이 아니셨던 거예요."

주제 넘는 말일지도 모른다는 걸 알면서도 할 수밖에 없던 말이었다. 행여나 재완이 상처를 받을까 저도 모르게 참견하고 오지랖을 부렸다. 예상했던 대로 그는 불쾌한 표정을 지었다.

"뭘 안다고 그런 소리를 해."

퉁명스러운 말이 진영의 마음을 할퀴었다.

"건방 떨지 말고 밥이나 먹어."

재완은 무심히 선을 긋고 움직였다. 멀어지는 그를 보며 입술을 달싹이던 그녀는 저도 모르게 외쳤다.

"좋아해요."

멈출 것 같지 않았던 재완의 두 다리가 멈췄다.

한편 레스토랑을 빠져나온 봄은 먼저 집부터 향했다. 아무도 없는 집에 들어가 씻은 후, 미리 거실에 챙겨 뒀던 물건들도 확인하며 쇼핑백에 넣었다. 쇼핑백에 들어간 것들은 꽤 여러 가지였다.

"교복… 십자수랑 아, CD."

예전 도희와 함께 도경과 결이 들어간 고등학교에 진학하자며 이야기했던 것을 떠올리며 산 교복. 평소 좋아했던 취미 생활인

십자수. 그리고 내성적인 성격과 다르게 좋아했던 록 발라드 CD까지. 소소하지만 하나하나 봄이 기억하는 도희가 좋아하는 것들이었다.

그 외에도 잡다한 것들을 모두 넣은 후에 그녀는 시간을 확인했다. 도경과 만나기로 한 시간에 맞추려면 서둘러야 할 것 같았다.

두 손 가득히 선물들을 챙긴 봄은 도희가 있는 곳을 향하며 길게 숨을 내쉬었다. 가슴에 얹은 손이 가볍게 제 가슴을 쓸었다.

'미안해, 금방 갈게.'

이것은 도경이 아닌 도희에게 하는 말이었다. 무심하게도 오랫동안 놓고 살아왔던 친구에게 사과를 건네며 올려다본 하늘은 유난히 맑고 청아했다.

늦지 않게 도희가 있는 곳에 도착한 봄의 심장이 괜스레 두근거렸다. 평일 오후인 탓에 사람들은 많지 않았고 회백색의 건물들은 낯설고 묘한 긴장감을 얹어 주었다.

"어디 있지."

봄은 이미 도착해 있을 도경을 찾아 주변을 둘러보다 곧 건물 모퉁이에 쓰인 '분향실' 글자를 발견했다. 도희를 보기 전, 먼저 상을 차리기 위해 만나기로 한 곳이었다.

그녀는 빠르게 움직였다. 서둘러 갈 생각에 움직이다 앞선 여자의 팔을 쳐 사과를 하면서까지 도착한 봄은 먼저 그의 이름을 불렀다.

"도경……."

그리고 이름이 다 불리기도 전에, 그녀를 맞이한 건 차가운 목소리였다.

"정신 나간 자식."

어쩐지 환멸이 담긴 말과 함께 이어진 건.

철썩.

날카로운 마찰음이었다.

21.

 도경이 어머니를 마지막으로 본 것은 도희의 장례식 날이었다. 늦은 밤 찾아온 그녀는 아무 말 없이 영정 사진을 보다 돌아갔다. 그렇게 엄마를 보고 싶어 하던 도희에겐 너무 짧은 시간이었을 거다. 아쉽고 서운했을 만큼 아주 짧은 시간.

 그래서 준비한 게 구두였다. 당연히 어머니가 신었던 구두는 아니다. 그런 게 있을 리도 없고 남길 정도로 정이 많지도 않았다.

 다만 부모님이 이혼하기 전 어머니의 구두를 신고 어른 흉내를 내던 도희를 생각하며 그때의 기억에 남은 가장 비슷한 구두를 사 왔다.

 "이걸로 만족해라."

 이것이 도경이 할 수 있는 최대의 배려였다.

"윤도희."

꽤나 무뚝뚝하게 동생의 이름을 부른 도경은 분향실 한편에 걸린 도희의 사진을 보았다. 얼마 전 봄의 부모님에게서 받아 온 사진 중 하나였다.

납골당에 놓인 무표정한 사진과는 다른 환한 얼굴은 같은 사람임에도 불구하고 다른 사람처럼 보이게 만들었다. 그는 더 말을 잇지 않고 상 위에 가져온 것들을 하나둘씩 놓았다.

이제 와 제사를 지내기 위한 것이 아니었다. 그저 생전 도희가 좋아하던 것들을 놓는 게 전부였다. 애초에 도경은 온결처럼 좋은 오빠는 아니었으니까. 곧 봄이 가져올 것들을 놓을 자리만 비우고 어느 정도 상을 채운 그는 마지막으로 제법 커다란 상자를 들며 나지막이 중얼거렸다.

"생일."

축하한다.

차마 입 밖으로 '축하한다'는 말은 할 수 없었다. 그래도 케이크 정도는 주고 싶었다. 도희가 단걸 좋아했던 아이라는 것을 기억해 냈으니까.

도경은 천천히 상자에서 케이크를 꺼냈다. 장소와 다소 어울리지 않을지 모르지만 다른 무엇보다도 꼭 해 주고 싶었다.

"지금."

그때, 익숙한 목소리가 그의 손을 막았다. 반쯤 꺼낸 케이크를 두고 고개를 들자 언제 왔는지 곁에 선 윤 교수가 빠르게 다가왔다.

"뭐 하는 거냐?"

"오셨어요."

덤덤한 도경의 인사에도 그는 아랑곳 않고 사납게 물었다.

"그게 뭐야."

"케이크입니다."

"그걸 몰라서 묻는 것 같아? 그딴 게 왜 여기에 있느냐고 묻잖아."

잔뜩 화가 난 음성이었지만 도경은 안색 하나 변하지 않고 케이크를 마저 꺼내려 했다.

"곧 도희 생일이라, 생일 당일에는 오기 힘들 것 같아서 미리 해 주려고 준비했습니다."

담담한 말투 때문이었을까, 하얗게 질린 윤 교수가 다가왔다.

"…생일?"

믿을 수 없다는 듯 숨을 들이켠 그는 아직 다 꺼내지도 못한 케이크 상자를 집어 들었다. 한없이 작아진 동공이 도경을 향해 매서운 빛을 쏟아 냈다.

"축하할 일이야?"

"……"

"그 어린 것이 죽고 없는 날이, 너한테는 축하할 날이냔 말이다. 그것도 애가 죽은 바로 오늘!"

윤 교수의 손이 상자를 힘껏 움켜쥐었다. 미처 다 나오지 못한 케이크가 망가지는 게 보였지만 도경은 더 나서지 않고 그와 눈을 맞췄다.

"이제는 좋아하는 걸 해 주고 싶었을 뿐입니다."

대답은 짧았으나 그것으로 충분했다. 흔들림이 없는 도경을 보며 윤 교수는 더더욱 충격을 받은 듯 보였다. 그리고 상에 놓인 도희의 사진과 케이크, 도경을 번갈아 보다 얼음장처럼 차갑게 식었다.

"그래."

툭.

구겨진 상자가 바닥으로 떨어졌고 윤 교수는 손가락을 들어 도경을 가리켰다.

"애초에 그런 일이 벌어졌다는 것도, 도희가 너한텐 아무것도 아니어서겠지."

그것은 완벽한 비난이었다.

제 아들에게 할 수 있는 것일까 싶을 만큼 원색적인 비난. 애석하게도 도경은 언제나 들어 왔던 것이기도 했다.

'네가, 죽게 둔 거라고.'

절대 익숙해질 수 없고 익숙해져서도 안 될 말들을 당연하게 여겼었다. 제 잘못이었고 죄였으니까. 하지만 이젠 그것을 당연하게 여기고 싶지 않아졌다.

'내가 당신 진짜 많이 사랑해.'

가슴에 꽂힌 비수를 빼내고 감싸 주는 목소리가 있었다. 자신을 그렇게까지 사랑해 주는 사람이 있는데, 스스로를 그렇게 나락으로 내리꽂고 싶지 않았다. 도경은 몸을 바로 세워 일어서며 말했다.

"안 되는 겁니까?"

이미 오래전에 윤 교수를 넘어선 큰 키에 압도를 당할 때 그가 말을 이었다.

"태어난 걸, 축하하는 게."

그 순간 윤 교수의 눈앞이 붉어졌다.

"정신 나간 자식."

일순 폭발한 감정에 날아간 손이 그대로 도경의 뺨을 후려쳤다.

철썩.

빤히 얼굴로 날아오는 손을 알면서도 도경은 그것을 피하지 않았다. 거센 손찌검에 입 안이 터지고 피 맛이 났지만 그는 조금 돌아간 고개를 바로 할 뿐이었다. 그것이 윤 교수를 더욱 화나게 만들었다.

"이 미친놈!"

그의 손이 다시 들리며 그대로 도경의 얼굴로 향했다.

"······!"

피할 생각이 없던 도경을 움직이게 한 건 바로 제 앞을 가로막은 봄 때문이었다. 순식간에 나타나 자신을 대신해 맞을 뻔한 그녀에 그는 황급히 손을 뻗었다. 그렇게 뻗은 손은 너무도 쉽게 윤 교수의 손을 막았고 흔들리는 아버지의 시선은 보이지 않았다.

"괜찮아?"

놀란 도경이 제 앞을 막고 선 봄을 돌리며 물었다. 어느 때보다 놀란 눈은 빠르게 그녀를 살폈고 봄은 고개를 젓고는 윤 교수를 향해 말했다.

"제가 한 얘기예요."

"봄아."

"생일 얘기를 꺼낸 건 저예요."

화가 났다. 도경에게 손찌검을 한 윤 교수에게 화가 나서 몸이 떨렸지만 그녀는 끝까지 참았다. 지금은 그래야 할 것 같아서였다.

"너……"

두서없이 꺼낸 말이지만 윤 교수에겐 충분히 답이 된 듯했다. 여러모로 다른 의미로 놀라고 기가 막혔던 그는 덧없이 막혔던 제 손을 가져왔다.

"그랬구나."

허무한 중얼거림이었다.

봄은 아직 자신만 보고 있는 도경의 옷을 쥐었고 윤 교수는 제 아들을 차게 식은 표정으로 바라보았다. 어디에서도 본 적 없는 얼굴로 여자를 안고 있는 모습. 그것은 그가 아는 도경이 아니었다. 그로서는 처음 보는 감정으로 범벅이 된 아들에 윤 교수는 미간을 좁혔다.

"그래, 네가 그랬겠지."

감정 없는 비난은 이제 봄을 향해 있었다.

그녀가 입술을 깨물며 침을 삼켰고 윤 교수는 헛웃음을 흘렸다.

"도경이가 그랬을 리가 없지."

"……"

"여자 말 한마디에 이런 짓을 할 놈이 아니니까."

"아버지."

움찔 굳는 봄을 당긴 도경이 경고처럼 제 아버지를 불렀다. 뺨을 맞고도 아무렇지 않았던 그가 사나워지는 것을 보자 윤 교수는 더욱 화가 치미는 듯했다.

점점 더 악화되는 상황 속에서 봄은 도경의 옷을 힘껏 쥐고 당겼다. 그리고 자신을 보는 도경을 향해 고개를 저었다.

'이건 아니야.'

그녀는 이런 식으로 파국으로 맞이하며 폭력이 오가길 바란 게 아니었다. 봄은 행여나 다시 손이 날아올까 꿋꿋하게 도경의 앞을 막으며 입을 열었다.

"제 얘기를 들어 주세요. 저는 도희를……."

"같이 살면서, 고작 한 것이란 게 이거구나."

지금 상황과 어울리지 않는 조소 섞인 말에 봄이 흠칫 굳었다.

"…어떻게."

그녀는 윤 교수가 어떻게 자신들이 함께 사는 것을 알았는지 알 수 없었다. 순간 할 말을 찾지 못한 봄이 입술만 벙긋대자 그가 입술을 비틀었다.

"모를 줄 알았어?"

이번엔 도경에게도 시선을 둔 윤 교수는 턱 끝을 올렸다.

"아니, 알고도 모르는 척했을 뿐이야. 일언반구도 없이 너희들끼리 정해 놓고 모르쇠로 있다는 게 괘씸해도 다 큰 녀석들이니까. 도경이가 변했다는 걸 알면서도 뭐라 하지 않았다."

모든 잘못을 도경에게 쏟아부으며 씩씩대던 그는 허탈한 듯 들어 올렸던 손을 툭, 내려놓았다.

"하지만 이런 식으로 이간질을 해?"

그 순간 봄의 마음속에서 불꽃이 튀었다. 도경 역시 더 참지 않기 위해 나서려 했지만 그녀는 그의 손목을 쥐고 먼저 입을 열었다.

"이간질 같은 게 아니에요."

어느새 윤 교수만큼이나 차가워지기 시작한 봄의 목소리는 한계점에 다다르고 있음을 말해 주고 있었다. 단지 그것을 알아채지 못한 윤 교수는 고고한 눈 끝에 경멸을 매달았다.

"그게 아니라면 죽은 애를 안주 삼아서 너희 둘 추억거리나 만들 작정이었구나."

도경을 잡은 봄의 손으로 강한 힘이 들어갔다. 그녀에게 잡혀에서 견뎌 내는 도경의 팔로도 핏줄이 돋아났다. 그녀는 일부러 듣고 있었다. 여태 도경이 들어 왔을 말들을 직접 듣고 싶었다. 그리고 추측과 생각만으로 상황을 판단하고 싶지 않아서 일부러 선택한 대화였지만 혼돈이 찾아들었다.

'이간질.'

어쩌면 윤 교수에게 자신은 그렇게 보였을지도 모른다. 부서지기 쉬운 두 사람의 관계에서 제멋대로 움직였던 자신이 도화선이 되어 버린 것인지도 몰랐다.

정말로 그런 것이라면, 정말⋯ 그랬던 거라면.

만약 그렇게 멋대로 온결의 집에 찾아가지 않았고, 무턱대고 같이 살기 시작하지 않았더라면 지금 이런 상황은 벌어지지 않았을 것이다. 결국 이 모든 사달의 첫 단추는 바로 자신이었다.

'내 잘못.'

그렇게 생각하는 순간 가슴이 답답하게 막혀 왔다.

"사람을 그렇게 네 손안에 쥐고 쥐락펴락. 우리 입장은 하나도 생각하지 않고 남 일로 여기면서 부자지간 훼방을 놓는 것 말고 뭐가 있니. 가족이 아니라고, 남이라고 그런 식으로 쉽게 생각할 줄은 몰랐다. 어떻게 네가 우리한테······."

혼란스러운 머릿속에 수위를 더해 가는 힐난에도 아무런 대꾸를 하지 못하던 그때였다. 정신을 차리라는 듯, 강한 힘이 봄의 손을 쥐었고 그녀가 고개를 들어 옆을 보았다.

"더, 필요해?"

도경이 물었다. 그는 봄으로서도 보지 못했던 표정을 하고 있었다. 더는 참을 수 없다는 듯, 아주 많이 화가 나 있는 것이 보였다. 듣고자 했던 그녀의 선택을 존중했지만 이제 한계였다. 봄의 눈동자가 흔들리고 그는 고개를 저었다.

"더는 안 돼."

이 비난은 그녀가 들을 것이 아니었기에 도경은 이 이상의 것을 허락하지 않았다.

"내가 싫어."

소리 없이 벙긋대던 봄의 입술이 작게 중얼거렸다.

"혹시, 나 때문에."

제 잘못으로 인해 두 사람의 관계가 이렇게까지 망가져 버린 걸까 봐. 다 맺지 못한 말과 함께 혼란이 찾아온 그녀에게 그가 말했다.

"아니야."

마치 다 아는 것처럼. 잠시지만 흔들리던 봄의 머릿속이 도경의 한마디에 맑게 개었다. 다시 맑아진 그녀를 향해 그는 분명하게 말해 주었다.

"네가 잘못한 건 없어."

"윤도경!"

듣다 못한 윤 교수가 버럭 소리쳤지만 도경은 약해지지 않았다.

"그리고 나도."

그럴 이유가 없었으니까.

'미안하다. 너한테 그런 말을 해선 안 되는 거였는데.'

도희의 장례가 끝난 후, 윤 교수가 도경에게 했던 첫마디였다. 진심으로 가득한 그의 사과에 도경은 가슴에 스며들었던 응어리가 아주 조금은 풀리는 것을 느꼈다. 잠들지 못하는 그를 달래는 봄과 위로하는 결이 있었고 도경은 분명 나아졌다.

하지만 그들의 곁을 떠난 후, 아버지와 마주한 자리에서 모든 것이 처음으로 되돌아갔다.

'네가 밉다.'

갓 성인이 된 아들과 했던 술자리에서 취해 버린 그가 말했다.

'꼭 혼자 보내야만 했니.'
'그 가여운 걸 어떻게 그렇게 보낼 수가 있어.'
'왜 하필 그때.'
'귀찮았어? 아니, 지겨웠어? 그래서 그 아이를 두고 잘 수 있었던 거냐?'

아버지의 말들이 아직 완전히 갖춰지지 못한 어린 마음을 난도질하기 시작했다. 그리고 다시 사과.

'내가, 취해서…….'

시간이 지나면 또다시 이어지던 폭언과 비난. 하루 이틀 나아가 일 년, 이 년 그리고 십여 년. 그토록 긴 시간 동안 도경은 두 얼굴로 자신을 대하는 아버지를 받아들였다.
그는 멍청하지 않다. 윤 교수의 비난이 옳지 못하다는 것을, 정당성을 가질 수 없다는 것을 이미 오래전에 알고 있었다. 그런 말을 자신이 들어 오며 부서질 필요도 없다는 사실도.
그럼에도 불구하고 끊어 내지 못한 건, 아니 끊어 내지 않은 이유는 하나였다.

'동생을 죽게 두었다.'

도희의 곁에 있던 사람은 저 하나였는데, 마지막 가는 모습조차 보지 못했다. 잡은 손이 딱딱하게 굳어 버리고 식어 가는 것을, 애초에 차가웠던 제 손에 익숙해 따스한 온기가 사라지는 것도 모르고서.

지나친 비난을 듣고 학대한 것은 스스로를 용서하지 못한 바로 자신이었다.

'잠들지 말았어야 하는데, 버텼어야 하는데. 동생을 지키며 기다렸어야 하는데.'

자식을 먼저 보낸 고통에 못 이겨 오열하는 아버지를 보면서 지난 시간 동안 도경은 매일 그런 후회 속에 살아왔다.

모두 내 잘못이야. 그것이 저가 감당해야 할 죄책감이고 죗값이라 여기면서 도희가 죽고 난 후 지금까지 칠흑 같은 웅덩이에 빠져 있었을 뿐이다.

"아버지."

마침내 지금에 이르러서야, 눈앞의 봄을 깨닫고 나서야 비로소 그는 어둡고 차가운 겨울에서 벗어나려 하고 있었다. 나지막이 윤 교수를 부르는 도경은 전에 없이 평온하고 담담했다. 그는 가시를 세운 제 아버지를 향해 말했다.

"이제 저는, 저를 좀 용서할까 합니다."

이제야 겨우 내놓는 도경의 말에 봄은 눈을 질끈 감았다. 이런 결론을 내리기까지 얼마나 힘들었을까. 얼마나, 얼마나 아파했을까.

잠깐이지만 윤 교수가 퍼붓던 독설을 겪었던 그녀는 이런 것을 그 긴 시간 동안 당해 왔을 그가 안쓰럽고 안타까워서 견딜 수가 없었다.

'…윤도경.'

입으로 내지 못한 도경의 이름을 가슴에 담으며 그의 손을 꽉 쥘 때였다.

"누구 마음대로."

간신히 찾아든 흐름을 완벽하게 깨트리는 목소리가 봄의 눈을 번쩍 뜨이게 했다.

"잘못이 없어? 용서?"

분노하지 않은 듯, 밑바닥을 긁어내듯이 올라오는 음성으로 윤 교수는 입꼬리를 꿈틀댔다.

"고작 내린 결론이, 그거냐?"

"……."

"네 동생을 그렇게 죽게 두고 너는 웃고 살겠다고."

봄은 결코 같은 선에 설 생각이 없는 그의 말에 심장이 짓눌리는 것 같았다. 그녀는 고개를 저었다.

"어떻게 그럴 수가 있어."

그만, 제발 그만.

끝나지 않는 윤 교수의 말에 봄의 머릿속이 하얗게 변했다.

이제 그만.

"네가, 그렇게 잠들지만 않았어도."

이만하면 됐잖아. 더 상처 주지 않아도 되는 거잖아.

"그렇게 너 하나 편하자고 아픈 네 동생 버리고 잠들지만 않았어도."

제발 그만둬.

"도희는 살아 있었다."

하지 마.

"네가 죽인 거다."

…뚝.

"네가."

그 순간 그녀의 머릿속에서 선이 끊어졌다.

"도희를……."

"당신."

생각하지 않고 터져 나온 말이 윤 교수의 말을 끊었다. 예상하지 못한 봄의 호칭에 말문이 막힌 그를 두고 그녀가 말했다.

"아버지 아니야."

참고, 또 참았다. 도경이 감내해 왔던 것이니 함부로 나서고 싶지 않았다. 무엇보다도 윤도경이 지키려 했던 관계였고 그의 하나뿐인 아버지였으니까.

배려하고 존중하고 예의를 갖추며 애쓰던 건 전부 그런 이유에서였다. 하지만 이제 알겠다. 눈앞에 있는 사람은 도경의 아버지가 아니다.

"그러니까 내가 존중할 필요도 없어."

저 살고자 사람을 할퀴는 괴물일 뿐. 그러니 더 이상 참을 필요도 없었다. 봄은 기가 막혀 넋이 나간 윤 교수를 향해 다가섰다. 경멸이 서린 눈동자에는 이제 조소가 담겨 있었다.

"아들을 희생양 삼으니까 살 만하던가요?"

순간 주변이 멈추고 모두의 숨이 멎었다. 여전히 잡고 있던 도경의 손에 힘이 들어가는 것이 느껴졌고 그녀는 굳세게 그의 손을 쥐었다.

"뭐?"

넋이라도 잃은 양 반문하는 윤 교수에게 봄은 입가를 비틀었다.

"본인 살자고 방패막이로 아들을 앞에 두고 살아 보니 어떠셨어요?"

완전히 고삐가 풀려 버린 봄은 충격을 받은 듯 말문이 막힌 그를 두고 도경을 올려다보았다.

'허락해 줘요.'

이렇게 해도 괜찮다고. 봄의 표정이 그렇게 말하고 있었다. 미안함과 속상함이 섞인 표정. 막아도 막아지지 않을 걸 알기에 그는 쓴웃음을 지었다.

'너에게 이런 걸 맡기고 싶지 않았어.'

말하지 않아도 들리는 목소리였다. 그러나 봄은 이번만큼은 자신만이 그를 대신할 수 있다고 생각했다. 그녀는 누구도 지켜 주지 않았고 위로해 주지 않았던 도경의 앞에 섰다. 머리 하나보다 더 차이가 났지만 개의치 않으며 윤 교수와 마주했다.

"혹시 잊으신 건 아니죠. 아픈 딸 병원에 두고 바쁘다는 핑계로 잘 내려와 보지도 않은 주제에 돈만 보내는 게 전부라고 생각하시던 거. 그러다 결국 마지막까지 둘만 남겨 두셨죠."

"뚫린 입이라고 함부로 말하지 마라. 네가 뭘 안다고 감히 그런 말을……."

"교수님, 그렇게 도희가 안쓰럽고 보고 싶었다면 왜 마지막까지 그 작은 시골 병원에 두셨어요? 진작 곁에 오시든지 데려가셨어야죠."

정곡을 찔린 듯 씩씩대던 윤 교수의 표정에 금이 갔다. 그러나 아직 완벽하게 깨지지 않은 뻔뻔한 얼굴에 봄은 망설이지 않고 칼을 빼 들었다.

"신경 쓰기 싫어서."

"온봄."

"귀찮아서."

"윤도경, 너 계속 그렇게 보고 있을 참이야!"

"본인 편하자고 아픈 딸 내버려둔 거지."

"너, 입 다물지 못해?"

"왜 그러세요?"

봄의 눈이 호선을 그렸다.

"방금까지 교수님이 하시던 말씀이시잖아요."

웃고 있으나 어떤 때보다도 시리다. 하나하나 꽂히는 것마다 살을 가르는 것처럼 아프게 쑤시고 박고 할퀴며 그녀는 말했다.

"고작 한 번인데."

지금껏 윤도경이 들어 왔던 말들을 겨우 딱, 한 번. 똑같이 돌려받은 단 한 번의 말에 내내 분노하던 윤 교수의 표정이 멍해졌다. 그리고 걱정스러운 듯 봄을 향한 도경을 바라보았다.

이제 더 상처받을 곳도, 받을 마음도 없는 그의 모든 신경은 오로지 봄에게 닿아 있었다. 윤 교수는 일순 눈앞이 흐려지는 것처럼 느꼈다. 헉, 숨을 들이켜는 순간 상 위에 놓여 있는 도희의 사진과 눈이 마주쳤다.

아주 오랜만에 보는 웃고 있는 딸의 얼굴이었다.

"……."

자식을 먼저 보낸 부모의 마음을 누가 알까. 그는 죽을 만큼 괴로워서 버티며 살 수 있는 무언가를 찾아야 했다.

희생양. 맞는 말이었다.

어쩌면 윤 교수는 정말로 도경을 희생양으로 삼았을지도 모른다. 그러나 죽고 싶을 만큼 아팠으나 버텼던 건 아들을 위해서였다. 하나 남은 자식을 위해서. 자신이 무너지면 전부 부서져 버릴지도 모르니까. 그렇게라도 버텼어야 했다.

"알은체하지 마라."

모순되게도 아들을 위해 아들을 방패로 삼았다.

"네가 뭘 안다고. 그깟 알량한 마음으로 나를……."

"아는 거죠."

윤 교수의 말을 막은 건 도경이었다. 지금껏 봄이 하고 싶은 말을 할 수 있도록 기다리던 그는 일관된 비난을 쏟아 내는 제 아버지를 향해 칼을 겨눴다.

차갑게 느껴지는 아들의 감정에 윤 교수는 진심으로 충격을 받은 듯 눈을 크게 떴다.

"…너, 지금 내 앞에서 여자 편을 드는 거냐? 대체 어떻게 너를 홀려 놨으면 네가!"

"잘못한 게 없다고."

도경은 다시 봄에게 돌아가는 화살을 매섭게 끊었다.

"말씀드렸습니다."

남보다 못할 만큼 잔혹할 정도로 차가운 목소리였다. 봄을 지키기 위해 내린 결론이었다. 그것을 느낀 윤 교수의 얼굴에 핏기가 가셨다. 효자였고 착했고 단정하던 아들에게 배신이라도 당한 사람처럼 보였다.

"어떻게, 네가……."

허무하게 중얼거리는 그에게 해 주고 싶은 말은 아직 너무도 많았지만 봄은 더 말하지 않았다.

'…이미.'

자신의 말보다도 도경에게 받은 몇 마디에 감정이 도려내진 것처럼 넋이 나간 모습을 보면 알 수 있었다. 이것은 비극이었다. 이미 해피 엔딩의 기회는 오래전에 사라지고 앙금만 남은 비극.

더 후비고 쑤실 필요도 없었다. 그녀는 어떤 말로도 지워지지 않을 쓰린 속에 쏩쓸히 고개를 숙였다.

자신의 말을 듣는 사람이 어떤 사람이건 결국 도경과 도희의 아버지라는 사실은 변하지 않으니까. 그녀는 독기로 가득 차올랐던 눈을 아래로 내리며 입술을 물었다.

'도희야.'

사진 속의 도희가 보고 있는 것 같아서 더 이상 윤 교수를 탓하고 아프게 할 수가 없었다.

"도희는 누구의 탓으로 떠난 게 아니에요."

슬프게도 너무 아파서, 더 견딜 수가 없어서. 봄은 흐릿해진 눈으로 제 옷자락을 쥐고 말했다.

"하지만 윤도경이 버티지 못했으면, 그건 당신 탓이었을 거야."

그녀는 단호하고 매섭게 선을 그었다. 감히 누구도 쉽게 말할 수 없던 것을 가감 없이 결론을 내리고 도경의 팔을 세게 쥐고 그를 올려보았다.

그는 옅게 웃고 있었다. 더 이상 다치지 않는다는 듯, 고맙다는 듯 바라보며 도경은 봄의 어깨를 감싸고 입을 열었다.

"아주 긴 꿈을 꾸고 있었던 것 같습니다."

"……"

"깨어 있었다면, 잠들지 않았다면 도희는 살아 있었을까."

기나긴 후회 속에서 언제나 생각해 왔던 것들.

도희는 왜 죽었을까. 고통스러웠을까. 나를 불렀을까.

그것을 알고 싶어 의사가 됐고 도희 또래의 아이를 볼 때마다 끝없이 상기시켰다. 가장 중요한 것을 잊고 끝없이 그날만 생각하고 후회했다.

왠지 차갑지 않은 도경의 손에 봄의 고개가 올라왔다. 물기 어린 눈동자는 당장이라도 울 것처럼 보였지만 꿋꿋하게 참고 있었다. 그는 천천히 미소를 지으며 윤 교수를 불렀다.

"아버지, 도희가 좋아하던 음식이 뭔지 혹시 기억하십니까?"

이미 핏기를 잃은 윤 교수의 입이 겨우 열렸다.

"…지금 그걸 묻는 이유가 뭐냐."

"예, 그겁니다."

"……."

"죽었다고 없었던 아이가 되는 건 아니었는데."

마지막만 되돌리느라 가장 중요한 사실을 잊고 살았고 그것을 일깨워 준 것이 봄이었다.

아무런 말도 하지 못하는 윤 교수를 두고 도경은 바닥에 떨어진 케이크 상자를 들었다. 찌그러지고 뭉개졌지만 상관없었다.

"그게, 아버지와 제 가장 큰 실수입니다."

말을 마친 그는 먼지를 털어 낸 상자에서 케이크를 꺼냈다.

완전히 엉망이 되어 버린 케이크를 도희의 사진 앞에 둔 도경은 잠시 그것을 바라보다 돌아섰다. 놓치지 않겠다는 듯 봄의 손을 꼭 잡고 윤 교수의 앞을 지날 때 그가 말했다.

"그렇게 가면 후회할 거다."

꾸역꾸역 뱉어 내는 말이 흐릿하게 들렸다.

"네 가족이 누구인지 잘 생각해."

아마도 이것이 마지막.

미래는 확신할 수 없었지만 도경은 멈추지 않았다.

"윤도경!"

목구멍에서 터져 나오는 윤 교수의 외침에 멈춘 것은 봄이었다. 그녀는 불안한 눈으로 그를 보며 다시 한번 선택할 기회를 주었다.

가족.

형식적으로나마 그에게 하나 남은 가족을 정말로 놓을 것인지에 대한 물음이 봄의 눈동자에 담겨 있었다.

도경은 고개를 끄덕였다.

"괜찮아."

모든 것을 감내하고 받아들인 짧은 답변에 그녀는 짙은 한탄을 삼켰다.

"도경 씨……."

자그마한 속삭임에 그는 봄의 손가락 사이에 제 손가락을 끼워 넣으며 더욱 강하게 쥐었다. 그리고 당장이라도 무너져 오열할 것 같은 윤 교수, 아버지를 향해 말했다.

"건강하셨으면 좋겠습니다."

비꼬거나 조소하는 것이 아닌, 아들로서 보내는 마지막 인사였다.

도경은 나아갔다.

이제 꿈에서 깨어날 때였다.

분향실을 나선 도경이 봄을 이끌고 향한 곳은 건물 안쪽에 위치한 납골당이었다.

낯선 곳에 적응할 틈도 없이 곧장 도희의 앞에 서게 된 봄은 순간 아무런 생각도 나지 않았다. 그렇게 잘 움직이던 입도 굳었고 눈도 제대로 깜빡일 수 없었다. 이때만큼은 조금 전 윤 교수와의 설전도 뒷전이었다.

머릿속이 멍해졌다. 아무것도 떠오르지 않는 하얀 머리에 우두커니 서 있던 그녀는 도희와 눈을 맞췄다.

"미안해."

뜻도 없이 근거도 없이 먼저 건넨 사과에 도경이 돌아보았다. 그러나 봄은 그에게 답을 내주는 대신 제 옷만 괴롭혔다.

'잊고 살았어.'

나 하나 잘 살자고 잊고 산 것도 모자라 오랜만에 만나는 주제에 그 앞에서 윤 교수를 모질게 대하기까지 했다. 만약 도희가 있었다면 그 소심하고 여린 아이는 뭐라 하지도 못하고 홀로 슬퍼하고 있었을 거다.

"…미안해."

윤 교수를 더욱 거세게 몰아붙이지 못한 이유도 여기에 있었다. 그저 사과만 건네는 봄을 가만히 내려다보던 도경은 늘 그랬듯 덤덤한 표정으로 도희를 보다 말했다.

"스며든 거야."

살아가며 자연스럽게 스며들어 추억으로 남도록.

"억지로 기억하지 않아도 떠오를 만큼."

아주 당연한 것을 하지 못했던 스스로를 비웃듯 입가를 올린 그는 미리 받아 온 열쇠로 작은 유리문을 열었다. 그리고 준비해 온 사진을 두고 닫았다. 본래 있던 무표정한 얼굴의 사진은 곁에 넷이 함께 찍은 사진이 놓이자 신기하게도 표정이 부드러워진 듯한 착각이 들었다.

두 사람은 한참 동안 말이 없었다. 봄이 챙겨 온 것들은 꺼내 보지도 못하고 이런저런 수다도 떨지 못했다. 그저 아주 오랜 시간이 지난 후에야 조용히 입을 열었다.

"사과는 안 할게요. 시간을 돌린다고 해도 결국 난 똑같이 할 것 같아."

바라지 않았던 사과였기에 도경은 어떤 고민도 없이 대답할 수 있었다.

"내가 감사 인사를 해야지."

"그럴 필요 없어요. 이건 내가 당연히."

"당연하다고 해 줘서도 고맙고. 그게 뭐건 날 대신해 주는 사람이 있는 거니까."

혼자가 아니라고, 이제 예전처럼 뭐든 혼자 책임지고 감당하며 버티지 않아도 된다는 거니까. 너무 일찍 어른이 되어 미처 배우지 못한 감정들을 이제야 알 수 있게 되었다. 봄은 그저 곱게 치장되는 제 행동에 고개를 저었다.

"그런 게 아니에요. 대신하고 말고의 문제가 아니라 그냥 내가 너무 화가 났어. 더 해 주고 싶었어요. 더, 더… 어른이고 뭐고, 당신 아버지고 뭐고 전부."

도희가 보고 있다고 생각되지 않았다면 참지 않았을 거다. 결국 뭘 했더라도 후회만 남았을 것을 알기에 입술만 깨물자 도경은 그녀의 고개를 잡아 올렸다.

톡톡.

꽉 깨문 입술을 풀라는 듯 그의 손가락이 봄의 입술을 건드렸다. 스르르 풀려 나간 붉어진 입술을 엄지로 살살 쓰다듬은 도경은 눈웃음을 지었다.

"네가 다 짊어지지 않아도 돼."

"하지만."

"우리가 할 수 있는 일이 많지 않다는 거, 알잖아."

틀린 말은 아니었다.

부정하고 싶어도 결국 윤 교수에게 직접적인 가해를 할 수 있는 방법은 거의 없었다. 우습고 같잖게도 상대가 어른이고 도경의 아버지란 사실이 족쇄처럼 남아 있었다. 차마 넘지 못한 선이 있었기에 봄은 여전히 분통이 터졌다. 그걸 알면서도 도경은 태연히 말했다.

"그러니까 이런 일로 더 속상해하지 마. 난 괜찮으니까."

"거짓말."

"맞아, 거짓말."

"…뭐야, 갑자기 농담을 하고 그래요."

 분위기를 바꾸려는 듯 안 하던 말을 하는 그에 퉁명스럽게 말한 그녀는 긴 한숨을 내쉬었다. 봄의 손이 툭, 툭 도경의 가슴을 두드렸다. 힘을 불어넣어 주기라도 하는 듯 몇 번을 더 다독인 그녀는 쓰게 말했다.

"윤도경한테 봄이 좀 왔으면 좋겠다."

 제 이름이 아니라, 따스한 계절을 말한 것이었다. 냉가슴으로 살아온 그에게 이제는 온화한 계절이 찾아오길 바랐다. 도경은 자그맣게 속삭였다.

"영원히 봄인데, 못 느꼈어?"

 다정한 속삭임에 봄의 눈이 가늘어졌다.

"그 말 할 줄 알았어."

"분위기 깨는 데 선수네."

"깰 분위기를 만들 생각도 없었으면서."

 티격태격.

오래전 아이였던 그때처럼 말장난을 하며 짓궂은 얼굴을 했다. 비로소 진짜 모습을 도희에게 보여 주기라도 하는 것처럼 말이다.

이제야 웃기 시작한 봄에 그는 그녀의 머리를 쓸어 넘겼다. 넘어가는 머리카락에 살짝 눈을 감았다 뜬 봄은 막 깨어난 사람처럼 보였다. 도경은 생기로 가득한 그녀의 뺨을 매만지며 말을 이었다.

"때로는 꼭 깨어나야 할 꿈이 있어. 아니, 그게 꼭 꿈이 아니더라도."

"……."

"이제 괜찮을 테니까."

이유는 알 수 없지만 확신할 수 있었다. 의미 없던 악몽에서 깨어날 수 있을 거라고. 다만 봄은 연신 한숨이 나왔다. 부정할 수 없는 편안한 그의 모습이 고맙기도 했지만 마음속 울분은 사라지지 않았다.

"어쩌지."

"왜?"

"나 근데 아무리 생각해도 화가 안 풀려. 이러다 화병으로 뒤로 넘어갈 것 같아요."

농담이 아니라 정말로 뒷목 잡고 넘어갈지도 모를 일이었다. 시간이 갈수록 화가 축적되는 것 같아 씩씩대는 봄에 도경은 웃음을 터트렸다. 뺨까지 맞아 놓고 대체 뭐가 좋다고 웃는 건지, 답답한 그에 그녀는 도경의 구두 앞코를 툭 쳤다.

"웃지 마요."

"좋아서 그래."

"좋을 게 뭐가 있어, 진짜. 아, 안 되겠다. 지금이라도 가서 한마디만 더 하면 안 될까요. 딱 한마디만 더."

"뭐라고 하려고?"

봄은 진지하게 고민하다 말했다.

"욕하면 안 되겠죠."

"고소당할걸."

"…아 씨."

윤형진 교수라면 정말 그럴 수도 있을 것 같았다. 이러지도 저러지도 못하며 손톱을 무는 봄이 귀여운 듯 웃은 도경이 어깨를 으쓱였다.

"괜찮아."

"뭐가 자꾸 괜찮다는 거야. 안 괜찮아. 성인군자도 아니고."

"아니, 굳이 우리가 나설 필요 없다고 말한 거야."

"응?"

"한 번쯤은 본인들 일은 본인들이 좀 하면 좋잖아."

나지막한 말에 정수리까지 오르던 열이 스르르 가라앉았다. 그렇게 말하며 웃는 얼굴은 오랜만에 속을 알 수 없는 표정이었다.

'…뭘 했는데?'

정말 알 수 없었다.

얼마 만이더라. 비록 사진이지만 웃고 있는 도희의 얼굴을 본 것이 얼마 만인지 가늠이 되지 않았다. 형진은 도경이 떠나고 남은 도희의 사진을 집어 들었다.

"……."

죽기 전 마지막으로 본 것이 갓 학교를 입학하고 병원에 입원했을 무렵이었다. 이미 많이 아프고 버거워하고 있던 도희는 그 순간에도 죽어 가고 있었다.

'아빠' 하고 부르는 소리가 들리는 것 같던 때였다.

또각또각.

낯선 구두 소리가 들렸다. 혹시 도경이 돌아왔을까 그는 곧장 문가로 고개를 돌렸다. 남자의 구두에서는 절대 날 수 없는 소리라는 것을 미처 깨닫지도 못한 만큼 다급했다.

"…너."

그러나 형진을 찾은 것은 도경이 아니었다. 순간 어느 때보다 사나운 얼굴을 한 그가 사진을 움켜쥐고 이를 드러냈다.

"네가 여길 무슨 자격으로 와."

그답지 않게 대뜸 던진 반말이었지만 그것을 들은 상대는 아무렇지도 않아 보였다. 오히려 구두를 벗고 들어와 상을 한 번 보곤 덤덤히 말했다.

"그러게. 그런 줄 알고 일부러 없는 시간만 골라서 왔었는데, 오늘은 사정이 좀 달라서."

"그건 또 무슨……."

철썩.

말이 다 끝나기도 전에 형진의 고개가 옆으로 돌아갔다. 손속을 두지 않은 따귀에 넋이 나갔던 그가 불같이 타오르며 소리쳤다.

"미, 미쳤… 억!"

그러나 여자는 한 번 더 형진의 뺨을 후려쳤다. 청아하게 울리는 두 번째 따귀에 이제 완전히 혼이 나간 그가 멍하니 돌아보자 여자는 표정 하나 변한 것 없이 말을 이었다.

"내가 너보다 애들을 사랑한다고 생각한 적은 없어. 그래, 솔직히 말해서 엄마 자격도 없지. 알고 있어. 어설프게 엄마 노릇할 마음 없고 사연 팔이 할 생각도 없어. 괜히 참견할 생각은 더 없는데."

"……."

"적어도 너같이 병신처럼 굴지는 않았거든."

말문이 막힌 형진이 눈을 아래로 내렸다. 마치 모든 것을 알고 있는 듯 비웃은 그녀는 그의 손에 들린 사진을 낚아챘다. 자신과 닮은 어여쁜 얼굴이 보였다. 사진을 보는 눈 역시 무표정했다.

애초에 남들이 그렇게 말하는 모성애라는 것 자체가 부족했던 여자는 언제나 형진과 트러블이 있었다. 아무것도 못 해 줄 바엔 차라리 없는 게 낫다고 생각하며 떠났고 긴 시간 교류하지도 않았다.

여자는 피식 웃음을 흘리고 사진을 가방에 넣었다. 그제야 정신을 차린 형진이 버럭 소리를 질렀다.

"뭐 하는 짓이야. 당장 안 내놔?"

"신경 꺼, 이건 내가 가지기로 했으니까."

당당히 소유권을 주장하는 건 꼭 의뢰비라도 받은 사람처럼 보였다. 형진은 도통 알아들을 수 없는 말을 하는 그녀는 누군가를 떠오르게 만들었다. 감정에 무디고 자비 없는 성정 외 많은 것들이.

이내 여자는 차분히 가방을 정리하고 상을 한 번 더 보다가 코웃음을 쳤다.

"쇼하지 마. 그게 끝인 것 같니? 아니, 이제 시작이야. 넌 이제부터 저 애들이 웃는 것도 못 보고, 결혼하는 것도 볼 수 없을 거야. 아이를 낳아 가정을 꾸리고 행복해하는 것도 마찬가지."

그녀의 말 어디에도 틀린 구석은 없었다. 변명거리로 삼아 오던 아들까지 떠났으니 이기적인 남자는 이제 정말 혼자가 된 거다. 그것이 고소하고 우스워 연신 조소하던 여자는 잠시 생각했다.

도경의 곁에 있던 아이. 아이라고 하기엔 너무 컸지만, 그래도 그렇게 말하고 싶었다. 둘이 함께하는 모습이 너무나 예쁘고 사랑스러워서 자신이 그런 모습을 보는 것조차 과분하다는 생각이 들었다.

몰랐다 한들 방관하고 무시하며 살아왔던 자신도 윤형진과 크게 다를 건 없었다. 더 낫고, 나쁘다고 말할 것도 없다. 자격이 없다는 형진의 말은 틀리지 않았다.

뭐라 대꾸라도 하고 싶은 것 같지만 하지 못하고 붉어진 두 뺨만 가지고 선 형진을 여자는 혀를 차며 바라보았다. 좋았던 때도 있었고, 소중한 때도 있었지만 이제는 정말 하찮은 감정밖에 남지 않았다. 더 마주하고 싶은 생각도 없어진 그녀는 검지로 콕, 그를 찔러 보며 말했다.

"양심 있으면 교수 때려치워. 너 누구 가르칠 재량 없어."

뚫린 입이라도 양심은 있었는지 대꾸하지 못하고 달싹대기만 하는 형진을 뒤로하며 여자는 분향실을 떠나려 했다. 그러나 아무리 생각해도 이것으로는 만족이 되지 않았다.

"오버할 생각은 없었는데."

그녀는 구두를 신기 전, 다시 돌아와 차갑게 식은 눈으로 가방을 휘둘렀다.

"자, 잠깐! 억!"

크게 휘둘러진 가방은 그대로 형진의 몸을 쳐 버렸고 마른 몸은 속절없이 무너졌다. 아픈 것보다도 상상하지도 못한 모멸감에 미동도 하지 못하고 꺽꺽대는 그에게 여자는 싸늘하게 일갈했다.

"나가 죽어, 이 등신 새끼야."

22.

　-왜 지금까지 말하지 않았니?
　담담한 목소리가 물었다. 차가운 난간에 얹은 손이 멈췄다. 잠시 발코니 바깥 주차장을 바라보던 시선이 허공을 올라 하늘로 향했다. 그사이 전화기 속 목소리가 이어졌다.
　-아니, 내가 할 말이 아니구나.
　특유의 침착함은 기억 속에 있던 그대로였다. 아주 오랜만에 나눈 대화였다. 게다가 먼저 연락을 건 것도 거의 십수 년 만이었다.
　아마 관리비나 사람이 찾아오지 않는 상황을 대비해서인지 어머니는 본인의 연락처를 납골당 측에 남겨 놓았었다. 그것을 알게 된 것이 도희를 납골당에 안치하고 딱 10년째 되던 날, 새로 등록을 할 때였다.

물론 연락을 한 적은 없었다. 이미 재혼까지 한 사람이었고 딱히 해야 할 이유도 없었으니까. 그랬던 그가 연락을 한 것은 그저 '도움'을 청하기 위해서였다.

 도경은 뻣뻣하게 세우고 있던 몸을 기울여 난간에 기댔다. 팔꿈치에 닿은 서늘함과 함께 바깥이 좀 더 가깝게 다가왔다.

 시원한 바람이 불었다. 답답함은 사라지고 상념은 흐려지는 온도였다. 그는 침묵을 만끽하며 고개를 뒤로 돌렸다. 발코니 창 안쪽 거실 소파에 길게 하품을 하고 있는 봄이 보였다.

"……."

 눈이 마주쳤고 그녀의 뺨이 붉어졌다. 봄은 전화기처럼 만든 손을 귓가에 대며 손바닥을 휘휘 흔들었다. 전화에 집중하라는 표시였다.

 누구와 통화를 하는지도 모르면서.

 도경은 다시 고개를 돌려 바깥을 보았다. 그는 왠지 후련한 마음으로 입을 열었다.

"몰랐습니다."

-응?

"솔직해지는 방법을."

 가장 솔직하게 제 치부를 드러냈다. 배운 적도 없고 가르친 적도 없다. 너무 일찍 어른이 되어 버려서 반드시 배워야 하는 것을 배우지 못했다. 어쩌면 모두 착각하고 있었던 것일지도 모른다.

 윤도경은 아이가 아닌 어른이라고. 제 나이처럼 행동하고 말하는 것을 이상하게 여기면서 말이다.

피식 웃음이 났다. 눈치가 좋은 이 사람은 의미 없는 사과를 건네지도 않았다. 그녀가 넌지시 말을 건넸다.

-예쁘더라.

봄을 향한 칭찬일 것이다. 얼굴을 떠나 도경의 앞을 막아서던 모든 것을 보고 말한 것임을 알기에 그는 팔불출처럼 칭찬을 받아들였다.

"감사합니다."

무뚝뚝한 말투에 정 없는 단답은 더 이상의 대화를 이끌어 내지 못했다. 부탁을 했고 부탁을 들어주었다. 그것으로 끝이었다. 그녀는 몇 번의 숨소리를 잇다 말했다.

-혹시 도움이 필요하면 연락해.

"그러겠습니다."

긍정적인 대답이었지만 두 사람 모두 알고 있었다. 이제 그들이 연락을 나누고 대화를 나눌 일은 없다는 걸. 아니, 만약 있다고 해도 그것은 아주 오랜 시간이 흐른 뒤라는 것을.

-그래.

마무리가 찾아왔다.

-잘, 지내고.

"예, 건강히 잘 지내세요."

남보다도 못한 사이라는 것이 딱 맞는 관계였다. 아버지에게 어떤 식으로 대응을 해 줬는지도 묻지 않았고 알고 싶지도 않았다. 지지부진하게 끌어안고 버틴 제 미련함의 결과는 이것으로 충분했다.

이야기를 마치고 전화를 끊었다. 통화가 끝난 화면을 보던 도경은 미련 없이 안으로 들어갔다.
"통화 끝났어요?"
졸린 눈을 한 봄이 물었다. 그는 고개를 끄덕였다.
"응."
"병원에 다시 나가 봐야 하는 건 아니고?"
"그건 아니야."
그녀는 굳이 누구와 통화를 했느냐 묻지 않았다. 대신 몸을 세워 일어서며 말했다.
"그럼 이만 자자."
지금 가장 필요한 말이었다.

짙은 새벽이었다. 워낙 많은 일이 있어 침대에 눕자마자 잠이 들었던 봄은 왠지 모르게 눈을 떴다. 바깥은 어둡고 체온마저 낮아지는 어두운 새벽녘, 그녀는 제 곁에 앉은 인영에 눈을 비볐다.
"…윤도경?"
잠결에 부른 이름에 그가 스탠드를 켰다.
"미안, 내가 깨웠어?"
적당한 불빛에 보인 도경은 자다 깬 사람으론 보이지 않았다. 얼른 일어난 봄이 미간을 좁혔다.
"설마 못 잤어요?"
분명 같이 잠들었던 것으로 아는데 깨어 있는 모습에 물을 수밖에 없었다 혹시나 잠잠하던 불면증이 또 도진 것인가 싶어 심각하게 묻자 그가 고개를 저었다.

"깬 거야. 걱정하지 마."

"거짓말 아니지?"

"이런 걸로 거짓말해서 뭐 해."

도경은 피식 웃으며 그녀를 당겼다. 자연스레 제 곁으로 이끌어 온 봄을 앞에 앉힌 그는 부드러운 어깨에 이마를 댔다. 가볍게 얹어진 무게에 그녀는 그의 뒷머리를 안으며 조심스레 물었다.

"아니면, 또 꿈을 꿨다거나."

여러 추측들 속에 담긴 걱정은 미안할 정도로 진지했다. 오늘 겪은 일들이 그에게 많이 힘들었을지도 모를 일이었으니까. 그러나 봄의 어깨에 기댔던 고개를 든 도경은 웃음기 어린 표정으로 좁아진 그녀의 미간을 손가락으로 문질렀다.

매끈하게 펼쳐지는 미간과 함께 봄의 표정이 풀리자 그가 말을 이었다.

"전혀."

그렇게 말하는 얼굴이 그리 편해 보이지 않았다.

"뭔가 있구나."

추측이었지만 어느 정도 확신은 있었다. 들어야 알 수 있는 무언가가 있기에 봄은 심각하게 도경을 올려다보았다. 그는 더 돌리지 않았다.

"안 나와서."

"…어?"

"도희."

뜻밖의 말에 그녀의 눈이 동그랗게 변했다. 이미 잠기운은 멀리 날아간 후였다. 봄의 놀란 시선을 보며 도경은 살짝 뒤에 기대며 말을 이었다.

"오늘은 반대로 나와 줬으면 했는데."

매번 악몽으로 물들던 도희의 꿈이 이제는 달라졌음을 아는데, 얄궂게도 더는 찾아오지 않았다. 이번에야말로 나오면 늘 그랬던 악몽이 아니라 제대로 대화를 나눌 수 있지 않을까 기대했는데. 입가에 머문 쓴웃음에 그녀는 엉덩이를 들어 올려 이제 완전히 그의 다리 위에 올라가 앉았다.

도발적인 모양새에 도경이 눈을 깜빡이자 봄은 입술을 비죽이며 말했다.

"매번 오지 말라고 했으니 토라질 수도 있지. 그리고 항상 오해만 받아 왔잖아. 나 같아도 화나겠다. 온결이 그랬으면 벌써 발 날아갔어요."

다분히 온봄스러운 말에 저절로 웃음이 흘러나왔다. 수긍하기 쉬운 말은 아니었지만 그는 긍정적으로 생각했다.

"그럴까."

분명 전과는 달라졌다. 봄은 싱그러운 미소를 지었다.

"그러니까 기다려요. 오빠잖아."

제법 그럴싸한 말을 해 놓고 잠시 말을 멈춘 그녀는 작게 소곤댔다.

"물론 온결은 제외."

오늘도 의문의 1패를 당한 온결을 두고, 봄은 그의 머리를 감싸고 그대로 뒤로 누워 버렸다. 별수 없이 옆으로 누워 버린 도경의 머리를 가슴에 안은 그녀는 부드러운 머리카락을 살랑살랑 쓰다듬었다.

"나한테 오면 내가 대신 말해 줄게요."

"……."

"오빠가 많이 보고 싶어 한다고."

무언가를 대신 해 줄 수 있는 사람. 말하지 않아도, 부탁하지 않아도 먼저 다가와 곁에 와 준 사람. 어느새 시린 밤에 온기를 채워 주는 따뜻한 봄. 도경은 그녀의 허리를 안았다.

"부탁할게."

어떤 부담도 없이 저를 내어 줄 수 있는 유일한 곁을 만끽하며 그는 천천히 움직였다. 어느새 그녀를 아래에 두고 올라선 도경이 머리를 쓸어 넘겼다. 어둠에 익숙해진 눈에 어느 정도 보이기 시작한 그의 실루엣에 봄은 감았던 눈을 떴다. 그녀는 입술을 살짝 깨물다 조심스레 말했다.

"지금 그 눈은 못 자는 게 아니라 안 자는 건데."

"네가 깨웠어."

"말도 안 돼. 이, 일어나 있었잖아요!"

억울함이 잔뜩 묻어난 봄의 외침에 그는 두 팔을 그녀의 머리 옆에 두며 몸을 내렸다.

"아니, 그거 말고."

"으앗, 왁!"

거부할 수 없는 파도였다.

두 사람이 함께하는 공간에는 많은 것들이 생겨났다. 사람이 살아가는 곳답게 필수품은 물론 때때로 불필요한 것들도 자리를 차지하며 큰 집을 차곡차곡 채워 갔다. 그 가운데 가장 달라진 건 거실 곳곳에 세워진 사진들이었다.
 봄의 집에서 가져온 것들 중 네 사람이 함께 있거나 봄과 도경이 함께 있는 사진들이 자리하고 있었다. 그런 사진들이 가득한 거실 한편, 소파에 엎어진 봄이 중얼거렸다.
 "아, 잠이 안 깨."
 시간이 벌써 정오에 가까운데도 불구하고 아직 비몽사몽 중이던 그녀는 저에게 다가오는 도경을 향해 투덜댔다.
 "어제 못 자게 해서 그래."
 일종의 어리광일 수도 있었다.
 "그래도 일어나야 해."
 "…평소엔 깨우지도 않으면서."
 "그랬나."
 "그랬어요."
 그녀 몫의 커피를 타서 오던 그는 능글맞게 웃음으로 때우며 커피를 건넬 뿐이었다. 겨우 일어나 그것을 받은 봄이 도경의 허벅지를 콕콕 찔렀다.
 "그 체력이면 태릉을 가지 왜 의사를 했담. 운동할 거면 같이 좀 해요. 체력 좀 기르게."

"그러네. 체력을 좀 기를 필요는 있겠어."

순순히 수긍하는 말에 잠시 의아하던 그녀는 금방 뜻을 깨닫고 커피로 제 얼굴의 반을 가렸다. 게슴츠레하게 뜬 눈은 뻔뻔하게 웃고만 있는 도경을 향했다.

"…짐승."

부끄러움을 잔뜩 담아 공격해 봤지만 씨알도 먹히지 않았다. 그는 왠지 시계를 한번 확인하고 그녀의 머리를 쓸어 정리해 주었다.

"칭찬 고마워."

역시 윤도경을 이길 수 있는 방법은 많지 않다. 조금 억지로 일어난 통에 어쩐지 잠도 부족한 느낌이었다. 정말 운동이라도 해야 할까 싶어 따뜻한 커피를 호로록, 한 모금 마실 때였다.

딩동.

이 집에서만큼은 한없이 낯선 초인종 소리가 들렸다.

"응?"

이곳으로 올 수 있는 사람은 여기 있는 도경과 봄 그리고 온결뿐이었다. 당연히 비밀번호를 알고 있는 것도 세 사람…….

"……!"

아니다.

이 집의 비밀번호를 알고 들어올 수 있는 사람들이 또 있었다.

"설마!"

순식간에 잠이 달아난 봄은 커피를 놓고 벌떡 일어났다. 곧장 인터폰을 확인하자 화면에는 익숙한 두 사람의 얼굴이 보였다.

"…헉!"

익숙한 얼굴들, 바로 봄의 부모님이었다. 기겁한 그녀가 곁으로 온 그의 옷을 잡으며 허둥댔다.

"도경 씨, 지금 엄마 아빠가!"

"오신다고 했었어."

놀란 기색 하나 없이 차분한 도경은 봄이 미처 누르지 못한 오픈 버튼을 눌렀다.

"그게, 오늘일 줄은 몰랐지만."

일순 멍해진 그녀가 눈을 깜빡이자 그는 봄의 머리를 쓰다듬었다.

"괜찮아."

이제 엔딩이다.

진작 한 번쯤 반찬을 가지고 찾아온다던 두 사람이었지만, 설마 그게 오늘일 줄은 몰랐다. 근래 너무 많은 일이 있었던 터라 그답지 않게 잊었던 것도 사실이다. 그러나 도경은 이것을 때라고 생각했다. 마지막 거짓말에 대한 안녕을 고할 때.

"미리 말씀드리지 못했습니다."

모두가 혼란스러운 가운데 먼저 입을 연 것은 도경이었다.

"죄송합니다."

정중하고 진중한 그의 말에 밑바닥까지 깔렸던 정적이 깨졌다. 이것은 같이 사는 것에 대한 사과는 아니었다. 말 그대로 미처 말하지 못했던 것에 대한 사과였다. 더욱이 동거를 숨기려고 했던 것도 사실이었으니까.

겨우 당황스러움을 누르고 가슴을 크게 한 번 들썩인 봄의 엄마, 애라는 조심스레 운을 뗐다.

"그러니까 정말… 둘이, 주말이라 놀러 와 있는 게 아니라."

아직 완전히 파악하진 못한 것 같았지만 맥을 흐리진 않았다.

"같이 살았다는, 아니 살고 있다는 거지."

정확하게 찌른 핵심에 도경은 대답하지 않았지만 그것은 긍정의 뜻과 같았다. 감추지 못한 난감함에 입술을 깨무는 봄에게 봄의 아버지, 온철이 말했다.

"네가 말해 봐."

봄이 눈을 깜빡 감았다 뜨자 그가 말을 이었다.

"결이 스캔들 때문에 같이 산다고 기사가 났을 땐, 일을 무마하려고 잠깐 머무는 거라고 생각했다. 그런데 그 이후에도… 아니, 전부터 같이 있었다고."

"그게……."

"결이도 이걸 알고 있고."

연이어 나오는 결의 이름에 봄은 서둘러 고개를 저었다.

"같이 숨겨 주거나 한 건 아니에요. 모르고 있었어요."

괜한 사람이 한데 엮어 오해를 받는 건 원치 않았다. 봄은 침착한 부모님을 향해 입을 열었다.

"설명, 드릴게요."

처음부터 지금까지, 있었던 일들을 축약해 설명했다. 올라온 후

옆집 남자의 만행에 대해선 이미 알고 있으니 길게 이야기할 필요는 없었다. 처음부터 끝까지, 이렇게 된 이유까지.

봄이 설명을 하는 내내 부모님은 아무런 말도 하지 않고 듣는 데 집중했다. 화를 내거나 혼을 내는 것도 없이 들어 주었고 봄은 끝까지 말을 할 수 있었다. 생각해 보면 이것이 머리를 조아릴 정도의 일은 아니다. 다만 신뢰의 문제였다.

"결국 미리 말할 수 있는 기회가 여러 번 있었다는 거지."

지금 온철의 말처럼.

짧지만 분명하게 느껴지는 실망감이었다.

"너희가."

다른 사람의 입이 아니라 딸에게서 제대로 듣고 싶었던 그로서는 더더욱 그런 감정을 감추지 못한 것 같았다. 더욱이 소중한 딸을 어떤 걱정 없이 부탁할 수 있었던 도경이 이렇게 큰일을 숨기고 있었다는 것에 대한 실망감인 듯했다.

분명 말하지 않으면 끝까지 들키지 않을 수 있었다. 이대로라면 자연스럽게 녹아들어 온전히 함께할 수 있을 것이다. 그렇게 때때로 미안함과 죄책감을 가지고, 머쓱함에 쉬쉬하면서.

속이고 참고 기다리고. 그래서 결국 얻어 낸 건, '끝'이었다. 그리고 도경은 이들과 끝을 보고 싶지 않았다. 어떤 선택이 옳은 것이고 맞는 건지는 모른다. 다만 지금 그들에게 가장 알맞은 해답을 찾을 뿐.

"같이 있고 싶었습니다."

봄에게 배운 가장 중요한 감정.

"말씀드리면 더 이상 같이 있기 어려울 것 같아서, 그래서 말씀드릴 수가 없었습니다."

"……"

"혼자 있고 싶지 않아서, 욕심을 부렸습니다."

솔직해지는 방법. 겉만 멀쩡한 것이 아니라 제일 약한 부분을 보일 수 있는 그런 사이가 되고 싶었다.

'네 가족이 누구인지 잘 생각해.'

아버지의 그 말은 상처가 아닌 질문을 남겼다. 하지만 답은 그리 어렵지 않았다. 두 사람은 잠시 서로의 눈을 마주했다.

진솔한 마음이 전해져서인지, 아니면 오랜 시간 함께했던 기억에 담긴 호의 때문인지 크게 화가 나 보이지는 않았다. 그렇다고 놀라고 당황스러운 마음이 사라지는 건 아니었다.

애라는 애써 챙겨 온 반찬들을 보다 한숨을 내쉬었다. 문을 열었을 때 나란히 서 있는 두 사람을 보고 반갑다가, 놀랐다가 의아함으로 변하던 감정들이 아직도 생생했다. 그녀는 봄과 도경을 번갈아 보며 말했다.

"그렇게 죄지은 것처럼 있을 것까지는 없는데… 다 큰 애들을 데리고 이래라저래라 하고 싶지는 않아. 머리로는 그래. 아빠도 마찬가지일 거야."

팔짱을 낀 상태로 묵묵부답인 온철은 덤덤히 이야기를 들을 뿐이었다. 도경의 솔직함 덕분인지는 몰라도 애라 역시 괜히 돌려 말하지 않았다.

"너희 입장에서야 침견일지 모르지만 세상이 아무리 변했어도, 우리 입장에선 이게 아주 일반적이진 않잖아. 네가 좋은 사람이건, 믿음직하건 그걸 떠나서 그냥 걱정이 돼."

구구절절하지 않고 큰소리를 내지 않기에 더욱 마음에 벽돌이 쌓이는 것 같았다. 특히나 딸의 일이라면 언제나 고양된 온철이 침묵하는 게 봄에게는 더욱 무겁게 다가왔다. 그녀는 한 번 더 고개를 숙였다.

"정말, 죄송해요."

부모님의 상한 마음이 이것으로 풀릴 리 없겠지만, 할 수 있는 것은 이것이 다였다.

'어떻게 해야 하지.'

시무룩하게 내려앉은 마음에 머릿속이 복잡했다. 어떻게 하면, 어떤 방법이면 두 분의 걱정을 덜어 줄 수 있을지 고민하던 그때, 불현듯 단번에 그것을 해소할 방법이 떠올랐다.

'맞아.'

이 순간을 확실하게 해결할 방법.

'어쩌면.'

일순 봄의 눈에 생기가 돌기 시작했다. 기가 막힌 생각에 고개를 번쩍 들어 올린 봄에 함께 침묵하던 도경도 그녀를 돌아보았다. 어느 때보다도 찬란한 눈동자로 도경과 부모님을 보던 봄은 다리 위에 얹은 두 손에 힘을 주며 말했다.

"미리 말씀드리지 못하고 이제야 말씀드릴 수 있는 건 흐지부지

하게 만나다 끝낼 생각은 없다는 거예요. 정말로 진지하게, 만나고 있어요."

"갑자기 왜 그렇게 각을 잡고 그래."

전에 없이 기세가 잔뜩 들어간 딸의 모습에 이번엔 애라가 조금 당황했다. 그녀는 좀 더 다가가며 굳세게 말을 이었다.

"꼭, 믿어 주셨으면 좋겠어요. 어떤 방식으로든 믿으실 수 있도록 할게요."

"…무슨 방식?"

"어떤 거라도요. 두 분의 신뢰를 찾을 수 있으면 뭐든."

"그게 뭔데."

이렇게 함께 사는 것이 당연할 수 있는 방식. 과년한 남녀가 함께 사는 것이 매우 당연할 수 있는 방법은 생각보다 많지 않았다. 특별한 경우를 제외하고는 어지간하면 단, 하나.

"그러니까."

"윤도경, 하나만 묻자."

침을 꼴깍 삼키며 제 머릿속에 담긴 기가 막힌 방법을 엄마에게 말하기 직전, 이상할 정도로 조용하던 온철이 입을 열었다. 무겁게 깔리는 낮은 목소리에 봄을 보던 도경의 시선이 앞으로 돌아갔다. 바짝 허리를 세웠다.

"예, 말씀하십시오."

꼭 대단한 무언가를 가르침 받는 제자처럼 눈도 깜빡이지 않는 그를 온철은 무시무시한 시선으로 바라보았다. 일순 노려보는 것인가 싶을 만큼 부리부리한 눈에 봄이나 애라마저 덩달아 긴장을 하던 찰나에 온철이 말했다.

"내기."

굳게 낀 팔짱에 핏줄이 돋아났다.

"너 믿어도 되겠냐."

그것은 마치 어떤 신념이 담긴 듯한 질문이었다. 어느 대단한 뜻을 품기에도 짧은 말이었으나 도경은 온철 못지않게 굳건히 대답했다.

"예."

긴말이 필요 없는 확답에 비로소 온철의 입가로 미소가 번졌다.

"좋다."

그 순간 봄과 도경의 눈이 동시에 커다래졌다. 아니, 애라도 마찬가지였다. 가장 큰 산이라고 생각했던 사람의 시원한 허락에 휘둥그레진 그들에게 온철은 다시금 못을 박았다.

"당신도 마음 넓게 받아들여요."

오히려 애라에게 허락을 구하는 말에 그녀는 저도 모르게 더듬댔다.

"…나야 뭐, 도경이니까."

"그래, 그거지."

"응?"

"그거면 된 거야."

피 한 방울 섞이지 않은 타인을 믿는 건 그리 쉬운 일이 아니다. 그러나 이런 순간에조차 '고민'을 한다는 것은 이미 답이 나와 있는 일이었다.

온철은 도경을 좋아했고 믿었다. 실망과 서운함은 별개로 단단한 신뢰는 무너지지 않았다. 그리고 그것은 봄으로 인해 만들어진 것이 아니다. 자신의 기억과 도경을 믿는 것이었다.

"내 아들의 가장 친한 친구니까."

어깨를 한번 크게 들었다 내려놓은 그는 그러면서도 조금 퉁명스러운 표정으로 말을 이었다.

"계속 믿게 할지 말지는 네가 알아서 할 일이야."

도경은 깊이 고개를 숙였다.

"명심하겠습니다."

비로소 마지막 남은 산의 8부 능선을 넘어갈 때 딱 한 사람, 봄만큼은 당혹스러운 표정이었다.

'어라? 이게 아닌데?'

화목하기 그지없는 세 사람의 풍경에 그녀는 황급히 상황을 살폈다. 아니, 너무 평화로운 것이 아닌가! 이게 이렇게까지 평화로운 일인가! 어느새 일가족의 향기를 뿜는 그들을 보며 봄은 바닥을 강하게 짚었다.

"잠깐만요! 그, 그게 다예요?"

안 그래도 큰 눈이 부리부리해져 있었고 손가락은 불안감에 마구 꼼지락대고 있었다.

"다, 다른 뜻이 있는 건 아니고."

한 번에 쏟아지는 세 쌍의 눈에 봄은 본인조차 혼란스러운 얼굴을 했다.

"뭔가, 더 복잡한 설전이나 이런 거… 혼내시는 건 더 없으세요?"

"더 혼내고 말 게 뭐 있어. 너희가 정한 일인데. 그리고 복잡한 게 왜 필요해."

"아니아니, 그런 게 아니고. 딸이 남자랑 이렇게 같이 사는 걸 그냥 두는 부모님이 어디에."

"얼씨구. 평소엔 여자 남자 구분하지 말라더니? 그리고 다른 사람도 아니고 도경이잖아. 어차피 인사도 왔었고, 네가 좋아 죽잖아. 거기다 우리가 도경이만큼 잘 알 수 있는 사람이 어디 있다고. 그럼, 말 다 했지."

"내가 좋아 죽는 건 맞지만 그거랑 별개로!"

"요즘 시대가 어느 때인데 그런 걸로 트집을 잡아. 시집 장가를 갔어도 이상하지 않을 나이인데."

"……"

"너 되게 구리다."

애라의 마지막 펀치는 그대로 급소를 찔렀다. 정확한 급소 찌르기에 할 말을 잃은 봄이 허무하게 스러질 즈음, 애라는 옆에 놓인 반찬을 툭툭 쳤다.

"미리 알았으면 반찬도 제대로 해 왔지. 1인분만 해 왔잖아. 네가 좀 먹어? 여보, 양이 얼마나 되나?"

"글쎄요. 워낙 반찬을 잘 먹으니까… 많이 모자라겠네."

"좀 더 해 놓고 가야겠네. 도경아, 주방 좀 써도 될까?"

"편히 쓰셔도 됩니다."

세상에나, 화목해도 이렇게 화목할 수가 없었다. 그림 같은 풍경

속에 혼자만 장르가 달랐다. 벌써 산개하여 각자의 자리에서 화기애애한 세 사람을 보며 봄은 중얼거렸다.
"이게 뭐야……."

부모님이 돌아가신 건 저녁까지 먹은 후였다.
"운전 조심하시고 일 있으시면 바로 연락 주세요."
"걱정 말고 들어가. 날 아직 춥다."
"예, 아버지. 어머니도요."
"알겠으니까 어서 가. 쟤 가자미눈 뜬다."
대체 저들은 누구의 부모님인가. 알고 보니 이게 바로 시집살이인가. 비죽 튀어나온 투덜거림을 뒤로하며 차가 완전히 사라질 때가 되어서야, 봄은 도경의 옆구리를 꽉 찔렀다.
"어른들을 그렇게 살갑게 대할 줄 아는 사람인지 몰랐습니다만."
꽤나 따끔한 충격에 도경이 옆구리를 문지르며 어깨를 으쓱였다.
"좋잖아."
대놓고 '좋다'고 하는데 더 뭐라고 할 수도 없었다. 그녀는 괜히 바닥만 툭툭 괴롭히며 중얼거렸다.
"…내 편은 하나도 없어."
큰 산을 넘은 것치고는 불만을 가득 담으며 집으로 향하는 봄의 뒤를 도경이 빠르게 다가갔다.
"여기 있잖아."
괜히 심술 난 봄이 단호히 부정했다.

"아닐걸. 내 편 아니에요. 남의 편이지."

아니면 부모님 편이거나. 죄 없는 사람에게 투덜대고 싶진 않았지만 불만이 절로 튀어나와왔다. 그러나 도경은 그녀의 뒤를 따르며 덧붙였다.

"다행이네, 남편이라."

"농담이죠? 남의 편이 다행이라니."

"그렇잖아."

"이상한 취향이네. 무슨 그런……"

반사적으로 툴툴대던 봄의 걸음이 멈췄다.

'어?'

순간 멈춰 버린 그녀의 손이 바로 뒤따르던 도경에 의해 잡혀 그대로 당겨졌다. 그리고 다시 움직이기 시작한 봄을 돌아보며 그가 말했다.

"결혼하자."

평범한 결혼식이었다. 적당한 사람들과 적당한 분위기에 갖춰진 소란스러움이 머무는 곳. 예식장 곳곳에 있는 이들은 삼삼오오 모여 오늘 주인공들의 얘기를 하거나 안부를 묻는 중이었다.

세영과 영호도 마찬가지였다.

"아직도 조금 얼떨떨한 기분이에요."

그나마 도경과 가장 친했던 이들 중 하나로 간신히 시간을 맞춰 올 수 있었던 세영의 말이었다. 왠지 감정이 뚝뚝 묻어나는 목소리에 영호의 눈이 가늘어졌다.

"너 설마 윤도경 선생님 좋아했냐?"

의심으로 가득 차 있는 시선은 마치 파국을 앞둔 사람처럼 심각해 보였다. 세영은 기겁하며 고개를 흔들었다.

"아니, 그게 결혼식장에서 할 말씀이세요? 선생님은 왜 맨날 그런 쪽으로만 생각하시는지 몰라! 그런 게 아니고요!"

억울함을 담아 씩씩, 숨을 뱉던 그녀는 바보같이 눈만 깜빡이는 그를 향해 말을 이었다.

"뭔가, 윤 선생님은 천연기념물 같은 분이셨잖아요. 여기저기에서 선 자리 들어오고 환자며 보호자며 너 나 할 것 없이 호감 보이면서 엮여 보려고 했었는데 한 번도 성사된 적이 없잖아요. 그런데……"

구구절절 어쩐지 해명 같은 이유를 늘어놓던 세영은 어깨를 으쓱 들어 올렸다.

"첫사랑이랑 결혼이라니요."

결론은 이것.

이따금 사람이긴 한 건가, 싶을 정도로 목석같고 철옹성 같던 윤도경 선생이 결혼하는 것도 놀라운데 그 상대가 첫사랑이라는 것이 제일 놀라웠다.

스케줄상 오늘 오지 못한 동료들도 하나같이 그 부분에 가장 놀라워하는 중이었다. 그녀는 신랑 신부의 이름이 적힌 푯말을 보며 중얼거렸다.

"아, 진짜 나는 이런 운명적인 사랑은 안 바라니까, 운명적인 만남이라도 좀 있었으면 좋겠다."
"운명적인 만남이나, 사랑이나 뭐가 다른 건데."
"달라요. 완전 달라."
"예를 들면?"
"윤현수."

밑도 끝도 없이 나온 이름에 영호는 헛웃음을 흘렸다.

"또 윤현수냐."

지겹지도 않게 나오는 배우에 기가 막힐 지경이었다. 하기야 그녀는 3일간 당직을 서고 그다음 날 배우의 귀국을 보려고 공항 갈 생각까지 할 정도의 열혈 팬이었다. 이해가 가면서도 황당해서 말문이 막힌 그에게 세영은 눈을 반짝였다.

"그러니까, 이런 데서 볼 리 없는 사람을 만날 정도의 만남이요. 사랑도 사랑이지만, 우연한 만남 같은 거. 보세요, 갑자기 제 눈앞에 딱, 윤현수가 나타나는 거죠. 그리고 저한테 길을 물어보면서……."

"실례합니다."

한창 열을 올리며 말을 잇던 그녀를 막은 건 기분 좋은 저음이었다. 제 열변을 막은 불청객에 미간을 옮기며 돌아보던 세영은 곧 '그 얼굴'과 마주했다. 선글라스조차 없이 민낯을 고스란히 드러낸 그의 얼굴을.

"신부 대기실이 어딘지 아십니까?"

덤덤히 묻는 그의 질문에 세영은 멍하니 손을 들어 한곳을 가리켰다.

"…저기, 모퉁이 돌아서 우측에."

그녀의 손끝을 따라 고개를 움직이던 그는 정중히 인사했다.

"감사합니다."

인사를 들으면서도 미처 반응하지 못하는 사이 남자는 세영의 손을 따라 신부 대기실로 향했다. 그리고 모퉁이를 돌아 완전히 사라지는 그의 뒷모습을 멍하니 보던 그녀는 영호가 찌른 손가락에 의해 겨우 깨어났다.

"야, 야. 정 선생, 저 사람!"

세영보다 더욱 놀란 그의 외침에 뒤늦게 정신을 차린 그녀가 외쳤다.

"아악!"

깊은 후회와 회한이 담긴 외침이었다.

신부 대기실 앞에 쳐진 커튼을 걷고 안으로 들어선 결은 들어가자마자 반가운 얼굴에 손을 들어 올렸다.

"이게 얼마 만이야."

환한 얼굴과 밝은 목소리가 말하자 움찔, 굳었던 재완의 몸이 돌아갔다. 대놓고 '나 연기하는 중'이라 말하는 결의 모습이었다. 일부러 더 티를 내며 과장되게 말하는 것이 꼭 놀리는 것 같아 재완은 짜증 섞인 표정으로 말했다.

"이만 나가 봅니다."

당연히 말한 대상은 봄이었다. 디테일이 살아 있는 깔끔한 웨딩

드레스를 입은 그녀는 머리에 꽂은 하얀 헤어핀을 만지며 웃었다. 그러나 결은 재완을 쉽게 보내 줄 마음이 없었다.

"친구 사이에 내외하는 거 아니지."

어느새 옆으로 다가온 그에 재완의 표정이 구겨졌다. 애초에 숨길 생각도 없어 보였다.

"…우리가 언제 그런 거 하기로 했습니까?"

"했지."

"왜 반말입니까? 그리고 그런 적 없는 것 같은데."

"친구 하자면서 사인해 달라고 할 땐 언제고. 내 주머니 뒤져서 펜 꺼낸 게 누군데."

"웃기지 마, 그건 그쪽이 그랬⋯⋯."

아뿔싸.

결의 얼굴에 과장되게 그려졌던 웃음이 가셨다. 그는 피식 조소했다. 결국 억지로 사인한 종이를 재완의 주머니에 넣어 줬던 그때를 두 사람 모두 생생하게 기억하는 중이었다.

재완은 짙은 한숨을 내쉬며 중얼거렸다.

"본인이 그 성격에 그 얼굴을 타고난 걸 평생, 죽을 때까지 부모님께 감사해라."

정말 놀리는 맛이 있는 친구다. 새로운 먹잇감을 발견한 듯 즐거운 결의 모습에 고개를 내젓던 봄에게 재완이 말했다.

"갑니다."

이제 어떤 미련도 남지 않은 홀가분한 말투에 뒤에 섰던 결이 나지막이 웃는 것도 모르고서. 금세 돌아서는 그를 봄이 불렀다.

"셰프님, 진영 씨 오늘 올 거예요. 아까 연락 왔어요."

난데없이 나온 진영의 이름에 재완의 안색이 기묘하게 변했다. 기름칠을 안 한 기계처럼 삐걱삐걱, 슬그머니 고개를 돌린 그가 입꼬리를 달싹였다.

"…그걸 왜 나한테 말해 줍니까?"

"글쎄요."

"……."

"가 보세요."

박치기로 고백을 때린 후 과감하게 레스토랑을 그만뒀던 진영을 못 본 지 몇 개월. 봄은 그저 어깨만 으쓱으쓱 춤을 출 뿐이었다. 뭐라 형용할 수 없는 감정에 입만 달싹이던 재완이 대기실을 나가고 봄은 가볍게 웃음을 터트렸다. 그리고 이해하지 못한 결을 돌아보았다.

"오늘 촬영 있다고 해서 못 올 줄 알았어."

"그건 어제로 끝냈고."

살면서 어색함이란 것을 느껴 본 적 없는 두 사람이지만 오늘은 어쩐지 묘했다. 낯간지러운 느낌도 들었고 머쓱한 기분이기도 했다. 그것은 결도 마찬가지인지 꽤 오랫동안 침묵하던 그는 세상 여느 오빠들이 그러하듯 퉁명스럽게 입을 열었다.

"야."

어찌 보면 정이 없다고 여겨질 부름이었으나 봄에게는 익숙한 것이었다.

그녀가 대답했다.

"응."

"좋냐?"

"좋아."

간단한 대답이었지만 군더더기가 없었다. 결은 피식 웃으며 팔짱을 꼈다. 그리고 전에 없이 단호하고 진지한 눈을 만들었다.

"온봄."

무게감이 가득 담긴 부름에 그녀가 고개를 끄덕이자 결의 말이 이어졌다.

"같잖게 나보다 중요하니, 뭐니 그런 꼴로 살지 마라."

불안함을 품고 살아왔던 도경을 위해 희생하는 것을 말하는 것일 터였다. 동생이 그렇게 곤욕스러운 삶을 살지 않길 바라는 마음이 고스란히 전해졌다. 봄은 어떤 말을 할까, 조금 고민하다 나지막이 미소를 지었다.

"잘 살게."

그것은 동생이 오빠에게 건네는 고마움이었다. 봄 이전에 결이 있었기에 도경이 견뎌 냈고 그녀는 자연스레 결이 가진 바통을 건네받았을 뿐이다. 그것에 대한 감사는 결코 잊지 않을 거다.

결은 봄의 대답에 만족스러웠는지 어땠는지 몰라도 그대로 돌아섰다. 무심하게 나서던 그는 신부 대기실의 커튼을 치다 바로 앞에 서 있는 도경에 미간을 좁혔다. 그러곤 곧 그의 가슴을 툭 치고 말했다.

"이하 동문."

짧고 명쾌한 말을 남기고 사라진 뒤, 멀지 않은 곳에서 행복한 비명이 곳곳에서 들렸지만 도경은 개의치 않고 대기실로 들어섰다.

모든 손님들이 오가고 이제 얼마 남지 않은 결혼식 전, 마지막으로 보기 위해 찾은 그였다. 그러다 결의 말을 모두 듣게 되었지만.

"도경 씨."

안으로 들어서는 도경에 봄은 눈을 반짝이며 웃었다. 그는 이미 봤지만 볼 때마다 숨이 멎을 듯한 그녀의 모습에 설렘을 참을 수 없었다. 도경은 빠르게 봄에게 다가가 손을 내밀었다.

"불편하지 않아?"

"아직은."

자연스레 그의 손을 잡으며 일어선 봄은 들을 사람이 없음에도 작게 소곤댔다.

"저렇게 할 땐 진짜 좀 오빠 같아."

드물게 '오빠' 소리를 하는 걸 보면 제법 감동을 받은 듯했다. 도경은 그녀의 허리를 살짝 잡아 받쳐 주었다. 덕분에 한결 편하게 설 수 있던 봄이 그를 올려다보았다. 아주 조금 심술이 담긴 표정이었다.

"내가 아는 온결은 처음부터 지금까지 항상 똑같았어."

"설마. 우리가 얼마나 싸웠는지 다 봤으면서."

"다 봤으니까 알 수 있는 거야."

"……."

"네가 모두에게 얼마나 소중한지."

봄을 만나지 못했던 그 긴 시간 동안에도, 이따금 결이 보여 주던 행동들에서 알 수 있었던 사실들이다. 누구나 사랑할 수밖에 없는 사람. 그런 봄이 제 곁에 와 주었다는 사실에 감사하는 도경이었고 봄은 살며시 고개를 기울였다.

아무 말 없이 빤히, 꽤 오랫동안 그를 지켜보던 그녀가 말했다.

"그거 알아요? 내 이름, 뜻이 두 가지예요."

"두 가지?"

"응. 보통 계절로 알고 있긴 한데, 하나 더 있어."

"하나 더라면."

"보는 거."

긴 시간을 함께하면서 처음 듣는 소리였다.

"말 그대로 봄. 계절도 되고 글자 그대로 보다라는 뜻도 있어요."

결의 이름 뜻인 곧고 바른 것을 더하면 세상을 살아가며 곧고 바른 것을 볼 수 있는 사람이 되길 바라던 부모님의 뜻이었다.

이름 덕분인지 몰라도 봄은 질린 적 없이 긴 시간 보아 왔다. 그녀가 도경과 눈을 맞췄다.

"당신이 보는 만큼, 나도 봤어요."

구름 한 점 없는 하늘처럼 맑고 선명한 눈동자 속에 그가 가득 담겼다. 순간 말을 잃은 도경의 어깨에 봄의 손이 놓였다.

"윤도경이 어떤 사람이고 우리한테 얼마나 소중한 사람인지. 그리고 날 얼마나 사랑하는지."

"…온봄."

"함께한 모든 시간에 후회가 없을 만큼 당신을 사랑해."

도경은 심장을 저릿하게 만드는 그녀의 미소 띤 입가에 당장이라도 입을 맞추고 싶었지만 애써 참아 냈다. 대신 깊이 숨을 들이마시고 아직 보이지 않았던 남은 손을 앞으로 가져왔다.

"어?"

그의 손에는 아직 봄에게 전달되지 못했던 소담하고 예쁜 부케가 들려 있었다. 도경은 단숨에 시선을 빼앗을 만큼 그녀의 취향이 듬뿍 담긴 부케를 봄의 손에 쥐여 주었다. 살포시 안긴 부케에 가슴을 부풀리던 그녀가 고개를 들자 그가 속삭였다.

"네가 나에게 온 걸 감사해."

"아……"

"결혼, 축하해."

아주 오래전, 눈발이 흩날리던 겨울날 봄이 도경에게 건네던 꽃다발을 떠올리게 하는 말이었다. 기시감이 느껴지는 속삭임에 그녀는 꿈처럼 아득하고 황홀한 감정을 가득히 담아 대답했다.

"봄이야."

더 이상 시리지 않은 따스한 계절.

봄이었다.

에필로그 1

"다시 한번 말씀드리지만."

명쾌한 목소리가 뒤를 돌아보며 말했다. 시원시원하고 수려한 이목구비에 성격을 드러내듯 반짝이는 눈으로 제 곁에 선 직원들을 돌아본 그녀, 봄은 농담을 담아 말을 이었다.

"여기는 지정 병원은 아니에요. 이 정도로 큰 병원을 지정해 놓고 주기적으로 검진을 받는 건 어렵다는 거, 이해해 주실 거죠?"

이미 몇 번이고 말했지만 혹시나 하는 마음에 받아 두는 이해였다. 레스토랑 직원들은 아쉬운 기색 없이 대답했다.

"네, 당연하죠."

"그런 오해 안 해요. 걱정 마세요, 실장님."

장난스러운 분위기 속에서 차례차례 검진을 받는 사이, 부주방

장인 경찬이 다가왔다. 봄은 반갑게 입을 열었다.

"검사받으셨어요? 일단 혈액검사부터 하는 것 같던데."

"예. 이제 소변검사부터 하면 될 것 같습니다."

"네. 그럼 이따 뵐게요."

"감사합니다."

"네?"

뜬금없는 인사에 검사지를 들고 있던 그녀는 눈을 동그랗게 떴다.

"아무래도 우리 대장님이 실장님들과 워낙 사이가 안 좋았던 터라, 이런 건 꿈도 못 꿨거든요. 지정 병원이라고 해 봤자 이상한… 아무튼 실장님 덕분에 이렇게 좋아지네요."

언제나 들으면 들을수록 헛웃음이 나는 일이었다. 실무와 적대하는 주방이라니. 얼마나 척박하게 지내 왔을지 예상이 갔다. 그리고 전 실장이 어찌나 지독하게 아무것도 해 주지 않았는지도 말이다. 봄은 단호하게 손을 저었다.

"그건 아니에요."

"에?"

"제가 겸손을 부리는 성격이 아닌 건 아시죠? 지난 1년간 우리 매장이 가장 좋은 매출을 올릴 수 있던 건, 모두 여러분 덕분이에요. 정말 고생하셨습니다."

말 그대로 이번 정기검진은 본사에서 지점으로 내려 준 상여였다. 이것뿐만 아니라 여행권과 숙박권도 포함되어 있었다.

이것은 단순히 실장이 잘한다고 될 일이 아니기에 그녀는 분명하게 짚어 주었고 경찬은 머쓱하게 뒷머리를 긁적였다. 그사이 혈액검사를 마치고 나온 재완이 심드렁하니 말했다.

"누가 보면 매장 접는 줄 압니다."

퉁명스러운 말투에 경찬이 끙, 앓는 소리를 냈다. 봄이 눈을 가늘게 뜨자 재완은 성큼성큼 그들을 지나쳤다.

"누구 덕분에 쉴 시간도 없어졌으니 이 정도는 당연하지."

심술 맞은 말투와 그렇지 못한 내용이다. 경찬은 행여나 오해할까 싶어 서둘러 변명했다.

"이 정도로 바쁠 수 있게 해 줘서 고맙다는 뜻입니다. 오해 마세요, 실장님."

그러고 보면 재완에게 이렇게 좋은 사람이 있다는 것만으로도 재완이 나쁜 사람이 아니라는 걸 알 수 있었다.

"바쁜 게 좋다고? 너 변태야?"

"……."

아니, 나쁜 사람일 수도 있겠지만 아무튼. 핀잔을 주고 떠나는 재완을 경찬이 뒤따르고 봄은 다시 어깨를 으쓱였다. 그리고 잠시 병원을 둘러보았다.

병원 한편, 많은 사람들 사이로 '현종병원'의 로고가 눈앞에 보였다. 도경이 근무하는 병원이었다.

'연락을 해야 하나.'

그녀는 손에 든 휴대폰을 만지작거리며 고민했다. 오늘 레스토랑에서 정기검진이 있다는 걸 말하지 않은 터라 그도 봄이 이곳에 온 것은 모르고 있었다. 바쁠지도 모를 일이라 몇 번 만지던 그녀는 전화 대신 메시지를 보내기로 했다.

일단 병원에 왔음을 알리기 위해 〈나 지금 병원에〉까지 썼을 때였다.

"온봄 님, 검사 시작하겠습니다. 검사실로 들어와 주세요."

미처 다 쓰기도 전에 부르는 이름에 반짝 고개를 들었다. 보내지도 못한 메시지를 뒤로하고 그녀는 휴대폰을 넣으며 움직였다.

"네, 지금 갈게요."

주머니로 들어가는 휴대폰의 액정이 눌려 쓰다 만 메시지가 간 것은 알지 못하고서.

현종병원 건물 내에 있는 카페테리아. 분위기가 좋고 조용하지만 워낙 안쪽에 있어 직원들만 종종 오가는 곳에 도경이 있었다. 향기로운 커피와 느리고 잔잔한 음악 소리를 듣던 도경은 시간을 확인했다.

만난 지 이제 막 십여 분이 지났으나 눈앞의 사람에게 오랜 시간을 할애하고 싶진 않았다.

"도경아."

익숙한 목소리와 부름에 그가 고개를 바로 했다. 도경의 아버지, 윤 교수의 마른 입술이 한숨을 쉬었다.

"예."

도경은 짧게 대답했고 잠시 또 침묵이 찾아왔다. 분명 그들에게는 시간이 필요했다. 무언가를 재고하거나 다시 생각하기 위한 그런 거리 두기가 아니었다. 그저 마침표를 찍기 위한 시간이 필요하단 뜻이었다. 그리고 그것이 바로 오늘이었다.

달칵.

긴 시간 들고 있던 커피 잔이 놓였다. 테이블에 놓인 커피 잔은 비어 있었고 더는 뜸을 들일 거리가 없다는 것을 의미했다. 내내 제 아버지가 준비를 마치길 기다리던 도경도 마찬가지였다. 도경이 빤히 바라보자 그제야 윤 교수의 입이 열렸다.

"너무."

기껏 마신 커피가 무색하게 바짝 마른 목소리였다.

"잔인하다고는 생각하지 않았니?"

고통이 가득 묻어난 목소리가 물었다. 온갖 상처를 가득 담고 진심으로 원망하듯이 올려다본 눈동자는 설움마저 느껴졌다. 다만 그것을 마주한 도경은 어떤 감정도 없이 바라만 볼 뿐이었다.

"어떻게 그런 식으로, 결혼까지."

예상했던 대로 윤 교수는 본인 없이 지나가 버린 도경과 봄의 결혼을 꼬집고 싶었던 걸 거다. 고집스레 지나온 긴 시간 동안 설마 정말로 이렇게 배제될 줄은 몰랐던 모양이다. 분명 봄도 그에게 물었었다.

'괜찮겠어요?'

그것은 아마 마지막 기회였을 거다. 정말로 이렇게 양친 모두 없이 혼자서 괜찮으냐고 묻는 것일 터였다. 그 질문에 도경은 망설임 없이 대답했다.

'아무것도.'

어떠한 것도. 거짓말처럼 그에겐 조금의 어둠도 남아 있지 않았다. 못 본 사이 잔뜩 늙어 버린 듯한 그는 제 얼굴을 길게 쓸어내렸다. 그리고 천천히 말을 이었다.

"내가 뭔가를 잘못했고 그게 너한테 상처가 됐다면 정말 미안하다."

"……"

"그러니까, 한 번만 나에게 기회를 준다면."

무엇을 말하건 도경의 표정은 변하지 않았다. 그것은 어떤 말보다도 확실한 대답이어서 윤 교수의 얼굴은 더욱 비통해졌다.

"…도경아."

끝끝내 입을 열지 않는 그에게 윤 교수가 말했다.

"놓자는 얘기냐."

이미 난 결말이지만 차마 입에 담고 싶지 않았던 것들이었다. 이 또한 부정하지 않는 아들을 야속한 시선으로 바라본 윤 교수가 고개를 저었다.

"나는 너를 잃고 싶지 않다. 내가 모자라서 죽은 애를 못 잊고 너를 다치게 해서."

"도희의 탓이 아닙니다."

내내 침묵하던 도경이 단호히 부정했다. 윤 교수는 답답한 듯 가슴을 치며 말했다.

"그러면 왜, 대체 왜!"

그러다 퍼뜩 깨달은 양 두 눈을 부릅떴다.

"그 아이니? 그 애기 나와 있는 걸 원하지 않아?"

도돌이표다.

늘 올바르고 완벽했던 자신의 삶의 어그러짐을 인정하지 못하고 모든 잘못을 타인에게 전가하는 지독한 습관. 그는 문득 궁금해졌다.

"편하십니까?"

전에 없이 허망하고 쓸쓸한 아버지를 향한 질문은 애정보단 의문만이 담겨 있었다.

"그렇게 꼭 누군가의 탓을 해야만, 버티실 수 있으신 겁니까?"

"……."

"누구의 탓이 아닙니다. 그냥 싫은 겁니다."

어쩌면 비수가 될, 아니 당연히 칼날이 될 말을 하면서도 흐트러짐은 없었다. 긴 시간, 스스로를 담금질해 온 도경은 이미 답을 내린 후였다. 끝끝내 답을 내지 못하고 혼자가 된 윤 교수는 알지 못할 답이었다.

충격에 침묵하는 아버지에게 그는 더 시간을 내주고 싶지 않았다. 도경은 낮게 숨을 내쉬고 말을 이었다.

"지금 이 자리에 나온 건 다른 게 아닙니다. 아버지의 말씀을 들으려는 것도 아니고 서로 이해를 바라고자 하는 것도 아닙니다. 제가 나오지 않았다면 그 사람을 찾으셨을 걸 알기 때문입니다."

"…뭐?"

"행여나 아내에게 찾아가진 마시라고 말씀드리려고 나왔습니다."

"너, 끝까지."

"네, 끝까지."

독으로 가득한 타인의 말이 사람을 얼마나 피폐하게 만드는지 십수 년을 경험해 왔다. 도경은 더 이상 자신을 나락으로 밀어 넣는 시간에 빠질 생각이 없다. 자신을 사랑해 주는 봄의 미소를 위해서라도.

"만나지 마십시오. 보지도 마시고 연락도 하지 마시고 궁금해하지도 마십시오."

이것은 부탁이 아닌 경고였고 윤 교수가 그것을 모를 리 없었다. 어딘가 가여운 듯 애처롭던 윤 교수 역시 이젠 싸늘하게 식어 있었다. 일말의 정도 남지 않은 부자간의 시선 속에서 그가 입가를 비틀었다.

"그렇게 한다면 어쩔 거냐."

순수하게 화만 남은 물음에 도경은 이번에도 답하지 않았다. 그러나 윤 교수는 알 수 있었다. 봄의 선택을 존중했던 그때와는 다를 거라고 도경의 눈이 말하고 있었다.

"패륜이라도 저지르겠다."

"그게 제 사람을 위한 것이라면."

더는 참지 않는다. 나를 파괴하며 타인을 위하는 것이 얼마나 잘못되었는지 봄에게 배웠으니까.

"얼마든지."

도경의 눈동자가 선명하게 빛났다. 윤 교수로서는 도희가 죽은 후로, 아니 아주 오래전부터 본 적 없는 모습이었다. 도경은 제 할 말을 다 했고 더 머물 생각이 없었다.

"이만 가 보겠습니다."

말을 마치고 일어선 그가 미련 없이 돌아서자 윤 교수는 매섭게 일갈했다.

"후회할 거다."

무엇을 후회할지, 누가 후회할지 알 수 없는 말은 꼭 저주처럼 들렸다. 천천히 스며들듯 그렇게 벌어진 사이는 더 이상 가까워질 수 없을 만큼 완전히 뒤틀렸다. 그것은 누구의 탓도 아니다.

서로가 서로에게 만들어 낸 결과일 뿐. 도경은 입꼬리를 비스듬히 올렸다.

"그게 저는 아닐 겁니다."

후회는 남은 자의 몫이었다. 밖으로 나서는 망설임 없는 걸음과 함께 도경은 휴대폰을 들었다. 미리 말은 해 놓고 나왔지만 혹시 응급실에 무슨 일이 있을까 싶어서였다. 아니나 다를까 메시지가 와 있었고 그것을 확인하며 빠르게 걸음을 옮기던 그의 미간이 확 좁아졌다.

"병원?"

바로 뒤에 허망하게 자신을 향하고 있는 제 혈육은 이미 잊은 것처럼.

도경의 휴대폰에 온 메시지는 아주 난데없는 것이었다.

[나 지금 병원에 ㅇㅗㅏ,.//']

뭐가 뭔지 알 수 없는 당황스러운 메시지였다. 그러나 하나 확실한 단어가 그를 불편하게 했다.

'병원.'

자신이 업으로 삼은 공간이지만 이렇게 갑작스러울 땐 머릿속이 멈춘다. 더군다나 그런 말을 한 사람이 봄이라는 사실에 도경은 잠시 심장이 덜컥 움직였다. 그는 곧장 전화부터 걸었다.

-지금은 전화를…….

하지만 돌아온 것은 전화를 받을 수 없다는 안내뿐이었다. 그때부터 심장이 조이듯이 아리기 시작했다. 걸음은 더욱 빨라졌고 봄에게 전화를 거는 손길도 다급해졌다. 그를 막은 건 몇 번의 전화를 반복하며 도착한 응급실에 있던 영호였다.

"어, 선생님!"

왠지 바쁜 목소리로 부른 그는 얼른 말을 이었다.

"아까 로비에서 실장님을 뵌 것 같아서요. 혹시 오늘 병원 오셨나요?"

영호가 말하는 '실장님'은 봄이었다. 이로써 그녀가 지금 병원에 있다는 것은 확실해졌고 전화를 받기 어려운 상황이라는 것도 알 수 있었다.

"어느 쪽으로?"

"2층으로 올라가신 것까진 봤는데. 사람들이 많았거든요."

현종병원은 워낙에 큰 곳이라 2층이라고 해도 무엇을 하러 갔다고 단정 지을 수는 없었다. 설마 레스토랑에서 무슨 일이 생긴 건가. 무엇이건 연락이 닿지 않은 탓에 불안감만 가중되었다.

"급한 일 있으면 연락해."

"예? 아, 네."

심각한 도경의 표정에 영호는 얼른 대답했다. 영호의 대답을 듣고 응급실을 나선 그는 달리듯이 2층으로 향했다. 많은 사람들 사이, 그녀는 여전히 보이지 않았다. 닿지 않는 연락을 포기하고 제 감과 시각을 의존해 돌아다녔다.

많은 생각이 들었다. 혹시나 정말로 무슨 큰일이 생긴 거라면. 봄이 어디가 아픈 것이라면. 그 순간 도희의 얼굴이 스치듯 지나갔다. 후유증으로 남은 지난 기억들에 도경은 목을 죄는 듯한 넥타이를 당겼다.

"…후우."

상상만으로도 모든 것이 무력해지며 핏줄이 뻣뻣해졌다. 언젠가 봄이 말한 적이 있었다. 도경이 항상 자신을 도와주는 것을 어떻게 갚아야 할지 모르겠다고.

이젠 분명하게 말할 수 있었다. 도움을 받고 보살펴지고 있던 건 봄이 아닌 자신이었다고. 그리고 기다렸다는 듯 그의 휴대폰이 울렸다.

봄이었다.

"아."

간담을 조이는 듯한 긴장감이 액정에 뜬 이름으로 일순 멈췄다. 도경은 지체 없이 전화를 받았고 그와 동시에 복도 멀지 않은 곳에 선 그녀를 발견했다.

"봄아?"

전화 속에서 부르듯 혹은 눈앞의 그녀를 향한 듯한 부름에 멀리서 있던 봄이 고개를 번쩍 들었다. 곧 도경을 발견한 그녀가 손을 번쩍 들었다. 어디 다친 곳도, 이상한 곳도 없지만 어쩐지 상기된 표정을 한 봄의 모습에 도경은 그녀를 향했다.

-윤도경.

따뜻한 음성이 그의 이름을 불렀다. 뒤편 창밖으로 들어오는 화사한 빛이 역광으로 비쳤지만 봄의 밝은 표정은 분명하게 보였다. 어떠한 감각에 의해 그녀를 향하던 도경의 발걸음이 멈췄다.

흔들리는 눈동자 끝, 봄이 나선 곳이 어디인지를 알게 된 순간 그는 더 움직일 수 없었다.

"너."

짧게 내는 도경의 한마디에 그녀가 말했다.

-이름은 내가 지어 줄 거야.

한 걸음씩 다가오며 속삭이듯 말을 이은 봄은 장난스럽게 눈을 찡긋했다.

-윤현수 이름 정한 거 당신이랑 같이 한 거잖아. 작명 센스 절대 못 믿어.

이제 목소리는 휴대폰이 아니어도 분명하게 들렸다. 도경의 헛웃음이 바깥으로 흐르고 귀에 댔던 휴대폰도 아래로 툭 떨어졌다. 어느새 그의 앞에 선 그녀는 눈부시게 예쁘게 미소 지었다.

세상에서 가장 강하고 빛나는 사람처럼.

화사한 바람이 불어왔다.

봄이다.

결코 다시는 지지 않을 봄이 나에게 왔다.

에필로그 2

모두가 깊이 잠든 밤이었다. 그날 도희는 유난히 기분이 좋았다. 조금의 틈을 주지 않고 밀려들던 고통이 없던 밤, 곤히 잠들어 있던 눈이 뜨였다.

달빛만 겨우 들어오는 창문 옆에서 눈을 뜬 도희는 자신이 얼마만에 누워서 잠을 잤는지 가늠했다. 잘 기억이 나지 않았다.

"……."

잠결에 둘러본 주변엔 언제나 그랬듯 제 오빠, 도경이 있었다. 항상 그랬듯 도희의 곁에는 도경이 있다. 잠이 들거나 깨거나 혹은 아파할 때도 늘 혼자가 아니었다.

도희는 불편한 몸을 움직여 자신의 손을 잡고 있는 오빠를 가만히 바라보았다. 그러고 보니 도경이 잠드는 모습을 본 것도 아주 오랜만인 것 같다. 매번 제 곁을 지키느라 잠드는 모습을 본 적이 없었다. 저도 모르게 안도의 숨이 흘러나왔다.

"다행이다."

이렇게 잠든 도경의 모습에 기분이 좋아졌다. 자신으로 인해 항상 힘들고 지쳤을 오빠가 쉬는 모습을 보는 것만으로도 마음이 편안해지는 듯했다.

자면서도 잡아 주는 손도 그랬다. 체온이 낮은 사람이라 잡은 손이 그리 따뜻하진 않았지만 없는 것과는 비교도 할 수 없었다.

"어……."

갑자기 깬 잠이지만 왠지 쉽게 잠들 수가 없었다. 아파서가 아니라 왠지 그런 기분이었다. 그리고 문득 머릿속에 떠오르는 이야기를 조금씩 천천히 입에 담았다.

"봄이가 왔었어. 학교 땡땡이 치고 왔다고 아무한테도 말하지 말랬어."

도경이 물건들을 챙기러 잠시 집에 간 사이에 병원을 찾았던 봄이다. 분명 학교에 있을 시간에 온 봄은 그 밝고 화사한 기운으로 도희를 안아 주었다.

봄은 정말 봄 햇살처럼 따사로운 친구다. 처음 만났을 때도 그랬고 지금도 마찬가지였다. 보고 있으면 아픈 것도 잊고 평범한 열네 살 소녀가 된 것처럼 기분이 좋았다.

행복했다. 기쁘고 즐거웠다. 마른 입술이 부드럽게 호선을 그리며 말을 이었다.

"근데, 지금은 아무도 못 들으니까 한 번만 말할게."

전에 없이 가벼워진 입술이 달싹였다. 애초에 말수도 적고 입도 무거운 도희답지 않게 조근조근.

"봄이가 오빠 좋아한대."

붉어진 얼굴로 누가 들을까 봐 소곤대던 봄의 얼굴이 떠올랐다. 그 말을 듣는 순간 도희는 어떤 표정을 해야 할지 고민했다. 놀랐거나 당황해서가 아니었다.

"예전부터 아주 많이 좋아했었대. 근데 나는 그거 알고 있었거든."

말 그대로.

제 오빠를 좋아하는 봄을 알고 있었기에 어떻게 답을 해야 봄이 머쓱해하지 않을까 했던 고민이었다. 다행히 부끄러워서 어쩔 줄 모르며 퍼덕대던 봄에 달리 대꾸할 것을 찾지 않아도 되었지만.

도희는 배시시 웃으며 속삭였다.

"얼마나 예쁜지 모르지? 진짜 예뻐. 너무너무 예뻐."

이름처럼 맑고 예쁜 봄의 모습이 눈앞에 그려졌다. 주변의 모두를 밝히는 꽃 같은 친구가 생각났다. 그리고 그 곁에 서 있는 자신의 모습을 그려 보았으나 애석하게도 잘 일렁이지 않았다.

"…부러워."

저도 모르게 나온 진심은 질투나 시기가 아니었다. 정말로 순수하게 부러워한 어린 마음이었다. 아무도 듣지 못할 부러움을 담아 긴 숨을 내쉰 도희는 이런 부스럭댐에도 깨지 않는 오빠를 부드럽게 바라보았다.

여러 가지 할 말들이 있었지만 다른 무엇보다 그저, 제 오빠를 좋아하는 사람이 봄이라는 사실만큼은 더할 나위 없이 좋았다.

"조금 샘이 나기는 하는데, 괜찮아. 봄이니까 괜찮은 것 같아. 우리한테 온 봄이니까."

행복했으면 좋겠다.

아프지 않았으면 좋겠다.

항상 웃었으면 좋겠다.

아이같이 순진한 바람들을 가지고 잠시 앉아 있던 도희의 눈꺼풀이 조금씩 무거워지기 시작했다. 몸의 힘이 풀리고 앉아 있는 것이 불편하게 느껴졌다. 도희는 눈을 살짝 비비며 천천히 몸을 뉘었다.

'졸려.'

이상한 일이었다. 복수가 차 누울 수 없던 몸이 오늘은 이상하게 편했다. 잠깐 감았던 눈을 뜬 도희의 입술이 아주 작게 말했다.

"…보고 싶다."

오랫동안 담지 않았던 마음을 입술에 담았다. 어리광처럼 느껴질까 매일 가슴에만 담았던 것을 내놓은 도희는 점차 감기는 눈을 겨우 떴다.

"오빠."

불편하게 몸을 수그려 잠든 도경을 보며 도희가 속삭였다.

"미안… 아니."

잇다 만 말을 삼킨 도희의 입꼬리가 올라갔다.

"고마워."

드물게 곤히 잠든 도경을 향해서 사과보다는 감사를 하는 것이 옳다고 생각했던 도희였다. 도희는 도경의 손등에 제 손을 겹치며 토닥였다.

"고마워, 오빠."

누가 누구를 위로하는 말인지 모를 감사 인사.

"잘 자."

그리고 마지막 인사.

감긴 눈으로 어둠이 찾아들었다.

다시는 아프지 않은 깊은 잠이었다.

눈을 떴을 때 가장 먼저 보인 건 새까만 어둠이었다. 이것이 꿈인지 무엇인지 알 수 없던 도경은 손으로 제 얼굴을 쓸어내렸다. 꾸지 않았던 꿈을 꾼 탓인지 몰라도 쉽게 정신이 들지 않았다.

침대에는 그 혼자였다. 당연하게 곁에 있어야 할 사람이 없었고 문득 그런 생각이 들었다.

'…꿈?'

어디서 어디까지가 꿈이고 현실인지 가늠이 되지 않았다.

방금 전 꿈속에서 나온 것이 정말로 꿈인지 아니면 깨어 있는 정신에 만들어 낸 헛것인지도 몰랐다. 혼란 속에 머릿속이 완전히 정지해 생각이란 것을 할 수 없던 그때였다.

으아앙.

맑고 높은 울음소리에 안개가 자욱하던 눈앞이 확 밝아졌다. 그는 반사적으로 침대에서 내려와 방 밖으로 나섰다.

밖으로 나온 도경이 향한 곳은 바로 옆방이었다. 문이 열린 그곳에선 다른 곳과 달리 은은한 조명이 흘러나오고 있었다.

"어, 깼어요?"

조명 빛에 선 그녀가 눈을 동그랗게 뜨며 말했다.

"항상 당직 선 날에만 새벽에 깨더라. 당신 당직 선 걸 아나 봐."

웃음기가 서린 말에 도경은 순간 안도의 한숨을 내쉬었다. 꿈과 현실의 경계가 뚜렷해지면서 이유 모를 불안감은 금세 어디론가 사라졌다. 도경은 봄의 품에 안겨 물기 어린 눈으로 자신을 보는 아이에게 손을 뻗었다. 아직 말도 못하는 아이가 얼른 도경에게 손을 뻗었다.

"못 듣고 잔 것 같아. 미안해. 언제 깼어?"

그가 묻자 봄이 고개를 저었다.

"며칠 만에 겨우 잠들었는데 깨서 어떡해. 주하가 아빠가 집에 있는 걸 확실히 아나 봐. 내내 아빠, 아빠 그러더라니까."

"그러면 고맙지."

가볍게 웃은 도경은 주하의 등을 다독였다. 넓은 가슴이 편했던지 아니면 정말로 아빠가 보고 싶었던 것인지 몰라도 주하는 금방 하품을 하며 어깨에 머리를 기댔다. 포동포동한 뺨이 어깨에 닿자마자 아이의 눈이 가물가물 감겼다. 운 것이 거짓말인 듯 주하는 순식간에 잠이 들었다.

"내가 그렇게 안아도 못 자더니… 서운하네."

농담으로 투덜대는 봄을 본 도경은 소리를 낮춰 웃었다. 그제야 그녀는 그의 이마에 살짝 맺힌 땀방울을 발견했다. 곁에 놓인 수건을 든 봄이 도경의 이마를 닦았다.

"더웠어요? 이마에 땀이 좀 있는 것 같아."

덥지 않은 날이지만 아이 때문에 조금 더운 방이라 땀이 날 수도 있겠다 싶었다. 도경은 이마를 스치는 수건을 보다 주하의 등을 다독이며 말했다.

"꿈을 꿨어."

"응? 꿈?"

평소 꿈을 거의 꾸지 않는 그이기에 조금 놀라서 묻자 도경은 나지막이 말을 이었다.

"도희."

평소에도 곧잘 부르는 이름이라 놀랄 것은 없었지만 꿈과 관련된 것은 달랐다. 봄의 표정이 금방 심각하게 변했다.

"…설마."

"아니."

혹시나 또다시 악몽처럼 꾼 것은 아닐까 싶어 걱정스레 운을 떼자 도경은 바로 부정했다.

"말 그대로 꿈."

"……"

"그렇게 나와 달라고 부탁했을 땐 와 주지 않더니 갑자기 불쑥 나타났네."

그릇된 기억으로 악몽으로 치부했던 도희는 어느 날부턴가 나오지 않았다. 이제 좀 편해졌으니 나와 줬으면 좋겠다고 생각했지만 마찬가지였다. 기일에도, 생일에도 그 어떤 날에도 도희가 도경의 꿈에 찾아와 주는 일은 없었다.

바로 오늘까지는.

"아무것도 아닌 날인데."

정말 어떤 일도 없던 평범한 날 찾아온 도희와 무언가 대화를 했던 것도 같았다. 그러나 그것이 잘 기억나지 않았고 오묘한 섭섭함이 가슴에 스며들었다. 어느새 잠든 주하의 등을 다독이듯 봄의 손도 도경의 등을 토닥였다.

"너무 좋아서 많은 얘기를 해서 그래. 너무 많은 대화를 해서 다 기억 못 하는 거지."

봄은 같은 말을 해도 늘 이렇게 가슴을 울리는 말을 해 준다. 그는 잠시 그녀를 바라보다 주하를 자리에 내려놓았다. 언제 깨었었냐는 양 잠든 아이는 고른 숨을 쉬고 있었고 도경은 제 빈손을 내려다보았다.

어른도 깜짝깜짝 놀라는 차가운 손을 포근하게 여기는 아이가 고맙고 신기할 뿐이었다. 그는 자그맣게 말을 이었다.

"손을 잡아 주고 있던 건 내가 아니었을지도 모르겠어."

오래전 도희의 손을 잡고 잠들었던 날을 떠올리는 혼잣말에 조명을 조절하던 봄이 다가왔다. 그리고 도경의 손을 잡아 쥐며 한 손가락씩 깍지를 끼웠다.

"손을 잡는 건 말이에요."

손가락 사이사이를 파고들어 쥐어진 손이 맞닿았다. 꽉 잡힌 두 손이 서로의 체온을 공유했고 그녀는 고개를 살짝 기울이며 미소 지었다.

"이렇게 양쪽이 다 마주 잡아야 잡는다고 할 수 있는 거야."

여전히 가슴을 뜨겁게 달구고 설레게 만드는 봄의 미소에 문득 한 장면이 스쳤다. 그것이 진짜인지 상상인지 모르겠지만 너무도 선명하게 떠올랐다.

"웃고 있었어."

"정말?"

"편해 보였고."

아파하지 않던 도희의 모습이 눈앞에 흘러 지나갔다. 그토록 많은 시간들이 있었는데 가장 평범하고 편안한 어느 날 갑작스레 나와 준 도희가 고마우면서도 신기할 따름이었다.

꼭 '이제 괜찮아?'라고 물어봐 주는 것처럼 말이다.

깊게 흐르는 숨결을 따라 봄이 그를 한쪽으로 이끌었다. 어둑해진 방 안 한편, 일부러 마련해 둔 소파에 앉은 그녀가 아직 잡고 있는 도경의 손을 당겼다. 자연스레 제 곁에 앉게 된 그에 봄이 장난스레 말했다.

"이제 잘 시간이야."

꼭 주하를 대하는 듯한 말투였지만 도경은 정말로 피곤해지는 자신을 느꼈다.

"조금."

부정하지 않고 어깨를 으쓱이는 그를 향해 그녀는 눈을 가늘게 떴다.

"조금? 눈에 눈물 맺혔는데?"

"설마."

"안 통하네."

의미 없는 대화였지만 오히려 안정감을 주는 이야기였다. 봄은 짧게 소리 내어 웃고 도경의 어깨에 머리를 기댔다. 그저 기댄 것만으로도 편안해서 길게 팔다리를 뻗은 그녀가 중얼거렸다.

"지금은 윤주하 엄마 말고 윤도경 애인이야."

절대 포기할 수 없는 포지션이었다. 아내, 가족이라는 말도 좋지만 여전히 '애인'이라는 말은 심장을 뜨겁게 만든다. 그는 참을 수 없는 두근거림에 봄의 턱을 잡아 올렸다. 그리고 바로 살짝 벌어진 입술에 입을 맞췄다.

깊은 입맞춤은 아니지만 충분히 닿았다 떨어진 입술에 두 사람의 눈동자가 일렁였다. 언제쯤 가실까, 언제쯤 가라앉을까 싶을 만큼 사랑으로 가득한 시선을 받아들이며 봄이 속삭였다.

"사랑해."

어렵지 않게 매일같이 속삭이는 고백에 그의 눈이 호선을 그렸다. 도경은 그녀의 뺨을 부드럽게 쓰다듬고 다가갔다.

지금의 평온함과 안녕에 감사하듯이 그들은 다시 한번 입을 맞췄다.

마침

외전 1.
첫사랑

　올려다보는 것만으로도 기분을 좋게 만드는 날씨였다.
　파란 하늘과 꽤 선선한 공기, 적당한 온도의 봄은 싱그러운 새 출발의 냄새를 품고 있었다. 그것은 모든 수업이 끝나고 돌아가는 학생들로 즐비한 학교에서도 마찬가지였다.
　와르르.
　쓰레기통에 담겨 있던 쓰레기를 소각장에 모두 털어 넣은 도희는 파란 통에 아직 이물질이 남았는지 꼼꼼히 확인했다. 통은 깨끗했고 말끔하게 비워진 통을 보니 도희의 마음도 한결 가벼워졌다.
　이내 통을 들고 소각장을 빠져나가던 도희를 낯선 목소리가 잡았다.
　"윤도희."

그녀를 부른 건 낯선 목소리만큼 낯선 얼굴이었다. 같은 반인 건 맞지만 지금껏 대화 한 번도 해 본 적 없는, 소위 말하는 '노는 아이' 중 하나였다.

불쑥 나타나 불쑥 다가온 아이, 이름은 모르겠지만 분명 반 번호 34번 정도였던 아이는 전에 없이 선한 표정으로 물었다.

"너희 오빠가 진짜 문하고등학교 윤도경이야?"

뜬금없이 나온 오빠의 이름에 도희의 눈이 휘둥그레졌다. 그것도 정확히 학교 이름까지 맞힌 터라 모르는 척할 수도 없었다.

"그런데, 왜?"

"맞아?"

"…맞아."

께름칙하게 대꾸하며 한 걸음 물러나기가 무섭게 다가온 34번이 도희의 팔짱을 낚아챘다.

정확히 말하자면 팔짱을 낀 것이지만 워낙 강하게 당긴 터라 도희에겐 그것이 유쾌하게 느껴지지 않았다.

"대박! 어쩐지, 나 처음부터 너 어디서 많이 본 것 같았거든."

이어서 친근한 척 구는 것조차 도희는 불편하기 그지없었다. 다만 남을 밀어내는 것이 익숙하지 않은 도희는 잡힌 손만 꼬물대며 어깨를 좁혔다.

"나는, 모르겠는데."

"아니야. 봤어. 지금 보니까 너 너희 오빠랑 진짜 많이 닮았다. 근데 너희 오빠도 나 알걸?"

그럴 리가 없었다. 본인 학교에서도 친구가 많지 않은 사람이 중학교 애들을 알 리 없다. 도희는 답답한 팔을 빼내며 고개를 저었다.

"어… 근데 나 이제 교실로 올라가 봐야 하는데. 친구가 기다려서."

"온봄? 맨날 같이 다니잖아."

"어어, 지금 위에서."

"쓰레기 버린 거지? 같이 들어 줄게. 근데 온봄도 졸라 웃긴다. 맨날 옆에 붙어 다니더니 왜 지금은 너 혼자 보냈대?"

빼앗듯 쓰레기통 끝을 잡는 34번의 말에 내내 우물쭈물하던 도희의 표정이 달라졌다. 안 그래도 하얀 얼굴이 창백한 빛을 머금고 제 오빠 못지않게 사나운 눈빛이 34번을 향했다.

탁, 쓰레기통을 가져온 도희가 매섭게 쏘아붙였다.

"봄이가 항상 나 도와줄 이유도 없고 청소 구역이 달라서 그런 거야. 왜 그렇게 말을 해?"

항상 말수도 없고 존재감도 없던 도희의 180도 다른 모습에 34번은 꽤 놀란 표정을 지었다. 차가운 시선이 무섭다고 느껴질 정도라 주춤주춤한 34번은 얌전히 손을 놓았다.

"…아, 그래? 뭐… 알겠어. 아, 아무튼 저기, 그러면 도경 오빠 전화번호 좀 알려 주라."

아마 이 친구가 진짜 바란 건 이것이었을 거다.

금세 본래 표정으로 돌아온 도희가 의심을 담아 물었다.

"번호는 왜?"

"왜긴. 그냥 친구 오빠니까. 어… 그리고 그 오빠 공부 엄청 잘한다고 소문났잖아. 친구 좋다는 게 뭐야. 공부도 좀 배우고 그러고 싶어서."

누가 봐도 거짓말이었고 그렇지 않아도 알려 줄 마음은 없었다. 다만 이번에도 거절하지 못하는 성격이 발목을 잡았다.

한 걸음 물러나 있었던 34번이 냉큼 다가와 재차 도희의 팔을 잡았다.

"참, 오늘 우리 노래방 갈 건데 같이 가자! 나 아는 오빠가 너 보고 좀 관심 있어 했었어."

"난 괜찮아. 그런 데 별로 안 좋아……."

"가면 좋아할 거야."

"아니."

막무가내로 밀어붙이는 통에 어쩔 줄 모르는 도희의 팔을 34번은 더욱 세게 잡았다.

"그 오빠 이 일대에서 알아주는 오빠야! 개잘생겼다? 근데 너 노래 잘해? 목소리는 작은데 엄청 부드러운 것 같다. 맞다, 그러면 그 오빠랑 친구도 있잖아. 이름 존나 예뻤는데, 온결인가? 그 오빠 번호는? 그 번호는 알려 줄 수 있지?"

"우리 집 혈육 번호를 네가 왜 물어봐?"

"응? 네 오빠는 윤도경……."

자연스레 스미든 덧붙임에 대답하던 34번의 입이 다물렸다. 그리고 일그러진 얼굴로 고개를 돌렸고 거기엔 팔짱을 낀 목소리 주인이 다가오고 있었다.

"내 핏줄 번호를 왜 물어보냐고."

무척 호전적인 태도를 가진 목소리의 주인을 본 도희의 표정이

환해졌다. 핏기 없는 얼굴에도 화색이 도는 사이 완전히 가까워진 목소리… 아니, 봄은 뻐딱하게 서서 되물었다.

"왜 물어봤냐고."

"가, 같은 반 친구끼리 그것도 못 물어봐? 내가 무슨 돈이라 뺏고……!"

"야."

대뜸 말을 자른 봄은 손에 쥔 두 개의 가방을 잠시 바닥에 내려놓고 말을 이었다.

"양심은 있냐? 우리가 어떻게 네 친구야."

호전을 넘어선 대응이었지만 어쩔 수 없는 일이었다.

학교에 입학한 지 겨우 보름. 봄은 그 보름 동안 다섯 번을 싸웠다. 물론 봄이 정신을 놓고 여기저기 싸움을 걸고 다니는 사람은 아니다. 그러나 유난히 연약한 도희를 표적으로 삼고 심술을 부리는 이들을 보고 가만히 있을 봄이 아니었다.

하루가 멀다 하고 불처럼 타오르는 봄 때문에 논다 하는 아이들이 두 사람을 피하기 시작하는 데엔 오래 걸리지 않았다.

어쨌든 꽤 여럿의 기피 대상이 되어 버린 봄의 등장에 34번은 당황하다 버럭 소리쳤다.

"말 존나 싸가지 없이 하네! 야, 너 뒤질래, 진짜?"

"싸가지? 왜, 진짜 싸가지 없는 게 뭔지 보여 줘?"

"아니, 그게 아니고."

저도 모르게 외쳤지만 일단 욕을 먹은 봄은 성큼성큼 다가오고 있었다. 이미 붙어 본 경험이 있는 34번은 본능적으로 뒤로 물러섰다.

"너, 너 오지 마. 오면 가만 안 둬."

"맞아."

"뭐가!"

"누가 가만둬지지 않는지는 대 보면 알겠지."

희미하게 짓는 미소와 선량함을 가장한 독기 가득한 시선은 보는 사람을 주눅 들게 하기에 충분했다.

"너 이리 와."

곧게 뻗어 까딱이는 손끝도.

"아, 진짜! 저 미친년, 너 두고 봐! 나중에 가만 안 둬!"

그간의 반복 학습 덕분인지 매섭게 외치면서도 34번의 몸은 이미 저 멀리 사라지는 중이었다. 간단하게 악마를 퇴치한 봄은 내려놓았던 가방을 들고 다가와 이리저리 살폈다.

"어디 해코지당한 거 없어?"

"아무렇지도 않아. 그냥 몇 마디 한 거야."

도희는 혹시나 봄이 또 싸우기라도 할까 얼른 고개부터 저었다. 그럼에도 꼼꼼히 살펴보던 봄은 가방을 건네주며 말했다.

"호루라기라도 가지고 다녀. 다음에 또 저러면 바로 호루라기 불고. 괜히 스트레스 받으면 너 피곤해져."

농담이 아니라 진심이라는 점에서 도희는 헛웃음이 났다.

"과보호야."

"이래야 내 마음이 편해. 그러니까 네가 이해해 줘."

"잘났어."

"청소 다 했으면 집에 가라고 했어. 가자."

"응."

매번 자신의 뒤를 봐주고 챙기느라 바쁜 봄에게 미안하면서도 고마운 마음만 가득한 도희였다.

학교에서 집까지 가는 길은 걸어서 15분 남짓이었다. 매일 다니는 길이지만 할 이야기는 많았고 두 사람은 이 등하교 시간을 가장 좋아했다.

"아직 춥다."

이제 겨우 겨울을 조금 벗어난 초봄의 날씨는 이따금 입김이 나올 정도였다. 처음 입어 본 교복에 익숙해지기도 전인 애매모호한 계절이었지만 봄은 벌써 다음 계절을 생각하고 있었다.

"여름에 뭐 할까."

봄이 제대로 오기도 전부터 나온 여름 이야기에 도희는 자연스레 맞춰 주었다.

"수영장이나 바다?"

"사람 많아서 힘들 것 같기도 하고."

"그러면 계곡도 괜찮겠다."

"작년에 갔던 곳 좋았지?"

"맞아. 그때 고기 부족해서 물고기 잡는다고 몇 시간 동안 물에 있었잖아."

"결국 한 마리도 못 잡고."

"잡히는 게 이상하지! 온결이 그물에 걸려서 짜증 낸 건 기억난다."

추억이란 항상 그랬다.

이미 다 지나가고 조금 희석되어 흐릿하지만 그때의 감정만큼은 선명해서 언제나 가슴을 설레게 만든다. 비록 모든 기억이 좋은 건 아니지만 기억하기에, 추억이 되었기에 남은 감정들을 곱씹을 수 있게 했다.

오랜 시간 함께했기에 더더욱 많은 시간들을 더듬어 갈 수 있다 보니 집으로 돌아가는 15분은 1분처럼 짧게 느껴졌다.

봄은 방싯 웃으며 도희의 팔에 팔짱을 꼈다.

"올해도 꼭 가자."

평범하고 일상적인 말 같았지만 도희에게 한 해, 한 해는 남들보다 조금 더 소중했다. 때론 죽은 듯 누워 있던 계절도 있었고, 또 어떨 땐 병실에서 보내기도 했지만 그래도 괜찮았다.

그 어떤 날도 외롭지는 않았으니까.

끄덕.

살짝 끄덕이는 고개를 보며 봄의 입가로 고운 미소가 번졌다.

이야기를 하다 보니 어느새 동네에 도착했고 봄은 대놓고 아쉬운 티를 내며 걸음을 늘어트렸다. 눈에 띄게 느려진 걸음을 보며 웃은 도희가 봄의 팔을 잡아당겼다.

"우리 집에 갈래? 숙제 같이 하자."

"어? 어… 오늘도 그래도 돼?"

"새삼스럽게."

사실 한 달에 이틀 빼고는 거의 매일 찾아오는 봄이라 안 오는 게 더 어색했다. 다만 하도 찾아가다 보니 부모님에게 민폐 끼치지 말라며 한 소리를 들은 터라 요 며칠은 참고 있었다.

"싫은 게 아니고······."

우물쭈물하면서도 방향은 이미 도희와 함께하고 있었다.

도희의 집으로 가는 사이 봄은 거울까지 꺼내 얼굴을 확인했다. 얼굴에 머리에 옷매무새까지 만지작대는 모습을 보며 도희는 애써 웃음을 참았다.

도희는 봄이 왜 갑자기 꾸미고 있는지 알고 있다. 누구를 위해 잘 보지 않는 거울을 보고 저렇게 귀여운 얼굴을 하는지도. 정작 저 모습의 이유인 제 오빠는 눈치채지 못하는 것 같았지만 말이다.

'바보.'

괜히 죄 없는 제 오빠를 탓하며 집으로 향하던 찰나 잘 가던 봄이 미간을 좁히며 중얼거렸다.

"어, 근데 가면 우리 오빠도 있을 것 같은데."

우리 오빠, 즉 온결을 말하는 거다. 봄만큼 매일같이 집으로 오는 게 결이었고, 하필 오늘은 야자도 없다고 들었다.

'아마도?' 하고 흘리듯 대꾸하자 봄은 찌푸린 얼굴 그대로 두 뺨에 손을 올렸다.

"가면 또 왜 왔냐고 그럴 텐데······. 어떻게 먼저 선빵 때릴 수 있을까."

"농담인데 뭘."

"선수필승이야. 먼저 쳐야 안 지는 거야."

"······."

"어떻게 해야 먼저 한 방 먹이지?"

도대체 온 씨 남매는 어떤 생활을 하며 살아가고 있는 걸까.

도희는 새삼 감탄하며 여전히 고민하는 봄을 이끌었다. 얌전히 끌려가던 봄의 걸음이 멈춘 것은 정말 집을 코앞에 뒀을 때였다.

"어……?"

멈춰 버린 발끝은 당혹스러움을 머금고 있었고 덩달아 멈춰 선 도희도 봄의 시선을 따라 고개를 돌렸다. 그리고 낯선 광경을 발견하곤 눈을 휘둥그레 떴다.

멀지 않은 곳에는 도경이 있었다. 남색 교복이 유난히 잘 어울리고 또래보다 성숙해 보이는 맵시를 가진 그는 혼자가 아니었다.

"어어?"

혼란에 빠진 듯한 봄의 눈에 들어온 건 자연스레 도경의 어깨를 만지는 여자의 손이었다.

그의 어깨를 털어 주듯 톡톡 건드리고 은근슬쩍 맞닿는 팔에 봄은 안 그래도 큰 눈을 더욱 동그랗게 만들었다.

눈에 보이는 그들은 선남선녀였다. 다 자라지 못한 어린아이들과 달리 한껏 꾸민 여자, 분명 이제 겨우 열일곱에 불과하지만 감추지 못한 듬직함을 가진 도경은 잘 어울리는 한 쌍 같았다.

"……."

잠시 제 모습을 내려보던 봄의 얼굴에서 자신감이 사라졌다. 어디 가서 자신이 부족하다고 생각해 본 적 없던 봄이지만 왠지 이번엔 괜한 속상함에 입술을 깨물었다.

저도 모르게 로션만 겨우 바른 제 얼굴과 도경과 함께 있는 여자의 예쁜 얼굴을 비교하고 말았다.

마음에 천둥 번개가 치고 벼락이 떨어진 봄은 아직 손에 쥐고 있던 거울을 주머니에 넣었다. 그리고 머쓱하게 웃으며 말했다.

"나 오늘은 집에 갈게."

"어, 어? 봄아!"

잡을 틈도 없이 돌아선 봄이 어깨를 축 늘어뜨리며 집으로 향했다. 당황한 도희의 부름에도 힘없이 터덜터덜, 집으로 향하는 봄의 뒤로 빠른 걸음 소리가 들렸다.

당연히 도희일 것이라 생각한 봄이 애써 웃으며 손을 들었다.

"갑자기 할 일이 생각나서 그래, 걱정 말고……."

얼굴을 보기도 전에 말부터 하던 봄은 당연히 보여야 할 도희의 얼굴이 없자 말끝을 흐렸다. 도희의 얼굴 대신 보이는 건 가지런한 남색 교복. 목까지 단정히 묶은 넥타이. 왼쪽 가슴에 박힌 이름 석 자.

"무슨 일 있어?"

어느새 다가와 봄의 얼굴을 살피고 있는 건 도경이었다.

"내 말 천천히 생각해 봐."

과외 선생은 혹시나 도경이 마음을 돌릴까 한 번 더 말했다.

예의상 배웅을 하고 있던 도경은 차분히 말을 이었다.

"괜찮아요."

짧지만 확실한 의지에 그만할 만도 한데 과외 선생은 집요하게 회유하려 했다.

"아버님은 서울에 올라오길 바라셨어."

"동생도 있고 여기가 좋아서요."

"동생이야 공기 좋은 곳에 있으면 좋지만 넌 여기 있기에 아깝지. 네 성적이면……."

"그렇게만 말해 주세요."

어쩐지 사나운, 어딘가 매서움이 일렁이는 단호함이었다. 살짝 민망해진 과외 선생은 목을 가다듬다 도경의 어깨에 손을 얹었다.

일단 이 학생의 과외만 맡을 수 있으면 어지간한 학원 강사 자리보다 두 배는 받을 수 있었다. 우선 도경과 친해질 겸 그녀는 최대한 친근하게 다가섰다.

이 나이 또래의 남학생들은 이성에 취약한 법이니까.

"아 참, 이왕 이렇게 된 거 밥이라도 먹을까? 문제집이나 인강 종류들 상의도 좀 할 겸……."

"아니요, 저는……."

"봄아!"

세 가지의 목소리가 거의 동시에 울렸다.

과외 선생의 말이 끝나기도 전에 거절하던 도경과 도경의 거절이 끝나기도 전에 나온 도희의 외침이었다.

반사적으로 고개를 돌린 도경은 제 동생 너머 평소와 다르게 기가 죽은 봄의 뒷모습을 발견했다. 그는 더 말을 잇지 않고 곧장 움직였다.

"잠깐, 내 얘기 아직!"

당황한 과외 선생이 부르건 말건 금세 도희를 지나친 도경은 모퉁이를 돌기 직전인 봄의 뒤로 따라붙었다.

그 모습을 보던 도희는 만족스럽게 웃으며 먼저 집 안으로 향했지만 봄은 미처 보지 못했다.

"갑자기 할 일이 생각나서 그래, 걱정 말고."

"무슨 일 있어?"

뒷모습만 봐도 알 수 있는 전혀 다른 분위기를 기가 막히게 읽은 그였다.

갑작스레 나타난 도경에 눈에 띄게 당황한 봄이 눈동자를 굴리다 고개를 저었다.

"아, 아니, 없는데. 근데 언제 여기까지."

"그런데 얼굴이 왜 그래."

"어? 내, 내 얼굴이 뭐."

기척도 없이 나타나 뜬금없는 소리까지 해 대니 전에 없이 허둥대는 그녀에게 도경은 한 걸음 더 다가갔다.

표정이며 행동이며 평소와 180도 다르다. 무언가 있는 게 분명했고 그는 이유를 알아야 했다.

"못생겼어."

물론 알아내는 방법이 다소 짓궂긴 했지만.

당연하게도 봄의 반응이 좋을 리 없었다.

"나도 알거든?"

좋은 건지 나쁜 건지, 기 죽은 어깨는 금세 돌아와 씩씩댔다. 간단하게 봄의 분위기를 반전시킨 도경은 피식 웃으며 돌아간 그녀의 고개 쪽으로 몸을 움직였다.

"농담이야."

"됐거든."

자연스럽게 짓는 미소와 부드러운 손짓은 누구도 쉽게 볼 수 없는 얼굴이었다. 온전히 마음을 터놓은 상대에게만 보이는 이 얼굴은 제 아버지에게도 보이지 않았다.

도경은 봄과 눈을 맞추며 말을 이었다.

"미안해, 내가 잘못했어."

그 말이 거짓이 아님은 봄도, 도경도 알고 있었다. 그래서 더 화를 내지도, 토라진 척 심술을 낼 수도 없었다.

"그게 잘못한 거면 온결은 나한테 석고대죄해야 돼."

오늘도 어김없이 영문도 모르고 끌려 나온 결이 어딘가에서 귀를 후빌 무렵, 도경이 물었다.

"학교에서 무슨 일이 있던 거야?"

분위기만 읽을 줄 알지 다른 눈치는 전무한 그에 봄은 괜히 제 팔만 괴롭혔다.

"…아니."

"싸웠다든가."

"내가 맨날 싸우냐."

"아니었어?"

"…그건 그렇지만."

부정할 수 없는 사실이었다. 중학교에 입학하고 일주일 만에 부모님을 두 번이나 소환한 게 그녀였다.

솔직하게 인정해도 왠지 토라진 모습에 그게 이유가 아님을 눈치챈 도경은 다시 물어보았다.

"왜 기분이 상했는지 말해 주면 안 돼?"

상냥했다.

때론 짓궂고 때로는 온결과 함께 괘씸한 장난을 걸 때도 있지만 그는 항상 다정하고 부드러웠다. 그것이 얼마나 사람을 설레게 만드는지 도경은 모를 거다.

'어른스러운 척하는 건 망했어.'

그러고 싶어도 얼굴에 고스란히 드러나는 감정은 막을 수가 없다. 봄은 뒷짐을 지고 괜히 발끝으로 툭툭 바닥을 쳤다.

"알아서 뭐 하게."

심술 아닌 심술. 괜스런 고집을 부리며 고개를 숙였다. 어수룩한 자신이 부끄러워 가린 눈빛을 알았을까. 가만히 듣고 있던 도경이 불쑥 무릎을 낮췄다.

그리고 고개를 숙여 내려간 봄의 눈과 시선을 맞춰 올려다보며 말했다.

"풀어 주려고."

"……"

"기분 상해 있으면 속상하잖아."

콩닥콩닥.

언제부터였을까. 언제부터 윤도경을 이렇게 좋아하게 되었을까. 정확한 날짜, 시기, 순간은 알 수 없었다. 그저 어느 날 문득 돌아본 그가 너무도 멋있어서, 심장이 아플 만큼 좋아졌다.

얼굴도 목소리도 행동도 모든 것이.

봄은 저도 모르게 뜨거워지는 얼굴을 숨기기 위해 두 손으로 투박스럽게 제 볼을 괴롭혔다. 꾸깃꾸깃 뺨이 일그러졌다.

"왜 맨날 애 취급이야."

하지만 구겨졌던 마음은 펴진 듯 조금 더 솔직해졌다.

손을 내려놓은 봄이 훌륭하게 감정을 감추는 대신 궁금증만큼은 시원하게 질문했다.

"누구야?"

"누구?"

"방금 그 예쁜 언니."

이 와중에 예쁜 것은 예쁜 것이라, 예쁘다고 할 수밖에 없는 스스로가 서글펐다. 잠시 생각하던 도경이 순순히 대답해 주었다.

"아버지가 과외 신청을 해 주셔서 잠깐 만났어."

"과외 선생님?"

"맞아."

선생님이라는 말에 잠시 눈동자가 돌아갔다. 선생님이라는데 더 다른 할 말이 필요할까. 그러나 왠지 모르게 도경이 이 과외를 하는 것이 마뜩지가 않았다.

흔한 이야기 아닌가. 예쁘고 상냥한 과외 선생님과 그런 선생님에게 마음을 주는 학생의 이야기. 어쩌나 상상력이 좋은지 있지도 않은 일을 만들고 혼자 불편해하고 있었다.

"하려고?"

바로 지금처럼 없어 보이는 질문까지 하면서.

묻고도 확 창피해져 입술을 말아 무는 봄을 도경은 분명하게 읽었다. 이유는 알 수 없으나 봄이 자신의 과외를 좋아하지 않고 있었다.

어차피 아버지가 마음대로 보낸 선생이었고 찾아온 사람을 그냥 보낼 수 없어 몇 마디 나눈 것뿐이었다. 애초에 할 생각이 없었다.

어쨌건 그럴 터였지만, 괜히 조바심이 나 눈치만 보는 봄이 귀여워 놀려 주고 싶어졌다. 그는 낮췄던 몸을 바로 세우고 고민 없이 고개를 끄덕였다.

"나쁘지 않아서 생각 중이야."

"잘 가르쳐 주실 것 같아?"

"뭐, 여러모로."

"…여러모로 뭐?"

"말 그대로."

우스운 말장난을 하듯 몇 마디를 나누던 봄은 입술을 옹골차게 모았다. 그리고 팩 돌아서 집으로 향했다.

"그래, 열심히 해. 아, 나 일이 있어서 집에 가니까 도희한테 대신 말해 줘."

이 와중에 도희를 챙기는 봄이다.

겨우 웃음을 참은 도경이 그녀를 따르며 봄의 어깨를 툭 건드렸다.

"이러니까 자꾸 놀리지."

"웃겨! 누가 놀려진다고."

"아니면 화났거나."

"화 안 났거든요."

"내가 실수했어?"

졸졸 뒤따르며 연거푸 제 실수를 묻는 통에 이제 자신의 이런 이유 없는 심술이 더 낯 뜨거워진 봄이었다. 그녀는 가던 발을 멈추고 고개를 저었다.

"실수 안 했고 화도 안 났어. 진짜야. 오빠는 잘못 하나도 없어."

정말로 심술일 뿐이다.

아주 오랜만에 도경을 오빠라고 부른 것 같다. 평소 호칭도 오빠인 건 맞지만 어쩐지 자주 부르지 않았다고 해야 하나.

머쓱하게 머리를 긁적이며 그제야 두 눈을 바로 맞추자 도경 또한 잔잔히 마주 웃으며 머리를 쓰다듬었다.

"오늘따라 이상해서 그래. 말해 봐, 뭔데. 누가 괴롭혔어."

"어린애 취급 하지 말라고 했지."

이리저리 툭툭 그의 손을 마구잡이로 쳐 내며 또다시 장난이 이어졌다. 툭탁툭탁대는 사이 마음은 거의 다 풀어진 후였다. 봄은 아주 조금 남은, 도경은 모를 앙금을 풀기 위해 도희와 나눴던 대화를 꺼냈다.

"올해 여름에도 같이, 놀러 갈 거지?"

"아마도."

"그럼."

그녀답지 않게 잠시 뜸을 들이며 간을 보던 봄은 유치해서 소름이 돋을 정도의 질문을 생각하고 말았다.

할까, 말까.

고민에 고민을 거듭하다 결국 본능에 져 묻고 말았다.

"그럼, 아까 그 언니랑 나랑 물에 빠지면 누구 먼저 구할 거야?"

맙소사!

끝내 꺼내고 말아 버린 것은 자신이 생각해도 뜬금없고 황당했다. 난데없는 질문을 받아 저보다 더 황당할 도경은 약 3초간 아무 말이 없다 차분히 답했다.

"난 그 선생님하고 놀러 갈 생각이 없는데."

정말 완벽한 대답이었다.

듣는 순간 괜히 혼자 가지고 있던 바보 같은 앙금들이 씻은 듯이 사라졌다. 멋대로 씰룩이는 입꼬리를 겨우 단속하며 눈동자를 굴린 봄이 말을 이었다.

"그, 그야 그렇지만… 만약에."

"꼭 해야 돼?"

"해야 돼."

"119부터 부르고 최대한 둘 다 구할 거야."

아차! 윤도경이 이런 사람이라는 걸 잠시 잊었다. 봄은 두 손을 마구 흔들었다.

"아, 아니! 그런 진지한 게 아니고!"

"난 사람 구할 정도로 수영을 잘하진 못하는데."

"…튜, 튜브 있어. 튜브 있으면 그거 누구한테 던질 건데."

최대한 현실적이게 기출 변형하여 묻는 질문은 사실 답이 정해진 질문이었다. 그리고 그녀는 도경이 제가 원하는 답을 해 주리라 믿어 의심치 않았다.

하지만 세상은 호락호락하지 않았다.

"선생님."

일말의 고민도 없이 나온 대답에 봄은 적잖이 충격을 받았다.

뻐끔뻐끔, 입술만 벙긋대며 할 말을 잃은 그녀가 순간 울상을 짓기 직전 도경의 눈이 예쁘게 호선을 그렸다.

"애초에 물에 빠질 정도로 위험한 곳에 널 보낼 리 없으니까."

쿵.

"고기 구워 줄게, 옆에 있어."

다정한 속삭임과 함께 머리를 쓰다듬는 손길이 이어졌.

바닥까지 떨어졌던 심장이 빠르게 상승했다. 거칠게 박동하는 심장 소리에 주변 모든 소리가 사라지고 봄은 이제 더 이상 아무런 생각도 들지 않았다.

바보같이 고개를 끄덕이는 그녀에게 도경이 손을 내밀다 멈칫했다. 어릴 땐 어떤 머뭇거림도 없이 잡았던 손이다. 이제는 쉽게 잡을 수 없게 되어 버린 어설픈 아이들의 사이로 바람이 스치고 도경은 집으로 고갯짓을 했다.

"가자."

"어디를?"

"우리 집. 도희가 기다릴 거야."

"우리 오빠 있어?"

"괴롭히면 혼내 줄게."

"같이 괴롭히지나 마."

농담과 장난이 얽히는 두 사람의 걸음이 한곳으로 향했다. 찬바람이 가시고 따뜻한 햇볕이 쏟아지는 날이 다가오고 있었다.
그리고 결코 잊지 못할 이별의 계절도.

외전2.
나에게 온 도경

갑작스럽게 찾아왔던 부모님이 돌아가신 건 저녁까지 먹은 후였다.
혼란과 놀라움, 비밀이 모조리 들통 나고 거짓말처럼 모든 것이 해결되어 버린 밤하늘 아래, 세 사람이 화목하게 인사를 나눴다.
"운전 조심하시고 일 있으시면 바로 연락 주세요."
"걱정 말고 들어가. 날 아직 춥다."
"예, 아버지. 어머니도요."
"알겠으니까 어서 가. 쟤 가자미눈 뜬다."
봄을 제외한 세 사람 말이다.
대체 저들은 누구의 부모님인가. 알고 보니 이게 바로 시집살이인가. 비죽 튀어나온 투덜거림을 뒤로하며 차가 완전히 사라질 때가 되어서야, 봄은 도경의 옆구리를 콱 찔렀다.

"어른들을 그렇게 살갑게 대할 줄 아는 사람인지 몰랐습니다만."

꽤나 따끔한 충격에 도경이 옆구리를 문지르며 어깨를 으쓱였다.

"좋잖아."

왠지 놀림을 받는 듯한 기분이 들어 봄은 불퉁하게 먼저 걸어갔다.

"내 편은 하나도 없어."

"여기 있잖아."

"아닐걸. 내 편 아니에요. 남의 편이지."

"다행이네, 남편이라."

"농담이죠? 남의 편이 다행이라니."

"그렇잖아."

"이상한 취향이네. 무슨 그런."

그 순간 도경의 손이 그녀를 잡아당겼다.

"결혼하자."

언제나 멀고 낯설게만 느껴졌던 단어가 도경의 입에서 나왔을 때, 봄은 아무런 생각도 들지 않았다.

그저 세상에서 가장 본능적인 사람이 된 듯, 대답을 해야 한다는 생각뿐이었다.

"당연……."

지체 없이 나오는 확답과 함께 그의 팔을 잡을 때였다. 그녀의 팔목을 쥔 도경의 손에 힘이 들어갔고 저절로 봄의 입술이 멈췄다.

그는 어느 때보다 진지한 표정으로 그녀를 불렀다.

"봄아."

도경의 얼굴에는 어쩐지 웃음이 남아 있지 않았다. 그렇다고 기분이 나빠 보이는 건 아니었다. 그저 아주 진지한 감정이 전해졌다.

그는 봄의 어깨로 손을 얹었다.

"천천히 생각해."

그게 꼭 자신을 의심하는 것 같아서 그녀는 미간을 좁혔다.

"홧김에 대답하는 거 아니에요."

"알아."

"알면서 왜."

"네 마음 의심하는 게 아니야."

"……"

"그저 지금 이 상황과 순간의 감정에 휩쓸리지 않길 바라."

차분히 설명하는 도경의 손에 힘이 들어갔다. 제 말에 봄이 오해하지 않길 바라는 듯 선명한 시선이 이어졌다.

몸을 조금 낮춰 정면으로 시선을 맞주한 그가 봄의 뺨을 쓸었다. 봄은 왠지 서운한 마음이 들어 입술을 물었다.

"왜 그렇게 시험하는 것처럼 말해요? 지금 감정이 충동적인 것도 아니고 내 감정이 아닌 것도 아닌데."

"나와 함께하는 시간들이 네 인생의 전부가 아니니까."

설마 이런 때에 제 인생이 논해질 줄은 몰랐다.

일순 말문이 막힌 봄을 이해하듯 도경은 고개를 끄덕였다.

"네가 만들어 놓은 '온봄'이라는 시간에 나를 놓는 게, 너에게 정말로 옳은 건지 꼭 생각했으면 해."

당연한 것 같지만 당연하지 않은 질문이었다.

프러포즈와 인생에 대한 진지한 조언을 같이 받을 줄 누가 알았을까. 그녀의 눈이 가늘어졌다.

"…지금 오빠 친구 포지션 잡은 것 같은데."

불만 서린 속삭임에 도경의 손이 아예 봄의 몸 뒤로 돌아갔다. 자연스레 그녀를 앞으로 당겨 안은 그는 봄의 귓가에 속삭였다.

"거기에 대한 대답은 이미 여러 번 한 것 같아서."

왠지 귓가가 확 달아오르는 음성이었다.

배 안쪽에서 뜨겁게 달아오르는 것을 느끼며 고개를 올리자 도경은 살짝 흐트러진 그녀의 머리카락을 쓸며 말을 이었다.

"온봄은 내가 사랑하는 여자인 것도 맞지만."

손가락 끝 하나하나가 왜 이렇게 달콤하고 따뜻할까. 본래 차가운 손을 가진 사람인데 이상할 정도로 사람 마음을 달군다.

이미 반했는데 매번 다시 반하는 것 같아 입술을 말아 무는 그녀를 그가 달랬다.

"그 전에 레벤의 실장, 부모님의 딸, 온결의 동생이기도 하니까. 그런 너에게 내가 함께할 자격이 있는 사람인지 생각해 봤으면 해서."

"자격이라니."

"막연하게 아니라 조금 더 이기적이었으면 좋겠어."

"……"

"내 모자람을 채워 주기 위해서가 아니라 온전히 널 위해서."

그제야 도경의 긴말이 무엇을 뜻하는지 알 것 같았다.

결코 그의 바람도, 의도도 아니었지만 도경의 부모님은 이혼했다. 그것으로 끝이 아니라 남겨진 아이들은 무척 고되고 힘든 시간을 보냈어야 했다.

 아마 도경이 말하는 건 결과가 아닐 거다. 그 결과로 향하던 과정까지 모두 포함한 걱정이자 배려일 것이다.

 지금과는 달라질 시간들을 받아들일 준비를 하길 바라는 마음.

"어려워."

 봄은 낮게 웃고 허공에서 살랑이던 손을 그의 어깨에 얹었다.

"나, 온결 동생이에요."

"갑자기?"

"그런 극악무도한 핏줄이라고."

"…지금 온결한테 조금 미안해졌어."

"고민해야 하는 건 윤도경 아닌가 싶어서."

 신랄하게 오빠를 매도하는 자신에게 헛웃음을 지어 보이는 도경을 보며 봄은 그의 목에 팔을 감았다.

"생각할게요."

 이제 더 좁아지기 어려울 정도로 가까워진 그들은 조금 다른 이야기 길로 접어들고 있었다.

 좀 더 은밀한, 그들만의 이야기로.

"우리가 정말로 행복해질 수 있는 방법."

 어느새 도경의 뺨을 쓰다듬던 손길이 꽤 야릇하게 귓불까지 매만졌다. 옅은 자극에 입꼬리를 올린 그는 그녀의 손등에 제 손등을 얹었다.

"급할 필요 없어."

 몸을 스치는 바깥 공기처럼 도경의 옅은 숨소리가 가볍게 스쳤다.

"지금으로도 충분하니까."

그것은 어쩐지 마음에 평온을 주는 것처럼 느껴졌다. 봄은 괜스레 찡그렸던 눈을 펴며 그의 가슴에 이마를 콕 가져갔다.

짙은 밤이었다.

때때로 그런 생각이 들 때가 있다.

그들은 여전히 어리던 그때와 다르지 않은 건 아닐까. 처음 만났던 그때부터 지금까지 몸은 자랐어도 머릿속과 마음은 그대로이지 않을까, 하고.

하지만 그런 생각이 들 때 이따금 도경이 보여 주는 시선은 제 생각이 얼마나 틀렸는지 알게 했다. 그가 말했었다.

동생에겐 '그런' 생각은 하지 않는다고.

그렇다면 지금 도경이 자신을 향해 보이는 눈동자는 결코 순수한 뜻은 아니었다.

"…손이 원래 이렇게 따뜻했던가?"

가벼워진 옷차림을 만지는 그의 손바닥에 봄은 저도 모르게 물었다. 그녀의 허벅지에 살며시 손을 얹던 도경은 잠시 엄지로 손끝을 만졌다.

분명 예전엔 조금 더, 아니 확실히 냉골에 넣은 듯 차가웠던 것 같은데. 그러고 보니 언제부턴가 얼어붙었던 손이 점차 따스해지고 있는 것 같았다.

"확실히."

천천히, 시나브로.

"물들었나?"

농담처럼 진담처럼 살금살금 속삭인다.

귓가에 움직이는 부드러운 속삭임에 저도 모르게 어깨를 움츠리며 낮게 웃은 봄은 그의 뺨을 살며시 매만졌다.

"그랬으면 좋겠다."

그저 본인에게 조금 더 관대하고 따뜻한 사람이 되길 바라는 마음으로 그녀는 도경의 손바닥에 입을 맞췄다.

쪽.

과장된 소리를 내며 귀엽게 웃는 봄을 보며 그는 조심스럽게 물었다.

"차갑지 않았어?"

행여나 제 얼음장 같았던 손길에 그녀가 불편하진 않았을까 걱정하듯이. 그녀는 자신을 내려다보느라 흔들리는 도경의 앞머리를 살랑살랑 만져 주었다.

봄의 눈이 장난스럽게 호선을 그렸다.

"내가 너무 뜨거워서 딱 좋은 온도였는데."

듣기 좋은 말이 전해 주는 자그마한 속삭임은 안 그래도 샘솟은 감정을 더욱 깊게 파고들게 했다. 도경은 이제 더 이상 차가울 수 없었다.

그는 제 몸을 묶어 둔 옷자락을 벗으며 그녀의 위로 내려섰다. 마르지 않은, 탄탄한 육체에 꿀꺽 침을 삼킬 무렵 도경이 봄의 귓불을 물었다.

"이제는 같이 뜨거워져서 아무 생각도 안 나."

분명 이제 그는 조금도 차갑지 않았다.

손끝이 전달하는 감정이 피부 아래, 온갖 신경을 건드리는 듯했다. 봄은 이제 어둠 속에서도 확실하게 보이는 도경의 마음과 시선에 숨을 크게 들이켜며 허리를 올렸다.

"읏."

배와 배가 맞닿으며 오묘한 이물감이 그들의 사이를 스쳤다. 어느새 달아오른 두 뺨이 정말로 녹아 버릴 것만 같았다. 그는 여린 봄의 허리를 감싸고 벌어진 그녀의 두 다리 사이에 자리했다.

움찔움찔, 살갗이 주는 낯설음에 저도 모르게 흠칫대는 봄의 손을 잡은 도경은 그대로 그녀의 목덜미를 탐했다.

"아……."

오로지 봄만이 풍기는 향기에 점점 더 취해 가며 분위기는 훨씬 농밀해졌다. 공기의 무게가 더해지고 촉촉함을 넘어선 물기가 그들을 삼켜 나갔다.

감출 수 없는 탄성이 입 밖으로 터져 나오며 봄의 목소리에 여릿한 통증과 희열이 가득 차올랐다. 비어 있던 공간을 가득히 채운 도경으로 인해 그녀는 숨을 제대로 쉴 수 없었다.

흔들리는 시트에 맞춰 흩날리듯 움직이는 머리칼에 그의 손가락이 파고들었다. 뒷머리를 감싸 제 쪽으로 당긴 도경은 잘게 떠는 봄의 입술에 입을 맞췄다.

말로 하지 않아도 전해지는 똑같은 마음들이 스며들었다.

서로의 모든 당연함을 담아서.

언제나 오늘처럼 이와 같은 하루를 보낼 수 있다면, 얼마나 좋을까. 아니, 분명 그들은 오늘과 같은 하루를 매일 보낼 것이다. 매일이 기쁘고 좋을 수는 없다고 해도 어떤 하루에서건 그들은 함께할 거다.

굳이 그들을 맺는 매듭이 없어도 헤어지거나 멀어질 것이란 걱정은 없었다.

결혼.

'내가 바라는 건.'

봄은 하나의 질문을 떠올렸다.

'나는.'

무엇을 바라는 걸까.

아주 근본적인 질문을.

도경은 어떠한 재촉도 하지 않았다.

'결혼하자.'

이 한마디를 남기고 달라진 것은 아무것도 없었다. 평소처럼 행동하고 평소처럼 사랑하며 늘 같은 미소로 웃어 줄 뿐이었다.

덕분에 조급해진 건 봄이었다.

"너무 빨리 대답하면 좀, 가벼워 보이나?"

출근을 앞두고 들른 욕실 거울을 향해 묻는 말이었다.

그의 말로부터 벌써 며칠이 지났다. 바로 그다음 날 당장이라도 답을 해 주고 싶었으나 전날의 노곤함에 늦잠을 자 지각할 뻔했고 그날 저녁엔 병원 사정으로 도경이 연달아 당직까지 섰다.

얼굴 볼 시간도 없었으니 대답할 겨를도 없었다.

게다가.

"갑자기 출장이 잡힐 건 뭐야."

그것도 무려 2박 3일이나.

출장은 출근을 하자마자 내려온 본사 공문이었다. 일종의 세미나로 실무 및 각 레스토랑 현황을 교류하는 자리이기도 했다.

이때 동행인이 한 명씩 대동하는데 대개 총괄 주방장이 함께하지만 재완은 딱 잘라 말했다.

'책임질 사람도 없는 주방은 주방이 아닙니다.'

레벤이 열려 있는 한 주방을 떠날 생각이 없다는 뜻이었다.

그러면서 본사 지침에 어찌나 불만을 토해 내던지 제안 한번 했다가 귀에서 피가 날 뻔했다. 결국 이번 세미나는 막내인 진영과 함께하기로 했다.

'이번에도 안 알려 주지는 않겠지.'

오래전 일을 가지고 뒤끝을 보이던 재완의 말에 모두 고개를 저었더랬다.

어쨌건 오늘 바로 출발을 해야 하는 통에 도경과는 더더욱 대화를 나눌 시간이 없었다. 바로 어젯밤까지 세미나 준비를 해야 했으니까.

재빨리 씻은 후 수건에 얼굴을 묻은 봄은 나지막이 중얼거렸다.

"사람이 채근도 하고 재촉도 하고 짜증도 부리고 그래야지. 어쩜 맨날 저렇게 여유로워. 누가 보면 내가 대답 기다리는 사람인 줄 알겠어. 정말, 쓸데없이 인내심만 강해서."

그 인내심까지도 윤도경에게 어울리지만.

험담인지 뭔지 모를 말을 혼잣말로 늘어놓은 그녀는 눈동자를 굴렸다.

'지금이라도 나가서 대답을 해?'

진지하게 고민했지만 왠지 그럴 수가 없었다. 지금 말한다고 한들 그것이 가벼운 대답은 아니겠지만 그가 원한 '진짜 나'를 위한 이유라고는 할 수 없을 것 같았다.

도경과의 결혼이 무섭거나 고민이 되는 건 아니었다. 그녀의 고민은 이기적이었으면 한다는 도경의 말이 마음에 남아서였다.

"윤도경."

누군가의 삶의 일부가 된다는 것.

그저 좋은 감정으로 시작하는 연애가 아닌 함께 걸어간다는 것.

그녀는 거울 속 자신을 향해 말했다.

'감당치.'

도경이 물은 것은 아마도 그런 것일 터다. 세미나를 보내는 사흘간, 도경과 떨어져 있는 이 시간 동안 누구보다 자신을 위한 욕심을 담아 생각할 것이다.

답은 정해져 있지만 그 답으로 향하는 과정에 대해서.

봄은 수건을 뭉쳐 꽉 쥐고 욕실을 나섰다. 서둘러 출근 준비를 마치고 방 밖으로 나서자 이미 출근 준비를 마친 도경이 다가왔다.

"레스토랑까지 가서 만난다고 했었나?"

"아니요. 진영 씨가 여기 앞에 역까지 와 주기로 했어요."

"그러면 아직 시간은 있겠네. 자, 여기."

말을 마친 그가 건넨 건 자신의 차 키였다. 봄은 감사히 그것을 받아 들었다.

"고마워요. 덕분에 진짜 편하게 다녀올 수 있을 것 같아."

이번 세미나에 봄은 도경의 차를 빌리기로 했다. 자차 없이 오가는 것이 어려울 것이라며 세미나 일정을 들은 도경이 곧장 임시 보험까지 들어 가며 빌려주었다.

"괜히 나 때문에 불편하게 했어. 오며 가며 힘들 텐데."

"차 며칠 없는 걸로 그렇게까지 불편하진 않아."

"실수로 차 긁어 놔도 나 미워하기 없기."

장난스럽게 한마디를 덧붙이자 그가 가만히 눈을 맞췄다.

"차만 긁어 와."

"응?"

"차만."

바로 알아듣지 못해 고개를 갸웃하던 봄은 금세 깨닫고 피식 웃었다. 톡, 장난스럽게 도경의 가슴을 건드렸다. 사사로운 걱정보다는 믿음을 보여 준 그는 그녀의 머리를 쓸었다.

"잘 다녀와."

도경은 때때로 봄이 무조건적인 보호가 필요한 상대가 아니라는 사실을 일깨워 준다.

하지만 분리 불안증에 걸린 건 그가 아니라 그녀 자신이었던 모양이다.

"잠 못 자면 전화하고. 너무 일만 하면서 몸 축내지 말고. 요새 당직 선다고 잠도 거의 못 자고."

"이 정도는 괜찮아."

"밥 챙겨 먹어요. 혹시 정말 못 자겠으면 빨래통 봐요."

다용도실을 가리키는 봄의 손끝에 도경이 고개를 기울였다.

"빨래는 왜?"

정말 모르겠다는 듯이 되묻자 그녀는 아무도 없는 집임에도 훅 다가가 귓가에 속삭였다.

"벗어 놓은 옷 있어."

"……."

"오늘 아침에. 따끈따끈해요."

일순 할 말을 잃은 그가 침묵하자 봄은 방긋 웃었다. 언제나 상상 그 이상을 보여 주는 그녀에 결국 헛웃음을 뱉고 만 도경이었다.

그는 봄의 이마를 툭, 치고 말했다.

"걱정거리가 됐네."

"걱정거리가 아니라 혹시나 싶어서 그러는 거지."

"걱정 끼치지 않도록 할게."

장난을 치듯이 같은 말을 반복하던 그때, 그의 미안함을 읽은 봄이 도경의 팔을 잡았다.

"걱정시켜도 돼요. 그건 나만 할 수 있는……."

무심코 가장 속에 담은 말을 잇던 그녀가 잠시 말꼬리를 늘리다 혼잣말을 하듯 말을 이었다.

"맞아요. 나만 할 수 있으니까."

어쩐지 눈앞이 조금 맑아지는 기분을 받으며 그의 팔을 잡은 손에 힘을 준 봄이 입가에 미소를 지었다.

"다녀올게요."

탁.

"아, 시원하다."

얼음을 가득 채운 물을 단숨에 비우고 테이블 위에 잔을 놓은 봄이 몸을 길게 늘였다. 그리고 맞은편에 앉은 진영에게 말했다.

"겨우 2, 3일인데 왜 이렇게 길고 힘든지 몰라요. 고생했어요, 진영 씨."

며칠간 함께하면서 한결 친해진 두 사람은 함께 술을 기울일 정도로 편해졌다. 물론 다음 날 바로 운전을 해야 하는 봄은 관상용으로 둔 캔 맥주 대신 얼음물이 전부였지만.

진영은 귀여운 미소를 지으며 고개를 저었다.

"아니에요. 저는 그냥 옆에서 구경만 했는걸요. 실장님이야말로 많이 힘드셨죠."

"다른 것보단 셰프님이랑 왔으면 더 힘들었을 것 같다는 거? 진영 씨라서 너무 행복해."

"푸하하."

맑은 웃음을 터트린 진영이 제 앞에 놓인 맥주를 들었다. 그리고 커다란 눈동자를 굴리며 말을 이었다.

"이번에 우리 실적 발표할 때 다들 놀라던 거 아직도 생각나요. 신메뉴 성과도 우리 지점이 가장 높았고요."

맥주 한 캔의 효과인지 뭔지 몰라도 진영은 평소보다 좀 더 들떠 있었다. 한껏 신이 나서 지난 이야기를 하는 걸 보니 며칠간 하고 싶은 말이 잔뜩 쌓였던 모양이다.

한창 말을 잇던 그녀는 마른 목을 남은 맥주로 채우고 두 손으로 턱을 받쳤다.

"셰프님이 직접 오셨으면 다들 맛보고도 깜짝 놀랐을 텐데."

혼잣말 같은 중얼거림에 봄이 거들었다.

"유 셰프님이 왔다고 해도, 요리를 했을까요?"

"아."

굳이 생각하지 않아도 재완의 얼굴과 할 말이 보이고 들리는 듯하다. 결국 두 사람은 절대 있을 수 없는 이야기에 웃음을 터트렸다.

한바탕 쏟아진 웃음이 가시고 숙소에는 잠시 고요가 찾아들었다. 서로에게 머뭇대는 어색한 공기가 아니라 잠시 잠깐의 휴식 속 휴식 같은 것이었다.

진영은 이런 상황이 새삼스러워졌는지 마실 수 없는 봄의 맥주에 자신의 빈 캔을 톡 가져갔다.

통.

맑은 빈 소리에 봄이 고개를 들자 진영이 말했다.

"실장님 덕분에 많이 배우고 가요. 정말 감사해요."

"저야말로 같이 와 줘서 고맙죠. 알죠? 진영 씨는 셰프님 대신해서 온 게 아니라……."

"네. 제가 올 자리에 온 거."

기시감이 드는 대화였다.

꽤 오래전, 그때도 진영은 재완을 대신해 회의에 참석했었다. 그때에도 봄은 진영이 누구를 대신해서 온 것이 아니라 그녀가 있어야 할 곳이라 온 것이라고 말해 주었다.

그때 진영은 막내로서 바쁘기만 했던 레스토랑에 제대로 정을 주기 시작했고 진심으로 온봄 실장을 동경하게 되었다.

진영은 가만히 봄을 바라보았다.

색이 옅은 갈색 머리에 하얀 얼굴. 오목조목 정말 가지런한 이목구비는 어디서도 흔히 볼 수 없을 만큼 매력적이었다. 이번 세미나에서도 마찬가지였다.

모두의 이목을 끄는 사람. 실수 하나 없이 든든하고 때때로 보여 주는 부드러움에 모두가 좋아할 수밖에 없었다.

그러니까 불에 붙은 목석같은 사람도 마음을 주는 건 당연했다.

"우리 주방 같은 곳은 절대 없을 거예요. 아, 물론 다른 분들도 마찬가지고요."

"진영 씨는 진심으로 우리 주방을 좋아하는 것 같아서 정말 고맙게 생각해요."

"네, 주방만 좋아했을 때는 분명."

"…지금은 아니에요?"

말꼬리를 잡을 생각은 없었지만 유난히 분명하게 들린 말이었다. 거기다 쓸쓸함이 담긴 얼굴까지 그냥 지나칠 수가 없었다.

술에 취한 건 아니겠지만 감정의 동요가 있는 건 분명했다. 아주 복잡한 시선이라 한 번에 다 알아차릴 수 없을 만큼.

"전 요리를 좋아했어요."

"……."

"아, 물론 지금도 아주 많이 좋아해요. 그래서 레벤도 너무너무 사랑하고요. 실장님과 직접적으로 같이 일하는 건 아니지만 이렇게 같이 있는 것도 정말 좋아요."

길지 않은 말이었지만 들을수록 진영이 무엇을 말하는지 알 것 같았다.

봄은 아직 얼음이 다 녹지 않은 컵을 옆으로 치우고 진영의 곁으로 다가갔다. 그리고 의미 없이 캔을 만지작대는 그녀와 눈을 맞췄다.

사람의 속내를 고스란히 읽어 내는 듯한 선명한 눈동자에 진영은 괜히 부끄러워져 눈을 감았다 떴다. 이내 봄이 말을 이었다.

"지금은 그보다 더 좋아하는 게 생겼군요."

아주 사적인 질문이었고 평소라면 봄도 절대 하지 않을 말이었겠지만 오늘은 왠지 묻고 싶었다. 다행히 진영도 그것을 바랐던 듯했다.

"비교할 대상은 아니지만, 네. 만약 굳이 같은 선상에 둔다면 그런 것 같아요."

부정하지 않는 말에 나타나지 않은 주어는 분명 재완이었다.

딱히 숨기고 싶은 마음도 없었던지 손가락 끝만 머뭇거리던 진영은 고개를 푹 숙이고 그녀를 불렀다.

"실장님."

"응."

"좋아하는 사람에게 아무 도움이 되지 못한다는 건 생각보다, 훨씬 더 비참한 것 같아요."

"…아."

"그 사람이 뭘 좋아하고, 싫어하고 다 알지만 결국 거기 닿지 못하고 뒤에만 있어야 하는 게, 그럴 자격이 없다는 게 정말로… 정말로 힘든 일이더라고요."

조금은 넋두리처럼 잇는 말이 어쩐지 가슴을 콕콕 찔렀다.

이것은 봄 역시 도경에게 느꼈던 감정이다. 그의 옆에 있는 것이 당연하지 않고 반드시 이유를 만들어야 할 때가 있었다.

'…아.'

무언가 가슴을 다시 스쳤다.

그러고 보니 언제부턴가 도경의 곁에 있을 '이유'를 생각하지 않았다. 처음엔 집이 없어서, 다음엔 위험해서 그리고 그다음엔.

"마음이 생기고, 감정이 동했지만 아무것도 일어나지 않았어요."

가지런히 놓은 손가락이 슬픔을 머금었다.

다리 위에서 머뭇대다 어느새 꼭 말아 쥐고 하얗게 질린 손은 툭 떨군 고개와 닿을 것 같았다.
 진영은 깊은 한숨을 가슴에 품고 속삭이듯 말했다.
 "그 사람의 곁에 있어야 할 사람이 나여야 할 이유가 없었어요."
 그리고 그 순간 봄은 누군가 망치로 머리를 때린 것 같았다.
 사람의 모든 행동에는 이유가 필요하다.
 당장 다리를 움직이고 밥을 먹는 것에도 모든 것엔 이유가 있다. 그렇다면 자신이 도경의 곁에서 결혼을 생각하고 있는 '이유'는 뭘까. 문득 도경의 말이 귓가를 스쳤다.

'내가 함께할 자격이 있는 사람인지 생각해 봤으면 해서.'
'막연하게 아니라 조금 더 이기적이었으면 좋겠어.'
'내 모자람을 채워 주기 위해서가 아니라 온전히 널 위해서.'

 그가 만들어 준 그 말들은 분명 그녀가 그의 곁에 머물 수 있는 이유다. 자신이 있어야 그가 편히 잠들 수 있고 온전하게 생활을 할 수 있다. 봄 역시 도경이 곁에 있다면 마음 편히 웃고 행복해할 수 있었다.
 그렇다면 지금은?
 봄은 진영의 손을 꽉 붙잡았다.
 "시, 실장님?"
 놀란 진영이 그녀를 불렀지만 봄은 남은 손까지 붙잡았다. 그리고 여전히 놀란 기색의 진영을 바라보았다.
 "이유가 필요한가요?"

"네?"

"머리 아프게 생각하면서 만들 필요 없어요."

가슴 시린 짝사랑에 대한 조언치고는 지나치게 강력했다. 그러나 진영은 조금 전의 봄과 비슷한 표정으로 숨을 들이켰다.

봄은 고개를 끄덕였다.

"좋으면, 가져야지."

세상에서 가장 이기적인 조언을 남기며 두 눈에 빛을 낼 때였다.

Rrrrr. Rrrrr.

늦은 밤의 고요를 깨트리는 전화가 울렸다.

도경의 숨통을 쥐고 있던 건 도희의 죽음이었다.

자신이 동생의 마지막 시그널도 읽지 못하고 잠이 들어 그대로 죽게 만든 것은 아니었을까, 하는 죄책감에 짓눌려 십수 년을 제대로 살아오지 못했다.

그렇게 보내 온 긴 시간이 차츰차츰 회복되며 스스로를 묶어 두던 족쇄를 풀어 나가기 시작하면서 그는 생각보다 빠르게 나아가고 있었다.

몸도, 정신도 평범한 사람처럼 말이다.

힘들 때 힘들고 지칠 땐 지칠 줄 아는 아주 평범한 사람. 이제야 겨우 일반적인 길을 걷기 시작했지만 그것이 발목을 잡을 줄은 몰랐다.

"선생님!"

반쯤 흐려졌던 도경의 정신이 영호의 외침에 깨어났다.

"괜찮으세요?"

아마 꽤 여러 번 불렀던지 영호는 그의 바로 앞까지 다가와 있었다. 저도 모르게 잠이 들었던지 뭔지 앞에 사람이 오는 줄도 몰랐다.

도경은 뻑뻑한 눈을 지그시 누르며 손을 들어 올렸다. 괜찮다는 뜻이었지만 영호는 걱정스레 말을 이었다.

"두통이 있으신 거면 약을 좀 드릴까요?"

"몰라서 안 먹을까."

"혹시나 싶어서요. 아니면 좀 쉬시는 게……."

"윤 선생님!"

쉬라는 말을 다 끝내기도 전에 어디선가 급히 도경을 불러 왔다. 이름을 모두 불린 건 아니지만 응급실에 '윤 씨'는 그 하나였다.

"어제 페인트 통에 머리를 맞은 환자인데, 통원 치료가 싫다고 다시 와서 상처를."

"선생님! 조금 전 사거리에서 낙상 환자가!"

장이 열린 시장보다 더한 난리였다.

인근 도로에서 몇 중 추돌 사고가 일어났고 꽤 많은 사상자가 났다. 하필 페인트를 실은 트럭이 엎어지면서 그것에 맞은 사람들도 한꺼번에 몰리는 통에 응급실은 그야말로 난장판이 되었다.

아무리 대형 병원 응급실이라 해도 이렇게까지 뒤집혀 소란이 일어나는 건 매우 드물었기에 현종병원은 잠시지만 패닉 상태에 빠졌다.

　난리 속, 대다수가 그렇지만 특히나 찾는 이가 많았던 도경은 잠 한숨 자지 못하고 며칠을 보냈다. 연달아 당직에 밤샘이라니. 신체 리듬은 순식간에 무너졌다.

"후우."

　간신히 한숨 돌리며 바쁘게 움직이기를 한창, 시간은 어느새 늦은 밤이 지나 아침이 되었다.

　사실 얼마 전까지의 도경에게 며칠 밤을 새는 건 그리 어려운 일이 아니었다. 불면증은 그의 습관이었고 버릇이었으며 일상이었다.

　도희의 죽음이 트라우마로 남아 갉아먹던 정신은 아이러니하게도 무너진 신체 리듬을 악착같이 버티게끔 만들었다.

　긴 시간 그러한 패턴에 맞춰지면서 놀라울 정도로 굳건하게 버텼던 도경은 이제 달라졌다.

　'힘들어.'

　힘들다는 것이 무엇인지, 지친다는 것이 무엇인지 느낄 수 있게 되었다. 보통 사람처럼 두통이 오고 현기증이 오는 당연한 노곤함에 도경은 머리를 감쌌다.

"……."

그 와중에 그는 여태 확인하지 못했던 휴대폰을 살폈다.

　휴대폰에는 끼니를 잘 챙겨 먹으라는 문자가 와 있었다. 틈틈이 보내온 메시지는 대개 밥, 잠, 안전에 대한 것이었다.

　이쯤 되면 연인이 아니라 아들을 대하는 것일까 싶을 정도의 걱정이라 웃음이 났다. 자신을 이 정도로 생각해 주는 사람은 사실상 그녀뿐이었다.

미소가 번진 입가를 손끝으로 가리며 잠시 잠깐의 휴식을 보내는 그에게 영호가 다가왔다.

"커피 좀 드세요."

눈치 좋게 꼭 필요한 것을 가지고 온 그에 도경은 순수하게 답했다.

"고맙다."

지금 이 상황에서 가장 딱 필요한 것이었다. 다만 이 순수한 감사 인사에 영호는 조금 당황한 얼굴을 했다.

"마, 많이 피곤하신가 보다. 얼른 쉬셔야."

영호의 머리에 친절한 윤도경이란 새겨지지 않은 탓이었다.

멀쩡한 건 아니지만 어디 많이 아픈 사람 취급을 하니 썩 유쾌하진 않았다. 도경은 커피를 받아 들며 한 모금을 마셨다.

그럼에도 저절로 나오는 한숨은 참기 어려웠다.

"정말 괜찮으신 거죠?"

아무리 봐도 도경이 정상으론 보이지 않았던 모양이다.

도경은 손을 들어 괜찮음을 표시하고 재차 커피를 한 모금 마셨다. 괜찮다고 표현은 했지만 사실 밑바닥까지 떨어진 체력은 이제 빨간불이 들어온 상태였다.

다시 커피를 마셨다.

한 모금, 두 모금. 말없이 들이켠 커피는 금세 동이 났다. 갈증을 해소하기엔 부족했던지 목구멍이 아직 마른 느낌이었다.

"한 잔 더 가져다 드릴까요?"

드물게 눈치가 빠른 영호가 자신의 커피를 내밀었다.

생각해 보면 김영호는 여러 번 면박을 줘도 지치지도 않고 도경의 곁을 지킨 사람 중 하나다. 여태 주변에 큰 신경을 쓰지 않아 깨닫지 못했다.

호의를 가득 담고 자신을 보는 영호를 보며 도경이 물었다.

"안쪽에 아직 많이 바쁜가?"

"아, 그게 돌아갔던 환자들이 다시 오고 그래서… 그래도 다들 정리 중이니까요."

한마디로 아직 바쁘단 소리였다.

대답 없이 바라보는 도경에 영호는 머쓱하게 웃었다.

"아무래도 저희가 선생님보다 아직 많이 부족하니까."

말은 저렇게 해도 영호는 현종병원 ER의 치프였다. 자신을 낮추는 게 습관이 되었을 뿐 손은 거짓말하지 않는다.

도경은 빈 잔을 바라보다 입을 열었다.

"부탁 하나만 하자."

"예, 말씀하세요."

"쉬어야겠어."

"예?"

"아주 급한 상황이 아니면 좀 자고 싶은데, 괜찮을까."

경청의 자세로 다가오던 영호의 눈이 휘둥그레졌다. 아니, 그 전에 '부탁'이라는 말이 뒤늦게 놀라워 말문도 막혔다.

윤도경이 부탁이라니?

지독한 워커홀릭에 잠도 없애 가며 일하던 사람이 쉬어야겠다며 부탁을 했다. 언제나 남들에게 선을 긋고 딱딱한 목석같은 사람이 달라진 거다.

지금껏 없던 상황에 저도 모르게 당황했던 영호는 진지한 도경의 표정에 퍼뜩 정신을 차렸다. 그리고 매번 허술하게 웃던 얼굴에 다부짐을 채워 대답했다.

"맡겨 주세요."

절대 실망시키지 않겠다는 일념이 가득 담겨 있었다. 그가 두 주먹을 불끈 쥐었다.

"죽을힘을 다해 버티고 있겠습니다."

조금 과하다 싶은 반응에 도경이 손을 들었다.

"아니, 그 정도로 할 필요는."

"최선을 다해서, 제 영혼을 다 써서라도!"

"그렇게까지……."

"선생님의 의지를 받아서!"

"……."

"아무 걱정 마시고 편히 쉬십시오!"

어쩐지 더더욱 못 미더운 건 괜한 기우일까.

고요한 현종병원 숙직실.

창밖의 빛만 겨우 들어 까만 어둠이 내려앉은 그곳에 있는 건 한 사람, 도경이었다. 때때로 쪽잠을 자거나 잠시 휴식을 취할 때가 아니면 머물지 않았던 그곳에 날이 저물고 완연한 밤이 될 때까지 미동도 하지 않았다.

꼭 죽은 것 같았다. 꽤 여러 사람이 오갔지만 감긴 눈은 뜨이지 않았고 코끝까지 덮은 이불은 아래로 내려올 줄 몰랐다.

구겨지고 더러워진 가운을 옆에 두고 불편한 셔츠차림 그대로 단 한 번도 깨지 않았다. 걱정이 되어 찾아왔던 여럿이 확인을 해 보았지만 마찬가지였다.

더더욱 짙은 밤이 되어 이제 정말 고요만이 남은 시간, 숙직실의 문이 열렸다. 발걸음 소리를 낮추고 들어선 인영은 휴대폰 불빛에 의지해 침대를 찾다 곧 도경이 잠든 곳에 다다랐다. 그리고 천천히 그의 곁에 자리를 잡고 앉았다.

어색하지 않은 침묵이 내려앉은 그곳에서 불청객 아닌 불청객은 흐트러진 도경의 머리카락을 살짝 건드렸다. 부드럽게 쓸어 넘기는 손길이 이마를 넘어 뺨, 턱 끝으로 내려갈 때였다.

"……"

그렇게 많은 사람이 오가고 불렀을 때도 깨지 않았던 도경의 눈이 뜨였다.

어둠에 익숙해지지 않은 시선엔 아무것도 보이지 않고 아직 완전히 잠에서 깨지 않았음에도 그는 놀라는 기색 없이 제 턱 끝에서 멈춘 손을 쥐었다.

"…언제."

너무 오랜만에 열린 목구멍에선 약간의 쇳소리가 났다. 손이 잡혀 더 갈 곳을 잃은 불청객은 몸을 아래로 낮추며 말했다.

"잘 잤어요?"

달콤한 목소리가 물었다. 듣자마자 풀려 나가는 마지막 긴장감에 도경은 누운 그대로 짧게 대답했다.

"꽤."

짧지만 분명한 감정이 느껴졌다.

신기한 일이었다. 죽은 듯 자던 사람이 귀신같이 봄의 존재를 알아채고 깨어나는 건 분명하게 설명하기 어려운 일이었다. 도경이 너무 깨지 않아 걱정을 담아 연락했던 영호가 민망한 일이었다.

"그러면 다행이고."

도경이 지쳐 있었고 죽은 듯 잠이 들었다. 꼭 지난 시간들을 보상받듯이 깨지 않고 잠들었던 그를 깨운 건 그녀였다.

윤도경을 잠들게 하고 다시 깨울 수 있는 사람은 언제나 한 사람이었다.

과학적으로 설명할 수 없는 특별함 속에서 봄은 그의 손을 마주 잡았다. 여전히 차갑지만 시리지 않은 손끝을 말아 쥐고서 그녀가 말을 이었다.

"이제 알겠어."

대답해야 한다는 강박 속에 억지로 찾아내던 수많은 이유들. 틀린 이유는 없지만 왠지 완전하게 닿지 않았던 이유들 속에서 비로소 찾아낸 단 하나의 답.

도경이 깨어나지 않는다는 연락을 받고 달려오는 내내 오로지 그를 봐야겠다는 생각밖에 들지 않았다. 걱정과 불안감을 넘어서 오로지 단 하나의 길로.

그러다 자신의 손길에 깨어나는 도경을 보며 답을 내렸다.

그녀는 그의 손등에 천천히 입을 맞췄다.

"우린 이제 어떤 이유도 필요하지 않아요."

진영과 이야기를 하며 깨달았던 감정이 이제 완전해진 기분이었다. 머릿속은 맑았고 가슴엔 뜨거움이 가득 찼다.

이유가 없는 관계.

누구를 돕고 보살피고 지켜 주기 위해서가 아니라 오로지 두 사람만을 위한 관계. 그녀는 분명하게 도경을 바라보며 말했다.

"나는 결혼을 하고 싶었던 적은 없어요. 지금까지 그런 생각은 해 본 적 없어. 내 일이 좋았고 지금이 좋았으니까. 여전히 그 생각은 같아."

도경은 조금은 비관적인 이야기를 아무런 말없이 담담히 들었다. 흔들림 없이 천천히 그녀의 생각을 들으며 이해하듯 고개를 끄덕였다.

봄은 이런 그가 좋았다. 모든 것에 차분할 줄 아는 이 사람이, 그녀의 전부를 포용해 주는 이 남자가.

봄은 가만히 이곳으로 오게 만든 전화를 떠올렸다.

'늦은 시간에 연락드려서 죄송한데.'

도경의 상태가 좋지 않다는 것을 말하면서 그의 후배인 영호가 건넨 첫마디였다. 죄송하다. 그 말을 들었을 때, 자신이 도경에게 당연하지 않다는 것을 깨달았다.

'아버님 연락처를 알 수가 없어서.'

아직은 첫 번째가 아니라는 것도. 그래서 이제 고민을 할 필요는 없었다.

"여기 지금 내가 온 건 뭔가 이유가 있어서 온 게 아니야."

이 사람이 윤도경이고 자신이 온봄이니까. 그녀는 도경의 손을 힘껏 쥐었다.

"남들에게도 내가 당신의 첫 번째이고 싶어."

"……."

"여기에 당연히 와야 하는 사람이 나이길 바라니까."

이것이 봄이 내린 답이었다.

도경의 프러포즈에 어떻게든 대답하기 위해 머리를 쓰던 것은 모두 부질없는 일이었다. 자신이 온봄이고 그가 윤도경인 이상, 이렇게 잡은 손이 당연한 이상. 그의 가장 힘든 시간을 제일 먼저 안아 줄 수 있는 사람이 되고 싶어졌다.

"여기에 있는 게 윤도경이니까."

그리고 그것은 도경이 가장 원했던 답이었다.

비로소 그의 입가에 진짜 미소가 번졌다. 자연스레 퍼지는 웃음에 봄은 도경의 가슴을 쿡 때렸다.

"거절 안 할 거 알고 있었죠. 당연히 다 알고 있었을 거야."

꼭 심술궂은 장난에 당한 사람처럼 그의 가슴을 콕콕 찔렀다.

"그냥 내가 확신을 갖기를……."

단단한 가슴을 괴롭히며 찌르던 봄의 손가락이 남은 그의 손에 잡혀 당겨졌다. 도경은 그녀의 두 손을 제 목 뒤로 넘겨 안게 하고 봄의 허리를 안았다. 완전히 안겨 버린 그녀가 눈을 깜빡이자 그는 천천히 봄의 등을 쓰다듬었다.

부드럽게 쓸리는 손이 왠지 따뜻해서 배시시 미소가 지어질 때 도경이 말했다.

"무서웠어."

"응?"

"걱정했고, 안절부절못하다가 잠도 잘 수가 없었어."

"윤도경이?"

매사 초연하고 아무렇지도 않은 사람이 그랬다는 말에 봄도 놀라지 않을 수 없었다. 도경이 너무 태연해서 오히려 괜히 마음 졸이던 터라 더욱. 그녀는 눈동자를 이리저리 굴리다 되물었다.

"…정말?"

"나도 평범한 사람이니까."

역시나 예상하지 못한 대답에 봄은 바로 대답하지 못했고 그는 그녀와 눈을 맞췄다. 이제 두 사람 모두 어둠에 익숙해져 마주친 시선에는 꽤 많은 감정들이 오갔다.

"실망했어?"

농담인지 진담인지 모를 말에 봄은 가슴으로 따뜻한 것이 퍼지는 것을 느꼈다.

윤도경은 언제나 특별했다. 처음 만났던 때부터 지금까지 단 한 순간도 특별하지 않은 적이 없었다. 무엇에도 부족함이 없었고 어느 곳에 있어도 가장 빛이 나는 사람이었다.

모두에게 특별하고 완벽한 남자가 스스로를 평범하다고 말해 주었다. 가장 약한 곳, 드러내지 않았던 제일 작은 부분을 보이며 작고 여린 자신을 보였다.

봄은 눈을 감았다 뜨며 그의 왼손을 들었다. 길고 곧은 손가락을 어루만지듯 쓰다듬던 그녀는 세상에서 가장 소중한 제 반쪽을 향해 속삭였다.

"내 앞에서 평범해지는 사람이라서 더 좋아."

이 남자에게 편안함을 줄 수 있는 유일한 사람이라는 사실만으로도 충분하다.

이보다 자신을 필요로 하고 원하는 사람이 없다는 분명한 사실만이 남아 이제 모든 이유는 아무것도 필요치 않게 되었다.

수많은 미사여구, 바람들을 차치하고 머문 밑바닥의 감정. 봄의 손이 그의 왼손 약지를 쥐었다. 그리고 비어 있는 도경의 약지 끝을 타고 내려가 마디마디를 감쌌다.

"윤도경."

꼭 반지를 끼우듯 제 손으로 그의 약지를 쥔 그녀가 고백했다.

"나한테 와."

숨길 수 없는 행복과 평온이 깃들었다.

엔딩 속 새로운 이야기를 향해서.

외전3.
온 봄은 온 봄

날은 화창했고 바람은 시원했다.

일어나자마자 느낀 상쾌함에 누운 자리 그대로 기지개를 켜던 봄은 버릇처럼 옆자리를 더듬었다. 톡톡, 두드리고 더듬은 옆자리는 이미 온기가 없었다.

"잠도 없어."

도경은 애초에 남보다 잠이 별로 없는 건지 항상 그녀보다 먼저 일어났다. 일어나서 곁에 있거나 혹은 지금처럼 없을 땐 한 가지였다.

방문을 열고 슬그머니 나가니 아니나 다를까 맛있는 냄새가 풍기고 있었다.

"으아."

저절로 나오는 한탄에는 미안함과 민망함이 담겨 있었고 주방에 있던 도경도 그 소리를 들었다. 결의 집이라면 절대 들을 수 없었겠지만, 그들의 신혼집은 이런 소리쯤은 수월하게 들을 너비였다.

정확히 말하자면 아직 결혼 전이니 예비 신혼집이라고 해야겠지만.

금세 주방에서 나온 도경은 어김없이 말끔한 차림새였다. 출근할 준비를 마친 셔츠 차림에 넥타이까지 한 그의 손에는 국자가 자연스레 들려 있었다.

"무슨 일이야?"

국자마저 잘 어울리는 도경에게 잠시 시선을 빼앗긴 사이 다가온 그가 물었다.

"꿈꿨어?"

괴상한 소리에 묻는 것일 터였다. 봄은 허탈한 마음으로 고개를 저었다.

"아니, 그게 아니고."

저도 모르게 한탄하듯이 중얼거린 그녀는 어깨를 축 늘어뜨렸다. 잠이 확 깨는 느낌이었다. 봄은 고개까지 푹 숙이고 중얼거렸다.

"오늘은 내가 하려고 했는데."

"뭘?"

"아침."

그러면서 주방을 가리키는 손끝이 어쩐지 애처로웠다. 도경은 낮게 웃으며 그녀의 손을 감싸 쥐었다.

"괜찮아, 내가 할게."

"나도 해 주고 싶어서 그러지."

"마음으로 충분해."

군더더기 없는 백점짜리 답안이었지만 봄의 눈이 가늘어졌다.

"맛없어서 그러는 거죠."

"설마."

"거짓말 아니고?"

"맛이 뭐가 중요해. 진심이 중요한 거야."

마치 기다렸다는 듯 나오는 대답에 이제 그녀의 눈은 완전히 의심으로 가득했다.

"공익 광고 찍는 줄 알았네."

"그래 보였어?"

"너무."

진솔함으로 가득한 대화 끝에 도경은 웃음으로 마지막을 대신했다.

"그러면 내가 오늘 저녁에!"

"에그인헬은 그만."

이번에야말로 가장 진심이 담긴 말이었을 거다. 괜히 분이 올라 도경의 배를 툭툭 치자 그는 미동도 없이 그녀의 머리를 쓰다듬었다.

"씻고 와."

헝클어진 머리가 자연스럽게 풀려 나갔다. 반곱슬 풍성한 머릿결 안으로 스치는 손가락이 기분 좋았다.

"잠깐 기다려요."

손가락 하나 바짝 세우고 대기를 태운 봄은 서둘러 욕실로 들어갔다.

그녀가 욕실로 들어간 후 도경은 찌개의 불을 껐다. 아직 시간은 넉넉해서 봄이 씻고 나온 후에도 여유가 있을 듯했다.

익숙하게 아침을 차리고 마저 싱크대를 정리하던 그때, 도경의 허리로 불청객이 달라붙었다.

불과 몇 분 만에 욕실에서 나온 불청객, 봄은 그의 등에 얼굴을 비비며 속삭였다.

"사랑해."

대뜸 나온 고백에 그녀를 버티며 서 있던 도경의 얼굴에도 화사한 미소가 번졌다. 봄은 더욱 세게 끌어안으며 말을 이었다.

"얼른 시간이 갔으면 좋겠다."

앞으로 일주일. 두 사람의 결혼까지 남은 날짜였다.

이미 함께하지만 조금 더 완전하게 함께하고 싶은 욕심이랄까. 어쨌건 결혼을 하고 하지 않고를 떠나 봄이 건네는 세상에서 가장 선한 감정은 그의 하루를 밝게 만들었다.

도경은 제 허리를 꽉 안은 봄의 손을 풀고 그녀와 마주 섰다.

반짝이는 눈동자 가득히 자신을 안은 봄의 손을 깍지 껴 마주 잡았다. 그가 숨길 수 없는 애정 가득한 눈빛으로 물었다.

"다 씻은 것 같진 않은데."

"이만 닦았어요."

꼭 철부지 어린애처럼 말한 그녀는 발끝을 세우고 도경의 입술에 제 입술을 가져다 댔다.

쪽.

귀여운 소리가 났다.

"충분하잖아."

못 견디게 사랑스러운 반쪽을 그대로 두고 볼 수는 없는 일이었다. 제멋대로 입을 맞추고 멀어지는 그녀를 그는 놓아주지 않았다.

"응?"

잡힌 그대로 당겨진 봄의 몸이 완전히 들렸다. 놀라울 정도로 간단하게 들린 몸이 싱크대에 안착했다.

놀라서 깜빡이는 큰 눈을 보며 싱크대에 팔을 기대 마주한 도경은 그녀의 턱 끝을 살며시 쓸었다. 급히 나오느라 완전히 닦지 못한 물기를 닦아 낸 손길이 묘하게 야릇했다.

"뭐야, 아침부터."

괜스레 퉁명스럽게 말하는 봄의 발끝이 오므라들었다. 이내 그의 어깨에 손을 얹은 그녀는 피아노를 치듯 손가락 장난을 하다 도경의 허리에 다리를 감았다.

"나 아직 잠 덜 깼나 봐."

"아닌 것 같은데."

"아니야. 지금 뭔가 비몽사몽해서 이게 꿈인지 현실인지 잘 모르겠어."

능청맞은 소리에 도경이 웃음을 터뜨렸다. 시원한 웃음에 그녀는 아예 목에도 팔을 감았다.

"잠 깨는 방법이 여러 가지가 있거든요."

나지막한 목소리에 그가 시치미를 뗐다.

"어떤 거."

"여러 가지가 있지. 커피도 있고, 샤워도 있고."

"맞는 방법을 찾아야야겠네."

"응. 근데 커피는 오늘은 별로고, 샤워는 어젯밤에 했는데."

차근차근 하는 말이 점점 더 작아지고 은밀해졌다. 거리는 좀 더 가까워졌고 이제 숨소리가 들릴 정도였다.

서로의 몸에서 흐르는 같은 향에 동화되어 나른한 느낌이 들었을 때, 내내 모르쇠 하던 도경이 그녀의 몸을 잡고 확, 잡아당겼다.

"앗!"

"운동도 있고."

당겨져 완벽하게 겹쳐진 몸에 짜릿한 전기가 흘렀다. 비스듬히 기울어진 그의 고개와 아찔한 시선에 봄은 입술을 말아 물다 속삭였다.

"시간 많아요?"

여러 가지 의미가 담긴 말에 도경의 눈이 예쁘게 호선을 그렸다.

"알 필요 없어."

지금 중요한 건 시간 따위가 아니었다.

그의 숨이 그녀의 숨을 막았다. 달그락, 쿵. 옆에 놓여 있던 컵이 떨어졌지만 그것을 신경 쓸 겨를은 없었다. 애써 끓인 찌개가 식고 떨어진 컵 옆으로 벗겨진 옷자락이 함께하는 이른 아침이었다.

"어떻게 이렇게."

진지한 목소리로 운을 뗀 재완이 믿기지 않는다는 듯 봄을 향해 말했다.

"이렇게까지 재능이 없을 수가 있지?"

"……"

"혹시 놀리는 거 아닙니까? 아니, 놀리는 거라고 해요."

"……"

"이건, 이건 똥손 수준이 아닌데."

"…그만하시죠."

"세상에 이런 망손이."

"셰프님."

팩트로 쑤시다 못해 너덜너덜하게 만들어 놓은 재완은 여전히 충격에 휩싸여 있었다. 그는 자신과 봄이 만든 음식을 번갈아 보았다. 분명 같은 재료, 같은 시간, 같은 방법으로 만든 요리는 완전히 다른 결과물이었다.

"대체 뭐가 문제인 겁니까."

"여기 불이 너무 세니까 음식이 다 타서."

"불은 내가 말할 때만 줄이라고 했잖습니까."

"하지만 프라이팬 안의 음식 상황이 달랐는걸요."

"온 실장."

"네?"

"본인이 요리를 못한다는 자각을 좀 하는 건 어떻습니까?"

지치지 않는 채찍질에 봄은 더 이상 뭐라 할 말이 없었다. 안정적인 재완의 프라이팬을 보고 비슷하게 따라 해 보려다 망해 버린 음식이었다.

"…죄송합니다."

시무룩해져 사과하는 그녀를 보며 재완은 한숨을 쉬었다.

"하지만 처음처럼 익지 않거나 한 건 아니니까, 불 조절만 내일 다시 해 봅시다."

언제나 발목을 잡는 건 불 조절이다.

불을 앞에 두면 언제나 안절부절못하고 보다가 조금이라도 끓어오르면 줄이고 미지근해지면 올리기를 반복했다. 그러면 안 되는 걸 알지만 워낙 요리를 망치고 못하다 보니 지레 겁을 먹고 전전긍긍하다 실패를 하는 중이었다.

도경에게 제대로 된 식사를 해 주고 싶어서 다시 한번 도움을 요청했지만 자신의 부족한 손재주에 한탄만 할 뿐이었다.

"머리로 익혀서 아는 거랑 직접 하는 건 정말 달라요."

"익혀서 맛있는 건 고기밖에 없습니다."

"…왜 내 주변에는 죄다 말 잘하는 사람밖에 없지."

"본인 포함해서 말하는 거 맞죠."

뭐라 반박할 수 없는 말에 결국 봄은 투덜댔다.

"인정머리 없는 사람."

"인정은 윤도경 선생한테나 바라십쇼."

코웃음을 치며 비웃는 그로 인해 더 할 말이 없어진 그녀는 망쳐 버린 자신의 스테이크를 집어 통에 넣었다. 가장 간단해 보여도 역시 고기를 굽는 건 쉬운 일이 아니다.

'좋아. 할 수 있다.'

꼭 며칠 안에 '맛있어 보이는 스테이크'를 습득해서 도경에게 해 줄 욕심으로 봄은 고개를 끄덕였다.

이내 정리를 시작한 봄이 설거지거리를 싱크대에 놓을 때였다. 맞은편에서 자리를 정돈하며 닦고 있던 재완이 입을 열었다.

"막내……."

분명 내내 궁금했겠지만 묻지 못했을 질문이 마침내 그의 입에서 나왔다.

"한진영하고는 연락이 됩니까?"

직접적으로 나온 이름 석 자에 봄의 입가가 슬며시 올라갔다.

진영은 봄이 결혼하기 얼마 전에 레스토랑을 그만두었다. 그리고 그녀는 진영이 왜 레스토랑을 그만뒀는지 알고 있었다. 아마 재완도 마찬가지일 거다.

봄과의 세미나에서 무언가를 깨달은 진영이 재완에게 고백하고 그만뒀으니까.

싱크대에 차곡차곡 그릇들을 쌓으며 봄이 말했다.

"걱정되면 연락해 보세요."

최대한 덤덤한 말에 재완이 반박했다.

"걱정하는 건 아닙니다."

"그럼 신경 쓰지 마세요. 진영 씨가 그만둔 건 셰프님 때문이 아니에요. 본인이 선택한 일이니 괜한 죄책감을 느끼실 필요는 없어요."

"내가 죄책감을 왜 느낍니까."

"그러니까요. 일 그만둔 막내에게 뭘 그렇게까지 신경 쓰세요."

세상에서 가장 태연한 표정이 여기에 있었다.

제자리에 있던 그릇들을 싱크대로 가져온 재완은 미간을 좁혔다.

"친하지 않았습니까?"

"친한 건 친한 거고, 일은 일이죠."

"…본인이 냉정한 건 압니까?"

뭘 바라고 묻는 말인지는 모르겠지만 봄은 재완이 원하는 대답을 해 줄 생각이 없었다. 진영의 고백으로 재완이 그녀를 신경 쓰기 시작했다면 그것은 진영이 가장 바라던 것일 터다.

봄은 어깨를 으쓱이며 팔을 걷어붙였다. 이제 봄이 부릴 오지랖은 여기까지다.

왠지 얄미운 그녀로 인해 낮게 한숨을 쉰 재완은 봄을 한쪽으로 밀며 말했다.

"재료들만 냉동고에 넣고 가십쇼."

"네? 아니에요, 제가."

"그냥 가도 됩니다. 머리 좀 식히고 싶으니까."

오호라.

아무래도 머릿속이 꽤나 복잡한 모양이다. 봄은 피식 웃으며 얌전히 재료가 든 쟁반을 들었다. 이제 그에게 생각할 시간을 주는 것도 나쁘지 않을 것 같았다.

봄의 예상처럼 혼자 복잡한 생각에 빠져 있던 재완은 냉동고 열리는 소리에 퍼뜩 정신을 차렸다. 그리고 미처 말하지 못한 주의 사항을 뒤늦게 외쳤다.

"참, 오늘 아침에 냉동고 청소해서 미끄러울 수 있으니까 조심……."

"으억!"

우당탕!

"온 실장!"

이미 늦었지만 말이다.

두 사람이 마주했다. 봄은 눈을 피했고 도경은 그런 봄의 정수리를 지그시 응시했다.

누군가 피해를 주거나 가해를 한 것도 아니지만 두 사람의 구도가 그와 비슷했다. 봄은 두 손을 가지런히 모으며 말했다.

"절대 고의는 아니었어요."

"고의면 지금 여기 못 있어."

"…그렇겠죠?"

고의였다면 지금 봄이 있는 곳은 병원이 아니라 경찰서였을 거다.

한껏 기가 죽은 그녀를 보며 도경은 한숨을 내쉬고 바로 옆으로 시선을 돌렸다. 거기엔 이곳으로 오게 된 이유가 멀뚱멀뚱한 눈으로 그를 보고 있었다.

"괜찮습니까?"

그가 묻는 안부를 들은 진짜 환자, 재완이 물었다.

"미끄러져서 좀 찢어진 것 빼고는 괜찮은데, 바로 퇴원하면 안 됩니까?"

응급실에 실려 온 지 고작 한 시간, 벌써 좀이 쑤시는 모양이었다.

분명 냉동고에서 넘어진 것은 봄이었다. 다행히 그녀가 넘어진 곳에는 켜켜이 쌓아 놓은 박스가 있었고 들고 있던 재료들을 옆긴 했지만 다친 곳은 없었다.

다만 다급히 뒤따라오던 재완이 엎어진 재료들을 밟고 미끄러지고 말았다. 그러면서 짚은 재료 박스가 무너지며 그를 덮쳤고 얼굴과 팔다리에 멍은 물론 다리까지 삐끗하고 말았다.

완벽한 인과 관계, 그게 그들이 병원에 온 이유였다. 엄밀히 말하자면 봄의 탓은 아니지만 사람이라면 응당 가질 수밖에 없는 죄책감이었다.

'요리만 배웠다 하면 다치는 건 뭐야.'

비통한 마음을 담아 그녀답지 않게 구석에 박힌 봄을 두고 도경은 막 받아 왔던 차트를 확인했다.

"왼쪽 발목의 염좌를 제외하곤 외관상 다른 문제가 없지만 혹시 모를 상황을 대비해 CT를 좀 찍어 봐야겠습니다. 들어 보니 머리 쪽에 물건들이 있었다는데, 다른 외상은 없습니까?"

"그냥 좀 얼얼한 것 빼곤 없어요. 그리고 당장 내일도 레스토랑 오픈을 해야 합니다."

"그 상태로 출근을 하는 게 민폐입니다."

"점심 오픈이라도 새벽부터 준비해야 하는데요."

"다른 직원들에게 부탁하세요."

"주방장 없는 주방이 주방입니까?"

"본인이 없으면 거기는 주방도 아니라는 겁니까?"

"아니, 그게 아니라."

"검사받고 결과 나온 후에 퇴원하면 될 겁니다. 당분간 요양이 필요한데, 가능해?"

가감 없이 선을 긋고 신랄하게 대화를 잇던 도경이 봄을 향해 물었다.

"네. 검사도 머리부터 쭉 부탁드릴게요. 그리고 실장 재량으로 무조건 쉬세요. 우리 레스토랑, 셰프님이 하루 이틀 안 계시다고 맛이 달라질 정도 아닙니다."

무조건 입건, 아니 입원을 시키겠다는 의지가 가득 담긴 눈이었다.

이렇게 된 이상 입원은 확정이었다. 일단 재완을 정리한 도경은 여전히 눈치를 보고 있는 봄에게 다시 한번 물었다.

"정말 다친 데 없어?"

이미 몇 번이나 물었던 말이었다.

그녀는 고개를 저어 아무렇지 않다는 것을 보여 주고 재완을 향해 사과를 건넸다.

"정말 죄송……"

"미끄러지라고 거기에 뭘 둔 거 아니면 사과할 필요 없어요. 어쨌든 내일이면 된다니까 레스토랑 좀 부탁합니다. 이제 가 봐요."

신경 쓰지 말라고, 대수롭지 않게 말하고 있지만 봄은 그럴 수가 없었다. 이대로 집에 간다면 잠은커녕 제대로 앉아 있지도 못할 거다.

그녀는 도경의 옷깃을 잡았다.

"검사는 언제쯤 할 수 있어요?"

"정확하진 않지만 11시 정도일 거야. 더 늦어질 수도 있고."

확실히 늦은 시간이었다. 난감한 표정을 지으며 목뒤를 쓸어내리는 그녀를 뒤로하며 도경이 물었다.

"여러 검사를 하려면 혼자서는 힘들 것 같은데, 혹시 보호자로 오실 분이 있습니까?"

아무래도 머리부터 발끝까지 싹 훑어야 할 검사들이라 혼자 이것저것을 챙기기는 어려울 터였다. 그러나 재완은 태연한 표정으로 몸을 뒤로 기울였다.

"중병 걸린 것도 아니고 무슨 보호잡니까."

"채혈이나 영상과, 그 외에도 예약하고 확인하려면 혼자는 힘들 텐데요."

정식 정기 검진이 아니라 검사마다 각 과의 예약을 하고 대기를 해야 하는 터라 옆에 도와주는 사람이 없으면 검사가 지나치게 오래 걸릴 수 있었다.

그럼에도 재완은 별다르게 생각하지 않는 듯했다.

"대충 합시다."

"정말 부를 사람이 없습니까?"

"예. 올 사람 없습니다."

"친구라도."

"있겠습니까?"

"……"

"왜요, 뭐요."

순간 스치는 쌀쌀한 바람에 봄과 도경은 할 말을 잃었다.

힐끔.

열심히 손을 움직이던 영호의 눈이 사선으로 올라갔다 다시 훅 내려왔다. 그러다 또 한 번. 그렇게 몇 번을 반복하며 옆에 놓인 물만 마셔 대다 보니 어느새 텀블러는 텅 비어 버렸다.

마셔도, 마셔도 해소되지 않는 갈증에 영호는 의자에서 일어났다.

끼익.

의자가 뒤로 밀리며 난 날카로운 소리에 영호의 얼굴이 사색이 되었다. 그는 황급히 사과부터 건넸다.

"죄, 죄송합니다."

사과의 대상은 맞은편에 앉은 도경이었다. 이유 없이 겁을 먹은 그를 이해하지 못하던 도경은 문득 창문에 비친 제 얼굴을 보았다.

어두운 창밖, 실내의 불빛에 비쳐 보이는 그의 얼굴은 삭막 그 자체였다. 숨기지 못한 감정이 덕지덕지 묻은 표정은 영호가 왜 저러는지 알게 했다.

민폐였다.

도경은 자리에서 일어섰다.

"미안하다."

진심을 담은 사과에 물을 떠 가져오던 영호의 걸음이 멈췄다. 어쩐지 울상이 된 그가 텀블러를 놓고 애처롭게 매달렸다.

"왜, 왜 그러세요."

사람이 안 하던 짓을 하면 괜히 무서운 법이었다. 도경이 이유 없이 혼내는 사람도 아니지만 지금처럼 난감하게 굴던 사람도 아닌지라 영호는 더더욱 겁을 먹었다.

어느새 바짝 다가온 그가 괜히 목소리를 낮췄다.

"혹시 아까 온 실장님이 병원에 오신 것 때문에 신경 쓰여서 그러시는 건가요? 어디 크게 다쳤다거나."

오랜만에 눈치 좋게 정확한 이유를 짚어 낸 그에 도경은 꽤 상냥하게 대답해 주었다.

"본인은 괜찮아. 일행이 다친 거야."

"아, 그렇구나. 어쩐지, 다치신 분이 직접 수납하러 다니시지는 않았겠죠. 하도 바쁘게 다니는 걸 봐서 혹시나 싶어서요. 꼭 본인 일처럼 엄청 열심히 해서."

"……."

"처음엔 가족이라도 되는 줄 알았다니까요. 하하하."

정정한다.

김영호에게 눈치란 없다. 어쩌다 보니 더욱 가늘어진 도경의 시선에 영호는 슬그머니 옆으로 비켜났다. 그의 표정은 거의 울상이었다.

'왜 퇴근도 안 하고.'

타들어 가는 속은 차치하고 꿀꺽 침을 삼키며 이리저리 간을 보던 그때, 도경은 마저 자리를 벗어났다. 그리고 나지막이 중얼거렸다.

"그러게, 본인 일처럼."

그것이 사람 대 사람이라기보단 레스토랑 실장과 셰프의 관계, 즉 굉장히 공적인 구분을 해야 한다는 걸 알지만 말이다.

그렇지만 꼭 봄이 재완의 보호자가 될 필요가 있을까.

이성적으로 생각하면 그녀가 그를 도와주는 건 이상한 일이 아니다. 같은 직장 다니는 사람으로서, 또 다친 것이 자신과 완전히 무관하지 않으니 곁에 있는 건 매우 자연스러운 일이었다.

그저 그의 곁을 따르며 '다녀올게요.'라고 말하던 봄의 모습이 눈앞에서 계속 아른거릴 뿐.

날이 갈수록 확실한 건 윤도경이라는 사람의 질투심뿐이었다. 도경은 얼굴을 쓸어내리며 문가로 향했다.

"선생님?"

벌써 문을 열고 나서는 도경을 영호가 불렀지만 그는 손을 드는 것으로 대답을 대신했다.

심란한 마음을 가득 담은 현종병원 별관.

영상의학과 앞, 차례를 기다리는 두 사람의 사이에는 별다른 대화가 없었다. 살짝 삐끗한 발목에 댄 깁스를 만지며 괜히 툭툭, 바닥을 치는 소리만 나기를 한참.

먼저 입을 연 것은 재완이었다.

"윤도경 선생이 엄청 신경 쓰고 있을 겁니다."

재완은 응급실에서 헤어지면서 자신에게 보이던 도경의 못마땅한 표정이 떠올렸다. 만약 자신이 도경이었어도 다른 사람을 부축하고 있는 봄을 보며 불편한 마음을 가졌을 거다.

혹시나 하는 마음에 먼저 운을 떼 보니 딱 의자 한 칸만큼 옆에 앉아 있던 봄이 말했다.

"에이, 그 사람은 그런 거 몰라요."

순간 재완은 헛웃음이 터졌다.

"아직 그쪽을 너무 모르는 것 같은데요."

"아니거든요. 그 사람 이런 걸로 일희일비하는 사람 아니에요. 얼마나 어른인데."

당당하게 외치는 그녀의 말에 재완은 말문이 막혔다. 꽤 오래전 일부러 출장지까지 따라붙어 철저하게 방어를 하던 도경이 생생하게 떠올랐다.

"이거 봐, 여자들도 뭘 몰라."

"예?"

"아닙니다."

말을 아끼는 재완에 봄은 심드렁하니 어깨를 으쓱였다.

"셰프님도 부담스러워하지 마세요. 그 다리로 혼자 검사를 받는 건 어려우실 거예요. 다른 것보다 레스토랑에 셰프님이 없으면 곤란한 건 사실이니까, 대처를 확실히 하는 거라고 해 둘게요. 일단 셰프님이 다치는 건 레스토랑에서도 큰 손실이니 상황 파악을 해서 보고서도 올려야 하고. 그러니 부담스러워하실 거 없으세요. 이래야 제 마음도 편하고요."

마치 기다렸다는 듯 이유와 목적을 말하는 그녀의 말에 일말의 걱정이 훅 사라졌다.

이보다 더 완벽한 공적 사유는 없을 것이다. 재완은 몸을 툭, 늘어트리며 중얼거렸다.

"내가 미쳤었지. 어떻게 저 사람한테 그런 생각을."

"네?"

"아닙니다."

"뭘 자꾸 아니라는 거예요."

새삼 온봄을 감당하고 있는 윤도경이라는 사람에 대해 감탄을 하며 다시 시간이 조금 흘렀다. 익숙한 침묵 속, 괜스레 의자를 건

드리던 재완이 말했다.

"이왕 이렇게 있는 거 하나만 더 물어봅시다."

"말씀하세요."

"결혼식에는 옵니까?"

주어도 없이 던진 질문에 봄의 눈에 살짝 이채가 서렸다. 그녀는 슬그머니 다리를 꼬며 대답했다.

"네."

그가 말하는 입 밖으로 내지 않은 주어는 분명 진영일 것이다.

또다시 침묵.

참지 못한 재완이 다시 운을 뗐다.

"뭐 하고 지낸답니까?"

"궁금하세요?"

"됐습니다."

"안 궁금하세요?"

"놀랍니까?"

"진영 씨는 늘 궁금해하던데."

싱긋 웃는 미소가 이렇게까지 얄미울 수 있을까. 한때 봄의 저 미소에 잠시나마 흔들렸던 자신을 기가 막혀 하며 재완은 홱 고개를 돌렸다.

"그럴 거 뭐하러 그만뒀······. 아니, 실언입니다. 별 뜻 없으니 그냥 넘겨요."

저도 모르게 속마음을 뱉던 재완이 황급히 제 말을 거뒀지만 입 밖으로 내뱉은 말이 다시 주워 담아질 리 없었다.

어쩐지 혼란스럽고 복잡한 그의 표정을 보며 무릎을 톡톡 건드리던 봄이 은근슬쩍 물었다.

"얘기, 하고 싶으세요?"

"딱히."

"진심이시죠?"

"거짓말일 이유도 없습니다."

"뭐, 저한테 솔직할 필요는 없지만 그건 알아 두세요."

"뭐요."

"본인에게 온 기회가 언제나 마지막일 수 있다는 사실."

폐부를 훅 찌르는 단호한 조언이었다.

눈앞의 기회를 놓치고 쓸데없는 성질머리로 일을 어그러트린 것이 몇 번이었을까.

재완은 입을 꾹 다물고 봄을 바라보았고 그녀는 다시 한번 방긋 웃어 주었다.

"유재완 님, 유재완 님 들어오세요."

기가 막힌 타이밍으로 병원 직원이 재완의 이름을 불렀다.

그가 몸을 세워 일어나는 것을 도운 봄은 재완을 CT실 안으로 들여보내고 낮게 숨을 내쉬었다.

늦은 밤, 보호자도 없고 와 줄 사람 하나 없는 외로운 영혼.

그녀는 가만히 중얼거렸다.

"오지랖 부리는 건 썩 좋아하진 않지만."

왠지 이번에는 그녀답지 않은 오지랖을 부려 보는 것도 나쁘지 않을 것 같았다. 봄은 어쩐지 재미있어질 것 같은 미래 상황에 피식 웃으며 몸을 돌렸다.

"으앗!"

그리고 그대로 눈앞의 하얀 것과 부딪혔다.

사람도 얼마 없는 곳에서 갑자기 하얀 것과 맞닥뜨린 그녀는 기겁하며 물러섰고 얼마 가지 않아 저와 부딪힌 물체, 아니 사람을 확인할 수 있었다.

"도, 도경 씨?"

소리 소문도 없이 뒤에서 나타난 사람은 다름 아닌 도경이었다.

그는 여전히 놀라 휘둥그레진 눈으로 가슴을 들썩이는 봄을 보다 나지막이 중얼거렸다.

"내가."

"으응?"

"얼마나 속이 좁은지 알아 가는 중이야."

조금 어두운 복도 한편, 짙은 한숨이 퍼져 나갔다.

병원에 있기로 마음먹으면서 봄이 가장 먼저 생각한 것이 '도경을 방해하지 말자'였다.

그가 직장에서는 무엇을 하고 어떤 얼굴을 하는지 늘 궁금했지만 괜히 일하는 사람을 신경 쓰이게 하고 싶지 않았다. 다른 곳도 마찬가지지만 이곳은 병원, 그것도 응급실이니까.

때문에 이런저런 검사를 하는 내내 일부러 더 도경에게 연락을 하지 않았던 것도 사실이다.

그랬는데.

"마셔."

이렇게 직접 와 줄 줄은 전혀 몰랐다.

도경이 건네주는 주스에 잔잔했던 마음이 말랑말랑해지는 듯했다. 병원이란 그저 있기만 해도 피곤한 곳이라 알게 모르게 무거웠던 어깨가 한결 가벼워지는 느낌이었다.

시원한 주스를 한 번에 반이나 비운 그녀는 눈을 반짝이며 말했다.

"감동이야."

"감동?"

"바쁜데 이렇게 와 줬잖아요. 나 신경 써서 여기까지 온 거죠? 미안하게."

다른 건 몰라도 봄의 기본적인 생각은 항상 도경 위주로 돌아가는 게 분명했다. 그는 애써 재완의 동선을 추적해 가며 찾아온 자신을 한탄했다.

거기다 아마도 재완이 들어가 있을 영상실 앞에서 흐뭇한 표정을 짓고 있는 봄을 보자마자 가슴에서 뭔가가 울컥 올라오기도 했던 것 같다. 왜 그런 얼굴을 하고 있는지도 모르면서.

그녀를 믿지 않는 것이 아니라 그녀의 미소가 다른 곳에 닿는 것이 싫은 우매한 소유욕이었다.

"고마워요."

이런 마음도 모르고 고맙다고 말해 주는 봄에게 양심의 가책이 느껴졌다. 그는 그녀의 코끝을 툭 건드리며 말했다.

"아니야."

"응?"

"보고 싶어서 온 거야."

"…어."

"내가 오고 싶어서."

지금으로선 마음에 담긴 가장 솔직한 말을 해 주는 것이 전부였다.

어쩌면 봄에게 좀 더 어른스러워 보이려고 하는 보잘것없는 잣대가 아직 남아 있는 것인지도 모르겠다. 밑바닥은 보여도 흐트러진 모습은 보이고 싶지 않은 자존심일지도 모르겠다.

이런 치졸한 소유욕도 모르고 봄은 수줍은 미소를 지었다.

"누누이 말하지만 이제 그만 유혹해도 된다니까."

밝지 않은 조명에서도 보이는 옅은 발그레함에 도경의 마음 한 구석이 재차 두근거렸다. 유혹은 자신이 아니라 그녀가 하고 있는 게 분명했다.

마저 주스를 마셔 손을 비워 낸 봄은 두 손으로 그의 가운 앞섶을 잡았다. 여기저기 이물질이 조금 묻어 있지만 전혀 개의치 않았다.

"가운 입은 모습은 자주 못 본 것 같아."

"자주 와서 좋을 곳은 아니니까."

"그것도 맞긴 한데, 괜히 새로워서."

어쩐지 싱글벙글한 얼굴로 도경의 옷을 만지작거린 그녀가 작게 속삭였다.

"멋있다."

순도 100%의 진심이었다.

별것 아닌, 연인끼리의 입바른 칭찬일지도 모를 소리지만 봄의 입에서 듣는 그런 말은 언제나 새롭다.

그는 그녀의 뺨을 가볍게 쓸며 봄의 얇은 옷자락을 잡았다.

"춥지 않아?"

"오히려 좀 더워요. 병원이라 그런지 엄청 따뜻해."

"잠깐 바깥에라도 나가지 그랬어."

"기다려야지. 다리도 불편한 사람인데."

아무렇지도 않게 하는 당연하게 옳은 말에 다시금 마음 어딘가에 불편함이 새겨졌다. 그녀가 재완에게 신경 써 주는 것이 이렇게까지 못마땅할 줄이야.

이 얼마나 옹졸하고 치사한 감정인지 모르겠다. 도경이 심란함을 담아 머리를 쓸어 넘기자 봄은 그것을 다른 의미로 해석했다.

"걱정 마세요. 무리하지 않고 적당한 선에서 할게요."

혹시 자신이 무리할까 걱정하는 것으로 오해를 한 듯했다.

그것도 맞긴 하지만 덕분에 더더욱 속내를 말할 수 없게 되었다. 어차피 고작 하루다. 아니, 하루도 아니고 그래 봐야 몇 시간에 불과했다.

왠지 뒤죽박죽인 도경의 속을 알 리 없는 봄은 복도 이곳저곳을 보다 그에게 한 걸음 더 다가섰다. 그리고 도경의 뺨을 살며시 어루만졌다.

"도경 씨야말로 피곤하죠. 당직도 아닌데 사람을 너무 오래까지 잡아 두는 거 아니에요? 대체 퇴근은 언제 해? 얼굴은 왜 또 이렇게 까칠까칠해 보이지?"

퇴근 시간을 한참 넘긴 밤.

퇴근하지 않는 건 도경의 선택 사항이었으니 병원 입장으로선 억울한 오해였다. 물론 도경은 그 오해를 풀어 줄 생각은 없었다.

"생각보다 그렇게 바쁘진 않아. 비상이 뜨는 건 흔한 날이 아니니까. 저녁은 먹었어?"

"여기 지하에 식당들이 있어서 거기서 먹었어요. 돌솥밥집이 맛있더라고. 사장님이 음식을 엄청 잘하시는 것 같았어요. 재료도 엄청 좋아 보였고."

"그래?"

"응. 셰프님도 발주 어디서 내는지 궁금하다고 하더라니까."

순수하게 일적으로 대화를 나누고 있을 두 사람의 모습이 그려졌다.

도경은 쓴웃음을 삼키며 봄의 손을 잡았다. 작고 하얀 손이 그의 손에 삼켜지듯 잡혔다. 도경은 따뜻한 체온에 엉킨 마음을 누르며 말했다.

"너무 힘들면 나한테 연락을……."

"유재완 환자 보호자님, 보호자님 계신가요?"

귀신같이 들린 외침에 그를 향하던 봄의 시선이 옆으로 돌아갔다. 그녀는 잡혔던 손을 풀어 높이 들었다.

"네, 여기요! 이따가 연락할게."

그러면서 자신을 부른 영상실로 향하는 그녀를 보며 도경은 저도 모르게 손을 뻗었다.

"응?"

봄의 손목을 덥석 잡아 버린 그는 불퉁하게 변한 얼굴로 마른 입술을 물었다.

"도경 씨?"

의아한 듯 자신을 부르는 봄과 눈을 맞춘 도경은 꿀꺽 침을 삼켰다.

보호자.

수도 없이 입에 담고 들어왔던 단어가 오늘따라 귀에 비수같이 꽂혔다. 그녀를 '보호자'로 들여보내고 싶지 않았다. 의사로서의 당연함과 환자를 생각하는 마음은 잠시 완전히 덮어 버렸다.

이게 어리석은 욕심이자 질투라도 어쩔 수 없었다. 도경은 가운을 벗어 봄에게 건넸다.

"부탁할게."

"으응? 응? 에?"

상황을 전혀 이해하지 못한 그녀가 얼떨결에 가운을 받아 들자 그는 영상실로 향하며 말했다.

"내가 들어갈게."

"아니, 지금 무슨."

"잠깐 기다려."

지금 여기 있는 건 의사 윤도경이 아닌 평범한 남자에 불과했다.

곧장 영상실 안으로 들어간 그의 눈에 보인 것은 기기 위에 앉아 있던 재완이었다. 그는 왜 도경이 이곳에 있는지 이해하지 못한 듯 미간을 좁혔고 도경을 알아본 영상의학과 선생이 알은체를 해 왔다.

"윤도경 선생님? 무슨 일이세요?"

"고생 많으십니다. 이쪽 환자와 아는 사이라서요. 보호자 대신이라고 생각해 주시면 됩니다."

"어머, 그래요?"

도경은 짧게 고개를 끄덕이고 재완에게 다가갔다. 그리고 풀었던 깁스를 다시 하느라 바쁜 의사에게 말했다.

"제가 하겠습니다."

"괜찮은데."

"아닙니다. 주세요."

대가 없이 일을 덜어 주겠다는데 마다할 사람은 없었다.

붕대를 건네받은 도경이 앞으로 다가오자 얼떨떨한 표정을 하던 재완의 눈이 가늘어졌다. 이내 '그럼 그렇지'라는 표정을 지었다.

"마님은 어디 가시고 머슴이 왔나 모르겠네."

누가 봐도 일부러 놀리는 것이 분명한 말이었다. 물론 그런 것에 일희일비할 성격이 아닌 도경은 무심히 손을 움직였다. 문외한이 봐도 놀라울 정도로 완벽하고 빠른 손놀림이었다.

얌전히 돌봄을 당하던 재완이 툭, 시비를 걸었다.

"왜 왔는지 대충 알겠는데, 온 실장은 그쪽을 엄청난 성인군자로 보던데요. 이러면 너무 이미지에 안 맞는 거 아닌가."

봄은 모를, 제3자이기에 알 수 있는 부분을 콕 짚어 건드리자 무심히 손만 움직이던 도경이 입을 열었다.

"성인군자가 될 마음은 없어서."

"그걸 그쪽 애인은 모르는 것 같다니까요."

"그게 원하는 거라면 그렇게 보여 줄 생각입니다."

무언가 두루뭉술한 대화였지만 다행히 재완은 도경의 숨은 참뜻을 곧바로 이해했다.

"그러니까 참견 말고 조용히 있어라."

훌륭한 눈치였다.

재완은 낮게 코웃음을 치며 자리에서 일어났다. 그리고 불편한 발을 내려다보며 투덜댔다.

"살짝 삐끗한 걸로 깁스에 목발까지."

"나중에 고생할 거면 풀고 가든가."

"너무 꽉 묶어 놔서 풀어낼 수가 없어 보이는데요."

"붕대도 못 푸는 손은 뭐 하러 가지고 있습니까."

"멋으로 단 건 아니라고 봅니다만."

"풉."

의미 없는 대화를 나누는 그들 사이로 가벼운 웃음소리가 났다. 영상과 선생의 웃음이었다. 동시에 두 사람이 자신을 보자 살짝 놀란 그녀가 두 손을 저었다.

"아, 죄송해요. 윤 선생님도 친구 앞에서는 평소보다 편해 보이셔서."

맙소사. 도경은 '친구'라는 말에 더더욱 심기가 불편해지고 말았다. 두 사람의 일그러지는 표정을 보면서 더욱 흐뭇한 미소를 짓는 그녀를 두고 나서자 곧 기다리고 있던 봄이 다가왔다.

그녀는 어딘가 불편한 두 사람을 번갈아 보았다.

"오래 걸려서 무슨 일인가 했어요."

"별거 아니었어."

대수롭지 않게 말하는 도경과 달리 재완은 미간을 꽉 좁혔다.
"머슴 관리 잘합시다."
"…네?"
알아듣지 못할 말과 함께 재완이 앞으로 치고 나갔고 절뚝이는 그의 옆에 봄이 따라붙었다. 그녀는 재완의 앞으로 팔을 내밀었다.
"부축해 드릴게요."
순수하게 남을 돕기 위한 배려인 것은 알지만 재완은 어쩐지 아찔해졌다. 그는 할 말은 많지만 꾹 참으며 손을 뻗었다.
턱.
재완의 손이 닿은 곳은 봄의 옆으로 선 도경의 어깨였다. 서로가 서로에게 무척이나 불쾌한 표정을 짓고 있었지만 도경 역시 제 어깨에 얹어진 재완의 손을 잡을 수밖에 없었다.
"이럴 수밖에 없는 내가 너무 싫어."
침통한 표정의 두 사람은 자연스럽게 앞으로 나아갔다. 졸지에 혼자 남은 봄은 손에 쥔 도경의 가운만 만지작대다 불퉁하니 중얼거렸다.
"언제 저렇게 친해진 거지?"
왠지 모를 질투심이었다.

병실까지만 안내하면 될 것 같았던 동행은 생각보다 오래 이어졌다.
검사도 끝냈고 곧 있으면 병문안 시간도 끝나 갈 즈음, 병실이 없어 부득이하게 자리 잡은 2인실에 환자와 보호자 둘이 함께하고 있었다. 그나마 병실에 다른 환자가 없다는 게 다행일지도 모르겠다.

환자, 재완은 늦은 시간임에도 불구하고 버티고 있는 그들을 도무지 이해할 수 없었다. 결국 그는 고마움이고 뭐고 직언을 꺼냈다.

"대체 왜 안 가는 겁니까?"

나란히 앉아 자신만 보는 봄과 도경을 향한 물음에 봄이 먼저 대답했다.

"아, 뭐. 그냥요."

어쩐지 께름칙한 대답에 재완은 저도 모르게 도경의 눈치를 보았다. 아니나 다를까 도경은 굳이 남아 있는 봄을 향해 물었다.

"뭐 더 할 게 남았어?"

"으응, 그건 아니고."

"그럼."

"아픈 사람 혼자 두긴 뭐하니까."

왠지 시원하지 못한 대답에 도경은 속이 조금 답답해졌다. 이성으론 이해하지만 이곳에 남아 있는 봄의 모습을 못마땅하게 여기는 스스로도, 상황도 마뜩지 않았다.

그는 뻐근한 어깨에 몸을 앞으로 기울였다.

"그렇게까지 신경 쓰여?"

"아니, 그냥."

어쩐지 자꾸 말을 줄이는 그녀가 도경의 신경을 건드렸다. 왠지 집중하지 못하고 자꾸 두리번거리며 휴대폰만 만지작대는 것도 무슨 의미가 있을까, 고민하던 찰나.

"이제 나도 좀 쉽시다. 더 있다간 없던 병도 생기겠네."

더 이상 참지 못한 재완이 병실 밖을 가리켰다. 사실상 축객령에 머쓱해진 봄이 몸을 비틀다 일순 벌떡 일어섰다. 그리고 도경의 어깨를 살짝 짚으며 말했다.

"저 잠깐 다녀올게요."

"혼자 가지 말고 데려가요. 이봐요, 온 실장!"

다급한 재완의 외침에도 봄은 무엇이 그리 급한지 금세 병실 밖으로 향했다. 졸지에 또 둘이 되어 버린 가운데 재완은 두 눈을 부릅떴다.

"나도 마찬가지고 온 실장 이쪽한테 0.01g만큼의 관심도 없으니까 쓸데없는 오해 하지 마십쇼. 억울하니까."

"그런 오해는 안 합니다."

행여나 오해를 받을까 거듭 강조하는 재완이 우스웠던 도경이 피식 웃었다. 그는 굳었던 얼굴을 풀며 등을 폈다.

말 그대로 다른 오해는 하지 않았다. 이내 도경의 표정이 조금 씁쓸해졌다.

"내가 너무 멍청하다고 느끼는 거지."

애써 삼킨 한숨을 간신히 가슴 밑으로 내려보냈다.

이 감정은, 부끄럽게도 봄의 관심이 자신이 아닌 타인을 향한 것에 대한 유치하고 부끄러운 질투였으니까.

본인에게 있는 줄도 몰랐던 이런 어설픈 감정에 스스로도 황당하고 기가 막힐 지경이라 말도 못하고 있었다. 그가 제 얼굴을 쓸어내리며 한숨을 내쉬자 가만히 지켜보고 있던 재완이 말했다.

"별로 알고 싶은 마음 없으니 부부 싸움은 알아서 하고 빨리 데리고 가요. 눈치 보다가 안 아프던 곳까지 아플 것 같으니까."

그는 단호했다.

공감할 생각은 아주 조금도 없는 듯 목석처럼 매섭게 선을 그은 재완에 도경은 더더욱 웃음이 났다. 결국 자리에서 일어난 도경이 말을 이었다.

"일주일은 조심하고 혹시 통증이 있으면 바로 병원으로 가는 게 좋을 겁니다. 물리 치료도 받으면 좋고. 갑니다."

짧은 조언을 남기고 돌아선 도경이 문가에 다다를 즈음, 눈동자만 굴리던 재완이 불쑥 내뱉었다.

"다음에 밖에서 한번 봅시다. 온 실장 없이, 그냥."

사실 한참을 고민하고 고민하다 겨우 건넨 제안이었다.

사사로이 만날 사이도 아니었고 첫 만남이 썩 유쾌하지도 않았지만 이렇게 이어진 인연이었다.

도경은 뒤끝 없이 먼저 건네는 손길에 무심히 입을 열었다.

"온결 데리고 갈 겁니다."

할 수 있는 한 가장 긍정적인 대답에 재완의 표정이 일그러졌다.

"아니, 여기서 그 이름이 왜 나와?"

"쉬어요."

"잠깐, 취소. 취소라니까?"

다급히 취소라고 외쳐 보지만 이미 뱉은 말을 다시 주워 담을 수는 없는 일이었다. 낮게 웃은 도경은 닫혀 있는 병실 문을 열었다.

드르륵.

아니, 열렸다.

있는 힘껏 활짝 열린 문 앞에는 잔뜩 상기된 표정을 한 여자가 서 있었다. 울음을 잔뜩 참고 있는 듯 입술을 앙다문 여자는 바로 앞의 도경은 신경도 쓰지 않고 딱 한 곳만 바라보았다.

이내 안쪽에 앉아 있던 재완도 문 앞에 선 그녀를 발견했다.

"…한진영?"

조금 떨리는 목소리였다.

진영이 재완을 마음에 담는 데는 그리 오랜 시간이 걸리지 않았다.

가장 힘들고 지쳤을 때, 가장 무디고 무뚝뚝한 사람이 건넨 물 한 잔이 그렇게 달고 시원할 수가 없었다.

그녀에게 재완이 그런 사람이었다. 매일 아침 가장 일찍 나가 가장 늦게 퇴근을 하며 지쳐 있던 진영의 마음속에 마치 해일처럼 그가 들어왔다.

오랜만에 마주한 두 사람은 한동안 아무런 말을 하지 못했다.

"한진영."

바보같이 이름 한 번 더 부르고 다시 입을 다문 그의 앞, 진영은 달려오느라 거칠어진 숨을 몰아쉬었다.

봄에게 재완이 다쳤다는 연락을 받고 무작정 달려온 길이었다. 크게 다친 건 아니라고 했지만 일단 병원에 입원했다는 소식은 가슴을 철렁 떨어지게 하기에 충분했다.

이제 됐다고, 고백을 끝으로 포기를 할 마음이었지만 진심을 따라 움직이는 몸은 어쩔 수 없었다.

몇 번 어깨를 들썩이고 숨을 고른 진영이 말했다.

"그냥 왔어요."

변명 없이 솔직한 말에 오히려 재완이 당황하고 말았다. 그래 봤자 살짝 흠칫한 시선 정도였지만 매일매일 지켜봐 왔던 진영에겐 그의 작은 변화가 확실하게 보였다.

그녀는 이미 저지른 일들을 되돌리고 싶은 마음이 없었기에 터놓고 말을 이었다.

"아직 좋아하고, 좋아하는 사람이 다쳤다고 하고, 또… 옆에 있어 줄 사람도 없다고 하니까."

어쩌면 조금 뻔뻔하게 가기로 한 것도 같았다.

왠지 어디선가 큰 배움을 받고 돌아온 사람처럼 강해진 진영을 보며 재완의 미간이 좁아졌다. 그는 얼얼한 턱을 쓸다 헛웃음과 함께 물었다.

"부담 주고 싶지 않아서 나간 거 아니었나?"

"부담 되셨어요?"

"설마."

"그럼 됐어요."

괜한 자존심이 판치는 대화는 무척 오묘했다. 이것이 고백하고 고백받았으며 감정이 진행 중인 사람들의 대화인지는 몰라도 어느 때보다 솔직했다.

"첫사랑 아니에요."

이번에도 재완의 표정은 먹다 뭉갠 떡처럼 일그러졌다.

"갑자기 뭘 말하는 거야."

"나 좀 안 받아 준다고 고집부리고 인생 망할 것처럼 무너질 정도 아니라는 얘기예요. 그러니까 셰프님은 아무런 신경 안 쓰셔도 돼요."

"……"

"신경은 나만 쓰면 되니까."

무뚝뚝하게, 무심하게 말하고 다가온 진영은 허락도 받지 않고 일단 침대 맡에 앉았다. 철퍼덕 앉아 올려다보는 시선에 재완은 어쩐지 머리가 지끈거렸다.

그리고 자연스럽게 생각나는 한 사람의 그림자에 진지하게 물었다.

"너, 누구한테 배웠냐?"

"뭘요?"

"…아니다."

차마 더 말하지 못하는 그를 두고 진영이 말했다.

"얼굴이 다 망가졌어요."

"운이 안 좋았던 거야. 보이는 것만 이렇고 다른 건 아무렇지도 않아."

"네. 실장님도 그렇게 말씀하셨어요."

평범한 대화 같았다. 어떤 일도, 사연도 없는 그런 대화였지만 재완은 이런 답답함을 즐기지 않았다. 아니, 못했다.

"내가 신경을 안 쓴다면 나갈 필요 없었잖아."

기별도 없이 불쑥 내던진 말에 진영의 눈이 살짝 흔들렸다. 다리에 놓은 손에 힘이 들어갔다. 그녀는 입술을 물다 말을 이었다.

"신경 안 쓰는 걸 보고 싶지도 않았어요."

"이기적인 건 아는 거지."

"네, 알아요. 죄송합니다."

"신경 안 쓸 테니 돌아와."

"……."

"마지막 기회야."

아, 그렇구나.

이 순간 진영은 분명하게 알 수 있었다. 재완이 제 고백을 받고도 아무렇지 않다는 걸. 적어도 눈에 보이는 것으로는 그렇다는 걸.

그것을 깨닫게 되자 마음속 한편에 허탈함이 지나갔다. 그녀는 굳었던 입가를 툭 풀며 헛웃음을 흘렸다. 그리고 아이러니하게 편해진 마음은 제멋대로 솔직해지고 말았다.

"키스해도 돼요?"

살면서 단 한 번도 해 본 적 없는 말이었다.

어디에서도, 생각조차 해 본 적 없던 말을 던져 놓고 진영은 눈을 깜빡였다. 엉망이 된 재완의 얼굴에는 여전히 아무런 변화가 없었다.

그는 짧게 침묵하다 피식 웃으며 고개를 기울였다.

"할 수 있으면 해 봐. 너한테 그럴 용기가 있기나 한……."

그녀가 다가온 것은 한순간이었다. 막을 틈도 없었고 막았어도 도망갈 곳은 없었을 거다.

결국 닿은 입술은 그저 그것이 전부일 정도로 짧고 옅었지만 그들은 그간 한 번도 없었던 거리에서 마주하고 있었다.

진영은 침대에 받친 제 팔에 힘을 주며 말을 이었다.

"용기가 왜 필요해요."

"……."

"여기 셰프님이 있는데."

어느 때보다 반짝이는 눈동자가 녹아들 듯 미소를 지었다. 그녀는 몸을 세우고 미련 없이 돌아섰다. 금세 사라져 버린 진영의 뒷모습만 빤히 보던 재완의 얼굴은 이미 혼이 빠져 있었다.

"연락 주셔서 감사합니다."

허리까지 깊이 숙인 진영의 인사에 봄은 얼른 두 손을 저었다. 그리고 걱정스레 말을 이었다.

"괜한 오지랖을 부린 건 아닐까 싶어요."

"아니에요. 모르고 지나쳤다면 그게 괜히 더 속상했을 것 같아요."

"이야기는 나눴어요?"

"네. 근데 고소당할 수도 있을 것 같아요."

해맑게 '고소'를 운운하는 진영에 봄의 입이 떡 벌어졌다. 곁에 섰던 도경과 눈을 맞추며 당황하던 봄이 조심스럽게 물었다.

"욕했어요?"

일단 가장 나은 상황을 추측하며 물은 것이었다. 진영은 굳이 웃음을 감추지 않으며 고개를 저었다.

"뭘 바라고 온 건 아니에요. 최소한 제가 하고 싶고, 할 수 있는 건 하고 싶었던 것뿐이에요."

"진영 씨……."

"이걸로 셰프님이 절 계속 생각할 수밖에 없을 테니까요."

대체 뭘 한 것인지 봄과 도경은 알 수 없었지만 당사자인 진영이 워낙 맑아 보여서 무어라 더 할 수도 없었다.

진영은 다시 한번 꾸벅 허리를 숙였다.

"결혼식장에서 뵐게요."

왠지 홀가분함까지 느껴지는 그녀는 두 사람에게서 멀어졌다. 정말 날개 달린 듯 가볍게 사라진 진영을 보다 봄이 중얼거렸다.

"너무 예쁘지 않아요? 반짝반짝 빛이 나네. 정말 예쁘다."

순수하게, 정말로 그렇게 느껴졌다. 이제 막 감정을 시작해 풋풋함까지 전해지는 진영의 모습에 덩달아 기분이 좋아질 정도였다.

꽤 어른스러운 표정으로 진영이 사라진 모퉁이를 보는 봄을 도경은 한참 지켜보았다. 사실 그녀의 말에 딱히 수긍할 순 없지만 저 모습을 보아 어느 정도 유추는 할 수 있었다.

"계속 남아 있었던 이유가."

봄은 다 잇지 않은 말이 진영에게 향하고 있음을 알았다. 그녀는 짧게 고개를 끄덕였다.

"응. 한쪽이 완전히 신경 쓰지 않았으면 모를까… 그게 아니었으니까. 괜히 시간을 버리는 게 얼마나 아쉬운 일인지 우린 알잖아요."

진영이 재완을 좋아한다는 건 이미 알았지만 재완 역시 누가 봐도 진영에 대해 신경 쓰고 있는 게 보였다. 그래서 솔직하지 못한 마음으로 어떤 결론도 없이 허무한 시간을 보내길 바라지 않았다.

경험자의 참견이랄까.

"나, 진영 씨 좋아하거든."

어깨를 으쓱하며 웃는 봄의 얼굴 어디에도 사심은 없어 보였다. 아니, 애초에 재완을 위한 것이 아니라는 것도 알겠다.

그 순간 도경은 허탈함을 느낄 수밖에 없었다.

하루하루가 감정이 휘몰아친다. 지금껏 경험하지 못했던 수만 가지의 감정이 매일 새롭게 나타나 그를 흔들고 어지럽게 만들었다.

어쩌면 지금껏 무엇에도 흔들리지 않고 감정 없이 살아왔던 시간들이 조금 더 편했을 수도 있다. 어느 누구에게도 해를 끼치지 않으며 벽을 두르고 살아가던 삶은, 꽤 편했으니까.

그러나 진짜 사람처럼 사는 이 시간이 생각보다 나쁘지는 않았다. 감정이 요동치고 평범한 사람들처럼 그렇게.

"그런 것 같네."

혼자만의 오해와 괜한 질투심이 차올랐던 마음엔 또 다른 안도감이 찾아왔다. 그는 자신이 생각해도 바보 같은 제 모습에 기가 막혔다.

이제 막 감정을 배운 사람처럼 변하는 마음의 소리에 도경은 나직이 웃었다. 어쩌면 어른스러운 건 자신이 아니라 봄이다. 완벽한 타인을 이렇게까지 챙겨 주고 신경 써 줄 수 있는 사람은 흔치 않았다.

또 하나를 배워 가며 도경은 봄의 머리를 쓰다듬었다. 얌전히 머리를 대 주고 그를 올려보던 그녀의 눈동자가 변한 것은 그때였다.

"있잖아."

어느새 도경의 옷을 잡은 봄이 물었다.

"언제 셰프님이랑 그렇게 친해졌어요?"

"응?"

"셰프님이요."

뜬금없는 소리에 이해하지 못한 도경이 침묵하자 그녀는 바짝 다가와 그의 넥타이를 만지작거렸다.

"아니, 그렇잖아. 굳이 남아서 간호까지 해 주고 도와주고."

"……."

"처음부터 그랬어요. 와서 이것저것 엄청 챙겨 줬잖아. 다른 선생님 담당인데 차트까지 봤고, 또 영상실까지 와서 나 대신 들어가기까지 했어."

그때 도경의 머리로 자신이 신경을 쓰고 질투하던 시간들이 빠르게 스쳤다. 그녀는 왠지 뾰루퉁한 얼굴로 말을 이었다.

"그것뿐만이 아니라 둘이 막 어깨동무도 하고."

"그건, 부축을 하느라."

"그러니까. 언제 부축까지 하는 사이가 된 거야. 왜 그렇게까지 신경을 써 줘. 거기다 퇴근도 안 하고 끝까지 병실에 남아서 기다렸잖아요. 내가 나가도 안 따라오고 계속 거기 있었어. 무슨 얘기 한 거예요?"

꼬치꼬치 캐물으며 다가오다 보니 어느새 그의 등이 벽에 닿았다. 어쩌다 추궁을 당하게 되었지만 도경은 제법 성실하게 대답해 주었다.

"…다음에 보자고?"

"이거 봐!"

다만 그것이 봄에겐 못마땅함을 배가시키는 것이 되었지만 말이다.

내내 차분히 묻다 버럭 큰소리를 낸 그녀는 그의 넥타이를 꽉 쥐어 당기며 미간을 좁혔다.

"전에도 느꼈는데 두 사람 너무 친해졌어."

도대체 이게 무슨 상황인가. 이 말을 해야 할 사람은 자신이 아니었던가.

언제나 느꼈지만 봄은 늘 상상 그 이상의 것을 보여 준다. 설마 자신과 재완이 가까워진 것을 질투하며 방방 뜰 줄 누가 알았을까.

세상에서 가장 예쁜 질투가 여기에 있었다. 그것은 이제 막 감정을 터득하기 시작한 도경에겐 몹시 위험했다.

"너무 친하게 지내지 마요. 나 지금 엄청 질투 나서……."

부리부리해진 눈으로 다짐을 받으려는 그녀를 그냥 둔다면 그건 멍청한 짓이다.

이미 다가와 있는 봄을 당겨 입을 맞추는 건 그리 어려운 일이 아니었다. 그녀의 하얀 뺨을 감싸 잡고 당겨 곧장 입을 맞춘 도경은 놀란 눈이 서서히 감길 때까지 놓아주지 않았다.

그녀만의 향기, 그녀만의 속삭임이 묻은 따스한 키스를 하고 천천히 입술을 뗀 그는 금세 홍조를 머금은 뺨을 살며시 쓰다듬었다.

말랑말랑한 살결을 쓸어 낸 도경은 잠시 침묵하고 있는 봄에게 속삭였다.

"난 절대 너 못 이겨."

예전에도 마찬가지지만 지금도, 앞으로도 생각이건 행동이건 어느 것도 이길 수 없을 것이다.

 묘하게 붉어진 입술을 날름대던 그녀는 괜스레 그의 단단한 가슴을 콕 찔렀다.

 "이길 생각을 했어?"

 왠지 오만한 말이었지만 봄이라서 할 수 있는 말이었다. 도경은 씻은 듯 개운해진 마음으로 고개를 저었고 그녀는 만족스럽게 입꼬리를 올렸다.

 "알았으면 다행… 아니, 아니지. 이렇게 넘어갈 게 아니라 빨리 대답해요. 친하게 지낼 거야, 안 지낼 거야."

 아니, 올리다 말고 재차 채근했다.

 곧 있으면 멱살이라도 잡을 기세로 폭발하는 질투심 속에 도경은 웃음밖에 나오지 않았다.

 "윤도경, 얼른!"

 "글쎄, 유재완 씨 꽤 내 스타일이라서."

 "아, 진짜! 야아!"

 이제, 충분하다.

번외.
현수포차

 많은 계절이 지났다.
 모든 것이, 혹은 아무것도 변하지 않은 시간이 흐르고 다음을 기약하는 안녕을 고했을 때, 미처 깨닫지 못했던 감정들은 뒤늦게 찾아와 말라 가는 꽃에 붙어 있었다.
 "……."
 충분히 햇빛을 주고 물도 잘 갈아 줬지만 풍성했던 꽃다발은 완전히 변색되어 죽어 갔다. 비쩍 말라 짙은 갈색을 띤 꽃다발을 툭 건드린 도경은 아쉬운 마음을 가릴 수 없었다.
 빨갛게 얼어 버린 두 손으로 봄이 건네주던 꽃다발이다. 그것을 받아 들고 떠나오던 길에 알아챈 감정은 말라 버린 꽃과 달리 이제 막 싹이 돋아났다.

그는 조금 습관적으로 휴대폰을 들어 메시지 함과 통화 목록을 살폈다. 역시나 부재중 전화도, 읽지 않은 메시지도 없었다.

도경이 보고 있는 메시지는 잘 지내라는 문자였고 거의 열흘 전의 것이었다.

잠시 고민하던 그가 몇 마디를 창에 적어 낼 때였다. 날카로운 전자음이 들리고 얼마 뒤, 현관문이 열렸다.

아버지였다.

"오셨어요."

무뚝뚝한 아들, 혹은 감정을 덮은 듯한 메마른 음성이었다. 대학에 들어오고 한 달여, 애초에 많은 교류가 있던 부자지간은 아니지만 지난 한 달간 조금 더 멀어지고 데면데면해진 것도 사실이었다.

들고 있던 가방을 놓고 집 안으로 들어선 아버지의 곁에선 술 냄새가 났다. 지친 기색으로 도경을 본 아버지가 짧게 아들을 살피곤 말했다.

"나갈 모양새인데."

"약속이 있어서요."

"약속? 누구랑."

"결이를 잠깐 만나기로 했어요."

도경의 입에서 나온 익숙한 이름에 아버지의 미간이 좁아졌다.

"그 녀석은 대학도 안 가고 뭘 하고 다니는 거야. 반반한 얼굴 하나 믿고 아직도 정신 못 차린 모양인데."

순간 도경의 마음속에서 울컥 감정이 올라왔다. 다행히 제 감정을 입 밖으로 꺼내기 전에 갈무리한 그에게 아버지는 지겹지도 않은 다짐을 요구했다.

"쓸데없이 시간 버리지 말고 공부에 집중해. 조금만 뒤처져도 못할 곳이다. 알아들어? 거기 이 교수님은 나도 학회에서 몇 번 뵀던 분이야. 그만한 스승 없으니 잘 모시고."

"예."

조언을 빙자한 늘 같은 소리였다. 그는 살짝 옆으로 비켜섰고 거실로 가던 아버지의 시선이 창가로 향했다.

갸우뚱 기울던 아버지가 정확히 마른 꽃다발을 가리키며 말했다.

"저건 그만 버려. 다 말라비틀어진 거 뭐 하러 집 안에 둬."

어떤 말을 하건 덤덤히 받아들이던 도경의 신경이 날카롭게 곤두섰다. 그는 차갑게 일갈했다.

"선물받은 겁니다."

"선물이었던 거지."

"제가 알아서 하겠습니다."

"시간 지나면 쓰레기야. 벌레 생길지도 모르는 걸 지저분하게 가지고 있어."

아버지의 말은 언제나 지나치게 날이 서 있었다. 그것은 꼭 사람을 할퀴고 상처 주기 위해서 일부러 하는 말 같아서 대꾸하거나 고쳐 주고 싶은 마음이 생기지 않았다.

도경은 아버지가 온 길을 거슬러 현관으로 향하며 말했다.

"다녀오겠습니다."

"못 알아들은 거냐, 못 알아들은 척하는 거냐."

못마땅함을 숨기지 않고 걸고넘어진 아버지는 깐깐하게 안경을 콧등 위로 밀어 올렸다.

"놀고 다닐 때는 아닐 것 같은데."

괜한 딴죽이었다. 술에 취하지 않았으면 하지 않을 소리이기도 했다. 술을 마시고 사리분별이 흐려지면 꼭 고약한 이유로 머리채를 잡았다.

그리고 지난 한 달여 후, 이다음에 나올 말이 무엇인지 알 수 있었다.

"도희 생각을 조금만 했더라면 절대 그런 식으로 놀면서 다니지는 못할 거다."

또다.

평소라면 결코 하지 않았을 말이 도경의 마음을 후볐다. 강성에 있던 때에는 애써 담아 두고 있던 상처와 흉터들이 서울에 올라온 이후 점점 벌어지는 것이 느껴졌다.

다만 그것을 보여 주고 말할 정도로 솔직하지 못한 도경은 저를 흠집 내는 말보다 친구를 험담하는 것만 짚고 넘어갈 뿐이었다.

"결이는 도희의 친구이기도 합니다."

"친구."

기다렸다는 듯 책을 잡은 아버지는 짧게 조소했다.

"하긴, 옆에 있으나 마나 한 핏줄보단 차라리 남이 낫지."

흘러가는 듯한 한 마디, 한 마디가 가시가 되어 그의 심장을 찔렀다. 그 순간 스치는 도희의 식은 몸에 눈앞이 아찔해졌다. 도경은 주먹을 굳게 쥐며 입술을 물었고 아버지는 조금 지친 목소리로 말을 이었다.

"조심히 다녀와라."

분명 저 걱정에 거짓은 없었다. 열심히 하라는 것도 마찬가지일 것이다. 그렇기에 도희의 죽음을 도경에게 돌리는 것도 거짓이 아닐 거다.

이 순간 도경은 죄인이었다.

결과 만나기로 한 곳은 한 달에 한두 번씩 모이는 자그마한 실내포차였다.

이제 겨우 스무 살이 된 덜 묵은 청년들의 주머니가 두둑할 리 없었고 이곳에 와 소주 한 병, 안주 하나만 시켜도 다행이다 싶은 때였다.

좀 뜯겨 나간 광고지가 붙어 있는 미닫이문을 열고 들어가자 늘 앉는 그곳에 결이 먼저 와 있었다.

결은 도경을 발견하고 손을 들어 올렸다. 입가에 댄 술잔을 인사로 대신하는 그에게 다가간 도경이 눈을 찌푸렸다.

"꼴이 왜 그래."

얼굴과 옷 곳곳에 묻은 것들을 보며 인사보다 먼저 나온 말이었다.

"지나가다 주인공한테 물 끼얹어지는 행인2."

다소 주어가 없는 말이었지만 도경은 어렵지 않게 상황을 파악했다. 오늘 촬영이 있다더니 그곳에서 묻은 것들이었나 보다.

맞은편에 앉은 도경이 제 잔을 가져가며 물었다.

"1도 아니고 2면, 피해자가 한 명이 더 있다는 뜻이야?"

"생각의 폭을 넓혀. 왜 둘이라고 생각해."

단호히 틀린 점을 지적해 준 결 덕분에 도경은 좁았던 제 시야를 넓힐 수 있었다. 짧게 고개를 끄덕인 그가 빈 결의 잔을 채웠다. 안주도 없이 먼저 시킨 소주 한 병이 벌써 반 이상 비어 있었다.

"고생했다."

이것 말고는 달리 위로할 방법이 없어 한 말이었다.

결이 배우가 되기로 마음먹은 것은 생각보다 일찍이었다. 어느 일면으로 보면 결은 도경보다 더 감정 동화가 없고 모든 것에 무관심했다. 남들의 감정을 이해하지 못하기에 언제나 어딘가 결핍되어 있는 듯했던 결은 중학교 축제날, 억지로 맡았던 연극에서 연기를 하며 사람이라는 생각이 들었단다.

그때 이후로 항상 배우를 목표로 해 왔고 고등학교를 졸업하자마자 상경해 바닥부터 시작하는 중이었지만 생각보다 쉬운 길은 아니었다. 그 바닥이 단순히 잘생기고 연기를 잘하는 것만으로도 부족한 곳이었던 모양이다.

어쨌건 고등학교를 졸업하기 전부터 준비한 기간을 더하자면 반년이 넘게 이렇다 할 진전이 없으니 결도 조금 답답하긴 한 모양이었다.

"뭔가 안 풀려."

전에 없는 시무룩한 모습에 도경도 잔을 기울였다.

"어떤 게."

"몰라. 뭔지는 모르는데 아무튼 안 풀려."

드물게 자신감이 살짝 하락한 듯한 결의 모습에 도경은 나름 현실적인 조언을 건넸다.

"소속사를 다시 찾아보는 건 어때."

"마음 줄 만한 곳이 없어. 죄다 빈 깡통에 소리만 요란해."

이해가 가는 말이었다. 실제로 연락을 주고받던 소속사가 알고 보니 전과 17범 사기꾼이었다는 사실을 알게 된 게 얼마 되지 않았다.

"그럼, 지금 있는 극단은."

"단장이 날 한 입 할 생각밖에 없어서 언제 고소할까 재는 중."

"……."

더 말을 이을 수 없는 참담한 상황이었다.

괜한 참견을 덜어 내고 재차 비어 버린 잔을 채우는 사이, 제법 친하게 지내는 가게의 주인이 다가왔다.

"무슨 얘기들을 그렇게 해?"

덥수룩한 수염에 덩치가 큰, 소싯적 무슨 일을 했던 것인지 가늠할 수 없는 포차의 주인이었다. 결은 심드렁하니 말했다.

"삶이 녹록지 않다는 이야기요."

이제 갓 스무 살. 솜털도 다 빠지지 않은 청춘들의 한숨에 주인은 헛웃음을 지었지만 조소를 하진 않았다. 그는 생김새와 달리 매우 섬세하고 다정한 인성을 가지고 있었다.

힘내라는 듯 어깨를 두드려 준 주인은 메뉴판을 밀며 물었다.

"안주 뭐 줄까."

"항상 먹던 거요."

"또 오징어 땅콩? 너희는 왜 맨날 그것만 먹냐. 젊은 놈들이 매번 마른안주만 먹고 있어."

"그럼 다른 음식을 좀 잘해 보든가요. 여기 안주 너무 맛이 없어요. 이러다 망하겠어요."

얼핏 건방진 소리 같지만 그나마 호감을 둔 상대를 향한 진지한 조언이었다. 뼈아픈 결의 직언에 울상을 지은 주인은 덩치와 맞지 않는 시무룩한 표정으로 칭얼댔다.

"너무한 거 아니냐. 이 가격에 이만하기 쉽지 않거든? 아니, 그래도 오늘은 좀 다른 거 먹어 봐. 신메뉴 나왔어."

"…믿어도 돼요?"

"무조건. 돈은 안 받을 테니까 한번 먹어 봐."

평소엔 뭐 해 달라 할까 봐 겁내는 사람이 어쩐 일로 먼저 다가와 메뉴를 묻나 했더니 이유가 있었던 모양이다.

겨우 고개를 끄덕이자 주인이 돌아갔고 결은 작게 중얼거렸다.

"나는 살면서 온 봄만큼 음식 못하는 사람 처음 봐."

두 사람의 우스운 대화를 듣던 도경의 손이 멈췄다. 그는 잔에 반쯤 남은 액체를 흔들다 넌지시 물었다.

"잘 지내?"

당연히 봄을 향한 안부였다. 결은 코웃음을 치며 몸을 뒤로 기울였다.

"새삼스럽게 뭘 물어."

"그냥."

"연락 안 한 지 한참이다. 잘 살겠지."

"그러면 다행이고."

"너는."

그야말로 뜬금없는 소리였다. 이해하지 못한 도경이 고개를 기울이자 결은 늘 그랬던 것처럼 무심함을 가장해 말했다.

"죽기 전에 나와라."

그리고 그것은 진심이었다.

고작 한 달여 만에 도경의 모습은 여러 의미로 엉망이었다. 남들이 볼 겉모습은 몰라도 색을 잃어 가는 눈동자만 봐도 알 수 있었다.

도경은 말라 가고 있었다. 몸도 마음도 정신까지도. 스치듯 집 안 거실에 둔 꽃다발이 떠올랐다. 어쩌면 그것과 함께 메말라 가고 있던 것이 아닐까.

도경은 꼭 남 이야기를 하듯 나지막이 중얼거렸다.

"글쎄."

어쩐지 감정선의 일부가 무너지기 시작한 것처럼 새까맣다. 술잔 안으로 똑똑 떨어지는 감정의 끄트머리를 보는 사이, 빈 대화의 자리를 채워 준 건 금방 음식을 들고 온 주인이었다.

"자, 먹어 봐."

미리 준비해 놓은 게 아니고서야 이렇게 빨리 나올 수가 없다. 어차피 먹여 볼 참이었던 게 분명한 그는 왠지 자신만만한 표정을 지으며 음식을 내려놓았다.

제법 맛있어 보이는 빛깔의 음식을 보며 도경이 고개를 들었다.

"고기?"

주인이 팔짱을 끼며 콧방귀를 뀌었다.

"제육볶음."

고작 제육볶음을 내놓으면서 지나치게 우쭐한 것 같았지만 결은 차분하게 칭찬했다.

"이 집에 이런 정상적인 음식이 있어요?"

아마도 칭찬일 것이다.

조금 울컥하긴 했지만 부정하지 못한 주인이 콧등을 씰룩댔다.

"신메뉴라니까, 인마."

어지간히 자신이 있는 모습에 웃음이 난 도경은 입꼬리를 살짝 올리다 인사부터 건넸다.

"잘 먹겠습니다."

"너는 얘랑 놀지 마. 애가 영 아니야."

대놓고 모진 소리를 하는 것 같지만 누구 하나 기분 나빠하는 기색은 아니었다. 오히려 편안한 분위기에 장난을 치다 주인은 결의 어깨에 팔을 얹으며 말을 이었다.

"그리고 너도 뭐가 안 풀리면 이름이라도 바꿔 봐. 원래 배우 생활 같은 거 하려면 다른 이름으로 하는 게 나을 때도 있다더라."

"이름이요?"

"그래. 좋은 작명소 가서 작명해도 괜찮고, 이런저런 좋은 것들 갖다 붙여서 좋은 뜻 만들고 그러잖아."

그럴싸한 이야기였다. 연예계에서 본명을 쓰고 활동하는 사람은 생각보다 많지 않았다. 어쩌면 처음부터 새로 시작하는 것이 나을 수도 있었다.

긍정적인 눈을 하는 두 청년들을 만족스럽게 본 주인은 접시를 가운데로 밀어 넣었다.

"그건 그렇고 일단 먹어 봐."

맛이 궁금한 것도 있겠지만 어두운 이야기를 음식으로 밀어내기를 바란 것이기도 했다. 눈에 보이는 주인의 노력에 피식 웃은 결과 도경이 동시에 안주로 손을 움직였다.

딱히 기대도 없이 한 입 입에 넣던 두 사람은 거의 비슷한 표정을 지었다.

"어, 괜찮다."

"그래?"

"네. 아주 맛있어요."

"진짜 맛있어?"

잔뜩 기대감에 부푼 주인에게 결은 아주 드문 칭찬을 퍼부었다.

"어디서 요리사 데려온 거예요? 되게 맛있는데."

표현에 인색한 결이 연거푸 집어 먹으며 말하자 주인은 한껏 고양되어 함박웃음을 지었다. 마치 복권이라도 된 사람처럼 껄껄 웃은 그는 결과 도경의 등을 팡팡 쳤다.

"어어, 새로 들어온 애 있어. 이야, 잘됐다. 현수포차 안 망한다 이거야. 천천히 먹어라. 야, 재완아! 안주 맛있단다!"

신이 나 돌아가는 주인과 달리 등에서 퍼지는 뜨거운 전율에 고통스러워하던 두 사람은 퍽 웃음을 터트렸다. 도경은 입 안 가득 불평을 담은 결을 달래듯 빈 잔을 채워 주었다.

"좋은 사람이야."

그러니 화내지 말라는 뜻일 터다.

다행히 도경의 뜻을 받아들여 준 결은 맛있는 안주와 아직 맛이 있는지 없는지 구분이 되지 않는 소주를 앞에 두고 낮게 중얼거렸다.

"좋은 자리, 좋은 사람."

넌지시 주인의 말을 반복해 읊조리는 결에게 도경이 물었다.

"바꿔 보려고?"

"나쁘지 않은 것 같긴 한데."

"작명소 좋은 데 추천해 달라고 해."

"작명소는 무슨, 돈이 어디 있어."

신랄하게 현실적인 판단을 앞세운 결은 다시 음식을 집어 먹었다. 오래되고 낡았으며 그리 청결하지 못한 식당이지만 낯선 서울에서 처음으로 곁을 내준 공간이었다.

돈이 없어도 일단 들어와 앉을 수 있는 유일무이한 공간이자 가장 좋은 친우를 만날 수 있는 곳이기도 했다.

결이 혼잣말처럼 말을 이었다.

"현수포차."

좋은 장소.

"윤도경."

좋은 사람.

무심히 흘리던 단어들 속, 제 이름에 고개를 드는 도경과 눈이 마주쳤다. 결은 피식 웃으며 도경의 잔에 술을 채웠다.

"괜찮네."

그날, 온결은 윤현수가 되었다.

외전 마침